况周颐典评唐宋词

孙克强 纂辑

中原出版传媒集团
中原传媒股份有限公司
大象出版社
·郑州·

图书在版编目(CIP)数据

况周颐典评唐宋词/孙克强纂辑.— 郑州：大象出版社，2020. 12
ISBN 978-7-5711-0385-9

Ⅰ.①况… Ⅱ.①孙… Ⅲ.①唐宋词-诗歌评论 Ⅳ.①I207. 23

中国版本图书馆 CIP 数据核字(2019)第 251017 号

况周颐典评唐宋词
KUANG ZHOUYI DIANPING TANG SONG CI

孙克强　纂辑

出 版 人	汪林中
责任编辑	董翌华
责任校对	毛　路　李婧慧　安德华　牛志远
装帧设计	王晶晶

出版发行　大象出版社(郑州市郑东新区祥盛街27号　邮政编码450016)
　　　　　　发行科　0371-63863551　　总编室　0371-65597936
网　　址　www.daxiang.cn
印　　刷　北京汇林印务有限公司
经　　销　各地新华书店经销
开　　本　720 mm×1020 mm　1/16
印　　张　37.5
字　　数　350千字
版　　次　2020年12月第1版　2020年12月第1次印刷
定　　价　168.00元
若发现印、装质量问题，影响阅读，请与承印厂联系调换。
印厂地址　北京市大兴区黄村镇南六环磁各庄立交桥南200米(中轴路东侧)
邮政编码　102600　　　　　电话　010-61264834

前　言

　　唐宋词作为经典一直为后世所推崇，在唐宋词的鉴赏研究史上，取得最高成就的是"晚清四大家"之一的况周颐。况周颐的《蕙风词话》与王国维的《人间词话》有"双璧"之誉，又与陈廷焯的《白雨斋词话》合称"晚清三大词话"，被晚清词学大师朱祖谋誉为"自有词话以来无此有功词学之作"①。况周颐毕生致力于词学，著有词话及词学文献多种，如《香海棠馆词话》《餐樱庑词话》《繡兰堂室词话》《词学讲义》《玉栖述雅》等。② 况周颐对唐宋词史有过系统的研究，他曾在搜集、整理唐宋词人的文献资料方面下过很大的功夫，况周颐的《历代词人考略》《宋人词话》和《两宋词人小传》三书中论及的唐宋词人有 800 多人③，《历代词人考略》存目另有宋代词人 478 人，由此可知况周颐研究过的唐宋词人数量超过 1100 人。况周颐赏鉴、研究涉及的唐至五代时期的词人数量之多、文献之丰富可谓前无古人。在况周颐数量庞大的词学批评理论文献中有许多文字是针对唐宋词、唐宋词人的评点分析。作为词坛大家和词学大师，况周颐既有敏感的词心和高超的词艺，又有精深的词学造诣和审美鉴赏力，还有

---

① 龙榆生：《词学讲义跋》，《词学季刊》1933 年创刊号。
② 参阅孙克强辑校：《况周颐词话五种（外一种）》前言，浙江古籍出版社，2014 年版。
③ 《历代词人考略》37 卷，收唐宋词人 563 人；《宋人词话》收宋代词人 181 人（附论 3 人），《两宋词人小传》收宋代词人 166 人。本文引录以上三种词话仅随文注明书名和卷数。关于《历代词人考略》《宋人词话》《两宋词人小传》的作者、内容及各书之间的关系，参阅孙克强：《小议〈历代词人考略〉的作者及其学术价值》，《文学遗产》1997 年第 2 期；孙克强：《况周颐词学新论》，《文艺理论研究》2016 年第 1 期；林玫仪：《况周颐〈宋人词话〉考——兼论此书与〈历代词人考略〉之关系》，载《传承与创新——"中央研究院"中国文哲研究所十周年纪念论文集》，"中央研究院"中国文哲研究所筹备处，1999 年版。

深厚的词学文献基础,再加上非常人可比的专心和敬业精神,使得他对唐宋词的评点分析精彩深刻、见解独到。

一、风格论

文学作品的鉴赏核心是对作品艺术特色及其成就的揭示。鉴赏者由作品及人,概括文学家的风格特征乃鉴赏的深化。况周颐鉴赏唐宋词和词人往往从整体上把握其主导风格,突出特色,对大多数唐宋词和词人的主体风格都有概括性评论,如评五代词人李煜、韦庄、冯延巳的风格"李重光之性灵,韦端己之风度,冯正中之堂庑"(《蕙风词话》卷一),评苏轼词"清雄"(《历代词人考略》卷三十),评辛弃疾词"刚健婀娜"(《历代词人考略》卷三十),评南宋陈克的词"大都高丽香倩之作,绝少穷愁抑塞之音"(《历代词人考略》卷二十五)。所评皆能摄取词人风格特征,又可见出论者的慧眼。况周颐的唐宋词鉴赏,不仅继承了前人从具体作品入手进行情致风格的印象式品鉴的传统方法,而且在鉴赏视角、分析方法上多有突破,显示出他对唐宋词和词人鉴赏的高妙之处。

(一)词人风格的丰富性和多样性

如评杨无咎词:

> 逃禅老人咏梅诸作,清绝不染纤尘。然如集中〔锯解令〕"送人归后酒醒时"、〔醉花阴〕"捧杯不管余醒恶"、〔解蹀躞〕"迤逦韶华将半"、〔卓牌子慢〕《中秋次田不伐韵》、〔蝶恋花〕"鞋词"、又"赠牛楚"、〔垂丝钓〕"赠吕倩倩"、〔好事近〕《黄琼》、〔嫭人娇〕《李莹》等阕,亦复能为情语、艳语。(《历代词人考略》卷二十八)

指出杨无咎的词既有"清绝"之作,又有"情语""艳语"这些与"清绝"迥异的风格,呈现出风格形态的多样性。显然这样的分析对杨无咎的认识更为全面。

对词学史上已有定评的词人,况周颐在通览词人全部作品的基础上发表驳正或补充的意见,从而新意迭现。如温庭筠的词以"绮靡""浓艳"著称,南宋胡仔称其"工于造语,极为绮靡"(《苕溪渔隐丛话·后集》卷十七)。王国维的《人间词话》对温词风格有一则精彩的评论"'画屏金鹧鸪',飞卿语也,其词品似之",皆指温词辞采繁富,色彩艳丽。况周颐则指出温词风格的多样性:

> 温飞卿词有以丽密胜者,有以清疏胜者。永观王氏以"画屏金鹧鸪"概之,就其丽密者言之耳。其清疏者如〔更漏子〕"梧桐树"云云,亦为前人所称,未始不佳也。(《历代词人考略》卷二)

况周颐提到的温庭筠〔更漏子〕下片云:"梧桐树,三更雨,不道离情正苦。一叶叶,一声声,空阶滴到明。"这首词没有浓艳的色彩和华丽的辞藻,寻常的景物和简白的抒情使全词呈现清疏的风格。这种清疏在温词主体风格的绮艳中虽然属于别格,却也使温庭筠的词呈现了多样色彩。

又如评曹组词:

> 今就《雅词》所录审之,唯〔相思会〕〔品令〕〔醉花阴〕三首稍涉俚谚,自余皆雅正入格,尤有疏爽冲淡之笔,讵可目之曰滑稽,诋之为无赖邪。(《历代词人考略》卷二十三)

曹组是北宋末年徽宗时期的著名词人,亦是北宋滑稽词派的代表人物。南宋王灼《碧鸡漫志》卷二称曹组为"滑稽无赖之魁",黄昇说他"工谑词"(《唐宋诸贤绝妙词选》卷八)。曹组的词集后世已遭毁版,现今流传的曹组词皆为南宋词选留存,大多数词已然没有"滑稽无赖"的特点。况周颐在阅读曹组《雅词》全集后,对前人批评曹组之语提出异议,给予曹组词以客观的评价。

(二)社会环境、人生经历对词人风格的影响

如他分析王雱〔倦寻芳慢〕一词即是如此,词作如下:"露晞向晚,帘幕风轻,小院闲昼。翠径莺来,惊下乱红铺绣。倚危墙,登高榭,海棠经雨胭脂透。算韶华,又因循过了,清明时候。　倦游燕,风光满目,好景良辰,谁共携手。恨被榆钱,买断两眉长斗。忆高阳,人散后,落花流水仍依旧。这情怀,对东风,尽成消瘦。"况周颐评析云:

> 王元泽词传者仅〔倦寻芳慢〕〔眼儿媚〕二阕,并皆吐属清华。尝谓填词与其人生平处境极有关系。宋人如晏叔原、王元泽,国朝如纳兰容若,固由姿禀颖异,亦其地望之高华,有以玉之于成也。叔原云:"舞低杨柳楼心月,歌尽桃花扇底风。"元泽云:"翠径莺来,惊下乱红铺绣。"容若云:"屏幛厌看金碧画,罗衣不奈水沉香。"此等语非村学究所能道也。(《历代词人考略》卷十八)

王雱乃王安石之子,况周颐由王雱的词风联系到北宋的晏几道和清代的纳兰性

德。晏、王、纳兰三人人生的共同之处即皆为宰相之后,生活于富贵高雅的环境之中。文中所引晏几道〔鹧鸪天〕、王雱〔倦寻芳慢〕、纳兰性德〔浣溪沙〕三首词句的共同之处即在于高雅情致出于漫不经意的景物描写,显示出内在的贵族气质,这些确非社会底层出身的"村学究"所能表现的。况周颐所说"填词与其人生平处境极有关系"可谓精于词学的深刻之论。

又如范仲淹的两首词,〔苏幕遮〕《怀旧》:"碧云天,黄叶地,秋色连波,波上寒烟翠。山映斜阳天接水,芳草无情,更在斜阳外。　　黯乡魂,追旅思。夜夜除非,好梦留人睡。明月楼高休独倚,酒入愁肠,化作相思泪。"〔渔家傲〕《秋思》:"塞下秋来风景异,衡阳雁去无留意。四面边声连角起,千嶂里,长烟落日孤城闭。　　浊酒一杯家万里,燕然未勒归无计。羌管悠悠霜满地,人不寐,将军白发征夫泪。"况周颐评析云:

> 文正一生并非怀土之士,所为"乡魂""旅思"以及"愁肠""思泪"等语似沾沾作儿女想,何也？观前阕可以想其寄托。开首四句不过借秋色苍茫以隐抒其忧国之意,"山映斜阳"三句隐隐见世道不甚清明而小人更为得意之象。"芳草"喻小人,唐人已多用之。后段则因心之忧愁不自聊赖,始动其乡魂旅思,而梦不安枕,酒皆化泪矣。其实忧愁非为思家也。文正当宋仁宗时,扬历中外,身肩一国之安危,虽其时不无小人,究系隆盛之日,而文正乃忧愁若此,此其所以"先天下之忧而忧"乎？即〔渔家傲〕后段"燕然未勒"句亦复悲愤郁勃,穷塞主安得有之？(《历代词人考略》卷九)

范仲淹的〔苏幕遮〕《怀旧》、〔渔家傲〕《秋思》是词史上的名篇,风格苍凉悲慨,被誉为边塞词的典范之作。关于这首〔渔家傲〕词还有一则故事:欧阳修看到这首词,认为词的风格与词体本色的婉媚迥然不同,戏称之为"穷塞主之词",[①]反映了北宋初年词体观念的状况。况周颐则指出,范仲淹这两首词并非单纯地表达个人思乡之情的作品,而是忧国寄托之作。虽然范仲淹当时身处盛世,但他已经看到隐藏的危机。此种忧患意识与其《岳阳楼记》中的"先天下之忧而忧"同一意旨。况周颐联系社会背景和词人生平思想的分析,与一般风格层面的赏

---

① 《东轩笔录》卷十一:"范文正公守边日,作〔渔家傲〕乐歌数阕,皆以'塞下秋来'为首句,颇述边镇之劳苦。欧阳公尝呼为穷塞主之词。"魏泰:《东轩笔录》,中华书局,1983年版。

析相比,显然更为深刻。

(三)对词作和词人风格的鉴赏更客观更有深度

如对北宋词人毛滂词的分析。毛滂生活于北宋后期,此时权奸蔡京当政。因与蔡京的关系,毛滂的人品曾受到时人的诟病。毛滂词中有数首为蔡京上寿的词,如〔绛都春〕《太师生辰》(余寒尚峭),于是招致了对毛滂"本非端士"的讥刺。况周颐结合时代背景评析道:"方毛之寿蔡也,蔡之奸犹未大著也。""泽民为武康令,慈爱惠下,政平讼简,讵非端士? 若以寸楮之投为毕生之玷,持论未免太苛。"(《历代词人考略》卷十四)况周颐指出:毛滂为蔡京写寿词时,蔡京之"奸"尚未显现,毛滂的寿词亦应属于正常的文字交往范围,不应视为明知其奸却丧失人格的巴结。况且毛滂为官颇有政声,不应对毛滂的人品全面否定。况周颐这种摒弃简单化、模式化的鉴赏分析确乎难能可贵。

(四)从声韵的角度鉴赏词作和词人风格

如他分析李彭老的两首词,〔高阳台〕《落梅》:"飘粉杯宽,盛香袖小,青青半掩苔痕。竹里遮寒,谁念减尽芳云。么凤叫晚吹晴雪,料水空、烟冷西泠。感凋零。残缕遗钿,迤逦成尘。 东园曾趁花前约,记按筝筹酒,戏挽飞琼。环佩无声,草暗台榭春深。欲倩怨笛传清谱,怕断霞、难返吟魂。转消凝。点点随波,望极江亭。"〔高阳台〕《寄题荪壁山房》:"石笋埋云,风簧啸晚,翠微高处幽居。缥简云签,人间一点尘无。绿深门户啼鹃外,看堆床、宝晋图书。尽萧闲,浴砚临池,滴露研朱。 旧时曾写桃花扇,弄霏香秀笔,春满西湖。松菊依然,柴桑自爱吾庐。冰弦玉柱风流在,更秋兰、香染衣裾。照窗明,小字珠玑,重见欧虞。"况周颐评析云:

> 商隐〔高阳台〕咏落梅云:(词略)前段"谁念""念"字、"么凤""凤"字,后段"草暗""暗"字、"倩怨""怨"字,它家作此调者,并用平声,即商隐自作《寄题荪壁山房》阕,亦作平声。此阕一律用去声,音节尤为婉隽。商隐倚声专家,必其审酌于宫律之间,故能以拗折为流美也。(《宋人词话》)

李彭老是南宋后期的词人,作词讲究格律,后世研究者曾将其列入格律派。况周颐指出,李彭老的这两首〔高阳台〕为了审美的追求,特意在平声处改用去声,达到了"以拗折为流美"的效果。况周颐对这两首词的分析别开蹊径,论析之细致深入超出常人,显示了他作为词学家的独特眼光。

况周颐还将语言与风格联系而论之,通过语言平仄的特点分析词人的风格,进而认定作品的归属。如传世的姜夔的两首〔越女镜心〕的真伪存有争议,其一为《别席毛莹》:"风竹吹香,水枫鸣绿,睡觉凉生金缕。镜底同心,枕前双玉,相看转伤幽素。傍绮阁、轻阴度。飞来鉴湖雨。　近重午。燎银篝、暗薰溽暑。罗扇小、空写数行怨苦。纤手结芳兰,且休歌、九辩怀楚。故国情多,对溪山、都是离绪。但一川烟苇,恨满西陵归路。"其二为《春晚》:"檀拨么弦,象奁双陆,旧日留欢情意。梦别银屏,恨栽兰烛,香篝夜闱鸳被。料燕子重来地,桐阴锁窗绮。　倦梳洗。晕芳钿、自羞鸾镜,罗袖冷,疏竹画帘半倚。浅雨渗酴醾,指东风、芳事余几。院落黄昏,怕春莺、笑人憔悴。倩柔红约定,唤起玉箫同醉。"①况周颐评析云:

  细审词调,有与〔法曲献仙音〕小异者。前段"轻阴度""重来地"叶,后段"空写数行怨苦""疏竹画帘半倚","怨"字、"半"字,去声是也。有与〔法曲献仙音〕吻合者。前阕前段"风竹""竹"字、"鸣绿""绿"字、"睡觉""觉"字,后段"故国""国"字,后阕前段"檀拨""拨"字、"双陆""陆"字、"旧日""日"字,后段"院落""落"字,并入声也。守律若是谨严,自是白石家法。
(《历代词人考略》卷三十五)

关于此二词,"晚清四大家"之一的郑文焯以及词学大师夏承焘均认为非姜夔作②,况周颐却认为此词为真,将这首〔越女镜心〕与〔法曲献仙音〕"细审词调",仔细对比了两调的四声格律,得出了"守律若是谨严,自是白石家法"的结论。况周颐在《香东漫笔》中再次分析:"细读两词,虽非集中杰作,然如前阕'雨''绪''路',后阕'绮''几''醉'等韵,自是白石风格,非窜入他人之作也。"认定此词即为姜夔的作品。且不论此词最终的作者归属,况周颐的见解可成一家之言,而他这种独特的分析方法值得研究者参考。

---

① 此词与《全宋词》文字有差异,《全宋词》:"花匡么弦,象奁双陆,旧日留欢情意。梦别银屏,恨栽兰烛,香篝夜阑鸳被。料燕子重来地,桐阴琐窗绮。　倦梳洗。晕芳钿、自羞鸾镜,罗袖冷,烟柳画阑半倚。浅雨压荼蘼,指东风、芳事馀几。院落黄昏,怕春莺、惊笑憔悴。倩柔红约定,唤取玉箫同醉。"

② 参阅郑文焯:《白石道人歌曲批语》,洪陔华刻本;夏承焘:《白石词集辨伪二篇·姜白石晚年手定集》,载《姜白石词编年笺校》,上海古籍出版社,1981年版。

(五)词人风格比较

词作和词人风格的比较是鉴赏的重要内容,况周颐常常将具有相近相似风格的词人加以比较,以彰显各自特点。

如比较苏轼与岳飞:

> 尝谓两宋词人唯文忠苏公足当清雄二字,清可及也,雄不可及也。鄂王[满江红]词,其为雄,并非文忠所及。二公之词皆自性真流出,文忠只是诚于中形于外,忠武直是先行其言而后从之,盖千古一人而已。(《历代词人考略》卷二十四)

况周颐指出,苏轼、岳飞两人之词皆有"雄"的特质,不同的是苏轼"雄"且"清","清雄"合体两宋无人可及。况周颐进而指出,岳飞名垂千古的[满江红]"怒发冲冠"在"雄"的方面却又超越苏轼。值得注意的是,况周颐指出岳飞"先行其言而后从之",即谓岳飞词中所表现出来的精忠报国的豪情正是他后来人生的写照,这种词品与人品的辉映确乎"千古一人"。

况周颐还将李后主与宋徽宗进行比较:

> 徽宗继体裕陵,天才睿敏,诗文书画而外,长短句尤卓然名家。虽间北狩,犹有"裁剪冰绡"之作,未尝少损其风怀。求之古帝王中,唯南唐后主庶几分镳并辔,其处境亦大略相同也。唯是后主所作皆小令,徽宗则多慢词。盖后主天姿轶伦,而徽宗又深之以学力矣。(《历代词人考略》卷七)

南唐李后主与北宋徽宗皆为"亡国之君",词风也有相似之处,然而两人又有不同:一是二人所使用的小令、慢词词体不同,涉及词体演变与时代的关系。五代词坛皆为小令,从北宋开始慢词登场并逐渐盛行,词风亦为之改变。二是二人有天才人力之别。李后主词纯任性情,宋徽宗词则多融入书卷思力。两人代表了两种创作审美模式。

二、词史观

况周颐对词史发展有宏观的把握,对唐宋词的研究更为深入,分析更为细致。况周颐宏观上将唐宋词分为三个时期:唐五代、北宋、南宋,并分别概括出三个时期的主体风格特征:"花间(唐五代)之闳丽,北宋之清疏,南宋之醇至"①唐五代词风为"奇艳""流丽",北宋词风为"清空婉丽",南宋词风为"沉着凝重"。整体来看,况周颐对三个时期的词的评价并无轩轾,对各个时期词风的审美意义皆予以充分肯定。

(一)唐五代词风格

况周颐认为,作为词体初创时期风格的五代词具有后世不可复制和重现的特点,五代时期有独特的社会经济文化特点和审美风尚,五代词人李后主的"性灵"、韦庄的"风度"、冯延巳的"堂庑",这些为后世叹赏的特点只有在五代时期方能出现,后世无法模拟。况周颐指出:

> 五代词人丁运会,迁流至极,燕酣成风,藻丽相尚。其所为词,即能沉至,只在词中。艳而有骨,只是艳骨。学之能造其域,未为斯道增重。矧徒得其似乎?其铮铮佼佼者,如李重光之性灵,韦端己之风度,冯正中之堂庑,岂操觚之士能方其万一?(《蕙风词话》卷一)

就唐五代词的整体风格而言,况周颐说:"五代人小词大都奇艳如古蕃锦"(《历代词人考略》卷五),花间词的特点为"蕃艳"(《历代词人考略》卷二十六),又说南唐冯延巳的词"如古蕃锦,如周秦宝鼎彝,琳琅满目,美不胜收。词之境诣至此,不易学并不易知"(《历代词人考略》卷四)。花间词为"古蕃锦"之说出自北宋黄庭坚,清初王士禛《花草蒙拾》又加以衍化:"花间字法最着意设色。异纹细艳,非后人纂组所及。如'荳蔻花间趖晚日''泪沾红袖黦''犹结同心苣''画梁尘黦''洞庭波浪飐晴天',山谷所谓古蕃锦者,其殆是耶。"王士禛所引词句分别出自《花间集》中欧阳炯〔南乡子〕、韦庄〔应天长〕、牛峤〔菩萨蛮〕、毛熙震〔后庭花〕、牛希济〔临江仙〕。"古蕃锦"形容花间词的语言风格色彩艳丽奇特。况周颐以薛昭蕴的〔浣溪沙〕词为例说明这种特点:"红蓼渡头秋正雨,印沙鸥迹自成行,整鬟飘袖野风香。　不语含嚬深浦里,几回愁煞棹船郎,燕归帆尽水茫茫。"况周颐评析曰:"此词清中之艳,其艳在神。"②这是说以《花间集》为代表的五代词的主要风格特征是"艳",然而这种"艳"是内在的精

---

① 赵尊岳:《蕙风词话跋》引,惜阴堂丛书本《蕙风词话》卷后。
② 况周颐:《餐樱庑词话》,载孙克强辑校《况周颐词话五种(外一种)》,浙江古籍出版社,2014年版。

神品格之艳,并非模拟外表色彩之艳所能达到的。

(二)北宋词风格

况周颐指出北宋时期的整体风貌为"清空婉丽",如胡松年的词:"意境清疏,尤是北宋风格。"(《历代词人考略》卷二十一)欧阳澈的词:"轻清婉丽,雅近北宋。"(《历代词人考略》卷二十四)北宋词没有后世词作的繁复沉重,景物描写自然直观,感情表达率性而发。况周颐概括晏殊的〔浣溪沙〕(一曲新词酒一杯)、〔踏莎行〕(小径红稀)、〔蝶恋花〕(帘幕风轻双语燕)三首词的特点云:"此等词无须表德,并无须实说,所谓'不著一字,尽得风流'。罗罗清疏却按之有物,此北宋人所以不可及也。"(《历代词人考略》卷七)又以李之仪词为例:

〔早梅芳〕云:"最销魂,弄影无人见。"〔谢池春〕云:"不见又思量,见了还依旧。为问频相见,何似长相守。"〔蝶恋花〕云:"天淡云闲晴昼永。庭户深沉,满地梧桐影。骨冷魂清如梦醒。梦回犹是前时景。"〔浣溪沙〕云:"酒韵渐浓欢渐密,罗衣初试漏初迟。已凉天气未寒时。"又《咏梅》云:"戴了又羞缘我老,折来同嗅许谁招。凭将此意问妖娆。"〔鹧鸪天〕云:"空惊绝韵天边落,不许韶颜梦里看。"〔南乡子〕云:"点滴芭蕉疏雨过,微凉。画角悠悠送夕阳。"又云:"前圃花梢都绿遍,西墙。犹有轻风递暗香。"又云:"唯有莺声知此恨,殷勤。恰似当时枕上闻。"〔减字木兰花〕云:"变尽星星。一滴秋霖是一茎。"综论姑溪词格,其清空婉约,自是北宋正宗。(《历代词人考略》卷十六)

北宋词人多士大夫,品位高雅,词中多写清丽自然的景物,既不同于唐五代词的奇艳,也不同于南宋词的深沉。

(三)南宋词风格

况周颐指出南宋词坛的风格特点为"沉着凝重"。南宋人填词苦心经营,刻意精深,如评袁宣卿词:"研练而非追琢,凝重而能骞举,在南宋词人中,不失其为上驷也。"(《历代词人考略》卷二十六)曾举南宋词人吕圣求的〔望海潮〕词为例:"侧寒斜雨,微灯薄雾,匆匆过了元宵。帘影护风,盆池见日,青青柳叶柔条。碧草皱裙腰。正昼长烟暖,蜂困莺娇。望处凄迷,半篙绿水浸斜桥。　　孙郎病酒无聊。记乌丝醉语,碧玉风标。新燕又双,兰心渐吐,嘉期趁取花朝。心事转迢迢。但梦随人远,心与山遥。误了芳音,小窗斜日对芭蕉。"况周颐评云:

"此词沉着停匀,自是专家之作,唯风格渐近南宋耳。"(《历代词人考略》卷二十三)南宋词人缺少唐五代词人的随意、北宋词人的闲适,却有专意刻苦的精神,用笔严谨,思力深沉。

在确定时代的总体风格的基础上,况周颐还通过典型的词人词作进行比较,将词人风格与时代风格比较分析,以显示词人风格的差异。如以朱淑真与李清照作比说明北宋、南宋词风的不同:

> 以词格论,淑真清空婉约,纯乎北宋。易安笔情近浓至,意境较沉博,下开南宋风气。非所诣不相若,则时会为之也。(《蕙风词话》卷四)

朱淑真和李清照是宋代词史上的瑰宝,其艺术成就不仅是女性词的顶峰,甚至超越男性词人而上。但是由于朱淑真的生平事迹缺少记载,因而朱淑真的生活年代难以确定。况周颐对朱淑真及其词曾进行专门研究,除进行朱淑真生平文献考辨之外,还从作品时代风格特征上加以辨析,指出朱淑真词风"清空婉约",与北宋词风一致,李清照词风"浓至""沉博",与南宋词风相合。由"词格"的分析来判断词人的时代,是况周颐唐宋词鉴赏的重要特色,也是他词史观念的重要基础。

况周颐评析唐宋词贯穿了历史的观念,注重源流关系,尤其注重"源"的影响和"流"的嬗变。况周颐往往将一个时期的词坛风格分为主体风格和非主体风格。以主体风格为正,非主体风格为变。既注重"正"的延续,亦注意"变"的发展。

在论析唐五代词对北宋词的影响方面,况周颐从两个方面加以讨论:一方面,唐五代词的"正体"影响了北宋词的"非正体"。况氏云:"唐贤为词,往往丽而不流,与其诗不甚相远。刘梦得〔忆江南〕云:'春去也,多谢洛城人。弱柳从风疑举袂,丛兰裛露似沾巾。独坐亦含颦。'流丽之笔,下开北宋子野、少游一派。唯其出自唐音,故能流而不靡。"(《蕙风词话》卷二)指出唐人刘禹锡词所体现出的唐词"流丽"的风格特点为北宋的张先、秦观所继承;张先、秦观的流丽词风与北宋"清空"的一般正体风格不同,成为北宋词人的"非正体"。另一方面,况周颐指出五代的词风的"非正体"对北宋"正体"的影响。况周颐论花间词人李珣词云"词清疏之笔,下开北宋人体格"(《历代词人考略》卷五引),指出五代李珣词有"清疏"的特点,这种词风本为唐五代词中的"非正体",却对北宋词产生影响,是北宋主流风格"清疏"的先河。

况周颐还分析了五代词人尹鹗对北宋词人柳永的影响。尹鹗〔秋夜月〕全文如下:"三秋佳节,罩晴空,凝碎露,茱萸千结。菊蕊和烟轻捻,酒浮金屑。徵云雨,调丝竹,此时难辍。欢极、一片艳歌声揭。　黄昏慵别,炷沉烟,熏绣被,翠帷同歇。醉并鸳鸯双枕,暖偎春雪。语丁宁,情委曲,论心正切。夜深、窗透数条斜月。"这首词写男女相会的情事,从酒宴歌乐写到香闺床第,再到温情细语,内容甚为香艳,与柳永词的题材内容颇为相似,况周颐评析云:"所谓开屯田词派者也。"(《历代词人考略》卷五)指出尹词乃柳永词的源头,对后世认识柳词特点的形成颇有意义。

在论析北宋词对南宋词的影响方面,况周颐评北宋词人李之仪云:"综论姑溪词格,其清空婉约,自是北宋正宗,而渐近沉着,则又开南宋风会矣。"(《历代词人考略》卷十六)况氏指出:在李之仪词中兼有两种风格,既有符合本身所处时代风格之"正"——"清空婉约",又有不同于北宋风格之"变"——"沉着"。李之仪的"正",使其成为典型的北宋词人;其"变",又使其对后世的南宋词产生了影响。

又如评北宋词人陈师道的〔清平乐〕:"秋声隐地。叶叶无留意。冰簟流光团扇坠。惊起双栖燕子。　夜堂帘合回廊。风帷吹乱凝香。卧看一庭明月,晓衾不耐初凉。"况周颐评析云:"尤渐近致密,为后来梦窗一派之滥觞。"(《历代词人考略》卷十二)况氏认为陈师道虽然是北宋词人,但其词的风格与时代主流风格却有所不同,有"致密"的特点;而南宋中后期的吴文英词的特点恰恰是以致密著称的,词学史上多有论者以"密""致密"或"密藻""绮密""缜密""绵密""丽密"形容梦窗词风。况周颐《蕙风词话》卷二云:"欲学梦窗之致密,先学梦窗之沉着。即致密、即沉着。非出乎致密之外,超乎致密之上,别有沉着之一境也。梦窗与苏、辛二公,实殊流而同源。其见为不同,则梦窗致密其外耳。"况周颐从北宋词人风格对后世产生影响的角度立论,指出陈师道词中所体现的"致密"可视为梦窗词风的源头。

况周颐还时常转换角度,从接受者的角度加以评析,指出南宋词人所继承和体现出的北宋风格。如评析戴复古的词:"清丽芊绵,未坠北宋风格。"(《历代词人考略》卷三十一)评王炎《双溪诗余》:"疏俊处雅有北宋风格。"(《历代词人考略》卷三十一)评杜旃词:"清新流丽,雅近北宋。"(《历代词人考略》卷三十三)这些词人词作虽然归属南宋,但其异于南宋词坛主体的风格沉着而与北宋的"清丽"更为接近。

对唐五代、北宋、南宋三个时期的总体概括是况周颐系统的唐宋词史观的体现,也是深于词学的专家之言。与前人所论相比,况周颐的认识有显著的个性特点,前人亦称五代词"艳",况氏则指出五代词的"艳"与后世的"艳"不同,有内在独特的且难以模仿的气质;前人多将南宋词,尤其是姜夔词风称为"清空",况氏则将"清空"属之北宋,确能道出北宋词天然的特质;前人论词的寄托,不少以唐五代及北宋人为例,如温庭筠、苏轼、周邦彦等,况氏则谓南宋词才具有"沉着"的寄托,所论更令人信服。况周颐将词人词作置于时代风格的大背景之下,所论往往既能高屋建瓴,又能深入细致。

三、词学范畴

词学范畴是对词学思想、词学批评的理论概括,是词学思想的结晶。况周颐的词学批评理论也曾使用过诸多词学范畴,这些范畴有些乃继承前人而又有所发展改造,有些则主要是他的发明。词学范畴在况周颐的词学系统中占有极为重要的位置,可以说理解况氏的词学范畴是理解他的词学批评理论的重要前提和条件。况周颐在使用这些词学范畴时曾加以诠释,但也有语焉不详的情况。在进行唐宋词的鉴赏时,况周颐亦常常拈出他的词学范畴,于是词学范畴与词作词人的映照就为研究者开启了一扇理解认识之门,他的唐宋词鉴赏的实践可谓弥补了他批评理论的缺失和疏漏。

(一)重、拙、大

在况周颐的词学批评理论中,范畴居于核心的位置,最为著名的是"重、拙、大",成为其具有标志性的词学范畴。况周颐对"重、拙、大"有一些解说,如云:"轻者重之反,巧者拙之反,纤者大之反。"[1]这种解释用概念解说概念,虽然进了一层,但仍不免有隔膜模糊之感,甚至造成了后人对其"重、拙、大"范畴理解

---

[1] 况周颐:《词学讲义》,载孙克强辑校《况周颐词话五种(外一种)》,浙江古籍出版社,2014年版。

的歧义。况周颐常用"重、拙、大"分析唐宋词和词人,通过这些实例可以反观况氏这些词学范畴的意涵。

况周颐解释"重"云:"重者,沉着之谓。在气格,不在字句。于梦窗词庶几见之。即其芬菲铿丽之作,中间隽句艳字,莫不有沉挚之思,灏瀚之气,挟之以流转。令人玩索而不能尽,则其中之所存者厚。沉着者,厚之发见乎外者也。"(《蕙风词话》卷二)从这段话来看,"重"主要在"气格",属于思想情感的范畴,有"沉挚之思,灏瀚之气"的"厚",思想深沉,情感充沛,并以吴文英词为典型。于是不少研究者认为"重"就是有寄托。可以与批评理论相参照的是,况周颐在具体词人词作的鉴赏中也提到了"重":

> 程怀古《洺水词》颇多奇崛之笔,足当一"重"字,《四库》列之存目,稍形屈抑。如〔水调歌头〕"日毂金钲赤"云云,此等词可医庸弱之失。(《历代词人考略》卷三十四)

这是将范畴"重"与词作直接联系的例子。程珌的〔水调歌头〕全文为:"日毂金钲赤,雪窦水晶寒。支机石下翻浪,喷薄出层关。半夜雌龙惊走,明日灵蛇张甲,蜇上石盘桓。多谢山君护,未放醉翁闲。 安得醉,风泄泄,露珊珊。翠云老子,邀我瑶佩驾红鸾。一勺流觞何有,万石横缸如注,虹气饮溪乾。忽梦坐银井,长啸俯清湍。"这首词中奇崛瑰丽的景色与文人的逸情轻狂相映成趣。况周颐将"奇崛"与"重"相联系。况氏所说的"奇崛"与"庸弱"相反,皆属风格范畴。由此例来看,将"重"仅仅解释为寄托至少是不全面的。

再如"拙",况周颐相关的说法是:"词忌做,尤忌做得太过。巧不如拙,尖不如秃。"(《蕙风词话》卷五)况周颐曾将"拙"比喻为"赤子之笑啼然"(《蕙风词话》卷五),是形容自然表现的状态。"拙"亦称"质拙",况周颐曾举宋人李从周词的例子说明,他说李从周的〔抛球乐〕"绮窗幽梦乱如柳,罗袖泪痕凝似饧",〔谒金门〕"可奈薄情如此黠。寄书浑不答",这些词句"不坠宋人风格","其不失之尖纤者,以其尚近质拙也"(《蕙风词话》卷二)。意为:李从周词中所用"凝似饧""浑不答"这类口语化词语并非出于语言的求新求奇,而是基于情感表现的"质拙"。况周颐还举周邦彦词的例子,他说清真词"天便教人,霎时厮见何妨""梦魂凝想鸳侣""多少暗愁密意,唯有天知""最苦梦魂,今宵不到伊行""拼今生、对花对酒,为伊泪落",此类词句"愈朴愈厚,愈厚愈雅,至真之情,由性灵肺腑中流出,不妨说尽而愈无尽",还认为这样的词语要比"颦眉搔首,作态几许"的词要可贵得多(《蕙风词话》卷二)。周邦彦的一些情词,尤其上举的词句,模拟女子的声腔口吻的第一人称描写,曾受到词论家如沈义父的诟病,而况周颐却认为这些词写出了真实的情感,是自然的表现,是朴拙的表现,应予充分肯定。

更值得注意的是对"大"的运用。况周颐在词话中很少对"大"加以解说,正如夏敬观所说"况氏但解重拙二字,不申言大字"(《蕙风词话诠评》),因而后世对"大"的解释也分歧最大。在《蕙风词话》中有一则涉及"大"的词话:

《玉梅后词》〔玲珑四犯〕云:"衰桃不是相思血,断红泣、垂杨金缕。"自注:"桃花泣柳,柳固漠然,而桃花不悔也。"斯旨可以语大。所谓尽其在我而已。千古忠臣孝子,何尝求谅于君父哉。(《蕙风词话》卷一)

况周颐的弟子赵尊岳做了进一步解释:"其谓桃作断红,垂杨初不之顾;而衰桃泣血,固不求知于垂杨,亦以尽其在我而已。以此喻家国之大,喻忠孝之忱,同非求知,自尽其我。"[①]有些研究者也许是看到"家国""忠孝"等字眼,认为"大就是寄托邦国大事"。其实赵尊岳的解释的重心在于"自尽其我",也就是情感的一往无前、无怨无悔。这种情感可以体现在家国等"大事"上,也可以体现在男女私情的"小事"上。关于这一点如果对况周颐的词学进行系统考察,尤其是考察他的唐宋词鉴赏,可以得到更为确切的印证。且看下面两个例证:

《花间集》欧阳炯〔浣溪沙〕云:"兰麝细香闻喘息,绮罗纤缕见肌肤,此时还恨薄情无?"自有艳词以来,殆莫艳于此矣。半塘僧鹜曰:"奚翅艳而已?直是大且重。"苟无《花间》词笔,孰敢为斯语者?(《蕙风词话》卷二)

欧阳炯的这首〔浣溪沙〕描写男欢女爱的床笫之欢,乃纯粹的"艳词",与家国大事丝毫无涉,那么这首词如何体现"大且重"呢?从引录的词句来看,"此时还恨薄情无",质问语气,是词中人物情到浓处的表白。如果说"大",正是情感之深挚。再来看另一例子:

李长孺〔八声甘州〕《癸丑生朝》云:"叹平生霜露,而今都在,两鬓丝丝",只是霜雪欺鬓意耳,稍用曲笔出之,不失其为浑成。词之要诀曰:重、

[①] 赵尊岳:《蕙风词史》,《词学季刊》第一卷第四号,1934年。

拙、大,李词云云,有合于大之一字,大则不纤,非近人小慧为词者比。(《餐樱庑词话》)

李长孺的这首〔八声甘州〕抒发人生苦短老之将至的慨叹,词人的深沉感情跃然纸上。这种情感不纤弱,不刻意曲折,这样的表达也符合况周颐所说的"大"。

以上两首词既无寄托,亦无邦国大事,却都被解说为"大",可见况周颐所说的"大"应与寄托邦国大事没有直接关系。

况周颐评论元代刘秉忠词作的风格云:"真挚语见性情,和平语见学养。近阅刘太保《藏春词》,其厚处、大处亦不可及。"①可见"真挚语见性情"即是"大"。况周颐又云:"作词须知'暗'字诀。凡暗转、暗接、暗提、暗顿,必须有大气真力,斡运其间,非时流小惠之笔能胜任也。"(《蕙风词话》卷一)"大气真力"与"真挚语见性情"意涵相通;以"大气真力"与"小惠之笔"相对,"小惠之笔"即为"纤","纤"即"大"的对立面。以此再来看况周颐对欧阳炯〔浣溪沙〕和李长孺的〔八声甘州〕的评说:欧阳炯词虽然"艳",但写出了用情之专;李长孺词"稍用曲笔出之,不失其为浑成",为"大";如果用"曲笔"玩弄技巧,就是"小慧",就是"纤"。况周颐以此为例说明了"大"与"纤"的区别。总体来看,"真挚语见性情""大气真力"无疑是对"大"的诠释。

(二) 自然从追琢中出

在况周颐的词学范畴概念中,除"重、拙、大"之外,"自然从追琢中出"这个命题也值得高度重视。这个概念接受于王鹏运,贯穿于况氏词学的始终,又作为词学家法传授于衣钵弟子赵尊岳。况氏的《餐樱词自序》谈到王鹏运对他词学的影响:"己丑薄游京师,与半塘共晨夕。半塘于词夙尚体格,于余词多所规诫,又以所刻宋元人词,属为斠雠,余自是得阅词学门径。所谓重、拙、大,所谓自然从追琢中出,积心领而神会之,而体格为之一变。"这篇序作于1915年,是回顾自己习词、治词经历的文章。文中谈到"自然从追琢中出"乃王鹏运的教导,这句话与"重、拙、大"相提并论,并产生了导致况周颐词学思想转变的重要影响,可见其意义。其后在况周颐的词学论述中,多次强调"自然从追琢中出"。如写于1918年(戊午)的《州山吴氏词萃序》中说:"吾闻倚声家言,词贵自然从

---

① 况周颐:《樵庵词跋》,载王鹏运辑《四印斋所刻词》,上海古籍出版社,1989年版。

追琢中出。"直至晚年所写的《词学讲义》还说:"填词口诀,曰自然从追琢中出,所谓得来容易却艰辛也。"况氏将"自然从追琢中出"视为"倚声家言",视为"填词口诀",可见他对这个词学范畴的重视。况周颐还将这个"填词口诀"传授于弟子。赵尊岳《蕙风词话跋》记载了况周颐的教诲:"溯自辛酉二月,尊岳始受词学于蕙风先生……运实于虚,融景入情,出自然于追琢,声家之能事毕矣。"况周颐将"出自然于追琢"作为词学衣钵传授给了弟子,可见其重视程度。

在唐宋词鉴赏的实践中,况周颐通过南宋词人杨泽民〔玉楼春〕的例子说明何为"自然从追琢中出"。杨词原文:"笔端点染相思泪。尽写别来无限意。只知香阁有离愁,不信长途无好味。　　行轩一动须千里。王事催人难但已。床头酒熟定归来,明月一庭花满地。"况周颐评析此词云:"所谓自然从追琢中出,雅近清真消息。"(《历代词人考略》卷二十)这首〔玉楼春〕写离愁别绪,由闺中写到旅途再回到闺中,结构安排十分讲究,可谓"追琢";但又由思绪前引,情感自然流动,没有刻意之感。"追琢"与"自然"是一对矛盾:"追琢"表现为人为的加工,思致的刻意,结构的安排,语言修辞的雕刻,等等;"自然"则反之。在况周颐看来,自然美是最高的境界,但是放任自然毫无约束也不是好的作品,一般词人的作品更是如此;"追琢"无疑会带来许多弊病,但高明的词人会将"追琢"化为无形,将人工的巧思融入自然的表现之中。况周颐"雅近清真消息"一语更值得重视,此语肯定杨泽民学习周邦彦而有成就,同时也透漏出对周邦彦词的高度评价,即周邦彦词才是"自然从追琢中出"的最高典范。况周颐曾高度评价周邦彦词:"《清真》一集,深美闳约,兼赅众长,为两宋关键。"(《历代两浙词人小传》序)"宋词深致能入骨,如《清真》《梦窗》是。"(《蕙风词话》卷三)从上述对杨泽民及周邦彦的评论可以知晓,况周颐认为周邦彦词之所以高妙,在处理"自然"与"追琢"的关系上无人可及。

(三)雅俗

雅俗是古典诗学的传统的范畴,刘勰说"雅俗异势"[1],雅俗是一对相反相成的审美范畴。在词学领域,"雅俗"亦经常被用于批评理论实践,从唐宋至清

---

[1] 刘勰著,周振甫注:《文心雕龙注释》,人民文学出版社,1981年版。

代,"雅俗"一直是讨论的热门话题。明清词学家说:"词虽小道,第一要辨雅俗"①,"入门之始,先辨雅俗"②,可以看出对辨析雅俗的重视。"雅俗"作为一对审美范畴意涵丰富且繁杂:可以指词人文化层次的差异,可以指审美品格和审美接受的高下,也可以指语言修辞的文野。在词学史上"雅俗"的批评和讨论一直是热点。

在况周颐的词学批评理论中,"雅俗"是一对十分重要的范畴。况周颐说:"古今词学名辈,非必皆绝顶聪明也,其大要曰雅、曰厚、曰重拙大"(《词学讲义》),将"雅"与"重、拙、大"相提并论,而且将"雅"放置首位,可见"雅俗"在况周颐词学中的地位。

第一,词人的"雅俗"。况周颐特别重视词作与词人的关系,认为词作的境界是由词人的境界决定的,词人的境界有雅俗之分。况周颐说:

> 填词要天资,要学力。平日之阅历,目前之境界,亦与有关系。无词境,即无词心。矫揉而强为之,非合作也。境之穷达,天也,无可如何也。雅俗,人也,可择而处也。(《蕙风词话》卷一)

况周颐认为词人的精神境界决定了其创作成就。精神境界有三个要素构成:天资、学力和人生经历,天资与生俱来不可改变,而学力和人生经历皆可通过后天的努力得到提升,尤其是体现"雅俗"的学力。"雅"是后天的选择,是通过学习达到的境界,词人有了"雅"的境界,词作才能有"雅"的境界。

况周颐指出"雅"是习词的重要阶段:"词学程序,先求妥帖、停匀,再求和雅、深秀,乃至精稳、沉着。"况周颐将"词学程序"分为三个阶段,"和雅"乃第二个阶段,其表现为"平昔求词词外,于性情得所养,于书卷观其通。优而游之,餍而饫之,积而流焉。所谓满心而发,肆口而成,掷地作金石声矣"(《蕙风词话》卷一)。"雅"的品格形成,需要长期的性情修养和书卷学习。况周颐非常重视"和雅",曾说"词以和雅温文为主旨"(《蕙风词话》卷一)。"和雅"是一种修养,乃后天培养所成,通过"性情"和"书卷"潜移默化的培养,达到高妙的创作境界。况周颐认为读书是达到"雅"的主要方法。况周颐说:"词中求词,不如词

---

① 张祖望语。王又华:《古今词论》引,载唐圭璋编《词话丛编》,中华书局,1986年版。
② 陈廷焯:《白雨斋词话》卷九,载孙克强主编《白雨斋词话全编》,中华书局,2013年版。

外求词。词外求词之道，一曰多读书，二曰谨避俗。俗者，词之贼也。"(《蕙风词话》卷一)认为词人之"雅"是创作、欣赏的基础，求雅的同时，还要避俗，多读古人雅词，丰富自己的修养。读书的主要内容是读前人的"雅词"，《蕙风词话》卷一云："读前人雅词数百阕，令充积吾胸臆，先入而为主，吾性情为词所陶冶。"阅读前人的雅词，提高自身的修养，使雅的精神先入为主，可以避免俗的影响。

况周颐用"雅人深致"来表达对词人境界的期许，他认为只有具备了"雅"的修养和境界才能欣赏、领悟古人词的高妙之处，才能提高自身的创作能力，具有这样的修养和境界可称为"雅人深致"。况周颐曾举南宋词人吴潜的〔千秋岁〕词："水晶宫里。有客闲游戏。溪漾绿，山横翠。柳纡阴不断，荷递香能细。撑小艇，受风多处披襟睡。　　回首看朝市。名利人方醉。蜗角上，争荣悴。大都由命分，枉了劳心计。归去也，白云一片秋空外。"此词上片写夏日景色，荷池静谧，幽香暗递，下片写朝市的蝇营狗苟，上片与下片形成了鲜明的对比。况周颐评析云："'荷递香能细。'此静与细，亦非雅人深致，未易领略。"(《蕙风词话》卷二)词中的景物描写以及所要表达的对比之意，只有具有深厚修养和鉴赏能力的"雅人深致"方能领会。

况周颐还例举南宋刘镇的〔水龙吟〕《丙子立春怀内》词："三山腊雪才消，夜来谁转回寅斗。试灯帘幕，送寒幡胜，暗香携手。少日欢娱，旧游零落，异乡歌酒。到而今，生怕春来太早，空赢得、两眉皱。　　春到兰湖少住，肯殷勤、访梅寻柳。相思人远，带围宽减，粉痕消瘦。双燕无凭，尺书难表，甚时回首。想画栏，倚遍东风，闲负却、桃花咒。"此词为忆内之作，由立春的节气回忆昔日情景，况氏评析云：

  宋刘镇〔水龙吟〕"立春怀内"云："试灯帘幕，送寒幡胜，暗香携手。""暗香"句只四字，饶有无限景中之情，自非雅人深致，未易领会得到。

  (《织余琐述》)

"暗香携手"一句意蕴丰富，既是梅花清香，又是夫妻情深，景中有情，情亦染景。这种高妙的境界亦只有具备"雅人深致"方能领会。

第二，意境与表现手法的"雅俗"。雅俗之辨中的一个重要意涵是高下的对立，即高雅与凡俗的对立。"雅"和"俗"对应"寡"和"众"，即阳春白雪与下里巴人的对比。高雅为少数，流俗为凡众。在文学创作中，众人常云，人云亦云即为俗,意象如此,表现手法亦如此。况周颐十分推崇词中体现高雅气质和超凡脱俗的精神,意境和表现手法不同凡响,不落俗套,在与凡俗的对比中突出自己的品格。

高雅的意境本是古典诗学的一个重要命题,此命题由诗学延传至词学领域。诗学的高雅,亦称典雅,始于唐代司空图《二十四诗品》中"典雅"一品:

> 玉壶买春,赏雨茆屋。坐中佳士,左右修竹。白云初晴,幽鸟相逐。眠琴绿荫,上有飞瀑。落花无言,人淡如菊。书之岁华,其曰可读。①

在司空图之前,刘勰《文心雕龙·体性》曾提出"典雅"范畴,并解释:"典雅者,熔式经诰,方轨儒门者也"②,即谓体现儒家思想和经典的精神才能称为"典雅"。相比之下,司空图《二十四诗品》的"典雅"则与刘勰所说大异其趣,是以名士风流为典雅。司空图"典雅"品中描绘了雅士的生活场景:远离尘嚣,自然清新,隐逸之乐,情趣高雅。杨振纲《诗品解》引《皋兰课业本原解》解析:"此言典雅,非征材广博之谓。盖有高韵古色,如兰亭金谷,洛社香山,名士风流,宛然在目,是为典雅耳。"③司空图之后这种体现"名士风流"的境界就成为传统诗学的高雅意象。词境直接受到诗境的影响,意境高雅在作品中多呈现隐逸的情怀、遗世独立的精神和清幽的环境,如杨伯夔《续词品·闲雅》描写高雅的词境:

> 疏雨未歇,轻寒独知。茶烟化青,煮藤一枝。秋老茅屋,檐挂虫丝。味丹苔碧,酒眠悟诗。饮真抱和,仙人与期。其曰偶然,薄言可思。④

也是通过"茅屋""虫丝"等意象突出清雅的意趣。

况周颐尤为欣赏这种高雅的词境,对清逸风格的词作十分赞赏。如称赞张志和的〔渔父〕词"清超绝俗"(《历代词人考略》卷七),张词如下:"西塞山前白鹭飞,桃花流水鳜鱼肥。　青箬笠,绿蓑衣,斜风细雨不须归。"这首词写隐逸之乐,陶醉于自然山水之间,表现了词人高远冲淡、悠然脱俗的意趣,所以称为"清超绝俗"。

---

① 司空图:《二十四诗品》,载郭绍虞集解《诗品集解》,人民文学出版社,1963年版。
② 刘勰著,周振甫注:《文心雕龙注释》,人民文学出版社,1981年版。
③ 郭绍虞集解:《诗品集解》引,人民文学出版社,1963年版。
④ 江顺诒辑:《词学集成》卷八引,载唐圭璋编《词话丛编》,中华书局,1986年版。

况周颐还称赞米友仁的〔小重山〕（醉倚朱阑一解衣）、〔阮郎归〕（碧溪风动满文漪）"体格清超，不染尘俗"（《历代词人考略》卷二十三），称赞夏元鼎的〔满江红〕"清超拔俗"（《历代词人考略》卷三十五）。例举夏氏〔满江红〕全词如下：

  人世何为，江湖上、渔蓑堪老。鸣榔处，汪汪万顷，清波无垢。欸乃一声虚谷应，夷犹短棹关心否。向晚来、垂钓傍寒汀，牵星斗。 砂碛畔，蒹葭茂。烟波际，盟鸥友。喜清风明月，多情相守。紫绶金章朝路险，青蓑箬笠沧溟浩。舍浮云、富贵乐天真，酾江酒。

此词写隐逸之乐，清波万顷，虚谷无人，与盟鸥为友，与明月相伴，没有尘世的烦恼，没有朝堂的险恶，蓑笠垂钓，天真终老。此种清逸的意境在诗歌中亦常见，但在花间樽前香艳的世界里，还是显得别样可贵。

  雅俗之辨还表现在表现手法方面。高雅的表现手法与常见的、流俗的表现手法相区别，往往别出心裁，给人以新奇而妙的感受，此之谓求新、求奇、求雅。如姜夔的〔鹧鸪天〕《正月十一日观灯》："巷陌风光纵赏时，笼纱未出马先嘶。白头居士无呵殿，只有乘肩小女随。 花满市，月侵衣，少年情事老来悲。沙河塘上春寒浅，看了游人缓缓归。"况周颐评析："姜白石〔鹧鸪天〕云：'笼纱未出马先嘶。'七字写出华贵气象，却淡隽不涉俗。"（《蕙风词话》卷二）此句写华贵之家出门的气势，没有像一般流俗写法去写庞大的仪仗和雍容的场面，而是闻其声而想象其貌，马的嘶鸣声似乎要拉开大幕，华贵之阵呼之欲出，以想象引人入胜。此正是"不涉俗"的写法，也是姜夔词清淡隽永风格的体现。

  况周颐十分注重作词表现艺术的雅而不俗，他称赞南宋词人马子严的词"不涉俗，不楚楚作态故也"（《历代词人考略》卷三十二），"楚楚作态"就是矫揉造作，是缺少真情的姿态，也是一般流俗的写法，况氏认为这就是"俗"。况周颐例举五代词人和凝的〔江城子〕词说明"雅"的写法："斗转星移玉漏频。已三更，对栖莺。历历花间，似有马啼声。含笑整衣开绣户，斜敛手，下阶迎。"这首词写思妇的闺房之思，听到花间的声响，以为心上人骑马回来，将思妇痴情专注的心理描写得细腻动人。况氏评"'历历花间，似有马蹄声。'尤为浑雅，进乎高诣"（《餐樱庑词话》），赞赏此词表现手法的高妙，正是情思一体的"浑雅"之境。

  第三，语言的"雅俗"与"以俗为雅"。况周颐对语言雅俗的分析最为精到。词体从民间走进文人，语言的变化最为明显。民间词以口语为主要特征，有俚俗色彩；文人词语言精致华美，有文雅特色。民间词为文人词所代替，开启了文人词的文雅语言的传统。

一般来说，况周颐对词中使用俗语是持否定态度的，他曾批评五代孙光宪云："孙孟文倚声专家，惜一二俗句为累。"（《历代词人考略》卷六）但是并不是反对一切涉"俗"之语，而是充分注意到"俗"的复杂表现和意涵变化，特别是对与"俗"相近的多种概念范畴加以辨析。

况周颐指出词中"俗语"与"俗意"的区别。北宋陈亚曾作集药名词〔生查子〕三首，题名《闺情》。清初的徐釚《词苑丛谈》评云："宋陈亚性滑稽，尝集药名作《闺情》〔生查子〕三首云云。此等词，偶一为之可耳，毕竟不雅。"徐釚认为，用药名谐音作词，属于文字游戏，所以"不雅"。况周颐对徐釚的批评并不完全认同，而是加以具体分析：

> 集药名词非不可为，唯不雅，诚不可。陈亚之〔生查子〕其第一首后段云云，何尝不浑雅可诵？唯第三首歇拍近俗，第二首末句尤俗，徐氏之言非过矣。（《历代词人考略》卷十八）

况周颐提到的陈亚〔生查子〕第一首后段为："分明记得约当归，远至樱桃熟。何事菊花时，犹未回乡曲。"第二首末句为："为念婿辛勤，去折蟾宫桂。"第三首歇拍为："拟续断朱弦，待者冤家看。"[①]与徐釚仅仅从语言的角度进行评议不同，况周颐关注的是词意的雅俗，他认为第一首〔生查子〕写情人之间相约爽约，有故事有真情，词语与词意相得益彰，不仅不"俗"，反而可称"浑雅"。第二首、第三首〔生查子〕仅仅是药名谐音拼凑词句，格调不高，语言俚俗，所以同意徐釚的"不雅"之评。

在古典美学批评实践中，"雅俗"的内涵十分丰富，即以语言的"俗"而言，"俗"与"质"常常因意涵的某些相近相似而并称，如"质俗"。况周颐特别注重辨析这些概念范畴的内涵特点，进而突显不同的审美意义。南宋杨泽民有〔秋蕊香〕词："向晓银瓶香暖。宿蕊犹残娇面。风尘一缕透窗眼。恨入春山黛浅。短书封了凭金线。系双燕。良人贪逐利名远。不忆幽花静院。"况周颐评云："'良人'句质不涉俗。"（《蕙风词话》卷二）"良人"句写思妇对"良人"重名

---

① 药名谐音："当归"—当归，"远至"—远志，"回乡"—茴香，"婿辛"—细辛，"待者"—代赭。

利轻别离的怨情,这是相思离别诗词常见的意象,很有堕入流俗的可能。但况周颐认为此句"质不涉俗",情感质朴真挚,便不入流俗。况周颐对"质"与"俗"之间关系的辨析颇堪玩味。

在中国古典文学思想史上,"以俗为雅"是一道特殊的风景线。"以俗为雅"的范畴出自宋代,梅尧臣首先提出。所谓"以俗为雅"即在作品中特意运用俗语、俗词,以相反相成的手法表现出新、出奇的"雅意"。这种"以俗为雅"的做法在词中也不乏其例。宋人就曾用"以俗为雅"称赞李清照的词:"皆以寻常语言,度入音律,炼句精巧者易,平淡入妙者难。山谷谓以故为新,以俗为雅者,易安先得之矣。"①况周颐在论析词人词作之时,常常引入"以俗为雅"的理念,且见识极为深刻。况周颐深谙艺术辩证法的奥妙,指出雅俗之间在一定的条件下可以变化,如况氏下面这段阐述:

> 元人沈伯时作《乐府指迷》,于《清真词》推许甚至。唯以"天便教人,霎时厮见何妨""梦魂凝想鸳侣"等句为不可学,则非真能知词者也。清真又有句云:"多少暗愁密意,唯有天知。""最苦梦魂,今宵不到伊行。""拼今生、对花对酒,为伊泪落。"此等语愈朴愈厚,愈厚愈雅,至真之情,由性灵肺腑中流出,不妨说尽而愈无尽。(《蕙风词话》卷二)

南宋的沈义父《乐府指迷》对北宋词人周邦彦推崇备至,但对周邦彦的部分词作也有批评,如:"清真之'天便教人,霎时厮见何妨'(按:〔风流子〕),又云'梦魂凝想鸳侣'(按:〔尉迟杯〕)之类,便无意思,亦是词家病,却不可学也。"认为这些词句"轻而露",过于浅俗。况周颐却不同意沈义父的说法,他认为周邦彦这些词句还有与此类似的词句如"多少暗愁密意,唯有天知"(按:〔风流子〕),"最苦梦魂,今宵不到伊行"(按:〔风流子〕),"拼今生、对花对酒,为伊泪落"(按:〔解连环〕),这些词的内容皆是表现男女之情,在表现方法上有一个共同的特点:质朴、真挚。质朴、真挚、不加雕饰、直抒胸臆本是俗文学的重要特点,然而在况周颐看来,这些"俗"的特点不仅没有影响词意,反而更增加了词中情感的厚重,由于有厚重的力量,词由"俗"转变为"雅"。况周颐对周邦彦词的辨析体现了"以俗为雅"的辩证思维。

---

① 沈雄:《古今词话·词辨》下卷引《贵耳集》。

况周颐还以曹组〔品令〕词为例阐释"雅俗"的转换。例举曹组〔品令〕词："乍寂寞。帘栊静,夜久寒生罗幕。窗儿外、有个梧桐树,早一叶、两叶落。独倚屏山欲寐,月转惊飞乌鹊。促织儿、声响虽不大,敢教贤、睡不着。"况周颐评析云:

> 曹元宠〔品令〕歇拍云:"促织儿、声响虽不大,敢教贤、睡不着。""贤"字作"人"字用,盖宋时方言。至今不嫌其俗,转觉其雅。(《蕙风词话续编》卷一)

一般来说,文人雅词多用精致文雅的语言,俗词多用民间俚俗语言,由此形成"雅俗"的定位。但是"雅""俗"又可以在一定条件下相互转换。况周颐认为曹组的词虽然运用方言入词,但新奇有趣,转而为雅。况周颐所说的"雅"并非人们一般认为的以文化知识积累及文采修辞表现为特征的"文雅",而是精神层面超越凡俗的"高雅"。

在有些词学家的观念中,语言"雅俗"的区别在于"雅词"运用精致的书面语,"俗词"运用日常的口语。况周颐却不同意这样的认识,他曾举例南宋词人蔡戡(定夫)的〔点绛唇〕《咏百结》的例子:"纤手工夫,采丝五色交相映。同心端正。上有双鸳并。　皓腕轻缠,结就相思病。凭谁信。玉肌宽尽。却系心儿紧。"况氏称赞词中的"相思病"一词"入词雅绝"(《历代词人考略》卷三十一)。"相思病"乃民间俗语,用于词中新颖别致,所以"雅绝"。

理论总是抽象枯燥的,而文学作品却色彩斑斓。况周颐以长于批评理论而享誉词学史,他的许多词学观点、词学范畴、词人评价、词史论断在当世及以后影响巨大。然而由于批评理论的抽象特性,也造成了解读者的不少疑惑和歧解。当我们关注于况周颐极为丰富的唐宋词鉴赏评析时,已经打开了一扇通解之门,不少问题迎刃而解,甚至还有豁然开朗之感。

编纂凡例

（一）本书汇集况周颐在各种词话及论词文献中所评析的唐宋词凡239家，共951首。

（二）词人顺序按照生年先后排列，如生卒年不详，则依照其生平时代大致推算。

（三）词人首列小传，以下分列作品及况氏评析之语；况氏对部分词人有总评式评语，列于其后，以助对该词人的全面理解。

（四）由于使用版本不同，况周颐的评析之语中所引用唐宋词的作者或作品文字或有与《全唐五代词》《全宋词》版本有所不同的情况，本书以按语形式加以说明；文字差异较大者则录全词以示比较。

（五）况氏偶有将作品、作者误记的情况，本书则加按语说明。

（六）况周颐的论词文字在其各种词学文献中往往重出互见，本书所引况氏文字如见多本，则仅录一种，一般以录后出词话为原则。

（七）况氏之评析文字中多引用唐宋词原词，为节省篇幅，凡是引用词作全词者，本书以"（词略）"标示；凡引词句片断者，则保留原词。

（八）书后附有词人索引和词作索引，以便查核。

目录

001	李 白		008	韦 庄
001	清平乐（烟深水阔）		008	定西番（挑尽金灯红烬）
002	菩萨蛮（平林漠漠烟如织）		009	浣溪沙（夜夜相思更漏残）
002	忆秦娥（箫声咽）		009	谒金门（空相忆）
002	韩 翃		010	韩 偓
003	章台柳（章台柳）		010	浣溪沙（拢鬓新收玉步摇）
			010	生查子（秋雨五更头）
003	张志和			
003	渔歌子（西塞山前白鹭飞）		011	李存勖
			011	歌 头（赏芳春）
004	刘禹锡			
004	忆江南（春去也）		012	薛昭蕴
004	忆江南（春去也）		012	浣溪沙（红蓼渡头秋正雨）
005	抛球乐（春早见花枝）		012	浣溪沙（粉上依稀有泪痕）
			013	浣溪沙（握手河桥柳似金）
005	皇甫松		013	浣溪沙（江馆清秋缆客船）
005	摘得新（酌一卮）		013	喜迁莺（残蟾落）
006	采莲子（船动湖光滟滟秋）		013	小重山（春到长门春草青）
			014	离别难（宝马晓鞴雕鞍）
006	温庭筠			
007	更漏子（玉炉香）			

015	牛峤		023	江城子(竹里风生月上门)
015	西溪子(捍拨双盘金凤)		024	江城子(斗转星移玉漏频)
015	望江怨(东风急)		024	望梅花(春草全无消息)
016	菩萨蛮(玉炉冰簟鸳鸯锦)		024	菩萨蛮(越梅半拆轻寒里)
016	女冠子(绿云高髻)			
			025	顾敻
016	张泌		025	河传(棹举)
017	河传(渺莽云水)		025	酒泉子(杨柳舞风)
017	河传(红杏)		026	荷叶杯(我忆君诗最苦)
017	浣溪沙(翡翠屏开绣幄红)		026	浣溪沙(露白蟾明又到秋)
017	浣溪沙(偏戴花冠白玉簪)			
			027	孙光宪
018	毛文锡		027	菩萨蛮(青岩碧洞经朝雨)
018	醉花间(休相问)		027	菩萨蛮(木绵花映丛祠小)
019	应天长(平江波暖鸳鸯语)		027	生查子(寂寞掩朱门)
			028	南歌子(艳冶青楼女)
019	王衍		028	更漏子(听寒更)
019	甘州曲(画罗裙)			
			029	魏承班
			029	生查子(离别又经年)
020	欧阳炯		029	满宫花(寒夜长)
020	春光好(胸铺雪)		030	谒金门(烟水阔)
021	浣溪沙(天碧罗衣拂地垂)		030	谒金门(春欲半)
021	定风波(暖日闲窗映碧纱)		030	谒金门(长思忆)
022	浣溪沙(相见休言有泪珠)			
			031	鹿虔扆
022	和凝		031	临江仙(无赖晓莺惊梦断)
023	临江仙(披袍窣地红宫锦)		031	临江仙(金锁重门荒苑静)
023	麦秀两歧(凉簟铺斑竹)			

032	**阎 选**	040	南乡子(云带雨)
032	临江仙(十二高峰天外寒)	040	南乡子(沙月静)
033	虞美人(楚腰蛴领团香玉)	040	南乡子(渔市散)
033	谒金门(美人浴)	041	南乡子(拢云髻)
033	浣溪沙(寂寞流苏冷绣茵)	041	南乡子(相见处)
033	定风波(江水沉沉帆影过)	041	南乡子(携笼去)
034	虞美人(粉融红腻莲房绽)	041	南乡子(云髻重)
034	八拍蛮(愁琐黛眉烟易惨)	041	南乡子(双髻坠)
		042	南乡子(红豆蔻)
035	**尹 鹗**	042	南乡子(山果熟)
035	女冠子(双成伴侣)	042	南乡子(新月上)
035	秋夜月(三秋佳节)	043	巫山一段云(古庙依青嶂)
036	菩萨蛮(陇云暗合秋天白)	043	河 传(去去)
		043	酒泉子(秋雨连绵)
036	**毛熙震**	043	酒泉子(秋月婵娟)
037	何满子(寂寞芳菲暗度)	044	浣溪沙(红藕花香到槛频)
037	女冠子(修蛾慢脸)	044	西溪子(马上见时如梦)
037	酒泉子(钿匣舞鸾)	044	中兴乐(后庭寂寂日初长)
038	木兰花(掩朱扉)	045	渔 父(水接衡门十里余)
038	小重山(梁燕双飞画阁前)	045	渔歌子(楚山青)
		045	定风波(雁过秋空夜未央)
038	**李 珣**	046	临江仙(莺报帘前暖日红)
039	望远行(春日迟迟思寂寥)		
039	南乡子(烟漠漠)	047	**李 煜**
039	南乡子(兰棹举)	047	菩萨蛮(蓬莱院闭天台女)
039	南乡子(归路近)	047	子夜歌(寻春须是先春早)
040	南乡子(乘彩舫)	048	捣练子(深院静)
040	南乡子(倾绿蚁)	048	捣练子(云鬓乱)

049	**潘　佑**	059	蝶恋花(帘幕风轻双语燕)
049	失调名(楼上春寒山四面)		
		060	**宋　祁**
050	**徐昌图**	060	玉楼春(东城渐觉风光好)
050	临江仙(饮散离亭西去)		
		061	**欧阳修**
051	**王禹偁**	061	蝶恋花(庭院深深深几许)
051	点绛唇(雨恨云愁)	062	望江南(江南柳)
052	**潘　阆**	063	**王　琪**
052	酒泉子(长忆西湖)	063	望江南(江南雨)
052	酒泉子(长忆高峰)	063	望江南(江南燕)
053	酒泉子(长忆龙山)	064	望江南(江南岸)
053	酒泉子(长忆观潮)		
		064	**韩　琦**
054	**夏　竦**	065	点绛唇(病起恹恹)
054	喜迁莺(霞散绮)		
		065	**杜安世**
055	**范仲淹**	065	诉衷情(烧残绛蜡泪成痕)
055	苏幕遮(碧云天)		
056	渔家傲(塞下秋来风景异)	066	**荣　諲**
		066	南乡子(江上野梅芳)
057	**张　先**		
057	天仙子(水调数声持酒听)	067	**赵　抃**
		067	折新荷引(雨过回廊)
058	**晏　殊**		
058	浣溪沙(一曲新词酒一杯)	068	**蔡　挺**
058	踏莎行(小径红稀)	068	喜迁莺(霜天清晓)

069	**韩维**	079	**苏轼**
069	胡捣练令(夜来风横雨飞狂)	079	青玉案(三年枕上吴中路)
		080	菩萨蛮(涂香莫惜莲承步)
070	**司马光**		
070	西江月(宝髻松松挽就)	081	**舒亶**
		081	菩萨蛮(画船捶鼓催君去)
071	**苏氏(延安夫人)**	082	散天花(云断长空叶落秋)
071	临江仙(一夜东风穿绣户)	082	醉花阴(月幌风帘香一阵)
		082	菩萨蛮(忆曾把酒赏红翠)
072	**晏几道**	083	木兰花(十二阑干褰画箔)
072	阮郎归(天边金掌露成霜)	083	鹊桥仙(教来歌舞)
074	**孙洙**	084	**王雱**
074	菩萨蛮(楼头尚有三通鼓)	084	倦寻芳慢(露晞向晚)
074	河满子(怅望浮生急景)	084	眼儿媚(杨柳丝丝弄轻柔)
075	**王观**	085	**晁端礼**
075	庆清朝慢(调雨为酥)	085	水龙吟(岭梅香雪飘零尽)
076	生查子(关山魂梦长)	086	并蒂芙蓉(太液波澄)
076	菩萨蛮(单于吹落山头月)	086	水龙吟(夜来深雪前村路)
		087	水龙吟(小桃零落春将半)
076	**魏夫人**	087	绿头鸭(晚云收)
077	定风波(不是无心惜落花)	087	蓦山溪(轻衫短帽)
077	点绛唇(波上清风)		
		088	**查荎**
078	**王诜**	088	透碧霄(舣兰舟)
078	忆故人(烛影摇红向夜阑)		

089	曾　肇		099	陈师道
089	好事近(岁晚凤山阴)		099	菩萨蛮(行云过尽星河烂)
			099	蝶恋花(九里山前千里路)
090	李之仪		100	卜算子(纤软小腰身)
090	早梅芳(雪初销)		100	木兰花(阴阴云日江城晚)
090	谢池春(残寒销尽)		100	临江仙(官样初黄过闰九)
091	蝶恋花(天淡云闲晴昼永)		101	清平乐(秋声隐地)
091	浣溪沙(昨日霜风入绛帷)		101	南乡子(潮落去帆收)
091	浣溪沙(剪水开头碧玉条)			
091	鹧鸪天(节是重阳却斗寒)		102	张　耒
091	南乡子(绿水满池塘)		102	风流子(木叶亭皋下)
092	南乡子(睡起绕回塘)			
092	南乡子(小雨湿黄昏)		103	周邦彦
092	减字木兰花(乱魂无据)		104	尉迟杯(隋堤路)
			104	望江南(游妓散)
093	贺　铸		104	风流子(新绿小池塘)
093	浣溪沙(云母窗前歌绣针)		105	风流子(枫林凋晚叶)
094	六州歌头(少年侠气)		105	解连环(怨怀无托)
094	小重山(枕上阊门五报更)		106	望江南(歌席上)
094	小重山(月月相逢只旧圆)			
			107	李元膺
096	释仲殊		107	洞仙歌(雪云散尽)
096	诉衷情(楚江南岸小青楼)			
096	诉衷情(钟山影里看楼台)		108	李　祁
097	诉衷情(清波门外拥轻衣)		108	点绛唇(楼下清歌)
097	诉衷情(长桥春水拍堤沙)		108	鹊桥仙(春阴淡淡)
097	诉衷情(涌金门外小瀛洲)		109	西江月(云观三山清露)
098	金明池(天阔云高)			

109	聂胜琼		120	蝶恋花(卷絮风头寒欲尽)
110	鹧鸪天(玉惨花愁出凤城)		120	浣溪沙(风急花飞昼掩门)
110	廖世美		120	苏 庠
111	烛影摇红(霭霭春空)		121	虞美人(军书未息梅仍破)
			121	谒金门(何处所)
111	陈 瓘		121	鹧鸪天(梅妒晨妆雪妒轻)
112	蓦山溪(扁舟东去)		121	诉衷情(倦投林樾当诛茅)
112	满庭芳(扰扰匆匆)		122	木兰花(江云叠叠遮鸳浦)
113	孔夷		122	谢 逸
113	水龙吟(去年今日关山路)		123	千秋岁(楝花飘砌)
113	惜余春慢(弄月余花)		123	渔家傲(秋水无痕清见底)
114	南 浦(风悲画角)		123	虞美人(角声吹散梅梢雪)
114	水龙吟(岁穷风雪飘零)		124	浣溪沙(暖日温风破浅寒)
			124	踏莎行(柳絮风轻)
115	李 廌			
115	虞美人(玉阑干外清江浦)		125	曹 组
			125	相思会(人无百年人)
			125	品 令(乍寂寞)
116	毛 滂		126	醉花阴(九陌寒轻春尚早)
116	绛都春(余寒尚峭)		126	如梦令(门外绿阴千顷)
			126	蓦山溪(护霜云际)
117	晁冲之		127	阮郎归(檐头风佩响丁东)
118	汉宫春(潇洒江梅)		127	好事近(茅舍竹篱边)
119	赵令畤		128	释惠洪
119	菩萨蛮(轻鸥欲下春塘浴)		128	青玉案(凝祥宴罢闻歌吹)
119	好事近(急雨涨溪浑)			

129	**葛胜仲**		138	卜算子(清池过雨凉)
129	渔家傲(叠叠云山供四顾)		138	鹧鸪天(满眼纷纷恰似花)
129	水调歌头(胜友欣倾盖)		139	踏莎行(玉露团花)
130	西江月(羁宦新来作恶)			
130	南乡子(柳岸正飞绵)		139	**万俟咏**
130	江城子(浮家重过水晶宫)		140	三　台(见梨花初带夜月)
131	鹧鸪天(采采黄花鹄彩浓)			
			140	**田　为**
132	**米友仁**		141	南柯子(梦怕愁时断)
132	小重山(醉倚朱阑一解衣)		141	江神子慢(玉台挂秋月)
132	阮郎归(碧溪风动满文漪)			
			142	**王庭珪**
133	**谢薖**		142	桃源忆故人(催花一霎清明雨)
133	醉蓬莱(望晴峰染黛)		142	感皇恩(一叶下西风)
134	蝶恋花(一水盈盈牛与女)		143	解佩令(湘江停瑟)
134	**叶梦得**		143	**陈　克**
135	定风波(破萼初惊一点红)		144	鹧鸪天(芳树阴阴脱晚红)
			144	鹧鸪天(禁骨余寒酒半醒)
135	**王寀**		144	鹧鸪天(小市桥弯更向东)
136	玉楼春(绣屏晓梦鸳鸯侣)		145	虞美人(小山戢戢盆池浅)
136	浣溪沙(珠箔随檐一桁垂)		145	虞美人(绿阴满院帘垂地)
136	浣溪沙(扇影轻摇一线香)		145	临江仙(枕帐依依残梦)
136	蝶恋花(缕雪成花檀作蕊)			
137	蝶恋花(燕子来时春未老)		146	**朱敦儒**
			146	念奴娇(别离情绪)
137	**徐俯**		147	鹧鸪天(检尽历头冬又残)
138	卜算子(胸中千种愁)			

147	赵 佶	159	吕本中
148	燕山亭(裁剪冰绡)	160	清平乐(柳塘新涨)
		160	生查子(人分南浦春)
148	李 纲	160	虞美人(梅花自是于春懒)
149	江城子(客中重九共登高)	160	浣溪沙(暖日温风破浅寒)
149	六么令(长江千里)		
149	喜迁莺(江天霜晓)	161	赵 鼎
150	水龙吟(晚春天气融和)	162	鹧鸪天(客路那知岁序移)
		162	洞仙歌(空山雨过)
151	张 纲	163	点绛唇(惜别伤离)
151	念奴娇(多情宋玉)	163	好事近(春色遍天涯)
152	绿头鸭(爱家山)	163	好事近(羁旅转飞蓬)
152	菩萨蛮(重帘卷尽楼台日)	163	好事近(烟雾锁青冥)
152	菩萨蛮(南山只与溪桥隔)	164	如梦令(烟雨满江风细)
		164	好事近(杨柳曲江头)
153	左 誉	165	花心动(江月初升)
153	眼儿媚(楼上黄昏杏花寒)	165	小重山(漠漠晴霓和雨收)
		165	行香子(草色芊绵)
154	李清照	166	蝶恋花(尽日东风吹绿树)
155	多 丽(小楼寒)		
155	浣溪沙(楼上晴天碧四垂)	166	向子諲
156	转调满庭芳(芳草池塘)	167	生查子(春心如杜鹃)
157	临江仙(庭院深深深几许)	167	生查子(近似月当怀)
157	诉衷情(夜来沉醉卸妆迟)	167	生查子(娟娟月入眉)
158	浪淘沙(帘外五更风)	167	生查子(相思懒下床)
158	永遇乐(落日熔金)	168	好事近(初上舞茵时)
159	醉花阴(薄雾浓云愁永昼)	168	梅花引(同杯勺)
		168	玉楼春(记得江城春意动)

169	鹧鸪天（小院深明别有天）	179	南歌子（策杖穿荒圃）
169	踏莎行（霭霭朝云）	179	一落索（宫锦裁书寄远）
170	七娘子（山围水绕高唐路）	179	一落索（鸟散余花飞舞）
170	虞美人（绮窗人似莺藏柳）		
171	虞美人（澄江霁月清无对）	180	**曾 惇**
		180	浣溪沙（无数春山展画屏）
171	**蔡 伸**		
172	念奴娇（凌空宝观）	181	**杨无咎**
172	清平乐（明眸秀色）	181	锯解令（送人归后酒醒时）
172	愁倚阑（一番雨）	181	醉花阴（捧杯不管余酲恶）
173	洞仙歌（莺莺燕燕）	181	解蹀躞（迤逦韶华将半）
173	虞美人（瑶琴一弄清商怨）	182	卓牌子慢（西楼天将晚）
173	虞美人（堆琼滴露冰壶莹）	182	蝶恋花（端正纤柔如玉削）
		182	蝶恋花（春睡腾腾长过午）
174	**陈与义**	183	垂丝钓（玉纤半露）
175	望江南（阑干曲）	183	好事近（花里爱姚黄）
		183	殢人娇（恼乱东君）
175	**邓 肃**	184	蓦山溪（天姿雅素）
176	临江仙（带雨梨花看上马）	185	齐天乐（后堂芳树阴阴见）
176	浣溪沙（雨入空阶滴夜长）	185	瑞鹤仙（听梅花再弄）
176	菩萨蛮（隔窗瑟瑟闻飞雪）		
176	瑞鹧鸪（北书一纸惨天容）	186	**仲 并**
177	临江仙（雨过荼蘼春欲放）	186	浪淘沙（倾国与倾城）
177	南歌子（驿畔争挦草）	186	忆秦娥（隈岩侧）
178	**吕渭老**	187	**何大圭**
178	望海潮（侧寒斜雨）	187	小重山（绿树莺啼春正浓）
178	思佳客（微点胭脂晕泪痕）		

188	胡　铨	197	渔　父(远水无涯山有邻)
188	醉落魄(千岩竞秀)	197	渔　父(谁云渔父是愚翁)
188	鹧鸪天(梦绕松江属玉飞)	197	渔　父(水涵微雨湛虚明)
		197	渔　父(无数菰蒲间藕花)
189	岳　飞	198	渔　父(春入渭阳花气多)
189	小重山(昨夜寒蛩不住鸣)	198	渔　父(清湾幽岛任盘纡)
190	满江红(怒发冲冠)		
		199	康与之
190	孙道绚	199	喜迁莺(秋寒初劲)
191	清平乐(悠悠扬扬)	199	丑奴儿令(冯夷翦碎澄溪练)
		200	应天长(管弦绣陌)
191	刘　泾		
191	清平乐(深沉院宇)	201	葛立方
		201	西江月(风送丹枫卷地)
192	史　浩	202	满庭芳(一阵清香)
193	临江仙(槛竹敲风初破睡)	202	好事近(几骑汉旌回)
193	满庭芳(爱日轻融)	202	好事近(归日指清明)
		203	风流子(细草芳南苑)
194	赵　构		
194	渔　父(一湖春水夜来生)	204	毛　开
195	渔　父(薄晚烟林澹翠微)	204	贺新郎(风雨连朝夕)
195	渔　父(云洒清江江上船)	204	念奴娇(少年奇志)
195	渔　父(青草开时已过船)	205	蝶恋花(罗袜匆匆曾一遇)
195	渔　父(扁舟小缆荻花风)	205	醉落魄(暮寒凄冽)
196	渔　父(侬家活计岂能明)	205	应天长令(曲栏十二闲亭沼)
196	渔　父(骇浪吞舟脱巨鳞)	205	谒金门(伤离索)
196	渔　父(鱼信还催花信开)		
196	渔　父(暮暮朝朝冬复春)		

206	张抡		216	西江月（豆蔻梢头年纪）
206	烛影摇红（双阙中天）		217	瑞鹧鸪（遥天拍水共空明）
			217	玉楼春（今秋仲月逢余闰）
207	洪适		217	青玉案（东风一夜吹晴雨）
207	虞美人（芭蕉滴滴窗前雨）		218	朝中措（漏云初见六花开）
208	思佳客（花信今无一半风）			
208	选冠子（雨脚报晴）		218	魏杞
208	满江红（衰老贪春）		219	虞美人（冰肤玉面孤山裔）
209	生查子（六月到盘洲）			
209	南歌子（南浦山罗列）		219	程大昌
209	南歌子（云拂山腰过）		219	好事近（我里比侨居）
210	生查子（桃疏蝶惜香）		220	水调歌头（绿净贯阛阓）
210	渔家傲引（九月芦香霜旦旦）		220	水调歌头（坐上羽觞醋）
210	渔家傲引（子月水寒风又烈）		221	浣溪沙（干处缁尘湿处泥）
			221	临江仙（遥认垍麓相应）
211	韩元吉		221	感皇恩（锦诰侈脂封）
211	永遇乐（池馆春归）			
212	六州歌头（东风着意）		222	李流谦
212	好事近（凝碧旧池头）		222	小重山（轻暑单衣四月天）
213	虞美人（西风斜日兰皋路）		223	虞美人（一春不识春风面）
213	醉落魄（楼头晚鼓）		223	洞仙歌（云窗雾阁）
213	菩萨蛮（薄云卷雨凉成阵）		224	满庭芳（归去来兮）
			224	醉蓬莱（正红疏绿密）
214	侯寘			
214	菩萨蛮（交刀剪碎琉璃碧）		225	王千秋
215	菩萨蛮（楼前曲浪归桡急）		225	好事近（六幕冻云凝）
215	阮郎归（美人小字称春娇）		226	浣溪沙（买市宣和预赏时）
216	念奴娇（衰翁憨甚）		226	虞美人（琵琶弦畔春风面）

226	虞美人(风花南北知何据)	236	蝶恋花(天色沉沉云色赭)
227	青玉案(鸣鼍欲引鱼龙戏)	237	浣溪沙(直系腰围鹤间霞)
227	浣溪沙(瑞玉偎香倚翠屏)	237	鹧鸪天(一夜春寒透锦帏)
		238	瑞鹤仙(南州春又到)
228	**朱 雍**	238	江城子(年年腊后见冰姑)
228	忆秦娥(风萧萧)		
228	梅花引(梅亭别)	239	**李好古**
229	迷神引(白玉楼高云光绕)	239	菩萨蛮(东园映叶梅如豆)
229	西平乐(夜色娟娟皎月)	239	八声甘州(古扬州)
		240	酹江月(西风横荡)
230	**曹 冠**	240	清平乐(清淮北去)
230	凤栖梧(桂棹悠悠分浪稳)	241	八声甘州(壮东南)
		241	江城子(从来难翦是离愁)
231	**姚述尧**	241	酹江月(平生英气)
231	浣溪沙(与客相从谒谢公)	242	贺新郎(人物风流远)
231	鹧鸪天(凤阙朝回晓色分)		
232	瑞鹧鸪(司花著意惜春光)	243	**吴 儆**
232	如梦令(雅淡轻盈如语)	243	虞美人(双眸翦水团香雪)
232	行香子(天赋仙姿)	243	浣溪沙(十里青山溯碧流)
233	好事近(梅子欲黄时)	244	浣溪沙(画楯朱阑绕碧山)
		244	满庭芳(宿雨滋兰)
234	**陆 游**	244	满庭芳(水满池塘)
234	双头莲(华发星星)		
235	月上海棠(斜阳废苑朱门闭)	245	**姜特立**
		245	菩萨蛮(日长庭院无人到)
235	**吕胜己**	246	蝶恋花(飘粉吹香三月暮)
235	醉桃源(去年手种十株梅)	246	霜天晓角(欢娱电掣)
236	蝶恋花(姑射真仙蓬海会)	246	满江红(小小华堂)

247	浣溪沙(节序回环已献裘)		256	满江红(斗帐高眠)
			256	念奴娇(星沙初下)
248	**范成大**		257	清平乐(光尘扑扑)
248	醉落魄(栖乌飞绝)		257	西江月(十里轻红自笑)
249	眼儿媚(酣酣日脚紫烟浮)		257	念奴娇(洞庭青草)
			258	西江月(问讯湖边春色)
249	**陈三聘**		258	鹊桥仙(吹香成阵)
249	鹧鸪天(指剥春葱去采蘋)			
			259	**管鉴**
250	**谢懋**		259	蓦山溪(老来生日)
250	杏花天(海棠枝上东风软)			
251	鹊桥仙(钩帘借月)		260	**王质**
251	浪淘沙(黄道雨初干)		260	清平乐(断桥流水)
			260	虞美人(绿阴夹岸人家住)
252	**沈端节**		261	清平乐(从来清瘦)
252	虞美人(碧云衰草连天远)		261	鹧鸪天(空响萧萧似见呼)
252	洞仙歌(夜来惊怪)		261	一斛珠(寒江凝碧)
252	卜算子(愁极强登临)		262	青玉案(浮萍不碍鱼行路)
253	南歌子(远树昏鸦闹)		262	江城子(细风微揭碧鳞鳞)
253	醉落魄(红娇翠弱)		263	西江月(月斧修成腻玉)
253	太常引(三三五五短长亭)			
254	谒金门(真个忆)		263	**丘崈**
254	谒金门(春欲去)		264	水调歌头(一雁破空碧)
254	如梦令(雨后轻寒天气)		264	洞仙歌(花中尤物)
254	念奴娇(湖山照影)		265	鹧鸪天(两两维舟近柳堤)
			265	祝英台(聚春工)
255	**张孝祥**		266	夜行船(水满平湖香满路)
255	菩萨蛮(东风约略吹罗幕)			

266	赵长卿		278	赵 昂
267	蓦山溪(玉妃整佩)		278	婆罗门引(暮霞照水)
267	清平乐(水乡清楚)			
			279	石孝友
268	王 炎		279	眼儿媚(愁云淡淡雨潇潇)
268	鹧鸪天(淡淡疏疏不惹尘)		279	水调歌头(美人在何许)
268	念奴娇(晓来雨过)		280	点绛唇(醉倚危槛)
269	卜算子(渡口唤遍舟)		280	谒金门(云树直)
269	卜算子(散策问芳菲)		280	望江南(山又水)
269	南柯子(天末家何许)		280	蝶恋花(薄幸人人留不住)
270	好事近(闲日似年长)		281	千秋岁引(春工领略)
270	杨冠卿		281	韩 玉
270	垂丝钓(翠帘昼卷)		282	且坐令(闲院落)
271	水调歌头(曳杖罗浮去)			
			283	刘光祖
272	辛弃疾		283	洞仙歌(晚风收暑)
272	玉楼春(狂歌击碎村醪盏)		284	鹊桥仙(相逢一笑)
273	祝英台近(宝钗分)			
273	鹧鸪天(枕簟溪堂冷欲秋)		284	马子严
274	千秋岁(塞垣秋草)		285	卜算子慢(璧月上极浦)
			285	海棠春(柳腰暗怯花风弱)
276	蔡 戡		286	月华清(瑟瑟秋声)
276	点绛唇(纤手工夫)		286	阮郎归(清明寒食不多时)
277	赵汝愚		287	陈 亮
277	柳梢青(水月光中)		287	水调歌头(不见南师久)

288	杨炎正	299	唐多令(芦叶满汀洲)
288	水调歌头(寒眼乱空阔)	299	沁园春(斗酒彘肩)
289	贺新郎(十日狂风雨)		
289	蝶恋花(点检笙歌多酿酒)	300	张 震
290	蝶恋花(离恨做成春夜雨)	300	鹧鸪天(宽尽香罗金缕衣)
290	张 镃	301	徐 照
291	昭君怨(月在碧虚中住)	301	清平乐(绿围红绕)
291	菩萨蛮(前生曾是风流侣)	301	瑞鹧鸪(雨多庭石上苔文)
291	好事近(手种满阑花)	302	南歌子(帘影筛金线)
292	虞美人(妆浓未试芙蓉脸)	302	阮郎归(绿杨庭户静沉沉)
292	感皇恩(诗眼看青天)	302	玉楼春(萤飞月里无光色)
292	蝶恋花(杨柳秋千旗斗舞)		
293	蝶恋花(门外沧洲山色近)	303	姜 夔
293	鹧鸪天(闲立飞虹远兴长)	303	扬州慢(淮左名都)
293	念奴娇(绿云影里)	304	越女镜心(风竹吹香)
294	八声甘州(领千岩)	304	越女镜心(檀拨么弦)
294	宴山亭(幽梦初回)	305	鹧鸪天(巷陌风光纵赏时)
294	眼儿媚(山矾风味木犀魂)		
295	鹊桥仙(连汀接渚)	306	杜 旃
296	满庭芳(月洗高梧)	306	蓦山溪(春风如客)
296	风入松(小樊标韵称香山)		
		307	刘仙伦
297	刘 过	307	一剪梅(唱到阳关第四声)
297	贺新郎(老去相如倦)	308	贺新郎(重唤松江渡)
297	贺新郎(晓印霜花步)	308	永遇乐(青幄蔽林)
298	祝英台近(窄轻衫)	309	霜天晓角(倚空绝壁)
298	四字令(情高意真)		

309	易祓	320	程珌
310	喜迁莺(帝城春昼)	320	水调歌头(日毂金钲赤)
310	蓦山溪(海棠枝上)	320	水调歌头(天地本无际)
		321	满江红(黄鹤楼前)
311	许古	321	念奴娇(归来一笑)
311	行香子(秋入鸣皋)		
312	眼儿媚(浊醪笞得玉为浆)	322	戴复古
		322	满江红(赤壁矶头)
312	韩淲	323	望江南(壶山好,博古又通今)
312	减字浣溪沙(宝鸭香消酒未醒)	323	望江南(壶山好,胆气不妨粗)
		323	望江南(壶山好,文字满胸中)
313	吴礼之	324	望江南(壶山好,也解忆狂夫)
313	喜迁莺(银蟾光彩)	324	望江南(石屏老,家住海东云)
314	蝶恋花(急水浮萍风里絮)	324	望江南(石屏老,长忆少年游)
314	丑奴儿(金风颤叶)	324	望江南(石屏老,悔不住山林)
315	杏花天(闷来凭得阑干暖)	325	沁园春(一曲狂歌)
315	渔家傲(红日三竿莺百啭)	325	贺新郎(忆把金罍酒)
		326	鹊桥仙(新荷池沼)
316	俞国宝	326	醉太平(长亭短亭)
316	风入松(一春长费买花钱)	326	木兰花慢(莺啼啼不住)
		327	醉落魄(龙山行乐)
317	汪晫		
317	鹧鸪天(伤时怀抱不胜愁)	327	卢炳
318	念奴娇(相逢草草)	328	念奴娇(晚天清楚)
318	贺新郎(贴子传新语)	328	踏莎行(猎猎霜风)
319	水调歌头(落日水亭静)	328	点绛唇(过眼溪山)
		329	诉衷情(柴扉人寂草生畦)
		329	谒金门(春事寂)

329	谒金门(门巷寂)	340	吴　泳
		340	水龙吟(清江社雨初晴)
330	洪咨夔	341	八声甘州(又一番)
330	风流子(锦幄醉荼蘼)	341	贺新郎(额扣龙犀苦)
331	水调歌头(四海止斋老)	342	洞仙歌(翠柔香嫩)
331	贺新郎(放了孤山鹤)	342	祝英台近(小池塘)
332	眼儿媚(平沙芳草渡头村)		
		343	魏了翁
332	史达祖	343	金缕曲(独立西风里)
333	三姝媚(烟光摇缥瓦)	344	金缕曲(旧日重阳日)
333	瑞鹤仙(杏烟娇湿鬓)	344	卜算子(携月上南楼)
333	八归(秋江带雨)	344	鹧鸪天(月落星稀露气香)
334	玉蝴蝶(晚雨未摧宫树)	345	鹧鸪天(两使星前秉烛游)
334	蝶恋花(二月东风吹客袂)		
334	解佩令(人行花坞)	345	李从周
335	临江仙(倦客如今老矣)	346	风流子(双燕立虹梁)
335	寿楼春(裁春衫寻芳)	346	清平乐(东风无用)
		346	鹧鸪天(绿色吴笺覆古苔)
336	高观国	347	抛球乐(风胃蔫红雨易晴)
336	金人捧露盘(楚宫闲)	347	谒金门(花似匜)
337	玉蝴蝶(唤起一襟凉思)		
337	鹧鸪天(有约湖山却解襟)	347	卢祖皋
338	夜合花(斑驳云开)	348	清平乐(柳边深院)
338	兰陵王(凤箫咽)	348	江城子(画楼帘幕卷新晴)
339	玲珑四犯(水外轻阴)		
339	醉落魄(钩帘翠湿)	349	真德秀
339	齐天乐(晚云知有关山念)	349	蝶恋花(两岸月桥花半吐)

350	刘　镇		359	杨泽民
350	水龙吟(三山腊雪才消)		359	玉楼春(笔端点染相思泪)
351	玉楼春(冷冷水向桥东去)		359	秋蕊香(向晓银瓶香暖)
351	周文璞		360	陈以庄
352	浪淘沙(还了酒家钱)		360	菩萨蛮(举头忽见衡阳雁)
352	一剪梅(风韵萧疏玉一团)			
			361	黄　机
352	韩　疁		361	乳燕飞(秋意今如许)
353	高阳台(频听银签)		361	摸鱼儿(惜春归)
353	浪淘沙(裙色草初青)		362	木兰花慢(问功名何处)
			362	满江红(呀鼓声中)
354	黄　简		362	清平乐(西园啼鸟)
354	柳梢青(病酒心情)		363	谒金门(风雨后)
354	眼儿媚(画楼瀂水翠梧阴)		363	谒金门(秋向晚)
			363	霜天晓角(长江千里)
355	孙惟信		364	夜行船(红溅罗裙三月二)
355	夜合花(风叶敲窗)		364	鹊桥仙(黄花似钿)
356	烛影摇红(一朵鞓红)		364	鹊桥仙(薄情也见)
356	南乡子(璧月小红楼)		364	虞美人(十年不作湖湘客)
			365	临江仙(凤翥鸾飞空燕子)
357	方千里		366	沁园春(日过西窗)
357	过秦楼(柳拂鹅黄)		366	传言玉女(日薄风柔)
357	塞垣春(四远天垂野)		366	丑奴儿令(绮窗拨断琵琶索)
358	诉衷情(一钩新月淡于霜)			
358	风流子(河梁携手别)		367	沈　瀛
			367	行香子(野叟长年)
			368	减字木兰花(酒巡未止)

368	严 仁		379	踏莎行（日月跳丸）
368	醉桃源（拍堤春水蘸垂杨）		380	玉楼春（年年跃马长安市）
369	蝶恋花（院静日长花气暖）		380	风入松（归鞍尚欲小徘徊）
369	鹧鸪天（一径萧条落叶深）			
370	一落索（清晓莺啼红树）		381	赵以夫
370	南柯子（柳陌通云径）		381	万年欢（凤历开新）
370	菩萨蛮（征鸿点破空云碧）		382	芙蓉月（黄叶舞碧空）
			382	徵 招（玉壶冻裂琅玕折）
371	张 辑		383	汉宫春（投老归来）
371	疏帘淡月（梧桐雨细）		383	秋蕊香（一夜金风）
372	貂裘换酒（笛唤春风起）		384	解语花（红香湿月）
372	沙头雨（带醉归时）		384	凤归云（正愁予）
373	月上瓜洲（江头又见新秋）		385	桂枝香（水天一色）
373	祝英台近（竹间棋）		385	桂枝香（青霄望极）
			386	水龙吟（塞楼吹断梅花）
374	黄孝迈		386	探春慢（宝胜宾春）
374	水龙吟（闲情小院沉吟）		387	龙山会（九日无风雨）
			387	二郎神（野塘暗碧）
375	岳 珂		388	摸鱼儿（古城阴）
375	满江红（小院深深）		388	贺新郎（葵扇秋来贱）
376	祝英台近（瓮城高）		389	贺新郎（载酒阳关去）
376	祝英台近（淡烟横）		390	孤 鸾（江南春早）
			390	玉烛新（寒宽一雁落）
377	刘克庄		391	角 招（晓风薄）
377	生查子（繁灯夺霁华）			
378	摸鱼儿（甚春来）		391	周端臣
378	摸鱼儿（怪新年）		392	清夜游（西园昨夜）
379	临江仙（不见仙湖能几日）		392	玉楼春（华堂帘幕飘香雾）

393	木兰花慢（霭芳阴未解）	404	贺新郎（且尽杯中酒）
		404	贺新郎（露白天如洗）
393	张榘	404	虞美人（蘋花零乱秋亭暮）
394	应天长（曙林带暝）	405	鹧鸪天（西畔双松百尺长）
394	应天长（磬圆树杪）		
395	瑞鹤仙（碧油推上客）	405	吴潜
395	贺新郎（匹马钟山路）	406	念奴娇（天然蝠质）
		406	满江红（斫却凡柯）
396	吴渊	407	青玉案（流芳只怕春无几）
396	念奴娇（我来牛渚）	407	满江红（万里西风）
396	水调歌头（太白已仙去）	408	水调歌头（皎月亦常有）
397	沁园春（十月江南）	408	长相思（燕高飞）
398	满江红（投老未归）	409	满江红（岁岁登高）
		409	二郎神（小亭徙倚）
398	冯去非	410	千秋岁（水晶宫里）
399	八声甘州（买扁舟）		
399	点绛唇（秋满孤篷）	410	李曾伯
399	喜迁莺（凉生遥渚）	411	八声甘州（对西风）
400	葛长庚	412	曾协
400	贺新郎（谓是无情者）	412	酹江月（一年好处）
401	贺新郎（风雨今如此）	412	点绛唇（乱叠香罗）
401	沁园春（客里家山）	413	浣溪沙（昼漏新来一倍长）
402	水龙吟（雨微叠巘浮空）		
402	摸鱼儿（问苍江）	413	牟子才
403	瑞鹤仙（残蟾明远照）	414	金缕曲（阁住杏花雨）
403	水调歌头（江上春山远）		
403	洞仙歌（南枝漏泄）		

414	方　岳		427	摸鱼儿(卷西风)
415	沁园春(岁在永和)			
415	沁园春(莺带春来)		427	高　登
416	汉宫春(问讯何郎)		428	行香子(瘴气如云)
416	眼儿媚(雁带新霜几多愁)		428	好事近(潇洒带霜枝)
416	玉楼春(木犀过了诗憔悴)			
417	水调歌头(秋雨一何碧)		429	潘　牥
417	贺新郎(雁向愁边落)		429	南乡子(生怕倚阑干)
417	虞美人(鸥清眠碎晴溪月)		430	满江红(筑室依崖)
			430	清平乐(萋萋芳草)
418	李南金			
419	贺新郎(流落今如许)		431	陈允平
			431	瑞龙吟(长安路)
420	吴文英		431	扫花游(蕙风飐暖)
420	塞翁吟(草色新宫绶)		432	夜飞鹊(秋江际天阔)
421	夜游宫(窗外捎溪雨响)		432	花　犯(报南枝)
421	杏花天(蛮姜豆蔻相思味)		432	大　酺(雾幕西山)
422	鹧鸪天(池上红衣伴倚阑)		433	霜叶飞(碧天如水)
422	夜行船(鸦带斜阳归远树)		433	渡江云(青青江上草)
			433	蝶恋花(落尽樱桃春去后)
424	翁元龙		434	蝶恋花(楼上钟残人渐定)
424	水龙吟(画楼红湿斜阳)		434	少年游(画楼深映小屏山)
424	醉桃源(千丝风雨万丝晴)		434	解连环(寸心谁托)
425	绛都春(花娇半面)		435	忆旧游(又眉峰碧聚)
			435	解花语(鳌峰溯碧)
425	翁孟寅		435	过秦楼(倦听蛩砧)
426	齐天乐(红香十里铜驼梦)		436	解蹀躞(岸柳飘残黄叶)
426	烛影摇红(楼倚春城)		436	一落索(淡淡双蛾疏秀)

436	虞美人(夕阳楼上都凭遍)	448	李莱老
437	浪淘沙慢(暮烟愁)	448	浪淘沙(榆火换新烟)
437	西平乐慢(泛梗飘萍)	449	扬州慢(玉倚风轻)
		449	高阳台(门掩香残)
438	刘澜	449	杏花天(年时中酒风流病)
438	庆宫春(春剪绿波)	450	台城路(半空河影流云碎)
439	瑞鹤仙(向阳看未足)	450	惜红衣(笛送西泠)
439	齐天乐(玉钗分向金华后)	451	小重山(画檐簪柳碧如城)
440	洪瑹	451	冯伟寿
440	月华清(花影摇春)	452	玉连环(谪仙往矣)
441	菩萨蛮(断虹远饮横江水)		
441	南柯子(柳浪摇晴沼)	452	柴望
441	阮郎归(东风吹破藻池冰)	453	念奴娇(登高回首)
442	鹧鸪天(意态婵娟画不如)	453	摸鱼儿(望长江)
442	浪淘沙(花雾涨冥冥)	454	念奴娇(春来多困)
443	行香子(楚楚精神)		
		454	张枢
444	章谦亨	455	谒金门(春梦怯)
444	摸鱼儿(想先生)		
		455	家铉翁
445	李彭老	456	水调歌头(瀛台居北界)
445	木兰花慢(正千门系柳)	456	念奴娇(神仙何处)
445	法曲献仙音(云木槎枒)	457	念奴娇(南来数骑)
446	探芳讯(对芳昼)		
446	浪淘沙(泼火雨初晴)	457	杨缵
447	高阳台(飘粉杯宽)	458	八六子(怨残红)
447	高阳台(石笋埋云)		

458	赵汝茪		469	江致和
459	恋绣衾(柳丝空有千万条)		469	五福降中天(喜元宵三五)
459	汉宫春(着破荷衣)			
			470	陈人杰
460	罗椅		470	沁园春(南北战争)
460	清平乐(明虹收雨)			
			471	陈恕可
461	薛梦桂		471	水龙吟(素姬初宴瑶池)
461	眼儿媚(碧筒新展绿蕉芽)			
461	浣溪沙(柳映疏帘花映林)		472	刘辰翁
462	醉落魄(单衣乍着)		472	促拍丑奴儿(世事莫寻思)
			472	踏莎行(日月跳丸)
462	姚勉		473	永遇乐(璧月初晴)
463	沁园春(四海中间)		473	摸鱼儿(是他家)
463	沁园春(湖海元龙)		474	摸鱼儿(是疑他)
464	沁园春(鹤发鸦鬓)		474	金缕曲(锦岸吴船鼓)
464	声声慢(江涵石瘦)		475	江城子(红欹醉袖殢阑干)
465	柳梢青(长记西湖)		475	山花子(东风解手即天涯)
465	贺新郎(薄晚收残暑)		476	浣溪沙(点点疏林欲雪天)
466	贺新郎(窗月梅花白)		476	浣溪沙(远远游蜂不记家)
466	霜天晓角(秋怀轩豁)		476	山花子(此处情怀欲问天)
467	沁园春(忆昔东坡)		477	临江仙(二十年前此日)
			477	鹧鸪天(旧日桃符管送迎)
468	莫崙		478	水调歌头(不饮强须饮)
468	水龙吟(镜寒香歇江城路)		478	齐天乐(蒋陵故是簪花路)
468	玉楼春(绿杨芳径莺声小)		479	瑞龙吟(老人语)
			479	水调歌头(夫子惠收我)
			480	金缕曲(风雨东篱晚)

480	摸鱼儿(怎知他)		493	忆王孙(汉家宫阙动高秋)
481	摸鱼儿(也何须)		493	忆王孙(吴王此地有楼台)
482	兰陵王(送春去)		493	忆王孙(长安不见使人愁)
483	宝鼎现(红妆春骑)		494	忆王孙(阵前金甲受降时)
483	大 酺(任琐窗深)		494	忆王孙(鹧鸪飞上越王台)
			494	忆王孙(离宫别苑草萋萋)
484	周 密		494	忆王孙(上阳宫里断肠时)
485	少年游(帘消宝篆卷宫罗)		494	忆王孙(华清宫树不胜秋)
485	朝中措(彩绳朱乘驾涛云)		495	忆王孙(五陵无树起秋风)
486	邓 剡		495	詹 玉
486	浪淘沙(疏雨洗天晴)		495	齐天乐(相逢唤醒金华梦)
			496	满江红(翠袖余寒)
487	文天祥		497	一萼红(泊沙河)
487	酹江月(水天空阔)		497	三姝媚(一篷儿别苦)
488	沁园春(为子死孝)			
			498	王沂孙
488	廖莹中		498	声声慢(迎门高髻)
489	个 侬(恨个侬无赖)		499	一萼红(玉婵娟)
489	木兰花慢(请诸君著眼)		499	疏 影(琼妃卧月)
			500	水龙吟(晓霜初著青林)
490	汪元量		500	齐天乐(冷烟残水山阴道)
490	满江红(一个兰舟)		501	高阳台(残萼梅酸)
491	金人捧露盘(越山云)		501	高阳台(驼褐轻装)
491	传言玉女(一片风流)		502	高阳台(残雪庭阴)
491	好事近(独倚浙江楼)		502	声声慢(高寒户牖)
492	莺啼序(金陵故都最好)		503	三姝媚(兰缸花半绽)
492	满江红(天上人家)		503	南 浦(柳外碧连天)

504	南　浦(柳下碧粼粼)	514	南　浦(波暖绿粼粼)
504	声声慢(风声从叟)	514	解连环(楚江空晚)
505	齐天乐(碧痕初化池塘草)	515	水龙吟(几番问竹平安)
505	齐天乐(绿槐千树西窗悄)		
506	齐天乐(一襟余恨宫魂断)	516	**吴　存**
506	一萼红(翦丹云)	516	水龙吟(一天云似穹庐)
507	水龙吟(翠云遥拥环妃)		
		517	**王易简**
508	**赵必瑑**	517	齐天乐(宫烟晓散春如雾)
508	沁园春(看做官来)	518	庆宫春(庭草春迟)
509	**唐　珏**	518	**姚云文**
509	水龙吟(淡妆人更婵娟)	519	齐天乐(柳花引过横塘路)
510	摸鱼儿(渐沧浪)		
510	齐天乐(蜡痕初染仙茎露)	519	**曾允元**
511	桂枝香(松江舍北)	520	水龙吟(日高深院无人)
511	**蒋　捷**	521	引用文献
512	霜天晓角(人影窗纱)		
		523	词人索引
512	**张　炎**		
513	西子妆(白浪摇天)	528	词作索引
513	水龙吟(仙人掌上芙蓉)		

李 白

　　李白(701—762),字太白,自号青莲居士,祖籍陇西郡成纪县(今甘肃天水附近),隋末其先人流寓碎叶(今吉尔吉斯共和国托克马克附近),后迁居蜀郡绵州昌隆(今四川江油)青莲。李白十岁通《诗》《书》,观百家,长而倜傥,纵横任侠,轻财重施,出游各地。唐玄宗天宝元年(742)以吴筠荐征赴京师,贺知章一见叹为"谪仙人",复于玄宗,令供奉翰林,后人因称"李翰林"。天宝三载(744)自请放还,受道箓,漫游四方。安史乱起,避居庐山,永王李璘出师东巡,李白应邀入幕。李璘与其兄肃宗争权失败,致使李白受牵连被长流夜郎(今贵州桐梓),肃宗乾元二年(759)赦还。上元三年(762),李白62岁,卒于当涂(今安徽当涂)。今存署名李白之词共十八首。

清平乐

　　烟深水阔,音信无由达。　唯有碧天云外月,偏照悬悬离别。尽日感事伤怀,愁眉似锁难开。　夜夜长留半被,待君魂梦归来。

◇◇ 评析

　　太白〔清平乐〕云:"夜夜长留半被,待君魂梦归来。"又云:"花貌些子时光。"《草堂诗》中必无此等质句,而词则有之,岂非以词之体格直接古乐府,当视诗尤为近古乎?后人言情之作,辄蹈纤佻,甚弗率其初祖矣。(《餐樱庑词话》)

菩萨蛮

平林漠漠烟如织,寒山一带伤心碧。 暝色入高楼,有人楼上愁。 玉阶空伫立,宿鸟归飞急。 何处是归程,长亭连短亭。

忆秦娥

箫声咽,秦娥梦断秦楼月。 秦楼月,年年柳色,灞陵伤别。 乐游原上清秋节,咸阳古道音尘绝。 音尘绝,西风残照,汉家陵阙。

◇◇ **评析**

至太白〔菩萨蛮〕〔忆秦娥〕而词格始成。(《历代词人考略》卷一)

韩 翃

韩翃(生卒年不详),字君平,南阳(今属河南南阳)人,唐玄宗天宝十三载(754)考中进士,曾授检校金部员外郎,佐淄青节度使幕。大历年间为宋节度使从事。德宗建中年间,除驾部郎中、知制诰,擢中书舍人。为"大历十才子"之一,今存词一首。

章台柳

章台柳，章台柳，往日依依今在否？纵使长条似旧垂，也应攀折他人手。

◇◇ **评析**

韩君平为"大历十才子"之一，其词仅见此短调，盖倚声之学方当萌芽，以长短句言情较时笔尤曲，达才俊之士间一为之耳。柳姬和词清疏婉隽，欲驾君平而上，唐媛词流传绝鲜，奚翅一字一珠。（《历代词人考略》卷一）

张志和

张志和（732—774），字子同，初名龟龄，婺州（今浙江金华）人。年十六擢明经第。唐肃宗时待诏翰林，授左金吾卫录事参军。后因事贬南浦尉，遇赦还。遂居今安徽省祁门赤山镇，自号"烟波钓徒"，以舟为家，浪迹江湖。有渔父词五首。

渔歌子

西塞山前白鹭飞，桃花流水鳜鱼肥。青箬笠，绿蓑衣，斜风细雨不须归。

◇◇ **评析**

唐张志和制〔渔父〕词,清超绝俗,和者甚多,皆逊原唱。虽东坡、山谷均就其词改为他调,以求协律,亦均自以为不稳。(《历代词人考略》卷七)

刘禹锡

刘禹锡(772—842),字梦得,祖籍中山(治所在今河北定州),后徙洛阳,唐德宗贞元九年(793)进士及第,复中博学鸿词科。初授太子校书,迁监察御史。顺宗永贞元年(805),参与王叔文等的革新运动,擢屯田员外郎、判度支盐铁事。是年秋,革新失败,随贬朗州司马,这就是历史上著名的"八司马事件"。晚年以太子宾客秘书监分司东都,加检校礼部尚书。有《刘梦得文集》。今存词四十一首。

忆江南

春去也,多谢洛城人。 弱柳从风疑举袂,丛兰裛露似沾巾。独坐亦含颦。

忆江南

春去也,共惜艳阳年。 犹有桃花流水上,无辞竹叶醉尊前。惟待见青天。

抛球乐

春早见花枝，朝朝恨发迟。 及看花落后，却忆未开时。 幸有抛球乐，一杯君莫辞。

◇◇ **评析**

唐贤为词，往往丽而不流，与其诗不甚相远。刘梦得〔忆江南〕云："春去也，多谢洛城人。弱柳从风疑举袂，丛兰褭露似沾巾。独坐亦含颦。"流丽之笔，下开北宋子野、少游一派。唯其出自唐音，故能流而不靡。所谓"风流高格调"，其在斯乎。前调云："犹有桃花流水上，无辞竹叶醉尊前。"〔抛球乐〕云："春早见花枝，朝朝恨发迟。及看花落后，却忆未开时。"亦皆流丽之句。（《蕙风词话》卷二）

皇甫松

皇甫松（生卒年不详），松一作嵩，字子奇，自号檀栾子，睦州新安（今浙江淳安）人，唐代古文家皇甫湜之子。终身未仕。皇甫松为花间派词人之一。著有《醉乡日月》三卷，词有后人辑本《檀栾子词》。

摘得新

酌一卮，须教玉笛吹。 锦筵红蜡烛，莫来迟。 繁红一夜经风雨，是空枝。

◇◇ **评析**

词以含蓄为佳,亦有不妨说尽者。皇甫子奇〔摘得新〕云:"繁红一夜经风雨,是空枝。"语淡而沉痛欲绝。(《餐樱庑词话》)

采莲子

船动湖光滟滟秋。 贪看年少信船流。 无端隔水抛莲子,遥被人知半日羞。

◇◇ **评析**

写出闺娃稚憨情态,匪夷所思,是何笔妙乃尔。(《餐樱庑词话》)

温庭筠

温庭筠(约812—约866),本名岐,字飞卿,太原祁(今山西祁县)人。貌丑陋,时人或称之为"温钟馗"。才思敏捷,每入试诗赋,常八叉手而成八韵,时号"温八叉"。精通音律,尤善管弦。屡试不第,生活放浪不羁,喜欢讥刺权贵,仕途因而不顺。大中十年(856)贬为隋县尉。咸通七年(866)为国子助教,故后人又称"温助教"。一生大半漂泊困顿。因诗与李商隐齐名,并称"温李"。五代赵崇祚编《花间集》将其词列于该集之首,为"花间词派"的鼻祖。原著《握兰》《金荃》二词集已散佚,后人辑有《金荃词》。

更漏子

玉炉香,红蜡泪,偏照画堂秋思。 眉翠薄,鬓云残,夜长衾枕寒。　　梧桐树,三更雨,不道离情正苦。 一叶叶,一声声,空阶滴到明。

◇◇ 评析

温飞卿词有以丽密胜者,有以清疏胜者。永观王氏以"画屏金鹧鸪"概之,就其丽密者言之耳。其清疏者如〔更漏子〕"梧桐树"云云,亦为前人所称,未始不佳也。(《历代词人考略》卷二)

◇◇ 总评

夫词如唐之《金荃》,宋之《珠玉》,何尝有寄托,何尝不卓绝千古,何庸为是非真之寄托耶?(《蕙风词话》卷五)

韦 庄

韦庄(836—910),字端己,长安杜陵(今陕西西安)人。韦应物四世孙。少孤,家贫力学。屡试不第,困居长安。黄巢入长安,庄陷兵中,辗转自关中至洛阳,尝作《秦妇吟》闻名于世,人称"秦妇吟秀才"。唐昭宗乾宁元年(894)得中进士,授校书郎,官至左补阙。天复中应王建辟,入蜀为掌书记。唐亡,劝王建称帝,拜散骑常侍,定开国制度,累官吏部尚书、同平章事,卒谥"文靖"。韦庄有诗名,曾编选《又玄集》。工词,为花间派词人,与温庭筠齐名,并称"温韦"。诗集有《浣花集》。词集有后人辑本《浣花词》。

定西番

挑尽金灯红烬,人灼灼,漏迟迟,未眠时。　　斜倚银屏无语,闲愁上翠眉。　闷杀梧桐残雨,滴相思。

◇◇ **评析**

韦端己〔定西番〕云:"挑尽金灯红烬,人灼灼,漏迟迟,未眠时。"韦有《伤灼灼诗序》云"灼灼,蜀之丽人也。近闻贫且老,殂落于成都酒市中,因以四韵吊之。尝闻灼灼艳于花"云云。〔定西番〕所云"灼灼",疑指其人盛时。其又一阕有云:"塞远久无音问,愁销镜里红",是时玉容消息,即已不堪回首矣。(《餐樱庑词话》)

浣溪沙

夜夜相思更漏残,伤心明月凭阑干,想君思我锦衾寒。　咫尺画堂深似海,忆来唯把旧书看,几时携手入长安?

谒金门

空相忆,无计得传消息。天上嫦娥人不识,寄书何处觅?
新睡觉来无力,不忍把(一作看)君书迹。满院落花春寂寂,断肠芳草碧。

◇◇ **评析**

韦端己〔浣溪沙〕云:"咫尺画堂深似海,忆来唯把旧书看。"〔谒金门〕云:"新睡觉来无力,不忍把君书迹。"一意化两,并皆佳妙。(《餐樱庑词话》)

◇◇ **总评**

韦文靖词与温方城齐名,熏香掬艳,眩目醉心,尤能运密入疏,寓浓于淡,《花间》群贤,殆鲜其匹。《全唐诗》共载其词五十二首。所作《秦妇吟》因伤时太甚,秘之不传。前敦煌石室书出,其中乃有写本,已佚名作,复传于世。诗为七言长古,实《长恨歌》《连昌宫词》之亚也,宜其以诗得名。(《历代词人考略》卷五)

五代词人丁运会,迁流至极,燕酬成风,藻丽相尚。其所为词,即能沉至,只在词中。艳而有骨,只是艳骨。学之能造其域,未为斯道增重。矧徒得其似乎?其铮铮佼佼者,如李重光之性灵,韦端己之风度,冯正中之堂庑,岂操觚之士能方其万一?(《蕙风词话》卷一)

韩 偓

韩偓(842—923),字致光,号致尧,乳名冬郎,晚年又号玉山樵人,万年县(今陕西西安)人。唐昭宗龙纪元年(889)中进士,初在河中镇节度使幕府任职,后入朝历任左谏议大夫、翰林学士、中书舍人。时昭宗为宦官所制,偓为其筹划,深得信任,擢兵部侍郎,翰林学士承旨。昭宗屡欲以偓为宰相,皆固辞。后以不附朱全忠,贬濮州司马,天祐元年(904)召还,不敢入,携家南下依王审知。著有《韩翰林集》,一名《玉山樵人集》,又有《香奁集》。词有后人辑本《香奁词》。

浣溪沙

拢鬓新收玉步摇,背灯初解绣裙腰,枕寒衾冷异香焦。　　深院下关春寂寂,落花和雨夜迢迢,恨情残醉却无聊。

生查子

秋雨五更头,桐竹鸣骚屑。　却似残春间,断送花时节。空楼雁一声,远屏灯半灭。　绣被拥娇寒,眉山正愁绝。

◇◇ 评析

韩致尧词尚有〔浣溪沙〕一首,"拢鬓新收玉步摇"云云,见《全唐诗》附词。其〔生查子〕又一阕云:"秋雨五更头,桐竹鸣骚屑。却似残春间,断送花时节。　空楼雁一声,远屏灯半灭。绣被拥娇寒,眉山正愁绝。"自《尊前集》以下各选家皆不录,《全唐诗》收作古体诗,题曰《五更》,入《香奁集》。细审之格调于词为近。(《历代词人考略》卷三)

李存勖

　　李存勖(885—926)，即后唐庄宗，小字亚子，沙陀部人，后唐太祖李克用长子。天祐五年(908)袭封晋王，长期与后梁作战，争夺中原地区的统治权。后梁龙德三年(923)称帝，建都洛阳，袭国号唐，史称后唐。改元同光，同年灭后梁。在位四年，骄奢荒淫，治国乏术，宠信伶官。同光四年(926)因兵变被杀。庙号庄宗。存勖洞晓音律，善度曲，今存词四首。

歌　头

　　赏芳春，暖风飘箔。莺啼绿树，轻烟笼晚阁。杏桃红，开繁萼。灵和殿，禁柳千行斜，金丝络。夏云多，奇峰如削。纨扇动微凉，轻绡薄。梅雨霁，火云烁。临水槛，永日逃烦暑，泛觥酌。露华浓，冷高梧，凋万叶。一霎晚风，蝉声新雨歇。惜惜此光阴，如流水，东篱菊残时，叹萧索。繁阴积，岁时暮，景难留，不觉朱颜失却。好容光，旦旦须呼宾友，西园长宵，宴云谣，歌皓齿，且行乐。

◇◇ 评析

　　《旧五代史·后唐庄宗本纪》称其洞晓音律。其词凡〔一叶落〕〔阳台梦〕〔歌头〕〔忆仙姿〕四调，并见《尊前集》。〔歌头〕元注大石调云：(词略)一词备四时之景，体格甚创。诚如"餐樱词话"所云：迹其连情发藻，亦复精稳沉着，特调近艰涩耳。(《历代词人考略》卷三)

薛昭蕴

薛昭蕴(生卒年不详),《花间集》卷三称之为"薛侍郎",列于韦庄之后,当为前蜀时人。王国维在《庚辛之间读书记·跋正德复宋本〈花间集〉》,认为《新唐书·薛廷老传》《北梦琐言》所记之薛昭纬即薛昭蕴,王国维据《花间集》卷三所载,辑为《薛侍郎词》。

浣溪沙

红蓼渡头秋正雨,印沙鸥迹自成行,整鬟飘袖野风香。　　不语含嚬深浦里,几回愁煞棹船郎,燕归帆尽水茫茫。

◇◇ 评析

清与艳皆词境也。薛昭蕴〔浣溪沙〕云:"红蓼渡头秋正雨,印沙鸥迹自成行,整鬟飘袖野风香。　　不语含嚬深浦里,几回愁煞棹船郎,燕归帆尽水茫茫。"此词清中之艳,其艳在神。(《餐樱庑词话》)

浣溪沙

粉上依稀有泪痕,郡庭花落欲黄昏,远情深恨与谁论。　　记得去年寒食日,延秋门外卓金轮,日斜人散暗销魂。

浣溪沙

握手河桥柳似金，蜂须轻惹百花心，蕙风兰思寄清琴。　　意满便同春水满，情深还似酒杯深，楚烟湘月两沉沉。

浣溪沙

江馆清秋缆客船，故人相送夜开筵，麝烟兰焰簇花钿。　　正是断魂迷楚雨，不堪离恨咽湘弦，月高霜白水连天。

喜迁莺

残蟾落，晓钟鸣，羽化觉身轻。乍无春睡有余酲，杏苑雪初晴。　　紫陌长，襟袖冷，不是人间风景。回看尘土似前生，休羡谷中莺。

小重山

春到长门春草青。玉阶花露滴，月胧明。东风吹断紫箫声。宫漏促，帘外晓啼莺。　　愁极梦难成。红妆流宿泪，不胜情。手挼裙带绕阶行。思君切，罗幌暗尘生。

离别难

宝马晓鞴雕鞍，罗帏乍别情难。 那堪春景媚，送君千万里。 半妆珠翠落，露华寒。 红蜡烛，青丝曲，偏能钩引泪阑干。 良夜促，香尘绿，魂欲迷。 檀眉半敛愁低。 未别心先咽，欲语情难说。 出芳草，路东西，摇袖立。 春风急，樱花杨柳雨凄凄。

◇◇ 评析

薛昭蕴词，《全唐诗》附载十九首。其中〔浣溪沙〕"粉上依稀有泪痕"，又"握手河桥柳似金"，又"江馆清秋缆客船"，及〔喜迁莺〕〔小重山〕〔离别难〕等六首体格于两宋差近。(《历代词人考略》卷六)

◇◇ 总评

薛昭纬恃才傲物，每入朝省，弄笏而行，旁若无人，好唱〔浣溪沙〕词。知举后，有一门生辞归乡里，临歧献规曰：侍郎重德，某乃受恩，尔后请不弄笏与唱〔浣溪沙〕，幸甚！时人以为至言。见《北梦琐言》。昭纬，乾宁中为礼部侍郎。贡举得人，文章秀丽，为崔引所恶，出为磎州刺史卒。见《万姓统谱》。昭纬有唱词之好，当必凤擅倚声，惜所作无传。(《历代词人考略》卷六)

牛峤

牛峤(生卒年不详),字松卿,一字延峰,陇西狄道(今属甘肃临洮)人。唐僖宗乾符五年(878)进士及第,历官拾遗、补阙、尚书郎。被西川节度使王建辟为判官。王建称帝,拜给事中。牛峤博学能文,诗学李贺。为花间派词人。有《牛峤歌诗集》,已佚。词有后人辑本《牛给事词》。

西溪子

捍拨双盘金凤,蝉鬓玉钗摇动。 画堂前,人不语,弦解语。弹到昭君怨处,翠蛾愁,不抬头。

望江怨

东风急,惜别花时手频执。 罗帏愁独入。 马嘶残雨春芜湿。倚门立,寄语薄情郎,粉香和泪泣。

◇◇ **评析**

昔人情语艳语,大都靡曼为工。牛松卿〔西溪子〕云:(词略)〔望江怨〕云:(词略)繁弦柱促间有劲气暗转,愈转愈深。此等佳处,南宋名作中间一见之。北宋人虽绵博如柳屯田,顾未克辨。(《餐樱庑词话》)

菩萨蛮

玉炉冰簟鸳鸯锦，粉融香汗流山枕。帘外辘轳声，敛眉含笑惊。　　柳阴轻漠漠，低鬓蝉钗落。须作一生拼，尽君今日欢。

女冠子

绿云高髻，点翠匀红时世。月如眉，浅笑含双靥，低声唱小词。　　眼看唯恐化，魂荡欲相随。玉趾回娇步，约佳期。

◇◇ 评析

牛松卿句"敛眉含笑惊"，五字三层意，别是一种密法。"眼看唯恐化，魂荡欲相随"，别是一种说得尽，与"须作一生拼"云云不同。（《餐樱庑词话》）

◇◇ 总评

五代词切忌但学其表面，所患除表面无可学。松卿词盖犹有内心者。（《历代词人考略》卷五）

张　泌

张泌（生卒年不详），字子澄，为花间派词人。《花间集》列于牛峤、毛文锡之间，称为"张舍人"。今存词二十七首，有后人辑本《张舍人词》。

河 传

渺莽云水,惆怅暮帆,去程迢递。 夕阳芳草,千里万里,雁声无限起。 梦魂悄断烟波里。 心如醉,相见何处是。 锦屏香冷无睡,被头多少泪。

河 传

红杏,交枝相映,密密蒙蒙。 一庭浓艳倚东风,香融,透帘栊。 斜阳似共春光语,蝶争舞,更引流莺妒。 魂销千片玉樽前,神仙,瑶池醉暮天。

◇◇ 评析

张子澄词,其佳者能蕴藉有韵致。有〔浣溪沙〕十首,见《花间集》。其〔河传〕云:"夕阳芳草,千里万里,雁声无限起。"又云:"斜阳似共春光语。"只是不尽之情,目前之景,却未经人道过。(《历代词人考略》卷四)

浣溪沙

翡翠屏开绣幄红,谢娥无力晓妆慵,锦帷鸳被宿香浓。 微雨小庭春寂寞,燕飞莺语隔帘栊,杏花凝恨倚东风。

浣溪沙

偏戴花冠白玉簪,睡容新起意沈吟,翠钿金缕镇眉心。 小槛日斜风悄悄,隔帘零落杏花阴,断香轻碧锁愁深。

◇◇ **评析**

张子澄句"杏花凝恨倚东风",又"断香轻碧锁愁深",妙在"凝"字、"碧"字,若换用它字,便无如此神韵。"碧"字尤为人所易忽。(《餐樱庑词话》)

毛文锡

毛文锡(生卒年不详),字平珪,高阳(今属河北)人。父龟范,为唐太仆卿。文锡唐末登进士第,后入蜀从王建,官翰林学士承旨。前蜀永平四年(915)迁礼部尚书,判枢密院事,累拜司徒。后唐灭前蜀,随王衍降。孟氏建后蜀,毛文锡复以词章供奉蜀主孟昶,与鹿虔扆、欧阳炯、韩琮、阎选时并称"五鬼"。为花间派词人。著有《前蜀纪事》《茶谱》等,并佚。词有后人辑本《毛司徒词》。

醉花间

休相问,怕相问,相问还添恨。 春水满塘生,鸂鶒还相趁。昨夜雨霏霏,临明寒一阵。 偏忆戍楼人,久绝边庭信。

◇◇ **评析**

《花间集》毛文锡三十一首,余只喜〔醉花间〕后段:"昨夜雨霏霏,临明寒一阵。偏忆戍楼人,久绝边庭信。"情景不奇,写出政复不易。语淡而真,亦轻清亦沉着。(《餐樱庑词话》)

应天长

　　平江波暖鸳鸯语,两两钓船归极浦。 芦洲一夜风和雨,飞起浅沙翘雪鹭。　　渔灯明远渚,兰棹今宵何处? 罗袂从风轻举,愁杀采莲女。

◇◇ 评析

　　毛文锡〔应天长〕云:"渔灯明远渚,兰棹今宵何处?"柳屯田云:"今宵酒醒何处? 杨柳岸,晓风残月。"毛词简质而情景具足。后人但能歌柳词耳,知者亦不易。诚哉是言。(《餐樱庑词话》)

王　衍

　　王衍(899—926),即前蜀后主,初名宗衍,字化源,许州舞阳(今河南舞阳)人。前蜀高祖王建第十一子。王建称帝,初封郑王,后立为太子。光天元年(918)即位。年少荒淫,所用非人,委政宦官宋光嗣等。在位八年,为后唐所灭,降后次年族诛。王衍颇知学问,有才思,好浮艳之辞。有《烟花集》,已佚,今存词二首。

甘州曲

　　画罗裙,能结束,称腰身。 柳眉桃脸不胜春。 薄媚足精神,可惜沦落在风尘。

◇◇ 评析

万氏《词律》〔甘州曲〕调据衍词定谱，可惜下脱"许"字，末作七字一句。此词音节婉丽，全在一"许"字得掩抑之致，讵可脱落？能结束句"结"作"解"，亦不如作"结"较胜。窃谓香胆词人，于此等处未经考订，殊少会心也。(《历代词人考略》卷五)

〔欧阳炯〕

欧阳炯(896—971)，名一作迥，益州华阳(今四川成都)人。少事前蜀王衍，官至中书舍人。后唐灭前蜀，随衍降，补秦州从事。孟知祥称帝，复拜中书舍人。孟昶广政十二年(949)拜翰林学士。广政二十四年(961)拜门下侍郎兼户部尚书、同平章事，监修国史。宋灭后蜀，随孟昶降，入宋为右散骑常侍、翰林学士，转左散骑常侍。炯好为诗，为花间派词人，曾于广政三年(940)作《花间集序》。与鹿虔扆、韩琮、阎选、毛文锡以词章供奉孟昶，时号"五鬼"。词有后人辑本《欧阳平章词》。

春光好

胸铺雪，脸分莲。 理繁弦。 纤指飞翻金凤语，转婵娟。 嘈嚌如敲玉佩，清泠似滴香泉。 曲罢问郎名个甚，想夫怜。

◇◇ 评析

欧阳炯〔春光好〕云:"胸铺雪,脸分莲。理繁弦。"宋江致和〔五福降中天〕句云:"秋水娇横俊眼,腻雪轻铺素胸。"由炯句出,因"腻雪"字,益见"铺"字形容之妙。(《餐樱庑词话》)

浣溪沙

天碧罗衣拂地垂,美人初着更相宜,宛风如舞透香肌。　　独坐含嚬吹凤竹,园中缓步折花枝,有情无力泥人时。

◇◇ 评析

〔浣溪沙〕句"宛风如舞透香肌","宛"字妙绝,能传出如舞之神,无一字可以易之。此等字用得的当,便新而不纤不尖。(《餐樱庑词话》)

定风波

暖日闲窗映碧纱,小池春水浸晴霞。　　数树海棠红欲尽,争忍,玉闺深掩过年华。　　独凭绣床方寸乱,肠断,泪珠穿破脸边花。邻舍女郎相借问,音信,教人羞道未还家。

◇◇ 评析

欧阳炯词艳而质,质而愈艳,行间句里却有清气流行。大概词家如炯,求之晚唐五季,亦不多见。其〔定风波〕云:(词略)此等词如淡妆西子,肌骨倾城。(《历代词人考略》卷六)

浣溪沙

相见休言有泪珠,酒阑重得叙欢娱,凤屏鸳枕宿金铺。　　兰麝细香闻喘息,绮罗纤缕见肌肤,此时还恨薄情无?

◇◇ **评析**

《花间集》欧阳炯〔浣溪沙〕云:"兰麝细香闻喘息,绮罗纤缕见肌肤,此时还恨薄情无?"自有艳词以来,殆莫艳于此矣。半塘僧鹜曰:"奚翅艳而已?直是大且重。"苟无《花间》词笔,孰敢为斯语者?(《蕙风词话》卷二)

和　凝

和凝(898—955),字成绩,郓州须昌(今山东东平)人,后梁贞明二年(916)进士,义成军节度使贺环辟为从事。后唐时历任殿中侍御史、翰林学士、中书舍人、工部侍郎。入后晋,为端明殿学士。天福五年(940)拜中书侍郎、同中书门下平章事,出帝时拜右仆射。后汉拜太子太保,封鲁国公。入后周,拜太子太傅。凝好文章,长于歌曲,时有"曲子相公"之称。著有《演论》《游艺》等,并佚。为花间派词人,词有后人辑本《红叶稿词》。

临江仙

披袍窣地红宫锦，莺语时转轻音。碧罗冠子稳犀簪，凤凰双飐步摇金。　　肌骨细匀红玉软，脸波微送春心。娇羞不肯入鸾衾，兰膏光里两情深。

◇◇ 评析

余喜其〔临江仙〕云："娇羞不肯入鸾衾，兰膏光里两情深。"尤能状难状之情景。(《历代词人考略》卷三)

麦秀两歧

凉簟铺斑竹，鸳枕并红玉。脸莲红，眉柳绿，胸雪宜新浴。淡黄衫子裁春縠，异香芬馥。　　羞道教回烛，未惯双双宿。树连枝，鱼比目，掌上腰如束。娇娆不奈人拳局，黛眉微蹙。

江城子

竹里风生月上门。理秦筝，对云屏。轻拨朱弦，恐乱马嘶声。含恨含娇独自语，今夜约，太迟生。

◇◇ 评析

"轻拨朱弦，恐乱马嘶声。"二语熨帖入微，似乎人人意中所有，却未经前人道过。写出柔情蜜意，真质而不涉尖纤。(《餐樱庑词话》)

江城子

斗转星移玉漏频。已三更,对栖莺。历历花间,似有马啼声。含笑整衣开绣户,斜敛手,下阶迎。

◇◇ 评析

"历历花间,似有马蹄声。"尤为浑雅,进乎高诣。(《餐樱庑词话》)

和成绩词如〔临江仙〕〔麦秀两歧〕〔江城子〕五阕,介在艳与清之间。(《历代词人考略》卷三)

望梅花

春草全无消息,腊雪犹余踪迹。越岭寒枝香自拆,冷艳奇芳堪惜。何事寿阳无处觅,吹入谁家横笛?

菩萨蛮

越梅半拆轻寒里,冰清淡薄笼蓝水。暖觉杏梢红,游丝狂惹风。 闲阶莎径碧,远梦犹堪惜。离恨又迎春,相思难重陈。

◇◇ 评析

〔望梅花〕〔菩萨蛮〕则近于玉屑清言矣。(《历代词人考略》卷三)

顾 敻

顾敻(生卒年不详),五代前蜀通正元年(916)为内廷给事,因灾祥作诗刺时政,几致大祸。后为茂州刺史。又事后蜀,累官至太尉,世称"顾太尉"。为花间派词人。有后人辑本《顾太尉词》。

河 传

棹举,舟去,波光渺渺,不知何处? 岸花汀草共依依,雨微,鹧鸪相逐飞。 天涯离恨江声咽,啼猿切,此意向谁说? 倚栏桡,独无憀,魂销,小炉香欲焦。

◇◇ 评析

顾太尉〔河传〕云:"棹举,舟去,波光渺渺,不知何处? 岸花汀草共依依,雨微,鹧鸪相逐飞。"孙光宪之"两桨不知消息,远汀时起鸂鶒。"确是隐括顾词,两家并饶简劲之趣,顾尤毫不着力,自然清远。(《餐樱庑词话》)

酒泉子

杨柳舞风,轻惹春烟残雨。 杏花愁,莺正语。 画楼东。 锦屏寂寞思无穷,还是不知消息。 镜尘生,珠泪滴,损仪容。

荷叶杯

我忆君诗最苦,知否,字字尽关心。 红笺写寄表情深,吟摩吟,吟摩吟。

浣溪沙

露白蟾明又到秋,佳期幽会两悠悠,梦牵情役几时休。 记得泥人微敛黛,无言斜倚小书楼,暗思前事不胜愁。

◇◇ 评析

顾夐词《全唐诗》附五十五首,皆艳词也。浓淡疏密,一归于艳。诚如蕙风词隐所云:"五代艳词之上驷也。"其〔酒泉子〕云:"谢娘敛翠恨无涯","翠眉"但言"翠",仅见。〔荷叶杯〕云:"我忆君诗最苦",又云:"红笺写寄表情深",〔浣溪沙〕云:"无言斜倚小书楼","诗""笺""书楼"入词,亦罕见。(《历代词人考略》卷五)

◇◇ 总评

顾夐艳词,多质朴语,妙在分际恰合。孙光宪便涉俗。

顾太尉,五代艳词上驷也。工致丽密,时复清疏。以艳之神与骨为清,其艳乃益入神入骨。其体格如宋院画工笔折枝小帧,非元人设色所及。(《餐樱庑词话》)

孙光宪

孙光宪(901—968),字孟文,号葆光子,陵州贵平(今四川仁寿)人。唐末为陵州判官。后唐明宗天成初年避地江陵。后被高季兴器重,命为掌书记。历事从海、保融、继冲三世,皆在幕府,累官至检校秘书监兼御史大夫,后劝继冲以荆南之地归宋。宋太祖授黄州刺史,在郡有治声。孙光宪平生好学,精通经史,勤于著述,著有《荆台集》《橘斋集》《北梦琐言》等,除《北梦琐言》外并已佚。孙光宪为花间派词人。词集有后人辑本《孙中丞词》。

菩萨蛮

青岩碧洞经朝雨,隔花相唤南溪去。 一只木兰船,波平远浸天。 扣舷惊翡翠,嫩玉抬香臂。 红日欲沉西,烟中遥解觿。

菩萨蛮

木绵花映丛祠小,越禽声里春光晓。 铜鼓与蛮歌,南人祈赛多。 客帆风正急,茜袖偎墙立。 极浦几回头,烟波无限愁。

生查子

寂寞掩朱门,正是天将暮。 暗淡小庭中,滴滴梧桐雨。 绣工夫,牵心绪,配尽鸳鸯缕。 待得没人时,偎倚论私语。

南歌子

艳冶青楼女，风流似楚真。骊珠美玉未为珍，窈窕一枝芳柳，入腰身。　　舞袖频回雪，歌声几动尘。慢凝秋水顾情人，只缘倾国，著处觉生春。

更漏子

听寒更，闻远雁，半夜萧娘深院。扃绣户，下珠帘，满庭喷玉蟾。　　人语静，香闺冷，红幕半垂清影。云雨态，蕙兰心，此情江海深。

◇◇ 评析

孙孟文词，《全唐诗》附八十首，甄录最多，并皆秾至绵丽，语不涉俗。断句如"一只木兰船，波平远浸天"，又"极浦几回头，烟波无限愁"，又"暗淡小庭中，滴滴梧桐雨"。遥情深致，便似北宋人佳句。又"窈窕一枝芳柳，入腰身"，"满庭喷玉蟾"，"入"字、"喷"字炼。（《历代词人考略》卷六）

◇◇ 总评

顾敻艳词，多质朴语，妙在分际恰合。孙光宪便涉俗。（《餐樱庑词话》）

孙孟文倚声专家，惜一二俗句为累。五代人往往不免，北宋庶几醇雅，南宋更进于厚矣。（《历代词人考略》卷六）

魏承班

魏承班（？—925），许州（今河南许昌）人。父宏夫，为前蜀高祖王建养子，赐姓名王宗弼，封齐王。承班为驸马都尉，官至太尉。为花间派词人。词有后人辑本《魏太尉词》。

生查子

离别又经年，独对芳菲景。 嫁得薄情夫，长抱相思病。花红柳绿间晴空，蝶弄双双影。 羞看绣罗衣，为有金鸾并。

满宫花

寒夜长，更漏永，愁见透帘月影。 王孙何处不归来，应在倡楼酩酊。 金鸭无香罗帐冷，羞更双鸾交颈。 梦中几度见儿夫，不忍骂伊薄幸。

◇◇ 评析

魏承班词，沈偶僧言其有故意求尽之病。余谓不妨，说尽只是少味耳。如"嫁得薄情夫，长抱相思病""王孙何处不归来，应在倡楼酩酊"，此等句有何意味耐人涵泳习索耶？（《历代词人考略》卷五）

谒金门

烟水阔，人值清明时节，雨细花零莺语切，愁肠千万结。
雁去音徽断绝，有恨欲凭谁说？无事伤心犹不彻，春时容易别。

谒金门

春欲半，堆砌落花千片。早是潘郎长不见，忍听双语燕。
飞絮晴空飏远，风送谁家弦管？愁倚画屏凡事懒，泪沾金缕线。

谒金门

长思忆，思忆佳辰轻掷。霜月透帘澄夜色，小屏山凝碧。
恨恨君何太极，记得娇娆无力。独坐思量愁似织，断肠烟水隔。

◇◇ 评析

《全唐诗》班词二十阕，如右三阕（此处指上面三阕），尚觉行间句里饶有清气。五代词自是词流之词，余谓承班可云驸马之词，世有知音或不以为过当。（《历代词人考略》卷五）

鹿虔扆

鹿虔扆(生卒年不详),后蜀时登进士第,累官永泰军节度使、检校太尉,加太保。与欧阳炯、韩琮、阎选、毛文锡并以词供奉后主孟昶,时号"五鬼",国亡不仕。为花间派词人。有后人辑本《鹿太保词》。

临江仙

无赖晓莺惊梦断,起来残酒初醒。 映窗丝柳袅烟青。 翠帘慵卷,约砌杏花零。 一自玉郎游冶去,莲凋月惨仪形。 暮天微雨洒闲庭。 手挼裙带,无语倚云屏。

◇◇ **评析**

鹿虔扆词"约砌杏花零","约"字雅炼,残红受约于风,极婉款妍倩之致。(《织余续述》)

临江仙

金锁重门荒苑静,绮窗愁对秋空。 翠华一去寂无踪。 玉楼歌吹,声断已随风。 烟月不知人事改,夜阑还照深宫。 藕花相向野塘中。 暗伤亡国,清露泣香红。

◇◇ **评析**

　　鹿太保,孟蜀遗臣,坚持雅操。其〔临江仙〕云:"烟月不知人事改,夜阑还照深宫。"含思凄婉,不减李重光"晚凉天净月华开,想得玉楼瑶殿影,空照秦淮"之句。(《餐樱庑词话》)

阎　选

　　阎选(生卒年不详),五代时后蜀人。与欧阳炯、鹿虔扆、毛文锡、韩琮,时称"五鬼"。为花间派词人。词集有后人辑本《阎处士词》。

临江仙

　　十二高峰天外寒,竹梢轻拂仙坛。　宝衣行雨在云端。　画帘深殿,香雾冷风残。　　欲问楚王何处去,翠屏犹掩金鸾。　猿啼明月照空滩。　孤舟行客,惊梦亦艰难。

◇◇ **评析**

　　阎选〔临江仙〕云:"猿啼明月照空滩。孤舟行客,惊梦亦艰难。"佳处在下二句。《十国春秋》只称引上一句,可云买椟还珠。又云:"藕花珠缀,犹似汗凝妆。"亦极罕譬之妙,自慧心艳想中来,"珠缀",雨也。起调云:"雨停荷芰逗浓香。"(《餐樱庑词话》)

虞美人

楚腰蛴领团香玉,鬟叠深深绿。月蛾星眼笑微频,柳夭桃艳不胜春,晚妆匀。　　水纹簟映青纱帐,雾罩秋波上。一枝娇卧醉芙蓉,良宵不得与君同,恨忡忡。

谒金门

美人浴,碧沼莲开芬馥。双髻绾云颜似玉,素娥辉淡绿。　　雅态芳姿闲淑,雪映钿装金斛。水溅青丝珠断续,酥融香透肉。

◇◇ 评析

李德润〔临江仙〕云:"强整娇姿临宝镜,小池一朵芙蓉。"阎选〔谒金门〕云:"美人浴,碧沼莲开芬馥。"并皆形容绝妙,尤觉落落大方,是人是花,一而二,二而一。不必用"如""似"等字,是词中暗字诀之一种。(《餐樱庑词话》)

浣溪沙

寂寞流苏冷绣茵,倚屏山枕惹香尘,小庭花露泣浓春。　　刘阮信非仙洞客,嫦娥终是月中人,此生无路访东邻。

定风波

江水沉沉帆影过,游鱼到晚透寒波。渡口双双飞白鸟,烟袅,芦花深处隐渔歌。　　扁舟短棹归兰浦,人去,萧萧竹径透青莎。深夜无风新雨歇,凉月,露迎珠颗入圆荷。

◇◇ 评析

五代人词清艳兼擅，近人但学其艳，且犹失之肤浮。蕙风词隐尝云：五代词不必学，为不善学者发也。阎处士〔虞美人〕"楚腰蛴领团香玉"云云，〔谒金门〕"美人浴，碧沼莲开芬馥"云云，此以艳胜者也。〔浣溪沙〕"寂寞流苏冷绣茵"云云，界在清艳之间者也。《花庵词选》录此一阕，抉择至当。〔定风波〕"江水沉沉帆影过"云云，此清疏之笔。视李德润〔渔歌子〕〔定风波〕诸作，襟抱稍不逮耳。以视韦端己辈，则尤韵度相悬矣。其艳语至"一枝娇卧醉芙蓉""酥融香透肉"，已一分无可加。（《历代词人考略》卷六）

虞美人

粉融红腻莲房绽，脸动双波慢。小鱼衔玉鬓钗横，石榴裙染象纱轻，转娉婷。偷期锦浪荷深处，一梦云兼雨。臂留檀印齿痕香，深秋不寐漏初长，尽思量。

八拍蛮

愁锁黛眉烟易惨，泪飘红脸粉难匀。憔悴不知缘底事，遇人推道不宜春。

◇◇ 评析

乃至〔虞美人〕云："偷期锦浪荷深处，一梦云兼雨。臂留檀印齿痕香，深秋不寐漏初长，尽思量。"虽质语，词家所许，然分际太过，不免伤雅伤格。如〔八拍蛮〕之"憔悴不知缘底事，遇人推道不宜春"，〔谒金门〕之"双髻绾云颜似玉，素娥辉淡绿"，则其秀在骨，其艳入神，卷中最佳之句也。（《历代词人考略》卷六）

尹 鹗

尹鹗(生卒年不详),成都(今属四川)人。前蜀王衍时为翰林校书,累官至参卿。能诗,工词,为花间派词人。后人辑有《尹参卿词》。

女冠子

双成伴侣,去去不知何处。 有佳期,霞帔金丝薄,花冠玉叶危。 懒乘丹凤子,学跨小龙儿。 巨耐天风紧,挫腰肢。

◇◇ 评析

尹鹗〔女冠子〕云:"霞帔金丝薄,花冠玉叶危。"押"危"字,甚安。(《餐樱庑词话》)

秋夜月

三秋佳节,罩晴空,凝碎露,茱萸千结。 菊蕊和烟轻捻,酒浮金屑。 徵云雨,调丝竹,此时难辍。 欢极、一片艳歌声揭。 黄昏慵别,炷沉烟,熏绣被,翠帷同歇。 醉并鸳鸯双枕,暖偎春雪。 语丁宁,情委曲,论心正切。 夜深、窗透数条斜月。

◇◇ 评析

〔秋夜月〕歇拍云:"论心正切。夜深、窗透数条斜月。"能于旖旎中得幽静之处。"金丝薄","薄"字改"弱",对"危"更称。(《餐樱庑词话》)

〔秋夜月〕全阕云:(词略)所谓开屯田词派者也。(《历代词人考略》卷五)

菩萨蛮

陇云暗合秋天白,俯窗独坐窥烟陌。　楼际角重吹,黄昏方醉归。　荒唐难共语,明日还应去。　上马出门时,金鞭莫与伊。

◇◇ 评析

尹鹗〔菩萨蛮〕云:(词略)由未归说到醉归,由"荒唐难共语"想到明日出门时,层层转折,与无名氏〔醉公子〕略同。"金鞭莫与伊"尤有不尽之情,痴绝,昵绝。《全唐诗》鹗词十六阕,此阕最为佳胜。(《历代词人考略》卷五)

毛熙震

毛熙震(生卒年不详),后蜀广政间任秘书郎。为花间派词人。有后人辑本《毛秘书词》。

何满子

寂寞芳菲暗度,岁华如箭堪惊。 缅想旧欢多少事,转添春思难平。 曲槛丝垂金柳,小窗弦断银筝。 深院空闻燕语,满园闲落花轻。 一片相思休不得,忍教长日愁生。 谁见夕阳孤梦,觉来无限伤情。 无语残妆淡薄,含羞弹袂轻盈。 几度香闺眠过晓,绮窗疏日微明。 云母帐中偷惜,水精枕上初惊。 笑靥嫩疑花拆,愁眉翠敛山横。 相望只教添怅恨,整鬟时见纤琼。 独倚朱扉闲立,谁知别有深情。

女冠子

修蛾慢脸,不语檀心一点。 小山妆,蝉鬓低含绿,罗衣淡拂黄。 闷来深院里,闲步落花旁。 纤手轻轻整,玉炉香。

酒泉子

钿匣舞鸾,隐映艳红修碧。 月梳斜,云鬓腻,粉香寒。 晓花微敛轻呵展,袅钗金燕软。 日初升,帘半卷,对妆残。

◇◇ 评析

毛熙震词"整鬟时见纤琼","纤琼",手也。字艳而新。又"闲步落花旁",语小而境佳。此等句须留意体会。又"晓花微敛轻呵展",尤致绝可喜。(《织余续述》)

木兰花

掩朱扉，钩翠箔，满院莺声春寂寞。匀粉泪，恨檀郎，一去不归花又落。　　对斜晖，临小阁，前事岂堪重想著。金带冷，画屏幽，宝帐慵薰兰麝薄。

小重山

梁燕双飞画阁前，寂寥多少恨，懒孤眠。晓来闲处想君怜，红罗帐，金鸭冷沉烟。　　谁信损婵娟，倚屏啼玉箸，湿香钿。四支无力上秋千，群花谢，愁对艳阳天。

◇◇ 评析

毛熙震词，艳处质处并近温方城。《全唐诗》附二十九首。〔木兰花〕云：(词略)〔小重山〕云：(词略)或笔艳而凝，或体丽而清。其于五季，信卓然名家矣。(《历代词人考略》卷六)

李　珣

李珣(生卒年不详)，字德润，梓州(今四川三台)人，其先祖为波斯人，后入居蜀中。时人因呼为"李波斯"。弟玹，以鬻香药为业。妹舜弦，为前蜀后主王衍昭仪，能诗。《花间集》中称为"李秀才"，尝预宾贡。蜀亡不仕。为花间派词人。著有《海药本草》。原有《琼瑶集》，已佚。有后人辑本，一名《李德润词》。

望远行

春日迟迟思寂寥,行客关山路遥。琼窗时听语莺娇,柳丝牵恨一条条。　　休晕绣,罢吹箫,貌逐残花暗凋。同心犹结旧裙腰,忍辜风月度良宵。

◇◇ 评析

蜀李珣词〔望远行〕云:"休晕绣,罢吹箫。"闺人刺绣,颜色浓淡深浅之间,细意熨帖,务令化尽针缕痕迹,与画家设色无异,谓之"晕绣"。此二字入词,绝新。(《织余续述》)

南乡子

烟漠漠,雨凄凄,岸花零落鹧鸪啼。远客扁舟临野渡,思乡处,潮退水平春色暮。

南乡子

兰棹举,水纹开,竞携藤笼采莲来。回塘深处遥相见,邀同宴,渌酒一卮红上面。

南乡子

归路近,扣舷歌,采真珠处水风多。曲岸小桥山月过,烟深锁,豆蔻花垂千万朵。

南乡子

乘彩舫,过莲塘,棹歌惊起睡鸳鸯。带香游女偎伴笑,争窈窕,竞折团荷遮晚照。

南乡子

倾绿蚁,泛红螺,闲邀女伴簇笙歌。避暑信船轻浪里,闲游戏,夹岸荔支红蘸水。

南乡子

云带雨,浪迎风,钓翁回棹碧湾中。春酒香熟鲈鱼美,谁同醉,缆却扁舟篷底睡。

南乡子

沙月静,水烟轻,芰荷香里夜船行。绿鬟红脸谁家女,遥相顾,缓唱棹歌极浦去。

南乡子

渔市散,渡船稀,越南云树望中微。行客待潮天欲暮,送春浦,愁听猩猩啼瘴雨。

南乡子

拢云髻,背犀梳,焦红衫映绿罗裾。越王台下春风暖,花盈岸,游赏每邀邻女伴。

南乡子

相见处,晚晴天,刺桐花下越台前。暗里回眸深属意,遗双翠,骑象背人先过水。

南乡子

携笼去,采菱归,碧波风起雨霏霏。趁岸小船齐棹急,罗衣湿,出向桄榔树下立。

南乡子

云髻重,葛衣轻,见人微笑亦多情。拾翠采珠能几许,来还去,争及村居织机女。

南乡子

双髻坠,小眉弯,笑随女伴下春山。玉纤遥指花深处,争回顾,孔雀双双迎日舞。

南乡子

红豆蔻，紫玫瑰，谢娘家接越王台。一曲乡歌齐抚掌，堪游赏，酒酌螺杯流水上。

南乡子

山果熟，水花香，家家风景有池塘。木兰舟上珠帘卷，歌声远，椰子酒倾鹦鹉盏。

南乡子

新月上，远烟开，惯随潮水采珠来。棹穿花过归溪口，酤春酒，小艇缆牵垂岸柳。

◇◇ **评析**

周草窗云：李珣、欧阳炯辈俱蜀人，各制〔南乡子〕数首以志风土，亦〔竹枝〕体也。珣所作〔南乡子〕十七阕，首阕云"思乡处，潮退水平春色暮"，似乎志风土之作矣。乃后阕句云"采真珠处水风多"。又云"夹岸荔支红蘸水"，又云"越南云树望中微"，又云"愁听猩猩啼瘴雨"，又云"越王台下春风暖"，又云"刺桐花下越台前"，又云"骑象背人先过水"，又云"出向桄榔树下立"，又云"拾翠采珠能几许"，又云"孔雀双双迎日舞"，又云"谢娘家接越王台。一曲乡歌齐抚掌"，又云"椰子酒倾鹦鹉盏"，又云"惯随潮水采珠来"。珣，蜀人，顾所咏皆东粤景物，何耶？（《餐樱庑词话》）

巫山一段云

古庙依青嶂，行宫枕碧流。水声山色锁妆楼，往事思悠悠。云雨朝还暮，烟花春复秋。啼猿何必近孤舟，行客自多愁。

河　传

去去，何处，迢迢巴楚，山水相连。朝云暮雨，依旧十二峰前，猿声到客船。　　愁肠岂异丁香结，因离别，故国音书绝。想佳人花下，对明月春风，恨应同。

◇◇ 评析

〔巫山一段云〕云："啼猿何必近孤舟，行客自多愁。"〔河传〕云："依旧十二峰前，猿声到客船。"则诚蜀人之言矣。又李德润〔河传〕云："想佳人花下，对明月春风，恨应同。"高竹屋〔齐天乐〕《中秋夜怀梅溪》云："古驿烟寒，幽垣梦冷，应念秦楼十二。"两家用意略同。高词伤格不可学，李词则否。其故当细审之。(《餐樱庑词话》)

酒泉子

秋雨连绵，声散败荷丛里，那堪深夜枕前听，酒初醒。　　牵愁惹思更无停，烛暗香凝天欲曙。细和烟，冷和雨，透帘旌。

酒泉子

秋月婵娟，皎洁碧纱窗外，照花穿竹冷沉沉，印池心。　　凝露滴，砌蛩吟。惊觉谢娘残梦，夜深斜傍枕前来，影徘徊。

浣溪沙

红藕花香到槛频,可堪闲忆似花人,旧欢如梦绝音尘。　　翠叠画屏山隐隐,冷铺纹簟水潾潾,断魂何处一蝉新。

◇◇ **评析**

五代人小词大都奇艳如古蕃锦,唯李德润词有以清胜者。如〔酒泉子〕云:"秋雨连绵,声散败荷丛里,那堪深夜枕前听,酒初醒。"前调云:"秋月婵娟,皎洁碧纱窗外,照花穿竹冷沉沉,印池心。"〔浣溪沙〕云:"翠叠画屏山隐隐,冷铺文簟水潾潾,断魂何处一蝉新。"蕙风词隐所云"下开北宋体格者也"。(《历代词人考略》卷五)

西溪子

马上见时如梦,认得脸波相送。　柳堤长,无限意,夕阳里,醉把金鞭欲坠。　归去想娇娆,暗魂消。

中兴乐

后庭寂寂日初长,翩翩蝶舞红芳。　绣帘垂地,金鸭无香。　谁知春思如狂,忆萧郎。　等闲一去,程遥信断,五岭三湘。　　休开鸾镜学宫妆,可能更理笙簧。　倚屏凝睇,泪落成行。　手寻裙带鸳鸯,暗思量。　忍孤前约,教人花貌,虚老风光。

◇◇ 评析

有以质胜者,〔西溪子〕云:"归去想娇娆,暗魂消。"〔中兴乐〕云:"忍孤前约,教人花貌,虚老风光。"宋人唯吴梦窗能为此等质句,愈质愈厚,盖五代词已开其先矣。(《历代词人考略》卷五)

渔 父

水接衡门十里余,信船归去卧看书。 轻爵禄,慕玄虚,莫道渔人只为鱼。

渔歌子

楚山青,湘水绿,春风淡荡看不足。 草芊芊,花簇簇,渔艇棹歌相续。 信浮沉,无管束,钓回乘月归湾曲。 酒盈樽,云满屋,不见人间荣辱。

定风波

雁过秋空夜未央,隔窗烟月锁莲塘。 往事岂堪容易想,惆怅,故人迢递在潇湘。 纵有回文重叠意,谁寄,解鬟临镜泣残妆。沉水香消金鸭冷,愁永,候虫声接杵声长。

◇◇ 评析

宋人《黄氏客话》称李德润国亡不仕,词多感慨之音。〔渔父〕及〔渔歌子〕数阕,具见襟情高淡,故能晚节坚贞。曾见钱塘八月涛,殆即所云感慨之音乎?又〔定风波〕云:"往事岂堪容易想,惆怅,故人迢递在潇湘。纵有回文重叠意,谁寄,解鬟临镜泣残妆。"盖寓故国故君之思,非寻常情语也。(《历代词人考略》卷五)

临江仙

莺报帘前暖日红,玉炉残麝犹浓。 起来闺思尚疏慵,别愁春梦,谁解此情惊。　　强整娇姿临宝镜,小池一朵芙蓉。 旧欢无处再寻踪,更堪回顾,屏画九疑峰。

◇◇ 评析

〔临江仙〕云:"强整娇姿临宝镜,小池一朵芙蓉。"妙绝形容,却无形容之迹,即是晕绣工夫。(《织余续述》)

李德润〔临江仙〕云:"强整娇姿临宝镜,小池一朵芙蓉。"是人是花,一而二,二而一。句中绝无曲折,却极形容之妙。昔人名作,此等佳处,读者每易忽之。(《蕙风词话》卷二)

◇◇ 总评

李秀才词清疏之笔,下开北宋人体格。(《历代词人考略》卷五)

李　煜

　　李煜(937—978),本名从嘉,字重光,自号钟隐,又称中峰、白莲居士,世称南唐后主、李后主。彭城(今江苏徐州)人。南唐中主李璟第六子。初封为安定郡公、郑王,徙封吴王,以尚书令知政事,并册为太子。建隆二年(961)嗣位。在位15年,政治上庸懦无能,向宋廷奉表纳贡,委曲求全,以图苟安幸存,同时纵情享乐。开宝八年(975),宋军攻破金陵,李煜肉袒出降,从宋军北上汴梁,被宋廷封为右千牛卫上将军、违命侯。宋太宗即位,封其为陇西公、加检校太尉。太平兴国三年(978)七夕服太宗赐牵机药,殂。李煜善文章,工书画,知音律,长于诗词。原有《李煜集》等,均佚。南宋人将其与李璟词合辑为《南唐二主词》。

菩萨蛮

　　蓬莱院闭天台女,画堂昼寝人无语。　抛枕翠云光,绣衣闻异香。　潜来珠锁动,惊觉银屏梦。　脸慢笑盈盈,相看无限情。

子夜歌

　　寻春须是先春早,看花莫待花枝老。　缥色玉柔擎,醅浮盏面清。　何妨频笑粲,禁苑春归晚。　同醉与闲平,诗随羯鼓成。

◇◇ 评析

　　后主词无上上乘,一字一珠,毋庸选择。如〔菩萨蛮〕句"抛枕翠云光,绣衣闻异香。"〔子夜歌〕句"缥色玉柔擎",此等句尚非其至,亦复艳异无伦。(《历代词人考略》卷四)

捣练子

深院静，小庭空，断续寒砧断续风。 无奈夜长人不寐，数声和月到帘栊。

捣练子

云鬓乱，晚妆残，带恨眉儿远岫攒。 斜托香腮春笋嫩，为谁和泪倚阑干。

◇◇ 评析

杨用修席芬名阀，涉笔瑰丽。自负见闻赅博，不恤杜撰肆欺。迹其忍俊不禁，信有奇思妙语，非寻常才俊所及。尝云：李后主〔捣练子〕"深院静""云鬓乱"二阕，曩见一旧本，并是〔鹧鸪天〕："塘水初澄似玉容，所思犹在别离中。谁知九月初三夜，露似珍珠月似弓。 深院静，小庭空，断续声随断续风。无奈夜长人不寐，数声和月到帘栊。""节候虽佳景渐阑，吴绫已暖越罗寒。朱扉日暮无风掩，一树藤花独自看。 云鬓乱，晚妆残，带恨眉儿远岫攒。斜托香腮春笋嫩，为谁和泪倚阑干。"以"塘水初澄"比方玉容，其为妙肖，匪夷所思。"云鬓乱"阕前段，尤能以画家白描法，形容一极贞静之思妇。绫罗间之暖寒，非深闺弱质、工愁善感者，体会不到。"一树藤花"，确是人家庭院景物。曰"独自看"，其殆白华之诗，无营无欲之旨乎。"扉无风而自掩"，境至清寂，无一点尘。如此云云，可知"远岫眉攒""倚阑和泪"，皆是至真至正之情，有合风人之旨。即词境词格，亦与之俱高。虽重光复起，宜无间然。或犹讥其向壁虚造，宁非固欤。(《蕙风词话》卷五)

◇◇ 总评

五代词人丁运会,迁流至极,燕酬成风,藻丽相尚。其所为词,即能沉至,只在词中。艳而有骨,只是艳骨。学之能造其域,未为斯道增重。矧徒得其似乎?其铮铮佼佼者,如李重光之性灵,韦端己之风度,冯正中之堂庑,岂操觚之士能方其万一?(《蕙风词话》卷一)

潘 佑

潘佑(生卒年不详),本幽州人,徙居金陵。善属文,韩熙载、徐铉荐于李璟,授秘书省正字,值崇文馆。李煜嗣位,官至中书舍人。后因屡疏极论时政,词激触怒,遣使收之,遂自杀。著有《荥阳集》。

失调名

楼上春寒山四面,桃李不须夸烂漫,已失了春风一半。

◇◇ 评析

南唐潘佑词:"桃李不须夸烂漫,已失了春风一半。"是时已失淮南,托旨讽谕,所以为佳。宋李元膺〔洞仙歌〕云:"一年春好处,不在浓芳,小艳疏香最娇软。到清明时候,百紫千红,花正乱,已失春风一半。"句由佑出,只是爱惜景光,亦复宛宛入情。(《餐樱庑词话》)

徐昌图

徐昌图（生卒年不详），莆田人，一作莆阳人。五代末以明经及第，初仕闽，归宋太祖留之汴京，命为国子博士，迁殿中丞。今词存三首，收入《全唐诗》，亦收入《尊前集》。

临江仙

饮散离亭西去，浮生常恨飘蓬。 回头烟柳渐重重。 淡云孤雁远，寒日暮天红。 今夜画船何处？潮平淮月朦胧。 酒醒人静奈愁浓。 残灯孤枕梦，轻浪五更风。

◇◇ 评析

徐昌图〔临江仙〕云："回头烟柳渐重重"，只是写景，恰隐括无限离情，只一"渐"字，便抵却无数层折，斯为传神之笔。（《餐樱庑词话》）

昌图〔临江仙〕过拍云："回头烟柳渐重重。淡云孤雁远，寒日暮天红。"意境沉着，实滥觞南渡风格。入《花间》以淡胜，入《草堂》以重胜，宜乎金风亭长以之弁冕全帙也。（《历代词人考略》卷七）

王禹偁

　　王禹偁(954—1001),字元之,济州巨野(今山东巨野)人。九岁能文。宋太宗太平兴国八年(983)登进士,授成武主簿,徙知长洲县。端拱初召试,擢右拾遗,直史馆。端拱二年(989)拜左司谏,知制诰。淳化四年(993)召拜左正言,直昭文馆,出知单州,十五日再召为礼部员外郎,知制诰。至道元年(995)拜翰林学士,罢知滁州,徙扬州。宋真宗即位,召还,复为知制诰,出知黄州。咸平四年(1001)徙蕲州。王禹偁工诗文,有《小畜集》。今存词一首。

点绛唇

　　雨恨云愁,江南依旧称佳丽。　水村渔市,一缕孤烟细。天际征鸿,遥认行如缀。　平生事,此时凝睇,谁会凭栏意。

◇◇ 评析

　　王元之〔点绛唇〕起调云:"雨恨云愁,江南依旧称佳丽。"歇拍云:"平生事,此时凝睇,谁会凭栏意。"寓沉着于清空之中,虽寥寥数十字,饶有无限感慨。《词苑》所称"水村渔市"二句,第工于写景耳。(《历代词人考略》卷七)

潘　阆

潘阆（？—1009），字逍遥，大名（今河北大名）人。善诗，与王禹偁友善。初卖药钱塘，以诗教人，后卖药京师。太宗至道元年（995）为宦官王继恩所荐，得宋太宗的召见，赐进士及第，授国子四门助教。太宗晚年喜烧炼丹药，阆尝献方书，及太宗死，阆惧诛亡匿，以狂妄追还诏书。真宗时释其罪，为滁州参军。有《潘逍遥集》，词集有后人辑本《逍遥词》。

酒泉子

长忆西湖，湖上春来无限景。　吴姬个个是神仙。　竞泛木兰船。　楼台簇簇疑蓬岛。　野人只合其中老。　别来已是二十年。　东望眼将穿。

◇◇ **评析**

"忆西湖"云："吴姬个个是神仙。竞泛木兰船。"语不嫌质，尤不嫌说尽。（《历代词人考略》卷七）

酒泉子

长忆高峰，峰上塔高尘世外。　昔年独上最高层。　月出见微棱。　举头咫尺疑天汉。　星斗分明在身畔。　别来无翼可飞腾。　何日得重登。

酒泉子

长忆龙山，日月宫中谁得到。宫中旦暮听潮声。台殿竹风清。　　门前岁岁生灵草。人采食之多不老。别来已白数茎头。早晚却重游。

酒泉子

长忆观潮，满郭人争江上望。来疑沧海尽成空。万面鼓声中。　　弄涛儿向涛头立。手把红旗旗不湿。别来几向梦中看。梦觉尚心寒。

◇◇ 评析

第七首"忆高峰"云："昔年独上最高层。月出见微棱。"第九首"忆龙山"云："别来已白数茎头。早晚却重游。"第十首"忆观潮"后段云："弄涛儿向涛头立。手把红旗旗不湿。别来几向梦中看。梦觉尚心寒。"句皆清新，境尤高绝，非食人间烟火者所能道。（《历代词人考略》卷七）

夏竦

夏竦(985—1051),字子乔,江州德安(今属江西)人。景德四年(1007)中贤良方正科,授光禄丞,通判台州。仁宗时,累官枢密使,封英国公。出知河南府,迁武宁军节度使,进郑国公。皇祐三年(1051)卒,年六十七,赠太师、中书令,谥"文庄"。王珪为撰神道碑。著有《文庄集》。《全宋词》录其词一首。

喜迁莺

霞散绮,月沉钩。 帘卷未央楼。 夜凉河汉截天流。 宫阙锁清秋。 瑶阶曙,金盘露。 凤髓香和烟雾。 三千珠翠拥宸游。 水殿按凉州。

◇◇ 评析

夏竦〔喜迁莺〕令,特寻常应制之作。谓之清词丽句则可以,云惊才绝艳则未也。仁宗称奖之,殆赏其援毫立成,不假思索。自古文人遭遇亦有不期然而然者。(《历代词人考略》卷七)

范仲淹

范仲淹(989—1052),字希文,吴县(今江苏苏州)人。真宗大中祥符八年(1015)举进士,授广德军司理参军,后以晏殊荐为秘阁校理,通判河中府、陈州,召为右司谏,历知睦州、苏州、明州,拜礼部员外郎、天章阁待制、判国子监。迁吏部、权知开封府,罢知饶州,徙润州、越州。元昊起西北,招讨副使,环庆路经略安抚,缘边招讨使,羌人敬爱,呼为"龙图老子"。进枢密、直学士、右谏议大夫。元昊请和,召拜枢密副使,改参知政事。推行新政,为守旧派所阻挠,出为河东陕西宣抚使,以资政殿学士为陕西四路安抚使,知邠州。以疾还,知邓州,徙杭州、青州,卒赠兵部尚书,楚国公,谥"文正"。仲淹诗、词、文并工,著有《范文正公集》,词名《范文正公诗余》。

苏幕遮

怀旧

碧云天,黄叶地,秋色连波,波上寒烟翠。 山映斜阳天接水,芳草无情,更在斜阳外。 黯乡魂,追旅思。 夜夜除非,好梦留人睡。 明月楼高休独倚,酒入愁肠,化作相思泪。

渔家傲

秋思

塞下秋来风景异,衡阳雁去无留意。四面边声连角起,千嶂里,长烟落日孤城闭。　　浊酒一杯家万里,燕然未勒归无计。羌管悠悠霜满地,人不寐,将军白发征夫泪。

◇◇ **评析**

范文正〔苏幕遮〕词,《词苑》第称其情语入妙,殆犹未窥文正于微也。文正一生并非怀土之士,所为"乡魂""旅思"以及"愁肠""思泪"等语似沾沾作儿女想,何也?观前阕可以想其寄托。开首四句不过借秋色苍茫以隐抒其忧国之意,"山映斜阳"三句隐隐见世道不甚清明而小人更为得意之象。"芳草"喻小人,唐人已多用之。后段则因心之忧愁不自聊赖,始动其乡魂旅思,而梦不安枕,酒皆化泪矣。其实忧愁非为思家也。文正当宋仁宗之时,扬历中外,身肩一国之安危,虽其时不无小人,究系隆盛之日,而文正乃忧愁若此,此其所以"先天下之忧而忧"乎?即〔渔家傲〕后段"燕然未勒"句亦复悲愤郁勃,穷塞主安得有之?(《历代词人考略》卷九)

张　先

　　张先（990—1078），字子野，吴兴（今属浙江湖州）人。仁宗天圣八年（1030）第进士，知吴江县。皇祐二年（1050），晏殊出知永兴军，辟为通判。张先尝知安陆，故人称"张安陆"。治平元年（1064）以尚书都官郎中致仕。居湖州、杭州间，曾与苏轼等人唱和。工诗，有诗集二十卷，今佚。尤工词，当时与柳永齐名。又以词中多用"影"字，有"云破月来花弄影""娇柔懒起，帘压卷花影""柳径无人，堕轻絮无影"之句，时称"张三影"。又以"心中事""眼中泪""意中人"三句，自称"张三中"。时人或以其名句称"桃杏嫁东风郎中""云破月来花弄影郎中"。词集名《张子野词》，后人辑其诗词编为《安陆集》。

天仙子

中吕调

　　水调数声持酒听。　午醉醒来愁未醒。　送春春去几时回。　临晚镜。　伤流景。　往事后期空记省。　　沙上并禽池上暝。　云破月来花弄影。　重重帘幕密遮灯，风不定。　人初静。　明日落红应满径。

◇◇ 评析

　　"三影"之说有三，不妨并存。唯"云破月来"句，清新婉丽，意境尚佳，自余不过尔尔。子野它作较胜此数句者夥矣。尝谓北宋群贤作词诚未易企及，评词或未为定论，往往有轶伦独到处，反不为称道所及也。（《历代词人考略》卷十）

晏　殊

晏殊(991—1055),字同叔,抚州临川(今属江西抚州)人。七岁能文章。真宗景德二年(1005),以神童荐,召试,赐同进士出身,授秘书省正字。仁宗即位,迁右谏议大夫兼侍读学士、给事中,进礼部侍郎,拜枢密副使。天圣五年(1027),忤章献太后,罢知宣州、应天府。明道二年(1033),章献太后卒,以礼部尚书出知亳州、陈州,迁刑部尚书,兼御史中丞,复为三司使。庆历四年(1044)出知颍州、陈州、许州,以观文殿大学士知永兴军、河南府。以疾还。卒赠司空兼侍中,谥"元献"。工诗文,有《文集》及所编纂《集选》,并佚。今有后人辑本《晏元献遗文》。尤善词,与其子晏几道合称"二晏",词集名《珠玉词》。

浣溪沙

一曲新词酒一杯,去年天气旧亭台。　夕阳西下几时回。无可奈何花落去,似曾相识燕归来。　小园香径独徘徊。

踏莎行

小径红稀,芳郊绿遍。　高台树色阴阴见。　春风不解禁杨花,蒙蒙乱扑行人面。　　翠叶藏莺,朱帘隔燕。　炉香静逐游丝转。一场愁梦酒醒时,斜阳却照深深院。

蝶恋花

帘幕风轻双语燕。午醉醒来,柳絮飞撩乱。心事一春犹未见。余花落尽青苔院。　百尺朱楼闲倚遍。薄雨浓云,抵死遮人面。消息未知归早晚。斜阳只送平波远。

◇◇ **评析**

《归田录》云:晏元献喜评诗,尝曰:"老觉腰金重,慵便玉枕凉",未是富贵语,不如"笙歌归院落,灯火下楼台",此善言富贵者也。斯旨可通于填词,凡言情写景亦何莫不然。昔张端义云:柳词皆无表德,只是实说。"腰金""玉枕"等字即"表德"之谓矣。元献〔浣溪沙〕云:"无可奈何花落去,似曾相识燕归来。小园香径独徘徊。"〔踏莎行〕云:"一场愁梦酒醒时,斜阳却照深深院。"〔蝶恋花〕云:"消息未知归早晚。斜阳只送平波远。"此等词无须表德,并无须实说,所谓"不著一字,尽得风流"。罗罗清疏却按之有物,此北宋人所以不可及也。(《历代词人考略》卷七)

◇◇ **总评**

《碧山乐府》如书中欧阳信本,准绳规矩极佳。二晏如右军父子,贺方回如李北海,白石如虞伯施,而隽上过之,公谨如褚登善,梦窗如鲁公,稼轩如诚悬,玉田如赵文敏。(《香海棠馆词话》)

晏同叔赋性刚峻,而词语特婉丽。(《蕙风词话》卷一)

小山词从《珠玉》出,而成就不同,体貌各具。《珠玉》比花中之牡丹,小山其文杏乎!(《蕙风词话未刊稿》)

宋 祁

宋祁（998—1061），字子京，开封雍丘（今河南杞县）人，侨寓安陆（今湖北安陆）。仁宗天圣二年（1024）进士，与兄庠时称"大小宋"。授复州军事推官，累官至知制诰，翰林学士，进侍读学士，改龙图阁学士，史馆修撰，修《唐书》。《新唐书》成，进工部尚书，拜翰林学士承旨，复为群牧使。卒谥"景文"。宋祁负文名，有史才，亦工词，时人以其词中名句呼为"红杏枝头春意闹尚书"。著有《宋景文公文集》，词有后人辑本《宋景文公长短句》。

玉楼春

东城渐觉风光好，皱縠波纹迎客棹。 绿杨烟外晓云轻，红杏枝头春意闹。 浮生长恨欢娱少，肯爱千金轻一笑。 为君持酒劝斜阳，且向花间留晚照。

◇◇ 评析

宋子京词以〔玉楼春〕"红杏枝头"句得名。其全阕云：（词略）此词前段写景，后段言情，歇拍复融情入景，章法分明。词旨婉约，倚声正轨，看似无奇，然而学之实难，即知其何以难学亦不易。（《历代词人考略》卷九）

欧阳修

欧阳修(1007—1072),字永叔,号醉翁,晚号六一居士,庐陵(今江西吉安)人。仁宗天圣八年(1030)举进士甲科,授将仕郎,试秘书省校书郎,西京(今河南洛阳)推官。景祐元年(1034),入为馆阁校勘,试大理评事、监察御史。庆历三年(1043),以太常丞知谏院,次年擢龙图阁直学士,河北都转运使。嘉祐五年(1060)拜枢密副使,嘉祐六年(1061)参知政事。神宗即位,力求退,以观文殿学士、刑部尚书知亳州,迁青州、蔡州。熙宁四年(1071)以太子少师致仕,卒赠太子太师,谥"文忠"。有《欧阳文忠公集》。词集旧名《平山集》,后世传本有《欧阳文忠公近体乐府》,一名《六一词》,另有《醉翁琴趣外编》。

蝶恋花

庭院深深深几许,杨柳堆烟,帘幕无重数。 玉勒雕鞍游冶处,楼高不见章台路。 雨横风狂三月暮,门掩黄昏,无计留春住。泪眼问花花不语,乱红飞过秋千去。

◇◇ 评析

欧阳修《六一词》〔蝶恋花〕"庭院深深深几许"三字联用,词中以为创见,实则诗中固尝有之。刘驾"树树树梢啼晓莺,夜夜夜深闻子规。"又有一句叠三字者,吴融"一声南雁已先红,械械凄凄叶叶。"欧公正可方驾刘、吴,实则文人狡狯,固复无所不可。惟张颠作草,忽觉神来,则语意自然,情致婉约。若出之凑作,则自有捉襟露肘之弊。不特造句,即独木桥体回文体等词,又何独不然。学者既不可以词损意,又不可强意造词也。(《餐樱庑漫笔》)

望江南

江南柳，叶小未成阴。　人为丝轻那忍折，莺怜枝嫩不胜吟。留取待春深。　　十四五，闲抱琵琶寻。　堂上簸钱堂下走，恁时相见已留心。　何况到如今。

◇◇ 评析

吴江徐电发(釚)《词苑丛谈》卷十《辨证》有云：《王铚默记》载欧阳公〔望江南〕双调：(词略)初，欧公有盗甥之疑，上表自白云："丧厥夫而无托，携幼女以来归。"张氏此时，年方七岁。钱穆父素恨公，笑曰："正是学簸钱时也。"愚按：欧公词出《钱氏私志》。盖钱世昭因公《五代史》中多毁吴越，故诋之，此词不足信也。(《丛谈》止此)

周淙《辇下纪事》云："德寿宫刘妃，临安人。入宫为红霞帔，后拜贵妃。又有小刘妃者，以紫霞帔转宜春郡夫人，进婕妤，复封婉容，皆有宠。宫中号妃为大刘娘子，婉容为小刘娘子。婉容入宫时年尚幼，德寿赐以词云：江南柳，嫩绿未成荫。攀折尚怜枝叶小，黄鹂飞上力难禁。留取待春深。"(《纪事》止此)德寿之词，与《默记》所传欧公之作，仅小异耳。钱世昭《私志》称彭城王钱景臻为先王。景臻追封，当建炎二年，世昭为景臻之孙，缅(景臻第三子)之犹子。以时代考之，盖亦南宋中叶矣(《四库全书提要》于钱世昭、王铚时代，并未考定详确)。窃疑后人就德寿词衍为双调，以诬欧公。世昭遂录入《私志》，王铚因载之《默记》，唯钱穆父固与欧公同时，然公词既可假托，即自白之表、穆父之言，亦何不可造作之有？窃意欧阳文集中，未必有此表也。(《餐樱庑随笔》)

王 琪

王琪(生卒年不详),字君玉,华阳(今四川成都)人,后徙舒(今安徽庐江)。举进士,调江都主簿。仁宗天圣三年(1025)召试,授大理评事,除馆阁校勘、集贤校理,历通判舒州,知复州,开封府推官,知集贤院,两浙淮南转运使。还为修起居注,临铁判官、知制诰。奉使契丹,因病还,责授信州团练副使。后以龙图阁待制知润州、江宁,复知制诰,加枢密直学士。历知邓、扬、杭、润等州,以礼部侍郎致仕。著有《谪仙长短句》,已佚,有后人辑本。

望江南

江南雨,风送满长川。 碧瓦烟昏沉柳岸,红绡香润入梅天。飘洒正潇然。　　朝与暮,长在楚峰前。 寒夜愁欹金带枕,暮江深闭木兰船。 烟浪远相连。

望江南

江南燕,轻飏绣帘风。 二月池塘新社过,六朝宫殿旧巢空。颉颃恣西东。　　王谢宅,曾入绮堂中。 烟径掠花飞远远,晓窗惊梦语匆匆。 偏占杏园红。

望江南

江南岸,云树半晴阴。 帆去帆来天亦老,潮生潮落日还沉。南北别离心。 兴废事,千古一沾巾。 山下孤烟渔市远,柳边疏雨酒家深。 行客莫登临。

◇◇ **评析**

君玉〔望江南〕词"红绡香润"云云,王荆公爱之。"烟径掠花"云云,欧阳文忠爱之,取其不粘不脱而句复婉丽耳。其又一阕云:(词略)此词以风格胜,近于清刚隽上。顾二公所赏会,乃在彼不在此,信乎解人难索矣。(《历代词人考略》卷七)

韩 琦

韩琦(1008—1075),字稚圭,自号赣叟,安阳(今河南安阳)人。仁宗天圣五年(1027)进士,授将作监丞,通判淄州,累官右司谏,权知制诰。元昊起兵,与范仲淹同出镇陕西,人称为"韩范",为朝廷所倚重。元昊请和,同召为枢密副使,后以资政殿学士知扬州,徙郓州、成德军、定州,拜武康军节度使知并州。嘉祐元年(1056)拜枢密使,嘉祐三年(1058)拜同中书门下平章事,相仁宗、英宗,累封魏国公。神宗立,坚辞位,除镇安武胜军节度使判相州,西北纷扰,改判永兴军,经略陕西,归相州。河北地震,河决,徙判大名府,四路安抚使。卒赠尚书令,谥"忠献"。宋徽宗时追封魏郡王。琦能诗文,著有《安阳集》,存词四首。

点绛唇

病起恹恹,画堂花谢添憔悴。 乱红飘砌,滴尽珍珠泪。惆怅前春,谁向花前醉。 愁无际,武陵回睇,人远波空翠。

◇◇ **评析**

宋庆历八年始析河北、大名、真定、高阳为四路,各置帅,更命儒臣以缉边。魏公自郓州徙镇郡,圉号众。春会岁饥,涉春未尝一游。陈舍人荐彦升在幕府,以诗请公云:"水底鱼龙思鼓吹,沙头鸥鹭望旌旗。"公亟答之云:"细民沟壑方援手,别馆莺花任送春。"见《石林诗话》。〔点绛唇〕云:"乱红飘砌,滴尽珍珠泪。"与"别馆莺花"句政复不妨并传。(《历代词人考略》卷八)

杜安世

杜安世(生卒年不详),字寿域(一作名寿域,字安世),京兆(今陕西西安)人。曾与韩琦交游。有《寿域词》一卷。

诉衷情

烧残绛蜡泪成痕。 街鼓报黄昏。 碧云又阻来信,廊上月侵门。 愁永夜,拂香茵。 待谁温。 梦兰憔悴,掷果凄凉,两处消魂。

◇◇ **评析**

《直斋书录解题》嗤寿域词不工，毛子晋跋语中驳之，举[诉衷情]"烧残绛蜡"阕，谓其"语纤致巧"。夫"语纤致巧"遂得谓之工耶？矧此词乃王益作，见《能改斋漫录》详前王益词话。毛氏虽称其工，却未补入集，内容亦尚疑其非杜作，胡为据以驳陈也？杜词风格在柳耆卿、康伯可之间，而涉浅俚，其疵类处亦与二家略同。唯是连情属藻，旖旎缠绵，未远朴厚之风，犹不失为古艳。(《历代词人考略》卷十八)

荣諲

荣諲(生卒年不详)，字仲思，济州任城人。北宋真宗时历官盐铁判官、广东转运使、开封府判官、户部副使，以集贤殿修撰知洪州，累官秘书监。

南乡子

江上野梅芳。 粉色盈盈照路旁。 闲折一枝和雪嗅，思量。 似个人人玉体香。　　特地起愁肠。 此恨谁人与寄将。 山馆寂寥天欲暮，凄凉。 人转迢迢路转长。

◇◇ **评析**

大卿荣諲《咏梅》[南乡子]云：(词略)"似个"句艳而质，犹是宋初风格，《花间》之遗。(《蕙风词话》卷二)

赵抃

赵抃(1008—1084),字阅道,号知非子,西安(今浙江衢州)人。景祐元年(1034)进士。为武安军节度推官。召为殿中侍御史,弹劾不避权贵,人称"铁面御史"。神宗立,除参知政事,以与王安石不合罢去。历知杭州、青州、越州,以太子少保致仕。卒谥"清献"。今存词一首。

折新荷引

雨过回廊,圆荷嫩绿新抽。 越女轻盈,画桡稳泛兰舟。 芳容艳粉,红香透、脉脉娇羞。 菱歌隐隐渐遥,依约回眸。 堤上郎心,波间妆影迟留。 不觉归时,淡天碧衬蟾钩。 风蝉噪晚,余霞际、几点沙鸥。 渔笛、不道有人,独倚危楼。

(按:《类编草堂诗余》卷二载此词作僧仲殊词,词牌〔新荷叶〕,文字亦有异同。日晚芳塘,圆荷嫩绿新抽。越女轻盈,画桡稳泛兰舟。波光艳粉,红相间、脉脉娇羞。菱歌隐隐渐遥,依约凝眸。 堤上郎心,波间妆影迟留。不觉归时,暮天碧衬蟾钩。残蝉噪晚,余霞映、几点沙鸥。渔笛、不道有人,独倚危楼。)

◇◇ 评析

〔新荷叶〕一阕,《草堂诗余》以为僧仲殊作。今观此词,绮丽特甚,不类缁流之笔。证以《乐府雅词拾遗》《花草粹编》,并作赵词,可知《草堂》之误也。(《历代词人考略》卷七)

蔡 挺

蔡挺(1014—1079),字子政,宋城(今河南商丘)人。仁宗景祐元年(1034)进士,历陵州团练推官,通判泾州、庆州,知博州,开封府推官。以河工失职罢。起知南安军、提点江西刑狱,改陕西转运副使,进直龙图阁、知庆州。神宗即位,加天章阁待制,知渭州,防御西夏有功。熙宁五年(1072)拜枢密副使,七年以疾罢为资政殿学士,判南京留司御史台。元丰二年(1079)卒,谥"敏肃"。今存词一首。

喜迁莺

　　霜天清晓。 望紫塞古垒,寒云衰草。 汗马嘶风,边鸿翻月,垅上铁衣寒早。 剑歌骑曲悲壮,尽道君恩难报。 塞垣乐,尽双鞭锦带,山西年少。　　谈笑。 刁斗静。 烽火一把,常送平安耗。圣主忧边,威灵遐布,骄虏且宽天讨。 岁华向晚愁思,谁念玉关人老。 太平也,且欢娱,不惜金尊频倒。

◇◇ 评析

　　六一居士讥范希文〔渔家傲〕为穷塞主词,自矜其"战胜归来飞捷奏。倾贺酒。玉阶遥献南山寿"为真元帅之事。明贺黄公论之曰:宋以小词为乐府,被之管弦,往往传于宫掖。范词如"长烟落日孤城闭""羌管悠悠霜满地""将军白发征夫泪",令"绿树碧帘相掩映,无人知道外边寒"者听之,知边庭之苦,如是庶有所警触,此深得《采薇》《出车》《杨柳》《雨雪》之意。若欧词止于谀耳,何所感耶?据《王氏余话》:蔡敏肃〔喜迁莺〕词"谁念玉关人老"句,其微旨与范希文〔渔家傲〕暗合,而裕陵辄为之动听。

所谓声音之道感人易入者,非欤？即或如史传所云,敏肃纳交中使,进词柄用,亦不失为黼座好文,契合风雅。有宋一代,《金荃》《兰畹》蔚为国华,则夫提倡奖借出自天家,其收效至闳远耳。(《历代词人考略》卷十五)

韩 维

韩维(1017—1098),字持国,开封雍丘(今河南杞县)人。以父荫为官,仁宗时由欧阳修荐知太常礼院,不久出通判泾州。英宗即位,召为同修起居注,进知制诰、知通进银台司。神宗熙宁二年(1069)迁翰林学士、知开封府。哲宗即位,召为门下侍郎,一年余出知邓州,改汝州,以太子少傅致仕。绍圣二年(1095)定为元祐党人。有《南阳集》三十卷。

胡捣练令

夜来风横雨飞狂,满地闲花衰草。 燕子渐归春悄。 帘幕垂清晓。天将佳景与闲人,美酒宁嫌华皓。 留取旧时欢笑。 莫共秋光老。

◇◇ 评析

词境以深静为至。韩持国〔胡捣练令〕过拍云:"燕子渐归春悄。帘幕垂清晓。"境至静矣,而此中有人,如隔蓬山。思之思之,遂由浅而见深。盖写景与言情,非二事也。善言情者,但写景而情在其中。此等境界,唯北宋人词往往有之。持国此二句,尤妙在一"渐"字。(《蕙风词话》卷二)

司马光

司马光(1019—1086),字君实,号迂夫,晚号迂叟,学者称"涑水先生",陕州夏县(今山西运城)人。仁宗宝元元年(1038)进士。累官至知制诰,改天章阁待制兼侍讲,知谏院治平间为谏议大夫、龙图阁直学士。神宗即位,为翰林学士,御史中丞,还翰林兼侍读学士。以与王安石论政不合,拜枢密副使,不拜,以端明殿学士知永兴军,徙知许州,不赴,请判西京御史台。闲居洛阳,专修《资治通鉴》。哲宗即位,起知陈州,留为门下侍郎,拜尚书左仆射,卒赠太师,温国公,谥"文正"。著有《司马文正公集》。今存词三首。

西江月

宝髻松松挽就,铅华淡淡妆成。 青烟紫雾罩轻盈,飞絮游丝无定。 相见争如不见,有情何似无情。 笙歌散后酒初醒,深院月斜人静。

◇◇ 评析

曹子建《洛神赋》云:"动无常则,若危若安;进止难期,若往若还。"蒙尝谓昔人文言摹写美人神态,殆无逾此。司马温公〔西江月〕过拍云:"青烟紫雾罩轻盈,飞絮游丝无定。"亦能传神光离合、惊鸿游龙之妙。得"飞絮游丝"句,然后"青烟紫雾"成为生香活色,此二语非冰雪聪明不能道。(《历代词人考略》卷十)

苏氏（延安夫人）

苏氏（生卒年不详），苏颂之妹。原籍福建泉州同安县（今属厦门）人。其祖先在唐末随王潮入闽，世代为闽南望族。大约生活于北宋仁宗时期。长于文翰，世称延安夫人。

临江仙

立春寄季顺妹

一夜东风穿绣户，融融暖应佳时。春来何处最先知。平明堤上柳，染遍郁金枝。　　姊妹嬉游时节近，今朝应怨来迟。凭谁说与到家期。玉钗头上胜，留待远人归。

◇◇ **评析**

延安夫人《立春寄季顺妹》〔临江仙〕过拍云："春来何处最先知。平明堤上柳，染遍郁金枝。"读此便觉"春江水暖鸭先知"句殊少标韵。歇拍云："凭谁说与到家期。玉钗头上胜，留待远人归。"虽小言却有深致。（《织余琐述》）

◇◇ **总评**

延安夫人词悃款入情，语无泛涉。蕙风外子撰《香海棠馆词话》有云："真字是词骨。情真，景真，所作必佳。"观于延安词，益信。（《织余琐述》）

晏几道

晏几道(生卒年不详),字叔原,号小山,抚州临川文港沙河(今属江西进贤)人。晏殊幼子。曾任太常寺太祝。神宗熙宁七年(1074),郑侠上书反对王安石变法获罪,自侠家得几道所为诗,牵连入狱。旋被释。元丰五年(1082)为颍昌府许田镇监官。手写自作长短句上府帅韩维,后退居京城赐第,不践贵人之门。崇宁间为开封府推官,以狱空,转一官,赐章服。蔡京当政,重九冬至曾遣客求其为长短句,作〔鹧鸪天〕二首,无一语及蔡。几道善诗文,谓文自有体,不肯为新进士语。尤工词,与父晏殊齐名,称"二晏"。词集原名《乐府补亡》,黄庭坚为之序。词集名《小山词》。

阮郎归

天边金掌露成霜,云随雁字长。绿杯红袖趁重阳。人情似故乡。兰佩紫,菊簪黄。殷勤理旧狂。欲将沉醉换悲凉。清歌莫断肠。

◇◇ 评析

《小山词》〔阮郎归〕云:(词略)"绿杯"二句,意已厚矣。"殷勤理旧狂"五字三层意。"狂"者,所谓一肚皮不合时宜,发见于外者也。狂已旧矣,而理之,而殷勤理之,其狂若有甚不得已者。"欲将沉醉换悲凉"是上句注脚。"清歌莫断肠"仍含不尽之意。此词沉着厚重,得此结句,便觉竟体空灵。小晏神仙中人,重以名父之贻,贤师友相与沉灌,其独造处,岂凡夫肉眼所能见及。"梦魂惯得无拘管。又逐杨花过谢桥。"以是为至,乌足与论《小山词》耶?(《蕙风词话》卷二)

◇◇ 总评

《小山词》从《珠玉》出，而成就不同，体貌各具。《珠玉》比花中之牡丹，小山其文杏乎！（《蕙风词话未刊稿》）

叔原词自序曰：补亡一编，补乐府之亡也。又曰：尝思感物之情古今不易。窃以谓篇中之意，昔人所不遗第，于今无传尔，故今所制，通以补亡名之。今世所传叔原词，皆名曰《小山词》，非读其自序，不复知补亡之名矣。自序又曰：始时沈十二廉叔、陈十君龙（或作宠）家有莲、鸿、萍、云，清讴娱客。廉叔、君龙，殆亦风雅之士，竟无篇阕流传，并其名亦不可考。宋兴百年以还，凡著名之词人，十九《宋史》有传，或附见父若兄传。大都黄阁巨公，乌衣华胄，即名位稍逊者亦不获二三焉。顾梁汾有言：燠凉之态，浸淫而入于风雅，良可浩叹！即北宋词人，以观如叔原之才，庶几跨灶，其名殆犹恃父以传，夫传不传亦何足重轻之有？唯是自古迄今，不知埋没几许好词，而其传者或反不如不传者之可传，是则重可惜耳。（《历代词人考略》卷十二）

夫陶写之事，言途辙则已拘，而神明所通，必身世得其似。在昔临淄公子，天才黄绢，地望乌衣。涪皤属以人英，伊阳赏其鬼语。莲鸿云蘋而外，孰托知音；高唐洛神之流，庶几合作。其瑰磊权奇如彼，檠姗敦窣如此，虽历年垂八百，而解人无二三。岂不以神韵之间，性情之地，非针芥之有合，字骖靳之可期。解道湖山晚翠，旧数斜川；消受藕叶香风，谁为处度。（《和小山词序》《餐樱庑漫笔》）

孙 洙

孙洙(1031—1079),字巨源,广陵(今江苏扬州)人。皇祐元年(1049)进士,授秀州法曹。应制科,进策五十篇,韩琦叹为今之贾谊。迁集贤校理、知太常礼院,兼史馆检讨、同知谏院。熙宁四年(1071),出知海州。累官翰林学士。元丰二年(1079)卒,年四十九。著有《孙贤良集》,已佚。《全宋词》录其词二首。

菩萨蛮

楼头尚有三通鼓,何须抵死催人去。 上马苦匆匆,琵琶曲未终。 回头凝望处,那更廉纤雨。 漫道玉为堂,玉堂今夜长。

◇◇ 评析

孙巨源〔菩萨蛮〕"楼头尚有三通鼓"云云,近于游戏之作。(《历代词人考略》卷十六)

河满子

怅望浮生急景,凄凉宝瑟余音。 楚客多情偏怨别,碧山远水登临。 目送连天衰草,夜阑几处疏砧。 黄叶无风自落,秋云不雨常阴。 天若有情天亦老,摇摇幽恨难禁。 惆怅旧欢如梦,觉来无处追寻。

◇◇ 评析

〔河满子〕云:(词略)此词气静而味淡,于流丽婉约而外别为一格。(《历代词人考略》卷十六)

王 观

王观(1035—1100),字通叟,如皋(今江苏如皋)人。宋仁宗嘉祐二年(1057)进士。神宗元丰二年(1079)为大理寺丞,坐知江都县受财枉法,除名永州编管。后为翰林学士,以应制赋狎词被谪,自号"逐客"。著有《扬州赋》《芍药谱》。词集名《冠柳集》,有后人辑本。

庆清朝慢

踏青

调雨为酥,催冰做水,东君分付春还。 何人便将轻暖,点破残寒。 结伴踏青去好,平头鞋子小双鸾。 烟郊外,望中秀色,如有无间。 晴则个,阴则个,饾饤得天气,有许多般。 须教镂花拨柳,争要先看。 不道吴绫绣袜,香泥斜沁几行斑。 东风巧,尽收翠绿,吹在眉山。

生查子

关山魂梦长,塞雁音书少。 两鬓可怜青,一夜相思老。 归傍碧纱窗,说与人人道。 真个别离难,不似相逢好。

菩萨蛮

单于吹落山头月,漫漫江上沙如雪。 谁唱缕金衣,水寒船舫稀。 芦花枫叶浦,忆抱琵琶语。 身未发长沙,梦魂先到家。

◇◇ 评析

昔人于通叟词最称许"调雨为酥"一阕,又谓其词格不高,虽通叟几无以自解矣。然如其〔生查子〕云:(词略)〔菩萨蛮〕云:(词略)二词格调视〔庆清朝慢〕何如?窃尝谓北宋人词以淡胜,乃至其论词,则唯艳之欲闻,非唯于通叟一家为然也。(《历代词人考略》卷十五)

魏夫人

魏夫人(生卒年不详),襄阳(今湖北襄阳)人。魏泰姊,曾布妻,封鲁国夫人。工诗词,有后人辑本《鲁国夫人词》。

定风波

不是无心惜落花。 落花无意恋春华。 昨日盈盈枝上笑。 谁道。 今朝吹去落谁家。 把酒临风千种恨。 难问。 梦回云散见无涯。 妙舞清歌谁是主。 回顾。 高城不见夕阳斜。

◇◇ 评析

《乐府雅词》录魏夫人词十首,其中尤为擅胜者,〔定风波〕云:(词略)虽使方回稼轩为之,不过尔尔。(《历代词人考略》卷十二)

点绛唇

波上清风,画船明月人归后,渐消残酒。 独自凭阑久。 聚散匆匆,此恨年年有,重回首。 淡烟疏柳。 隐隐芜城漏。

◇◇ 评析

〔点绛唇〕后段云:"聚散匆匆,此恨年年有,重回首。淡烟疏柳。隐隐芜城漏。"语淡而深,置之淮海词中亦允推佳构。(《历代词人考略》卷十二)

[王 诜]

王诜(生卒年不详),字晋卿,太原(今属山西)人,后徙开封(今属河南)。神宗熙宁二年(1069)选尚英宗女蜀国长公主,拜左卫将军、驸马都尉,为利州防御使。与苏轼等为友。元丰二年(1079)坐苏轼党,责授昭化军行军司马,均州安置,移颍州。哲宗元祐元年(1086)复驸马都尉。卒谥"荣安"。词有后人辑本《王晋卿词》。

忆故人

烛影摇红向夜阑,乍酒醒,心情懒。 尊前谁为唱《阳关》,离恨天涯远。 无奈云沉雨散。 凭阑干,东风泪眼。 海棠开后,燕子来时,黄昏庭院。

◇◇ **评析**

元人制曲,几于每句皆有衬字,取其能达句中之意,而付之歌喉又抑扬顿挫,悦人听闻,所谓迟其声以媚之也。两宋人词,间亦有用衬字者。王晋卿云:"烛影摇红向夜阑,乍酒醒,心情懒","向"字、"乍"字是衬字。(《历代词人考略》卷十五)

苏 轼

苏轼(1037—1101),字子瞻,号东坡居士,眉山(今四川眉山)人。与其父苏洵、弟苏辙合称"三苏"。嘉祐二年(1057)进士及第。嘉祐五年(1060)应才识兼茂明于体用科考试,翌年通过科制考试,授大理评事,签书凤翔府判官。熙宁初,因与王安石政见不合,自请外任。历杭州通判,知密州、徐州、湖州。元丰二年(1079),因作诗讽刺新法,被弹劾,酿成"乌台诗案"。责授黄州团练副使。哲宗即位,高太后听政,废除新法,苏轼被召回,迁任翰林学士、侍读、龙图阁学士。元祐四年(1089),出知杭州。元祐六年(1091),召为翰林学士承旨。后因政见不同,复出知颍州、扬州。哲宗亲政后,起用新党,苏轼被贬惠州(今广东)、儋州(今海南)。徽宗即位,遇赦北还,卒于常州。苏轼诗、文、赋、词、书、画皆有盛名。著作有《东坡全集》,词集有《东坡乐府》。

青玉案

三年枕上吴中路。 遣黄耳、随君去。 若到松江呼小渡。 莫惊鸥鹭,四桥尽是,老子经行处。 辋川图上看春暮。 常记高人右丞句。 作个归期天已许。 春衫犹是,小蛮针线,曾湿西湖雨。

◇◇ 评析

东坡词[青玉案]《用贺方回韵送伯固归吴中》歇拍云:"作个归期天已许。春衫犹是,小蛮针线,曾湿西湖雨。"上三句未为甚艳。"曾湿西湖雨"是清语,非艳语。与上三句相连属,遂成奇艳、绝艳,令人爱不忍释。坡公天仙化人,此等词犹为非其至者,后学已未易模仿其万一。(《蕙风词话》卷二)

菩萨蛮

涂香莫惜莲承步，长愁罗袜凌波去。　只见舞回风，都无行处踪。　　偷穿宫样稳，并立双趺困。　纤妙说应难，须从掌上看。

◇◇ 评析

《东坡乐府》〔菩萨蛮〕《咏足》云：(词略)按：诗词专咏纤足，自长公此词始。前乎此者，皆断句耳。(《眉序丛话》)

◇◇ 总评

词中求词，不如词外求词。文忠词大都得之词外，而并毋庸求之者也。(《历代词人考略》卷十一)

北宋词人苏、黄、秦三家尤见推重，三家词格各不相同，以唐贤书学喻之：坡公如颜文忠，山谷如柳诚悬，太虚兼登善嗣道之胜。或问苏黄二公词不同之处安在？答曰：此中消息政复难言，观于二公字与诗文不同之处，大略可参耳。(《历代词人考略》卷十三)

填词以厚为要旨。苏、辛词皆极厚，然不易学，或不能得其万一，而转滋流弊，如粗率、叫嚣、澜浪之类。(《历代词人考略》卷十四)

东坡、稼轩，其秀在骨，其厚在神。初学看之，但得其粗率而已。其实二公不经意处，是真率，非粗率也。(《蕙风词话》卷一)

有宋熙丰间，词学称极盛。苏长公提倡风雅，为一代山斗。(《蕙风词话》卷二)

文忠词以才情博大胜。(《蕙风词话》卷三)

舒 亶

　　舒亶(1041—1103),字信道,号懒堂,明州慈溪(今属浙江余姚)人,英宗治平二年(1065)进士,试礼部第一,调临海尉。神宗时,为审官院主簿,迁奉礼郎,以按治郑侠擢太子中允,提举两浙常平。元丰初,权监察御史里行,加集贤校理,同李定劾苏轼作诗诽谤时政,参与制造"乌台诗案"。后同修起居注,改知谏院。后拜给事中,权直学士院,逾月拜御史中丞,后追两秩勒停。徽宗崇宁初知南康军,徙荆南,累进龙图阁待制,卒赠直学士。著有《舒学士集》,词集名《信道词》,一名《舒学士词》。

菩萨蛮

　　画船捶鼓催君去。　高楼把酒留君住。　去住若为情。　西江潮欲平。　　江潮容易得。　只是人南北。　今日此尊空。　知君何日同。

◇◇ **评析**

　　舒信道〔菩萨蛮〕"画船捶鼓"云云,黄叔旸云此词极有味。(《历代词人考略》卷十五)

散天花

次师能韵

云断长空叶落秋。 寒江烟浪静，月随舟。 西风偏解送离愁。声声南去雁，下汀洲。　　无奈多情去复留。 骊歌齐唱罢，泪争流。 悠悠别恨几时休。 不堪残酒醒，凭危楼。

醉花阴

越州席上官妓献梅花

月幌风帘香一阵。 正千山雪尽。 冷对酒尊旁，无语含情，别是江南信。　　寿阳妆罢人微困。 更玉钗斜衬。 拟插一枝归，只恐风流，羞上潘郎鬓。

菩萨蛮

忆曾把酒赏红翠。 舞腰柳弱歌声细。 纵马杏园西。 归来香满衣。　　宝车空觥驻。 事逐孤鸿去。 搔首立江干。 春萝挂暮山。

木兰花

次韵赠歌妓

十二阑干褰画箔。取次穿花成小酌。彩鸾舞罢凤孤飞,回首东风空院落。　　杳杳桃源仙路邈。晴日晓窗红薄薄。伤春还是懒梳妆,想见绿云垂鬓脚。

鹊桥仙

吕使君饯会

教来歌舞,接成桃李。尽是使君指似。如今装就满城春,忍便拥、双旌归去。　　莺心巧啭,花心争吐。无计可留君住。两堤芳草一江云,早晚是、西楼望处。

◇◇ 评析

宋曾慥《乐府雅词》录信道词至四十八阕,视贺方回、周美成为多。中间有味之作何止〔菩萨蛮〕一阕,即《丁杏舲词话》中所摘句亦未足尽信道之长。如〔散天花〕云:"西风偏解送离愁。声声南去雁,下汀洲。"〔醉花阴〕云:"冷对酒尊旁,无语含情,别是江南信。"〔菩萨蛮〕云:"搔首立江干。春萝挂暮山。"〔木兰花〕云:"伤春还是懒梳妆,想见绿云垂鬓脚。"〔鹊桥仙〕云:"两堤芳草一江云,早晚是、西楼望处。"非有味之极者乎?(《历代词人考略》卷十五)

王雱

王雱(1044—1076),字元泽,临川(今江西抚州)人。王安石之子。治平四年(1067)进士,累官天章阁待制兼侍讲。熙宁九年(1076)卒,年三十三。雱才高志远,助其父更张政事,推行新法。著作多佚,今存《南华真经新传》二十卷。

倦寻芳慢

露晞向晚,帘幕风轻,小院闲昼。 翠径莺来,惊下乱红铺绣。倚危墙,登高榭,海棠经雨胭脂透。 算韶华,又因循过了,清明时候。 倦游燕,风光满目,好景良辰,谁共携手。 恨被榆钱,买断两眉长斗。 忆高阳,人散后,落花流水仍依旧。 这情怀,对东风,尽成消瘦。

眼儿媚

杨柳丝丝弄轻柔,烟缕织成愁。 海棠未雨,梨花先雪,一半春休。 而今往事难重省,归梦绕秦楼。 相思只在,丁香枝上,豆蔻梢头。

◇◇ 评析

王元泽词传者仅〔倦寻芳慢〕〔眼儿媚〕二阕,并皆吐属清华。尝谓填词与其人生平处境极有关系。宋人如晏叔原、王元泽,国朝如纳兰容若,固由姿禀颖异,亦其地望之高华,有以玉之于成也。叔原云:"舞低杨柳楼心月,歌尽桃花扇底风。"元泽云:"翠径莺来,惊下乱红铺绣。"容若云:"屏幛厌看金碧画,罗衣不奈水沉香。"此等语非村学究所能道也。(《历代词人考略》卷十八)

晁端礼

晁端礼(1046—1113),名一作元礼,字次膺,其先澶州清丰(今河南清丰)人,后徙彭门(今江苏徐州)。神宗熙宁六年(1073)进士,两为县令,忤上官,坐事罢职。徽宗政和三年(1113)以承事郎为大晟府协律,未上,卒。曾与晁补之唱酬,补之称为十二叔。词集名《闲斋琴趣外篇》。

水龙吟

岭梅香雪飘零尽,繁杏枝头犹未。 小桃一种,妖娆偏占,春工用意。 微喷丹砂,半含朝露,粉墙低倚。 似谁家卯女,娇痴怨别,空凝睇、东风里。 好是佳人半醉。 近横波、一枝争媚。元都观里,武陵溪上,空随流水。 惆怅如红雨,风不定、五更天气。 念当年门里,如今陌上,洒离人泪。

◇◇ **评析**

"岭梅香雪飘零尽",婉丽清空,不粘不脱,尤能熨帖入妙,移咏它花不得。尝谓北宋词不易学,此等词却与人可以学处。其写情景,有含蓄,及其用事灵活处,具有消息可参。(《织余琐述》)

并蒂芙蓉

太液波澄，向鉴中照影，芙蓉同蒂。千柄绿荷深，并丹脸争媚。天心眷临圣日，殿宇分明敞嘉瑞。弄香嗅蕊。愿君王，寿与南山齐比。　　池边屡回翠辇，拥群仙醉赏，凭栏凝思。萼绿揽飞琼，共波上游戏。西风又看露下，更结双双新莲子。斗妆竞美。问鸳鸯、向谁留意。

◇◇ 评析

《花庵词选》注云：仁宗时，太史奏老人星见。屯田员外郎柳永应制撰进〔醉蓬莱〕词。仁庙读至"太液波翻"句曰：何不言"波澄"？投之于地，自此不复擢用。次膺盖习闻柳氏已事，故〔并蒂芙蓉〕词首句正用"太液波澄"也。(《历代词人考略》卷十九)

水龙吟

夜来深雪前村路，应是早梅初绽。故人赠我，江头春信，南枝向暖。疏影横斜，暗香浮动，月明溪浅。向亭边驿畔，行人立马，频回首、空肠断。　　别有玉溪仙馆。寿阳人、初匀妆面。天教占了，百花头上，和羹未晚。最是关情处，高楼上、一声羌管。仗谁人向道，何如留取，倚朱栏看。

水龙吟

小桃零落春将半。双燕却来池馆。名园相倚,初开繁杏,一枝遥见。竹外斜穿,柳间深映,粉愁香怨。任红欹宋玉,墙头千里,曾牵惹、人肠断。　　常记山城斜路,喷清香、日迟风暖。春阴挫后,马前惆怅,满枝红浅。深院帘垂雨,愁人处、碎红千片。料明年更发,多应更好,约邻翁看。

绿头鸭

晚云收,淡天一片琉璃。烂银盘、来从海底,皓色千里澄辉。莹无尘、素娥淡伫,净可数、丹桂参差。玉露初零,金风未凛,一年无似此佳时。向坐久、疏星时度,乌鹊正南飞。瑶台冷,阑干凭暖,欲下迟迟。　　念佳人、音尘别后,对此应解相思。最关情、漏声正永,暗断肠、花影潜移。料得来宵,清光未减,阴晴天气又争知。共凝恋、如今别后,还是隔年期。人纵健,清尊素影,长愿相随。

蓦山溪

轻衫短帽,重入长安道。屈指十年中,一回来、一回渐老。朋游在否,落托更能无,朱弦悄。知音少。拨断相思调。　　花边柳外,潇洒愁重到。深院锁春风,悄无人、桃花自笑。金钗一股,拟欲问音尘,天杳杳。波渺渺。何处寻蓬岛。

◇◇ **评析**

次膺词如〔水龙吟〕《咏梅》《杏花》三阕,〔鸭头绿〕即〔多丽〕,《乐府雅词》作〔绿头鸭〕"晚云收"阕,〔蓦山溪〕"轻衫短帽"阕,皆集中佳胜。(《历代词人考略》卷十九)

〔查荎〕

查荎(生卒年不详),北宋人。

透碧霄

舣兰舟。十分端是载离愁。练波送远,屏山遮断,此去难留。相从争奈,心期久要,屡更霜秋。叹人生、杳似萍浮。又翻成轻别,都将深恨,付与东流。　想斜阳影里,寒烟明处,双桨去悠悠。爱渚梅、幽香动,须采掇、倩纤柔。艳歌粲发,谁传余韵,来说仙游。念故人、留此遐洲。但春风老后,秋月圆时,独倚西楼。

◇◇ **评析**

查荎,时代无考。花庵《绝妙词选》录其〔透碧霄〕一阕,与周美成、晁次膺词同卷,知其为北宋人矣。唐韦应物《初发扬子寄元大》句"凄凄去亲爱,泛泛入烟雾"与查词换头意境仿佛,皆融景入情之笔,昔人词评有云"饶烟水迷离之致"者,此等句庶几近之。(《历代词人考略》卷二十四)

曾 肇

曾肇(1047—1107),字子开,南丰(今江西南丰)人,巩之弟。治平四年(1067)举进士。元祐中,官中书舍人。徽宗时,再为中书舍人,迁翰林学士兼侍读。崇宁中,安置汀州。卒年六十一。绍兴初,追谥"文昭"。有《曲阜集》。

好事近

亳州秋满归江南别诸僚旧

岁晚凤山阴,看尽楚天冰雪。　不待牡丹时候,又使人轻别。如今归去老江南,扁舟载风月。　不似画梁双燕,有重来时节。

◇◇ **评析**

曾文昭有〔好事近〕《亳州秋满归江南别诸僚旧》云:(词略)见《词综》。此词轻清疏爽,后段尤渐近沉着。南丰家学,固自不凡。(《历代词人考略》卷十二)

李之仪

李之仪（1048—1117），字端叔，号姑溪居士、姑溪老农，沧州无棣（今属山东）人，后徙楚州山阳（今江苏淮安）。神宗元丰中进士，为苏轼所知，哲宗元祐八年（1093）苏轼出知定州，辟掌机宜文字，历枢密院编修官、原州通判。元符中监内香药库，以曾从苏轼辟，勒停。徽宗初，提举河东常平，后坐为范纯仁草遗表，作行状，编管太平州，徙唐州，政和七年（1117）复朝请大夫。李之仪诗、词、文并工，尤善尺牍。有《姑溪居士文集》，词集名《姑溪词》。

早梅芳

雪初销，斗觉寒将变。 已报梅梢暖。 日边霜外，迤逦枝条自柔软。 嫩苞匀点缀，绿萼轻裁剪。 隐深心，未许清香散。 渐融和，开欲遍。 密处疑无间。 天然标韵，不与群花斗深浅。 夕阳波似动，曲水风犹懒。 最销魂，弄影无人见。

谢池春

残寒销尽，疏雨过、清明后。 花径敛余红，风沼萦新皱。 乳燕穿庭户，飞絮沾襟袖。 正佳时，仍晚昼。 著人滋味，真个浓如酒。 频移带眼，空只恁、厌厌瘦。 不见又思量，见了还依旧。 为问频相见，何似长相守。 天不老，人未偶。 且将此恨，分付庭前柳。

蝶恋花

天淡云闲晴昼永。庭户深沉,满地梧桐影。骨冷魂清如梦醒。梦回犹是前时景。 取次杯盘催酪酊。醉帽频欹,又被风吹正。踏月归来人已静。恍疑身在蓬莱顶。

浣溪沙

昨日霜风入绛帏。曲房深院绣帘垂。屏风几曲画生枝。酒韵渐浓欢渐密,罗衣初试漏初迟。已凉天气未寒时。

浣溪沙

剪水开头碧玉条。能令江汉客魂销。只应香信是春潮。戴了又羞缘我老,折来同嗅许谁招。凭将此意问妖娆。

鹧鸪天

节是重阳却斗寒。可堪风雨累寻欢。虽幸早菊同高柳,聊楫残蕉共小栏。 浮蚁嫩,炷烟盘。恨无莺唱舞催鸾。空惊绝韵天边落,不许韶颜梦里看。

南乡子

绿水满池塘。点水蜻蜓避燕忙。杏子压枝黄半熟,邻墙。风送花花几阵香。 角簟衬牙床。汗透鲛绡昼影长。点滴芭蕉疏雨过,微凉。画角悠悠送夕阳。

南乡子

睡起绕回塘。 不见衔泥燕子忙。 前日花梢都绿遍，西墙。 犹有轻风递暗香。 步懒恰寻床。 卧看游丝到地长。 自恨无聊常病酒，凄凉。 岂有才情似沉阳。

南乡子

小雨湿黄昏。 重午佳辰独掩门。 巢燕引雏浑去尽，销魂。 空向梁间觅宿痕。 客舍宛如村。 好事无人载一樽。 唯有莺声知此恨，殷勤。 恰似当时枕上闻。

减字木兰花

乱魂无据。 黯黯只寻来处路。 灯尽花残。 不觉长更又向阑。 几回枕上。 那件不曾留梦想。 变尽星星。 一滴秋霖是一茎。

◇◇ 评析

《四库提要》云：毛子晋所称"鸳衾半拥空床月"等句，不足尽端叔所长，诚然。兹略摘其佳胜如下。〔早梅芳〕云："最销魂，弄影无人见。"〔谢池春〕云："不见又思量，见了还依旧。为问频相见，何似长相守。"〔蝶恋花〕云："天淡云闲晴昼永。庭户深沉，满地梧桐影。骨冷魂清如梦醒。梦回犹是前时景。"〔浣溪沙〕云："酒韵渐浓欢渐密，罗衣初试漏初迟。已凉天气未寒时。"又《咏梅》云："戴了又羞缘我老，折来同嗅许谁招。凭将此意问妖娆。"〔鹧鸪天〕云："空惊绝韵天边落，不许韶颜梦里看。"〔南乡子〕云："点滴芭蕉疏雨过，微凉。画角悠悠送夕阳。"又云："前圃花梢都绿遍，西墙。犹有轻风递暗香。"又云："唯有莺声知此恨，殷勤。恰似当时枕上闻。"〔减字木兰花〕云:"变尽星星。一滴秋霖是一茎。"综论姑溪词格,其清空婉约,自是北宋正宗,而渐近沉着,则又开南宋风会矣。毛子晋略骨干而取情致,曷克尽揽其胜耶?(《历代词人考略》卷十六)

贺 铸

贺铸(1052—1125),字方回,自号庆湖遗老,原籍山阴(今浙江绍兴),生长于卫州共城(今河南辉县)。宋太祖贺皇后族孙,娶宗室之女。长七尺,面铁色,眉目耸拔,俗谓"贺鬼头"。十七岁授右班殿直。元祐六年(1091)以李清臣、苏轼荐,改入文阶,为承直郎。崇宁元年(1102)通判泗州,又改判太平州。大观三年(1109)以承议郎致仕。政和元年(1111)复以荐起,迁朝奉郎。宣和元年(1119)再致仕。贺铸诗、文、词皆工,尤以词闻名。著有《庆湖遗老集》。词集名《东山词》。

浣溪沙

云母窗前歇绣针。 低鬟凝思坐调琴。 玉纤纤按十三金。
归卧文园犹带酒。 柳花飞度画堂阴。 只凭双燕话春心。

◇◇ 评析

《东山词》:"归卧文园犹带酒。柳花飞度画堂阴。只凭双燕话春心。""柳花"句融景入情,丰神独绝。近来纤佻一派,误认轻灵,此等处何曾梦见。(《蕙风词话》卷二)

六州歌头

少年侠气，交结五都雄。肝胆洞。毛发耸。立谈中。死生同。一诺千金重。推翘勇。矜豪纵。轻盖拥。联飞鞚。斗城东。轰饮酒垆，春色浮寒瓮。吸海垂虹。闲呼鹰嗾犬，白羽摘雕弓。狡穴俄空。乐匆匆。　　似黄粱梦。辞丹凤。明月共。漾孤篷。官冗从。怀倥偬。落尘笼。簿书丛。鹖弁如云众。供粗用。忽奇功。笳鼓动。渔阳弄。思悲翁。不请长缨，系取天骄种。剑吼西风。恨登山临水，手寄七弦桐。目送归鸿。

◇◇ 评析

此调中各三字句，他宋人之作如张于湖、程怀古诸家皆不叶侧韵，唯韩无咎"东风着意"一阕，逐断自相为叶，凡换五韵。而方回此词则尤通首平侧韵悉叶东冬部，可谓极声律家之能事矣。(《餐樱庑随笔》)

小重山

枕上闻门五报更。蜡灯香施冷，恨天明。青苹风转彩帆旌。桥头燕，多谢伴人行。　　临镜想倾城。两尖眉黛浅，泪波横。艳歌重记遣离群。缠绵处，翻是断肠声。

小重山

月月相逢只旧圆。迢迢三十夜，夜如年。伤心不照绮罗筵。孤舟里，单枕若为眠。　　茂苑想依照，花楼连苑起，压漪涟。玉人千里共婵娟。清琴怨，肠断亦如弦。

◇◇ 评析

论词以两宋为集大成,而北宋尤多高手,以凝重写端庄。国初浙西诸派,但事结藻韵致,已落下乘。论者多谓为南宋开其源,实则东山乐府,松俊处固不可及,然已失拙大重之三要。荸甲有自,未可即归之南宋,其〔小重山〕:(词略)又:(词略)等尤具面目,后来学者,以周、柳之不可幸至,而取径于秦、贺。其至者容似饮水,而凝重之体态,遂不易复得矣。起衰阵靡,此中之消息,正不可不知。(《餐樱庑漫笔》)

◇◇ 总评

《碧山乐府》如书中欧阳信本,准绳规矩极佳。二晏如右军父子,贺方回如李北海。白石如虞伯施,而隽上过之。公谨如褚登善,梦窗如鲁公,稼轩如诚悬,玉田如赵文敏。(《香海棠馆词话》)

按填词以厚为要旨。苏、辛词皆极厚,然不易学,或不能得其万一而转滋流弊,如粗率、叫嚣、澜浪之类。《东山词》亦极厚,学之却无流弊,信能得其神似,进而窥苏、辛堂奥何难矣。厚之一字,关系性情,"解道江南断肠句",方回之深于情也。企鸿轩蓄书万余卷,得力于酝酿者又可知。张叔夏作《词源》,于方回但许其善炼字面,讵深知方回者耶?(《历代词人考略》卷十四)

词家"苏辛"并称,差堪鼎足者,其贺方回乎?苏词清雄,其厚在神。辛词刚健含婀娜,其秀在骨。今世倚声专家富有性情者,其于幼安或粗得涯涘,而于长公未由窥其堂奥也。稍有合于辛矣,不进于苏不止,其唯取径东山乎?东山笔力沉至,满心而发,肆口而成。骤观之甚似意中之言,深求之实有无穷之蕴,盖具体长公而于幼安则异曲而同工也。东山独到之处在语言文字之外,非于辛有合者不能学,即能学之亦未必遽近于苏,特舍此别无可假之涂耳。此论为得力于幼安者发。(《历代词人考略》卷三十)

释仲殊

释仲殊(生卒年不详),字师利。俗姓张,名挥,仲殊为法号。以性嗜蜜,人称"蜜殊",因其为僧,人称僧仲殊、释仲殊。安州(今湖北安陆)人。初为士人,曾与乡荐,后弃家为僧,居苏州承天寺、杭州宝月寺。与苏轼等交游,徽宗崇宁中自缢死。词集有后人辑本《宝月集》。

诉衷情

其一 春情

楚江南岸小青楼。楼前人舣舟。别来后庭花晚,花上梦悠悠。　　山不断,水空流,谩凝眸。建康宫殿,燕子来时,多少闲愁。

诉衷情

其二 建康

钟山影里看楼台。江烟晚翠开。六朝旧时明月,清夜满秦淮。　　寂寞处,两潮回,黯愁怀。汀花雨细,水树风闲,又是秋来。

诉衷情

其三　宝月山作

清波门外拥轻衣。　杨花相送飞。　西湖又还春晚，水树乱莺啼。闲院宇，小帘帏，晚初归。　钟声已过，篆香才点，月到门时。

诉衷情

其四　春词

长桥春水拍堤沙。　疏雨带残霞。　几声脆管何处，桥下有人家。宫树绿，晚烟斜，噪闲鸦。　山光无尽，水风长在，满面杨花。

诉衷情

其五　寒食

涌金门外小瀛洲。　寒食更风流。　红船满湖歌吹，花外有高楼。　晴日暖，淡烟浮，恣嬉游。　三千粉黛，十二阑干，一片云头。

◇◇ 评析

仲殊〔诉衷情〕小令，为黄玉林所盛称。词凡五阕：其一云：(词略)其二《建康》云：(词略)其三《宝月山作》云：(词略)其四云：(词略)其五云：(词略)末一阕，至今尤脍炙人口。其前四阕，亦极清空婉约之妙。唯末阕，较浓丽耳。(《两宋词人小传》)

金明池[1]

伤春

天阔云高，溪横水远，晚日寒生轻晕。闲阶静、杨花渐少，朱门掩、莺声犹嫩。悔匆匆、过却清明，旋占得余芳，已成幽恨。却几日阴沉，连宵慵困。起来韶华都尽。　　怨入双眉闲斗损。乍品得情怀，看承全近。深深态、无非自许。厌厌意、终羞人问。争知道、梦里蓬莱，待忘了余香，时传音信。纵留得莺花，东风不住，也则眼前愁闷。

◇◇ **评析**

〔金明池〕云：(词略)此词其艳在骨，其隽在神，风格直逼柳、周，尤非专家不辨。(《两宋词人小传》)

◇◇ **总评**

宋僧多工词翰，仲殊其尤，盖一时风气所被。缁素同流，泽溉声施。有不期然而然者，然仲殊固有托而逃者也。姓张氏，安州进士，弃家杭州，居吴山宝月寺。其时时事日非，愤慨绝俗，拔剃世外，而又未能忘情，则一以孤愤之旨，寓之翰墨。其词言婉而讽，而又不失忠厚之旨，缘情纬事，寄托遥深，宋僧盖少与颉颃者。

---

[1] 《全宋词》此词词牌〔夏云峰〕。

陈师道

陈师道(1053—1102),字履常,一字无己,号后山居士,彭城(今江苏徐州)人。年十六以文谒曾巩,为所赏,从受业。以不满王安石新学,绝意进取。后见知于苏轼,名列"苏门六君子"。哲宗元祐二年(1087),起为徐州教授,又以梁焘荐为太学博士。绍圣初,以在官尝越境出南京见苏轼,改颍州教授,又论其进非科第,罢归。调彭泽令,不赴。徽宗立,召为秘书省正字。与郊祀礼,天寒,其妻假棉衣于妹婿赵挺之,师道素薄其人,却不肯服,以寒疾死。陈师道工诗,与黄庭坚齐名,号"黄陈"。后人推为江西诗派"三宗"(黄庭坚、陈师道、陈与义)之一。有《后山集》。词集自名《语业》,今传本名《后山词》。

菩萨蛮

七夕

行云过尽星河烂。炉烟未断蛛丝满。想得两眉颦。停针忆远人。　　河桥知有路。不解留郎住。天上隔年期。人间长别离。

蝶恋花

送彭舍人罢徐

九里山前千里路。流水无情,只送行人去。路转河回寒日暮。连峰不许重回顾。　　水解随人花却住。袂冷香销,但有残妆污。泪入长江空几许。双洪一抹无寻处。

卜算子

纤软小腰身，明秀天真面。淡画修眉小作春，中有相思怨。背立向人羞，颜破因谁倩。不比阳台梦里逢，亲向尊前见。

木兰花

阴阴云日江城晚。小院回廊春已满。谁教言语似鹂黄，深闭玉笼千万怨。蓬莱易到人难见。香火无凭空有愿。不辞歌里断人肠，只怕有肠无处断。

临江仙

送叠罗菊与赵使君

官样初黄过闰九。鲜妍时更宜寒。挽回人意不成阑。香罗堆叶密，芳意著心单。过与后房歌舞手，轻盈喜色生颜。堕钗拥髻与垂鬟。欲知谁称面，遍插一枝看。

◇◇ 评析

放翁题跋云：陈无己诗妙天下，以其余作词，宜其工矣。顾乃不然，殆未易晓也。今世传《后山词》一卷，仅四十九阕，窃尝一再循诵，如〔菩萨蛮〕《七夕》云："天上隔年期。人间长别离。"〔蝶恋花〕《送彭舍人罢徐》云："路转河回寒日暮。连峰不许重回顾。"〔卜算子〕云："不比阳台梦里逢，亲向尊前见。"〔木兰花〕云："谁家言语似黄鹂，深闭玉笼千万怨。"〔临江仙〕《送叠罗菊与赵使君》云："欲知谁称面，遍插一枝看。"或浑成而调高，或质朴而味厚。（《历代词人考略》卷十二）

清平乐

秋声隐地。 叶叶无留意。 冰簟流光团扇坠。 惊起双栖燕子。 夜堂帘合回廊。 风帷吹乱凝香。 卧看一庭明月,晓衾不耐初凉。

◇◇ **评析**

〔清平乐〕云:"夜堂帘合回廊。风帷吹乱凝香。"则尤渐近致密,为后来梦窗一派之滥觞。(《历代词人考略》卷十二)

南乡子

潮落去帆收。 沙涨江回旋作洲。 侧帽独行斜照里,飕飕。 卷地风前更掉头。 语妙后难酬。 回雁峰南未得秋。 唤取佳人听旧曲,休休。 瘴雨无花孰与愁。

◇◇ **评析**

〔南乡子〕《用东坡韵者》"潮落去帆收"云云,风骨高骞,直逼黄九,何庸以"工"之一字绳之?放翁题跋所云,殆不尽然。后山行谊高洁,略见《归田诗话》。(《历代词人考略》卷十二)

张　耒

张耒(1054—1114),字文潜,号柯山,楚州淮阴(今江苏淮阴)人。年十三能文,后从苏轼游。神宗熙宁六年(1073)进士,授临淮主簿。哲宗元祐元年(1086)迁秘书省正字,历著作佐郎、秘书丞、史馆检讨,擢起居舍人。绍圣元年(1094)以直龙图阁知润州。坐旧党徙宣州,谪监黄州酒税,徙复州。徽宗立,起通判黄州,知兖州,召为太常少卿,数月复出知颍州、汝州。崇宁初,复坐党籍落职,主管明道宫,又以在颍州闻苏轼讣为举哀行服,贬房州别驾,黄州安置。崇宁五年(1106)得自便,居陈州。晚监南岳庙,主管崇福宫。高宗建炎初赠集英殿修撰。张耒为"苏门四学士"之一,诗、词、文并工。著有《柯山集》,又名《宛丘集》《张右史文集》。词有后人辑本《柯山诗余》。

风流子

木叶亭皋下,重阳近,又是捣衣秋。 奈愁入庾肠,老侵潘鬓,谩簪黄菊,花也应羞。 楚天晚,白蘋烟尽处,红蓼水边头。 芳草有情,夕阳无语,雁横南浦,人倚西楼。　　玉容知安否,香笺共锦字,两处悠悠。 空恨碧云离合,青鸟沉浮。 向风前懊恼,芳心一点,寸眉两叶,禁甚闲愁。 情到不堪言处,分付东流。

◇◇ 评析

张文潜〔风流子〕:"芳草有情,夕阳无语,雁横南浦,人倚西楼。"景语亦复寻常,惟用在过拍,即此顿住,便觉老当浑成。换头"玉容知安否"融景入情,力量甚大。此等句有力量,非深于词,不能知也。"香笺"至"沉浮",微嫌近滑,幸"向风前"四句,深婉入情,为之补救,而"芳心""寸眉",又稍稍刷色。下云"情到不堪言处,分付东流",盖至是不能不用质语为结束矣。虽古人用心,未必如我所云,要不失为知人之言也。"香笺共锦字,两处悠悠。"吾人填词,断不肯如此率意,势必缩两句为一句,下句更添一意,由情中、景中生出皆可,情景兼到,又尽善矣。虽然,突过前人不易,或反不逮前人,视平昔之功力,临时之杼轴何如耳。(《餐樱庑词话》)

张文潜词传作无多,以〔风流子〕"亭皋木叶下"云云一阕为冠。文潜坐党籍谪官,晚监南岳庙,主管崇福宫。曰"楚天晚",必其监南岳时作也。其曰"玉容知安否",忧主之心也。曰"分付东流",愁岂随流而去乎? 亦与流俱长而已。(《历代词人考略》卷十三)

[周邦彦]

周邦彦(1057—1121),字美成,号清真居士,钱塘(今浙江杭州)人。神宗元丰中入太学,献《汴都赋》,以太学生超擢太学正。元祐四年(1089)出为庐州教授,知溧水县。绍圣四年(1097)还为国子主簿,历秘书省正字、校书郎、考功员外郎、卫尉、宗正少卿。政和二年(1112)以直龙图阁,出知隆德府、明州,召拜秘书监,进徽猷阁待制,提举大晟府。未几,复出知顺昌府,徙处州,后提举南京鸿庆宫。归杭,适方腊起义,返南京(今河南商丘)。卒赠宣奉大夫。周邦彦诗、词、文并工,著有《清真居士集》等,已佚。周邦彦通音律,善自度曲。词集名《清真词》,一名《片玉集》。

尉迟杯

大石　离恨

隋堤路。渐日晚、密霭生深树。阴阴淡月笼沙，还宿河桥深处。无情画舸，都不管、烟波隔南浦。等行人、醉拥重衾，载将离恨归去。　　因念旧客京华，长偎傍、疏林小槛欢聚。冶叶倡条俱相识，仍惯见、珠歌翠舞。如今向、渔村水驿，夜如岁、焚香独自语。有何人、念我无悰，梦魂凝想鸳侣。

望江南

大石

游妓散，独自绕回堤。芳草怀烟迷水曲，密云衔雨暗城西。九陌未沾泥。　　桃李下，春晚未成蹊。墙外见花寻路转，柳阴行马过莺啼。无处不凄凄。

风流子

大石

新绿小池塘。风帘动，碎影舞斜阳。羡金屋去来，旧时巢燕，土花缭绕，前度莓墙。绣阁凤帏深几许，曾听得理丝簧。欲说又休，虑乖芳信，未歌先咽，愁近清觞。　　遥知新妆了，开朱户，应自待月西厢。最苦梦魂，今宵不到伊行。问甚时说与，佳音密耗，寄将秦镜，偷换韩香。天便教人，霎时厮见何妨。

风流子

大石　秋怨秋景

枫林凋晚叶，关河迥，楚客惨将归。望一川暝霭，雁声哀怨，半规凉月，人影参差。酒醒后，泪花销凤蜡，风幕卷金泥。砧杵韵高，唤回残梦，绮罗香减，牵起余悲。　亭皋分襟地，难拚处，偏是掩面牵衣。何况怨怀长结，重见无期。想寄恨书中，银钩空满，断肠声里，玉箸还垂。多少暗愁密意，唯有天知。

解连环

商调　春景

怨怀无托。嗟情人断绝，信音辽邈。信妙手、能解连环，似风散雨收，雾轻云薄。燕子楼空，暗尘锁、一床弦索。想移根换叶。尽是旧时，手种红药。　汀洲渐生杜若。料舟依岸曲，人在天角。谩记得、当日音书，把闲语闲言，待总烧却。水驿春回，望寄我、江南梅萼。拚今生、对花对酒，为伊泪落。

◇◇ 评析

元人沈伯时作《乐府指迷》，于《清真词》推许甚至。唯以"天便教人，霎时厮见何妨""梦魂凝想鸳侣"等句为不可学，则非真能知词者也，《清真》又有句云："多少暗愁密意，唯有天知。""最苦梦魂，今宵不到伊行。""拚今生、对花对酒，为伊泪落。"此等语愈朴愈厚，愈厚愈雅，至真之情，由性灵肺腑中流出，不妨说尽而愈无尽。南宋人词如姜白石云："酒醒波远，正凝想、明珰素袜。"庶几近似。然已微嫌刷色，诚如《清真》等句，唯有学之不能到耳。如曰不可学也,讵必颦眉搔首,作态几许,然后出之,乃为可学耶?明已来词纤艳少骨,致斯道为之不尊,未始非伯时之言阶之厉矣。窃尝以刻印比之,自六代作者以萦纡拗折为工,而两汉方正平直之气荡然无复存者。救敝起衰,欲求一丁敬身、黄大易而未易遽得。乃至倚声小道,即亦将成绝学,良可慨夫!(《蕙风词话》卷二)

望江南

大石　咏妓

歌席上,无赖是横波。　宝髻玲珑欹玉燕,绣巾柔腻掩香罗。人好自宜多。　　无个事,因甚敛双蛾。　浅淡梳妆疑见画,惺忪言语胜闻歌。　何况会婆娑。

◇◇ **评析**

《清真词》〔望江南〕云:"惺忪言语胜闻歌。"谢希深〔夜行船〕云:"尊前和笑不成歌。"皆熨帖入微之笔。(《蕙风词话》卷二)

◇◇ **总评**

词学托始唐之开天,盛于北宋,极盛于南宋。当宋之世,若闽若赣,号称词苑多才,顾犹不逮两浙。何耶?盖自南渡,首都临安,湖山灵闶,风雅所兴,高、孝右文,有宣、政流风余韵,赵昂以赋拒霜邀眷赉,甄龙友以才华见赏,虽清狂捂俗不为嫌。是时,东南士夫向风竞爽,浙士近光辇毂,尤宜家擅倚声重。以开其先者,若烟波钓徒、云破月来花弄影郎中,襟抱神韵之间,妙造不可一世。乃至《清真》一集,深美闳约,兼赅众长,为两宋关键。(《历代两浙词人小传》序)

宋词深致能入骨,如《清真》《梦窗》是。(《蕙风词话》卷三)

李元膺

　　李元膺(生卒年不详),东平(今属山东)人,为哲宗、徽宗时人。曾任南京教官。绍圣间,李孝美作《墨谱法式》,元膺为序。因讥刺蔡京,得罪,不得召用。《乐府雅词》有李元膺词八首。

洞仙歌

　　一年春物,惟柳梅间意味最深。至莺花烂熳时,则春已衰迟,使人无复新意。予作洞仙歌,使探春者歌之,无后时之悔。

　　雪云散尽,放晓晴池院。杨柳于人便青眼。更风流多处,一点梅心,相映远。约略颦轻笑浅。　　一年春好处,不在浓芳,小艳疏香最娇软。到清明时候,百紫千红花正乱。已失春风一半。早占取韶光、共追游,但莫管春寒,醉红自暖。

◇◇ **评析**

　　南唐潘佑词:"桃李不须夸烂漫,已失了春风一半。"是时已失淮南,托旨讽谕,所以为佳。宋李元膺〔洞仙歌〕云:"一年春好处,不在浓芳,小艳疏香最娇软。到清明时候,百紫千红花正乱。已失春风一半。"句由佑出,只是爱惜景光,亦复宛宛入情。(《餐樱庑词话》)

李 祁

李祁(生卒年不详),字萧远,雍丘(今河南杞县)人。登进士,宋徽宗宣和年间,责监汉阳酒税。工诗词。官至尚书郎。其词婉约清丽,胜处不减少游。所作见《乐府雅词》。

点绛唇

楼下清歌,水流歌断春风暮。 梦云烟树。 依约江南路。 碧水黄沙,梦到寻梅处。 花无数。 问花无语。 明月随人去。

◇◇ 评析

李萧远〔点绛唇〕后段云:"碧水黄沙,梦到寻梅处。花无数。问花无语。明月随人去。"意境不求甚深,读者悦其轻倩。竹垞《词综》首录此阕。此等词固浙西派之初祖也。(《蕙风词话》卷二)

鹊桥仙

春阴淡淡,春波渺渺,帘卷花稍香雾。 小舟谁在落梅村,正梦绕、清溪烟雨。 碧山学士,云房娇小,须要五湖同去。 桃花流水鳜鱼肥,恰趁得、江天佳处。

西江月

云观三山清露,长生万籁青松。琼璈珠珥下秋空,一笑满天鸾凤。 雾鬟新梳绀绿,霞衣旧佩柔红。更邀豪俊驭南风,此意平生飞动。

◇◇ 评析

〔鹊桥仙〕云:"小舟谁在落梅村,正梦绕、清溪烟雨。"〔西江月〕云:"琼璈珠珥下秋空,一笑满天鸾凤。"皆警句,可诵。(《蕙风词话》卷二)

◇◇ 总评

李萧远词以轻倩胜。(《历代词人考略》卷二十三)

〖聂胜琼〗

聂胜琼(生卒年不详),北宋都下名妓。《全宋词》存其〔鹧鸪天〕词一首。

鹧鸪天

别情

玉惨花愁出凤城,莲花楼下柳青青。 尊前一唱阳关曲,别个人人第五程。 寻好梦,梦难成。 有谁知我此时情,枕前泪共阶前雨,隔个窗儿滴到明。

◇◇ **评析**

胜琼〔鹧鸪天〕词,纯是至情语,自然妙造,不假追琢,愈浑成,愈秾粹。于北宋名家中,颇近六一、东山。方之闺帏之彦,虽幽栖、漱玉,未遑多让。诚坤灵间气矣。(《餐樱庑词话》)

廖世美

廖世美(生卒年不详),大约生活于两宋之交。据传是安徽省东至县廖村人。现存词两首,均见于《唐宋诸贤绝妙词选》。

烛影摇红

题安陆浮云楼

霭霭春空,画楼森耸凌云渚。紫薇登览最关情,绝妙夸能赋。惆怅相思迟暮,记当日、朱阑共语。塞鸿难问,岸柳何穷,别愁纷絮。 催促年光,旧来流水知何处。断肠何必更残阳,极目伤平楚。晚霁波声带雨,悄无人、舟横野渡。数峰江上,芳草天涯,参差烟树。

◇◇ 评析

廖世美〔烛影摇红〕过拍云:"塞鸿难问,岸柳何穷,别愁纷絮。"神来之笔,即已佳矣。换头云:"催促年光,旧来流水知何处。断肠何必更残阳,极目伤平楚。晚霁波声带雨,悄无人、舟横古渡。"语淡而情深。令子野、太虚辈为之,容或未必能到。此等词一再吟诵,辄沁入心脾,毕生不能忘。《花庵绝妙词选》中,真能不愧"绝妙"二字,如世美之作,殊不多见。(《蕙风词话》卷二)

陈　瓘

陈瓘(1057—1124),字莹中,号了翁,又号了斋,南剑州沙县(今属福建)人。元丰二年(1079)进士,调湖州掌书记。徽宗立,召为左正言,迁左司谏。崇宁中入党籍,除名远窜,安置通州。卒谥"忠肃"。著有《尊尧集》,词集名《了斋词》。

蓦山溪

扁舟东去,极目沧波渺。 千古送残红,到如今、东流未了。午潮方去,江月照还生,千帆起,玉绳低,枕上莺声晓。 锦囊佳句,韵压池塘草。 声遏去年云,恼离怀、余音缭绕。 倚楼看镜,此意与谁论,一重水,一重山,目断令人老。

满庭芳

扰扰匆匆,红尘满袖,自然心在溪山。 寻思百计,真个不如闲。 浮世纷华梦影,嚣尘路、来往循环。 江湖手,长安障日,何似把鱼竿。 盘旋。 那忍去,它邦纵好,终异乡关。 向七峰回首,清泪斑斑。 西望烟波万里,扁舟去、何日东还。 分携处,相期痛饮,莫放酒杯悭。

◇◇ **评析**

陈莹中词《乐府雅词》录十七首,余最喜其〔蓦山溪〕句云:"千古送残红,到如今、东流未了。"又〔满庭芳〕云:"盘旋。那忍去,它邦纵好,终异乡关。向七峰回首,清泪斑斑。"读之令人增莼鲈之感。(《历代词人考略》卷十九)

孔 夷

孔夷(生卒年不详),字方平,自号滏皋渔父,隐名为鲁逸仲,汝州龙兴(今河南宝丰)人,孔子四十七代孙。隐居于龙兴县龙山之滏阳城,绝意仕进,与李廌为诗酒侣。今存词三首。

水龙吟

去年今日关山路,疏雨断魂天气。 据鞍惊见,梅花的皪,篱边水际。 一枝折得,雪妍冰丽,风梳雨洗。 正水村山馆,倚阑愁立,有多少、春情意。 好是孤芳莫比。 自不分、歌梁舞地。 暗香疏影,高禅文友,清谈相对。 琴韵初调,茗瓯催瀹,炉熏欲试。 向此时,一段风流,付与晋人标致。

(按:《全宋词》此词作者为无名氏。)

惜余春慢

情景

弄月余花,团风轻絮,露湿池塘春草。 莺莺恋友,燕燕将雏,惆怅睡残清晓。 还似初相见时,携手旗亭,酒香梅小。 向登临长是,伤春滋味,泪弹多少。 因甚却、轻许风流,终非长久,又说分飞烦恼。 罗衣瘦损,绣被香消,那更乱红如扫。 门外无穷路岐,天若有情,和天须老。 念高唐归梦,凄凉何处,水流云绕。

南　浦

风悲画角，听单于、三弄落谯门。投宿骎骎征骑，飞雪满孤村。酒市渐闲灯火，正敲窗、乱叶舞纷纷。送数声惊雁，下离烟水，嘹唳度寒云。　　好在半胧溪月，到如今、无处不销魂。故国梅花归梦，愁损绿罗裙。为问暗香闲艳，也相思、万点付啼痕。算翠屏应是，两眉余恨倚黄昏。

水龙吟

咏梅

岁穷风雪飘零，望迷万里云垂冻。红绡碎鹢，凝酥繁缀，烟深霜重。疏影沉波，暗香和月，横斜浮动。怅别来，欲把芳菲寄远，还羌管、吹三弄。　　寂寞玉人睡起，污残妆、不胜姣凤。盈盈山馆，纷纷客路，相思谁共。才与风流，赋称清艳，多情唯宋。算襄王，枉被梨花瘦损，又成春梦。

◇◇ 评析

《宋诗纪事·小传》云："孔方平，刘攽、韩维之畏友。"《参寥集》《次韵李端叔题孔方平书斋壁》云："草堂早晚投君子，纸帐蒲团不用收。"又云："不见诸郎事弦管，幽窗唯有读书声。"可以想见高致。方平词〔水龙吟〕又一体云：(词略)其托名鲁逸仲者，有〔选冠子〕"弄月余花"云云，〔南浦〕"风悲画角"云云，〔水龙吟〕《咏梅》"岁穷风雪"云云等阕，见宋已来各选本。(《历代词人考略》卷十八)

李 廌

李廌(1059—1109),字方叔,号德隅斋,华州(今属陕西)人。"苏门六君子"之一。进士不第,绝意仕进,致力于撰文著书。晚年定居长社(今河南长葛),生活清苦,卒年51岁。有《济南集》(一名《月岩集》)二十卷,已佚。

虞美人

玉阑干外清江浦,渺渺天涯雨。 好风如扇雨如帘,时见岸花汀草涨痕添。 青林枕上关山路,卧想乘鸾处。 碧芜千里思悠悠,唯有霎时凉梦到南州。

◇◇ 评析

李方叔〔虞美人〕过拍云:"好风如扇雨如帘。时见岸花汀草涨痕添。"春夏之交,近水楼台,确有此景。"好风"句绝新,似乎未经人道。歇拍云:"碧芜千里思悠悠。唯有霎时凉梦到南州。"尤极淡远清疏之致。(《蕙风词话》卷二)

毛 滂

毛滂(1056—约1124),字泽民,衢州江山(今属浙江)人。初以文为苏轼所知。哲宗元祐中为杭州法曹。元符二年(1099)知武康县,修葺县舍堂,改为东堂,后以名集。徽宗崇宁初除删定官。崇宁五年(1106)送吏部与监当。政和元年(1111)罢官归里,后起知秀州。滂依附蔡京兄弟而得进用,为士论所薄。毛滂诗、词、文并工,著有《东堂集》。词集名《东堂词》。

绛都春

太师生辰

余寒尚峭。 早凤沼冻开,芝田春到。 茂对诞期,天与公春向廊庙。 元功开物争春妙。 付与秾华多少。 召还和气,拂开雾色,未妨谈笑。　　缥缈。 五云乱处,种雕菰向熟,碧桃犹小。 雨露在门,光彩充闾乌亦好。 宝熏郁雾城南道。 天自锡公难老。 看公身任安危,二十四考。

◇◇ 评析

毛泽民词中有寿蔡京数首,遂贻"本非端士"之讥。方毛之寿蔡也,蔡之奸犹未大著也。其后吴君特亦以寿贾相词为世诟病。方吴之寿贾也,贾方以干济闻于时。而其卒致奸庸误国,亦非君特所预知也。且即如蔡京生辰以诗词为祝者,其姓名未易更仆数。而毛之词独传,是则毛之至不幸,而君特殆亦一例也。泽民为武康令,慈爱惠下,政平讼简,讵非端士?若以寸楮之投为毕生之玷,持论未免太苛。然而文字不可以假人操觚家,宜慎之又慎矣。(《历代词人考略》卷十四)

晁冲之

晁冲之(生卒年不详),字叔用,晁补之从弟。济州巨野(今属山东)人。举进士不第。绍圣初,隐居具茨山下,人称具茨先生。政和间,至京师,为大晟府丞。诗学陈师道,吕本中《江西诗社宗派图》,冲之列于其中。著有《晁具茨先生诗集》十五卷,后人辑其词为《晁叔用词》。

汉宫春

梅

潇洒江梅，向竹梢稀处，横两三枝。 东君也不爱惜，雪压风欺。 无情燕子，怕春寒、轻失佳期。 唯是有、南来归雁，年年长见开时。 清浅小溪如练，问玉堂何似，茅舍疏篱。 伤心故人去后，冷落新诗。 微云淡月，对孤芳、分付它谁。 空自倚，清香未减，风流不在人知。

◇◇ **评析**

〔汉宫春〕《梅》词为晁叔用作。胡元任、陈西塘言之皆确有事实，而王仲言《玉照新志》载李汉老以是词受知于首相王黼，又若凿凿可信者，见后李邴词话。此词属晁属李，殊难臆决。唯晁叔用不乏佳词，何庸断断争此一阕。(《历代词人考略》卷十六)

◇◇ **总评**

晁叔用慢词，纡徐排调，略似柳耆卿。(《历代词人考略》卷十六)

赵令畤

赵令畤（1064—1134），字德麟，又字景贶，自号聊复翁，又号藏六居士。太祖次子燕王德昭玄孙。哲宗元祐六年（1091），签书颍州公事。与苏轼相与唱和，并荐其才于朝。后坐与苏轼交通，罚金，入党籍，被废十年。高宗绍兴初，官至右监门卫大将军、营州防御使，权知行在大宗正事。迁洪州观察使，袭封安定郡王。寻迁宁远军承宣使，同知行在大宗正事，卒赠开府仪同三司。令畤早以才敏称，著有《侯鲭录》。词集名《聊复集》，有后人辑本。

菩萨蛮

轻鸥欲下春塘浴。双双飞破春烟绿。两岸野蔷薇。翠笼熏绣衣。　　凭船闲弄水。中有相思意。忆得去年时。水边初别离。

好事近

急雨涨溪浑，小树带山秋色。轻棹暮天归路，裛芙蓉烟白。酒醒香冷梦回时，虫声正凄绝。只觉小窗风月，与昨宵都别。

◇◇ 评析

赵德麟词〔菩萨蛮〕云："凭船闲弄水。中有相思意。忆得去年时。水边初别离。"〔好事近〕云："酒醒香冷梦回时，虫声正凄绝。只觉小窗风月，与昨宵都别。"语淡而深，耐人寻味。(《历代词人考略》卷十六)

蝶恋花

卷絮风头寒欲尽。坠粉飘香,日日红成阵。新酒又添残酒困。今春不减前春恨。　　蝶去莺飞无处问。隔水高楼,望断双鱼信。恼乱横波秋一寸。斜阳只与黄昏近。

浣溪沙

风急花飞昼掩门。一帘残雨滴黄昏。便无离恨也销魂。翠被任熏终不暖,玉杯慵举几番温。个般情事与谁论。

◇◇ 评析

〔蝶恋花〕云:"恼乱横波秋一寸。斜阳只与黄昏近。"〔浣溪沙〕全阕云:(词略)益复婉约风流,置之子野、少游集中亦不失为合作。(《历代词人考略》卷十六)

苏 庠

苏庠(1065—1147),字养直,初病目,自号眚翁,澄州(今湖南澄县)人。后徙居润州丹阳(今属江苏)之后湖,更号后湖病民。工诗,苏轼见其《清江曲》,谓置之太白集中,谁疑其非。高宗绍兴年间,居庐山,与徐俯同召,固辞不赴。著有《后湖词》一卷。

虞美人

次虞仲登韵

军书未息梅仍破。穿市溪流过。病来无处不关情。一夜鸣榔急雨、杂滩声。 飘零无复还山梦。云屋春寒重。山连积水水连空。溪上青蒲短短、柳重重。

谒金门

怀故居作

何处所。门外冷云堆浦。竹里江梅寒未吐。茅屋疏疏雨。 谁遣愁来如许。小立野塘官渡。手种凌霄今在否。柳浪迷烟渚。

鹧鸪天

过湖阴席上赠妓

梅妆晨妆雪妒轻。远山依约学眉青。樽前无复歌金缕,梦觉空余月满林。 鱼与雁,两浮沉。浅颦微笑总关心。相思恰似江南柳,一夜春风一夜深。

诉衷情

倦投林樾当诛茅。鸿雁响寒郊。溪上晚来杨柳,月露洗烟梢。 霜后渚,水分槽。尚平桥。客床归梦,何必江南,门接云涛。

木兰花

江云叠叠遮鸳浦,江水无情流薄暮。 归帆初张苇边风,客梦不禁篷背雨。 渚花不解留人住,只作深愁无尽处。 白沙烟树有无中,雁落沧洲何处所。

◇◇ 评析

《乐府雅词》录苏养直二十三首,多清微淡远之音,近于不食人间烟火者。略摘警句如下。〔虞美人〕云:"病来无处不关情。一夜鸣榔急雨、杂滩声。"〔谒金门〕云:"竹里江梅寒未吐。茅屋疏疏雨。"〔鹧鸪天〕云:"相思恰似江南柳,一夜春风一夜深。"〔诉衷情〕云:"溪上晚来杨柳,月露洗烟梢。"〔木兰花令〕云:"归帆初张苇边风,客梦不禁篷背雨。"(《历代词人考略》卷十四)

谢 逸

谢逸(1068—1113),字无逸,号溪堂,临川(今江西抚州)人。少孤,博学,工诗文,与从弟谢薖齐名,并称"临川二谢"。同为江西诗派,又同受业于吕希哲之门。再举进士不第,遂绝意仕进,终身隐居,以诗文自娱。著有《溪堂集》,有后人辑本。词集名《溪堂词》。

千秋岁

棟花飘砌,簌簌清香细。梅雨过,蘋风起。情随湘水远,梦绕吴峰翠。琴书倦,鹧鸪唤起南窗睡。　　密意无人寄,幽恨凭谁洗。修竹畔,疏帘里。歌余尘拂扇,舞罢风掀袂。人散后,一钩淡月天如水。

渔家傲

秋水无痕清见底。蓼花汀上西风起,一叶小舟烟雾里。兰棹舣,柳条带雨穿双鲤。　　自叹直钩无处使。笛声吹彻云山翠,鲙落霜刀红缕细,新酒美。醉来独枕莎衣睡。

◇◇ 评析

毛子晋《跋溪堂词》云:"共六十有三阕,皆小令,轻倩可人。"窃尝雒诵竟卷,其全阕如〔千秋岁〕"棟花飘砌"云云、〔渔家傲〕"秋水无痕清见底"云云,皆非软媚无骨之作。(《历代词人考略》卷十六)

虞美人

角声吹散梅梢雪。疏影黄昏月。落英点点拂阑干。风送清香满院、作轻寒。　　花瓷羯鼓催行酒。红袖掺掺手。曲声未彻宝杯空。饮罢香薰翠被、锦屏中。

◇◇ 评析

〔虞美人〕云:"落英点点拂阑干。风送清香满院、作轻寒。"空灵之笔,求之宋初人词即亦未易多觏。(《历代词人考略》卷十六)

浣溪沙

　　暖日温风破浅寒。　短青无数簇幽兰。　三年春在病中看。中酒心情浑似梦，探花时候不曾闲。　几年芳信隔秦关。

（按：《全宋词》此词作者为吕本中。）

◇◇ 评析

　　〔浣溪沙〕云："暖日温风破浅寒。短青无数簇幽兰。三年春在病中看。"此等语尤渐近沉着。(《历代词人考略》卷十六)

踏莎行

　　柳絮风轻，梨花雨细。　春阴院落帘垂地。　碧溪影里小桥横，青帘市上孤烟起。　　镜约关情，琴心破睡。　轻寒漠漠侵鸳被。酒醒霞散脸边红，梦回山蹙眉间翠。

◇◇ 评析

　　〔踏莎行〕云："酒醒霞散脸边红,梦回山蹙眉间翠。"句法极矜炼,却无追琢痕迹,非名手不办。而毛子晋乃以"轻倩可人"一语概之,讵得谓知人之言耶？(《历代词人考略》卷十六)

曹　组

曹组(生卒年不详)，字彦章，后更字元宠，颍昌(今河南许昌)人。与兄曹纬齐名，六举不第，以文词为徽宗所赏。宣和三年(1121)以下使臣承信郎特令就殿试，以第五甲赐同进士出身，仍给事殿中，官至阁门宣赞舍人、睿思殿应制。有《箕颍集》，今不传。词有后人辑本《箕颍词》，存三十六首。

相思会

人无百年人，刚作千年调。待把门关铁铸，鬼见失笑。多愁早老。惹尽闲烦恼。我醒也，枉劳心，谩计较。　　粗衣淡饭，赢取暖和饱。住个宅儿，只要不大不小。常教洁净，不种闲花草。据见定、乐平生，便是神仙了。

品　令

乍寂寞。帘栊静，夜久寒生罗幕。窗儿外、有个梧桐树，早一叶、两叶落。　　独倚屏山欲寐，月转惊飞乌鹊。促织儿、声响虽不大，敢教贤、睡不着。

◇◇ 评析

曹元宠〔品令〕歇拍云："促织儿、声响虽不大，敢教贤、睡不着。""贤"字作"人"字用，盖宋时方言。至今不嫌其俗，转觉其雅。(《蕙风词话续编》卷一)

醉花阴

九陌寒轻春尚早。 灯火都门道。 月下步莲人，薄薄香罗，峭窄春衫小。 梅妆浅淡风蛾袅。 随路听嬉笑。 无限面皮儿，虽则不同，各是一般好。

如梦令

门外绿阴千顷，两两黄鹂相应。 睡起不胜情，行到碧梧金井。 人静，人静。 风动一枝花影。

蓦山溪

梅

护霜云际，远日明芳树。 竹外一枝斜，想佳人、天寒日暮。 黄昏小院，无处著清香。 风细细，雪垂垂，何况江头路。 月边疏影，梦到消魂处。 结子欲黄时，又须作廉纤细雨。 孤芳一世，供断有情愁。 消瘦损，东阳也，试问花知否？

（按：《全宋词》文字有异同。洗妆真态，不作铅花御。竹外一枝斜，想佳人、天寒日暮。黄昏小院，无处著清香，风细细，雪垂垂，何况江头路。 月边疏影，梦到消魂处。结子欲黄时，又须著、廉纤细雨。孤芳一世，供断有情愁，销瘦却，东阳也，试问花知否？）

◇◇ 评析

据晦叔《漫志》谓："元宠,滑稽无赖之魁。"今就《雅词》所录审之,唯〔相思会〕〔品令〕〔醉花阴〕三首稍涉俚谚,自余皆雅正入格,尤有疏爽冲淡之笔,讵可目之曰滑稽,诋之为无赖邪,其〔如梦令〕"门外绿阴千顷"、〔蓦山溪〕"护霜云际"二首尤为卷中佳胜,它选本或误〔如梦令〕为秦少游作,虽少游曷以加焉?(《历代词人考略》卷二十三)

阮郎归

檐头风佩响丁东。 帘疏烛影红。 秋千人散月溶溶。 楼台花气中。　　春酒醒,夜寒浓。 绣衾谁与同。 只愁梦短不相逢。 觉来罗帐空。

好事近

茅舍竹篱边,雀噪晚枝时节。 一阵暗香飘处,已难禁愁绝。　　江南得地故先开,不待有飞雪。 肠断几回山路,恨无人攀折。

◇◇ 评析

〔阮郎归〕云："秋千人散月溶溶。楼台花气中。"〔好事近〕云："一阵暗香飘处,已难禁愁绝。"写景言情,并臻超诣。(《历代词人考略》卷二十三)

释惠洪

释惠洪(1071—1128),字觉范,自称洪觉范,后易名德洪,俗姓彭。因其为僧,人称僧觉范。筠州新昌(今江西宜丰)人。少时曾为小吏,元祐四年(1089)得度为僧。以医识张商英,又往来于徽宗近臣术士郭天信之门。徽宗政和元年(1111),因与张、郭过往密切而受累,决配朱崖。政和三年(1113)北还,又被诬坐狱。惠洪工诗文,善画。著有《石门文字禅》《冷斋夜话》等,词集有后人辑本《石门长短句》。

青玉案

凝祥宴罢闻歌吹。 画毂走,香尘起。 冠压花枝驰万骑。 马行灯闹,凤楼帘卷,陆海鳌山对。 当年曾看天颜醉。 御杯举,欢声沸。 时节虽同悲乐异。 海风吹梦,岭猿啼月,一枕思归泪。

◇◇ **评析**

洪觉范词,见于其自著《冷斋夜话》及宋人说部者,自以和贺方回韵〔青玉案〕为佳。竹垞《词综》亦止录此一首。其"凝祥宴罢"阕,歇拍云:"海风吹梦,岭猿啼月,一枕思归泪。"苕溪渔隐谓:非释子所当然,然禅门诃绮语,亦有以绮语说禅者。"频呼小玉元无事,只要檀郎认得声",见《五灯会元·昭觉克勤禅师》章次。"佯走乍羞偷眼觑,竹门斜掩半枝花",见《云居德会禅师》章次。彼绮语犹无碍,矧觉范所云不过思归而已,尚不得谓之绮语耶。余于觉范词,政喜其无蔬笋气。(《两宋词人小传》)

葛胜仲

葛胜仲(1072—1144),字鲁卿,江阴(今属江苏)人。哲宗绍圣四年(1079)进士,授杭州司理参军。元符三年(1100)荐试学官及词科,皆第一,除兖州教授,入为太学正。历提学议历所检讨官兼宗正丞,礼部员外郎,谪知休宁县。复召为礼部员外郎,擢国子司业,迁太常少卿,续修《太常因革礼》,兼谕德,再迁太府少卿,除国子祭酒,出知汝州、湖州、邓州,罢归。高宗建炎中起知湖州,修战备。绍兴元年(1131)乞祠归。卒谥"文康"。著有《丹阳集》,词集名《丹阳词》。

渔家傲

叠叠云山供四顾。 簿书忙里偷闲去。 心远地偏陶令趣。 登览处。 清幽疑是斜川路。 野蔌溪毛供饮具。 此身甘被烟霞痼。 兴尽碧云催日暮。 招晚渡。 遥遥一叶随鸥鹭。

水调歌头

胜友欣倾盖,羁宦懒书空。 爱君笔力清壮,名已在蟾宫。 萧散英姿直上,自有练裙葛帔,岂待半通铜。 长短作新语,墨纸似鸦浓。 山吐月,溪泛艇,率君同。 吾侪轰饮文字,乐不在歌钟。 今夜长风万里,且倩泓澄浩荡,一为洗尘容。 世上闲荣辱,都付塞边翁。

西江月

正月十七日,与文中自邑境遍游歙黟祁门山水。十九日,在黟邑同灵观夜燕作二首。

羁宦新来作恶,穷途谁肯相从。追攀十日水云中。情谊知君独重。　寂寂回廊小院,冥冥细雨尖风。凤山香雪定应空。昨夜疏枝入梦。

南乡子

三月望日与文中诸贤泛舟南溪作

柳岸正飞绵。选胜斋轻漾碧涟。笑语忘怀机事尽,鸥边。万顷溪光上下天。　菰苇久延缘。不觉遥峰霭暮烟。对酒莫嫌红粉陋,婵娟。自有孤高月姊仙。

江城子

呈刘无言焘

浮家重过水晶宫。五年中。事何穷。无恙山溪,鬓影落青铜。欲向旧游寻旧事,云散彩,水流东。　苔花向我似情钟。舞霜风。雪蒙蒙。应怪史君,颜鬓便衰翁。赖是寻芳无素约,端不恨,绿阴重。

◇◇ 评析

尝阅《丹阳词》,以其题考之,作于休宁县者约三分之一。君子怀抱高异,不谐于俗,排挤不已,至于迁谪,亦唯是寄情豪素,托旨吟弄,以发抒其无聊抑郁之思。如苏长公、黄涪翁、秦太虚诸名辈,其拔俗遗世之作,大都得自蛮烟瘴雨中矣。《丹阳词》如〔渔家傲〕云:"兴尽碧云催日暮。招晚渡。遥遥一叶随鸥鹭。"〔水调歌头〕云:"今夜长风万里,且倩澄泓浩荡,一为洗尘容。"〔西江月〕云:"凤山香雪定应空。昨夜疏枝入梦。"〔南乡子〕云:"笑语忘怀机事尽,鸥边。万顷溪光上下天。"〔江城子〕云:"赖是寻芳无素约,端不恨,绿阴重。"虽未必方驾黄、秦,要亦不在晁、陈下矣。(《历代词人考略》卷十七)

鹧鸪天

赏菊

采采黄花鹄彩浓。吹开一夜为霜风。已邀骚客陶元亮,不用歌姬盛小丛。　　秋易老,莫匆匆。齐山高兴古今同。欲知此地花多少,一眼金英望不穷。

◇◇ 评析

〔鹧鸪天〕《赏菊》叠韵云:"已邀骚客陶元亮,不用歌姬盛小丛。"韵绝新。(《历代词人考略》卷十七)

米友仁

米友仁(1074—1153),字元晖,一字尹仁,小字虎儿,自号懒拙老人,先世居太原(今属山西),徙襄阳(今属湖北),后寓润州(今江苏镇江)。父米芾,宋代著名书法家。友仁亦善书画,精赏鉴,力学嗜古,世称"小米"。高宗绍兴中官至兵部侍郎,敷文阁直学士。词集名《阳春集》。

小重山

醉倚朱阑一解衣。 碧云迷望眼,断虹低。 近来休说带宽围。人千里,还是燕双飞。 深院日初迟。 绮窗帘幕静,恨生眉。不堪虚度是花时。 鸿来速,争解寄相思。

阮郎归

碧溪风动满文漪。 雨余山更奇。 淡烟横处柳行低。 鸳鸯来去飞。 人似玉,醉如泥。 一枝随鬓欹。 夷犹双桨月平西。 幽寻归路迷。

◇◇ **评析**

体格清超,不染尘俗。(《历代词人考略》卷二十三)

谢 薖

谢薖(1074—1116),字幼盘,号竹友居士,临川(今属江西抚州)人。谢逸之弟,二人皆工诗,并称"临川二谢",同为江西诗派诗人,又同受业于吕本中。终身励行,以布衣卒。有《竹友集》。词集名《竹友词》。

醉蓬莱

中秋有怀无逸兄并示何之忱诸友

望晴峰染黛,暮霭澄空,碧天无汉。圆镜高飞,又一年秋半。皓色谁同,归心暗折,听唳云孤雁。问月停杯,锦袍何处,一尊无伴。

好在南邻,诗盟酒杜,刻烛争成,引觞愁缓。今夕楼中,继阿连清玩。饮剧狂歌,歌终起舞,醉冷光零乱。乐事难穷,疏星易晓,又成浩叹。

◇◇ 评析

此词融景入情,如往而复读之,令人增孔怀之重。即以才调论,微溪堂殆难为兄矣。竹友词有武进董氏诵芬室旧钞南词本。(《历代词人考略》卷十六)

蝶恋花

留董之南过七夕

一水盈盈牛与女。目送经年，脉脉无由语。后夜鹊桥知暗度。持杯乞与开愁绪。　　君似庾郎愁几许。万斛愁生，更作征人去。留定征鞍君且住。人间岂有无愁处。

◇◇ 评析

竹友词《留董之南过七夕》〔蝶恋花〕后段云："君似庾郎愁几许。万斛愁生，更作征人去。留定征鞍君且住，人间岂有无愁处。"循环无端，含意无尽，小谢可谓善言愁。(《蕙风词话》卷二)

叶梦得

叶梦得(1077—1148)，字少蕴，先世乌程(今浙江湖州)人，徙吴县(今江苏苏州)。哲宗绍圣四年(1097)进士，授丹徒尉。徽宗朝历婺州教授，议礼武选编修官。大观二年(1108)拜翰林学士。大观三年(1109)以龙图阁直学士知汝州，罢奉祠。政和五年(1115)起知蔡州，徙颍昌府。高宗即位，迁翰林学士兼侍读，除户部尚书，再迁为尚书左丞。罢职，以资政殿学士提举中太一宫，绍兴初起为江东安抚大使兼知建康府，兼六州宣抚使。绍兴八年(1138)除江东安抚制置大使兼知建康府，行宫留守。绍兴十四年(1144)以防御金兵功加观文殿学士，徙知福州兼福建安抚使，拜崇信军节度使致仕。居吴兴弁山，弁山奇石林立，因取

《天问》中"石林"二字,自号"石林居士",卒赠检校少保。梦得著述甚丰,有《建康集》《石林燕语》《石林诗话》《避暑录话》等。亦工词,词集名《石林词》。

定风波

与干誉才卿步西园始见青梅

破萼初惊一点红。 又看青子映帘栊。 冰雪肌肤谁复见。 清浅。 尚余疏影照晴空。 惆怅年年桃李伴。 肠断。 只应芳信负东风。 待得微黄春亦暮。 烟雨。 半和飞絮作蒙蒙。

◇◇ **评析**

宋陈鹄《耆旧续闻》尝谓:"后辈作词,无非前人已道底句,特善于转换耳。"叶梦得《石林词·与干誉才卿步西园始见青梅》〔定风波〕歇拍云:"待得微黄春亦暮。烟雨。半和飞絮作蒙蒙。"用贺方回:"一川烟草,满城风絮,梅子黄时雨。"所谓善能转换,亦复景中有情,特高浑不逮方回耳。(《织余琐述》)

王寀

王寀(1078—1118),字道辅,或作辅道,号南陔居士,江州(今江西九江)人。王韶子。登进士第,累官至翰林学士、兵部侍郎。后以感心疾,好谈丹砂神仙事。时徽宗方崇道教,召对称旨。后以术不验下狱,弃市。词有后人辑本《王侍郎词》。

玉楼春

绣屏晓梦鸳鸯侣。可惜夜来欢聚取。几声低语记曾闻,一段新愁看乍觑。　繁红洗尽胭脂雨。春被杨花勾引去。多情只有旧时香,衣上经年留得住。

浣溪沙

珠箔随檐一桁垂。绣屏遮枕四边移。春归人懒日迟迟。旧事只将云入梦。新欢重借月为期。晚来花动隔墙枝。

浣溪沙

扇影轻摇一线香。斜红匀过晚来妆。娇多无事做凄凉。借问谁教春易老。几时能勾夜何长。旧欢新恨总思量。

◇◇ **评析**

王道辅词〔玉楼春〕云:"多情只有旧时香,衣上经年留得住。"〔浣溪沙〕云:"旧事只将云入梦。新欢重借月为期。"王晦叔所谓"俊语也"。"几时能勾夜何长"则近于轻浮矣。(《历代词人考略》卷二十二)

蝶恋花

缕雪成花檀作蕊。爱伴秋千,摇曳东风里。翠袖年年寒食泪。为伊牵惹愁无际。　幽艳偏宜春雨细。红粉阑干,有个人相似。钿合金钗谁与寄。丹青传得凄凉意。

◇◇ **评析**

许嵩庐云：后半阕暗用《长恨歌》语意。(《历代词人考略》卷二十二)

蝶恋花

燕子来时春未老。红蜡团枝，费尽东君巧。烟雨弄晴芳意恼。雨余特地残妆好。　　斜倚青楼临远道。不管旁人，密共东君笑。都见娇多情不少。丹青传得倾城貌。

◇◇ **评析**

《牡丹》阕换头云："斜倚青楼临远道。不管旁人，密共东君笑。"语绝媚妩，似乎未经人道，施之牡丹，尤为宜称。(《历代词人考略》卷二十二)

徐　俯

徐俯(1075—1141)，字师川，洪州分宁(今江西修水)人。以父禧死国事，授通直郎，累官司门郎中。靖康二年(1127)张邦昌僭位，遂致仕，并买埠名曰"昌奴"，以示鄙视。高宗朝，起为右谏议大夫。绍兴二年(1132)赐进士出身，历翰林学士、签书枢密院事、权参知政事，寻奉祠归。绍兴九年(1139)，知信州。绍兴十一年(1141)卒。词存十七首，见《乐府雅词》卷中。

卜算子

胸中千种愁,挂在斜阳树。 绿叶阴阴自得春,草满莺啼处。 不见凌波步。 空想如簧语。 门外重重叠叠山,遮不断、愁来路。

(按:《全宋词》文字有异同。天生百种愁,挂在斜阳树。绿叶阴阴占得春,草满莺啼处。 不见凌尘步。空忆如簧语。柳外重重叠叠山,遮不断、愁来路。)

◇◇ **评析**

此词意致自是高迥,不言所愁何事,曰千种,曰遮不断,意象壮阔,大约为忧时而作。"绿叶"二句似喻小人之得意,"凌波"二句似叹君门之远,《离骚》美人之旨也。(《历代词人考略》卷二十五)

卜算子

清池过雨凉,暗有清香度。 缥缈娉婷绝代歌,翠袖风中举。 忽敛双眉去。 总是关情处。 一段江山一段云,又下阳台雨。

◇◇ **评析**

极虚灵幽渺之致。(《历代词人考略》卷二十五)

鹧鸪天

满眼纷纷恰似花。 飘飘泊泊自天涯。 雨中添得无穷湿,风里吹成一道斜。 银作屋,玉为车。 姮娥青女过人家。 应嫌素面微微露,故着轻云薄薄遮。

◇◇ 评析

〔鹧鸪天〕云:(词略)笔情轻倩而不佻。(《两宋词人小传》)

踏莎行

玉露团花,金风破雾。 高台与上晴空去。 举杯相属看前山,烟中乱叠青无数。 皓齿明眸,肌香体素。 恼人正在秋波注。因何欲雨又还晴,歌声遏得行云住。

◇◇ 评析

〔踏莎行〕云:(词略)则渐近沉着矣。(《两宋词人小传》)

万俟咏

万俟咏(生卒年不详),字雅言,自号大梁词隐。徽宗政和初,召试补大晟乐府制撰。高宗绍兴五年(1135),补下州文学。咏初自编词集名《胜萱丽藻》,分雅词、侧艳两体。后召试入官,以侧艳体无赖太甚,削去之,再编成集,分应制、风月脂粉、雪月风花、脂粉才情、杂类五体。周邦彦名之为《大声集》,周邦彦、田为为序,已佚。今存词二十九首。

三　台

清明应制

见梨花初带夜月，海棠半含朝雨。　内苑春、不禁过青门，御沟涨、潜通南浦。　东风静，细柳垂金缕，望凤阙、非烟非雾。　好时代、朝野多欢，遍九陌、太平箫鼓。　乍莺儿百啭断续，燕子飞来飞去。　近绿水、台榭映秋千，斗草聚、双双游女。　饧香更、酒冷踏青路。　会暗识、夭桃朱户。　向晚骤、宝马雕鞍，醉襟惹、乱花飞絮。　正轻寒轻暖漏永，半阴半晴云暮。　禁火天、已是试新妆，岁华到、三分佳处。　清明看、汉宫传蜡炬，散翠烟、飞入槐府。　敛兵卫、阊阖门开，住传宣、又还休务。

◇◇ 评析

此词擅胜处，在换头"饧香"至"佳处"五十五字，得融景入情之妙，自余第停匀绵丽而已。（《历代词人考略》卷十九）

田　为

田为（生卒年不详），字不伐。政和末，充大晟府典乐。宣和元年（1119）八月为大晟府乐令。善琵琶。有《芊呕集》，久佚。赵万里有辑本一卷，得词六首。

南柯子

春景

梦怕愁时断,春从醉里回。凄凉怀抱向谁开。些子清明时候、被莺催。　柳外都成絮,栏边半是苔。多情帘燕独徘徊。依旧满身花雨、又归来。

◇◇ 评析

前阕云:"凄凉怀抱向谁开。些子清明时候、被莺催。"又云:"多情帘燕独徘徊。依旧满身花雨、又归来。"颇饶鲜翠生动之致。(《历代词人考略》卷二十)

江神子慢

玉台挂秋月。铅素浅,梅花傅香雪。冰姿洁。金莲衬、小小凌波罗袜。雨初歇。楼外孤鸿声渐远,远山外、行人音信绝。此恨对语犹难,那堪更寄书说。　教人红销翠减,觉衣宽金缕,都为轻别。太情切。销魂处、画角黄昏时节,声呜咽。落尽庭花春去也,银蟾迥、无情圆又缺。恨伊不似余香,惹鸳鸯结。

◇◇ 评析

〔江神子慢〕前段云:"雨初歇。楼外孤鸿声渐远,远山外、行人音信绝。此恨对语犹难,那堪更寄书说。"则情文悱恻,令人消魂暗然,非深于情者不办。(《历代词人考略》卷二十)

王庭珪

王庭珪(1079—1171),字民瞻,号泸溪先生。吉州安福(今属江西)人。政和八年(1118)进士,调衡州茶陵丞,以与上官不合,弃官隐居,筑草堂于泸溪,自号泸溪居士。绍兴中,胡铨以上疏乞斩秦桧事被谪放新州,独庭珪以诗送行,坐"讪谤"流放夜郎,继又送辰州编管。秦桧死,许自便。孝宗时,召对内殿,赐国子监主簿,直敷文阁。庭珪工诗擅文,有《泸溪文集》五十卷。词集名《泸溪词》。

桃源忆故人

辰州泛舟送郭景文周子康赴行在

催花一霎清明雨。留得东风且住。两岸柳汀烟坞。未放行人去。 人如双鹄云间举。明夜扁舟何处。只向武陵南渡。便是长安路。

感皇恩

一叶下西风,寒生南浦。椎鼓鸣桡送君去。长亭把酒,却倩阿谁留住。尊前人似玉,能留否。 醉中暂听,离歌几许。听不能终泪如雨。无情江水,断送扁舟何处。归时烟浪卷,朱帘暮。

解佩令

　　湘江停瑟。 洛川回雪。 是耶非、相逢飘瞥。 云鬟风裳，照心事、娟娟山月。 剪烟花、带萝同结。　　留环盟切。 贻珠情彻。 解携时、玉声愁绝。 罗袜尘生，早波面、春痕欲灭。 送人行、水声凄咽。

◇◇ 评析

　　《花庵绝妙词选》泸溪词凡五阕，有《辰州泛舟送郭景文周子康赴行在》〔桃源忆故人〕云：（词略）又〔感皇恩〕句云："无情江水，断送扁舟何处。"〔解佩令〕歇拍云："送人行、水声凄咽。"状别离之景，肆口而成，不烦追琢，自然含意无尽。（《历代词人考略》卷二十二）

陈　克

　　陈克（1081—1137），字子高，自号赤城居士，临海（今属浙江）人。寓居金陵（今江苏南京）。绍兴初，以吕祉荐为右承事郎，都督府准备差遣，敕令所删定官。绍兴七年（1137）吕祉以兵部尚书、督府参谋军事往庐州节制诸军，克从行。会郦琼叛，祉遇害，克不屈，被焚死。陈克工诗词，有《天台集》。后人辑其词名《赤城词》。

鹧鸪天

芳树阴阴脱晚红。 余香不断玉钗风。 薄情夫婿花相似,一片西飞一片东。　　金翡翠,绣芙蓉。 从教纤媚笑床空。 揉蓝衫子休无赖,只与离人结短封。

◇◇ **评析**

《赤城词》〔鹧鸪天〕云:"薄情夫婿花相似,一片西飞一片东。"语艳而质。尝记国初人句云:"侬似飞花郎似絮,东风卷起却成团。"古今人不相及处,消息可参。(《织余琐述》)

鹧鸪天

禁冒余寒酒半醒。 蒲萄力软被愁侵。 鲤鱼不寄江南信,绿尽菖蒲春水深。　　疑梦断,怆离襟。 重帘复幕静愔愔。 赤阑干外梨花雨,还是去年寒食心。

鹧鸪天

小市桥弯更向东。 便门长记旧相逢。 踏青会散秋千下,鬓影衣香怯晚风。　　悲往事,向孤鸿。 断肠肠断旧情浓。 梨花院落黄茅店,绣被春寒此夜同。

◇◇ **评析**

尝谓北宋词人,享盛名者泰半,达官贵胄沉沦侘傺如子高,其词得流传至今,幸矣。《乐府雅词》录子高词三十六阕,大都高丽香倩之作,绝少穷愁抑塞之音,足见其有过人襟抱。如〔鹧鸪天〕云:"鲤鱼不寄江南信,绿尽菖蒲春水深。"又云:"梨花院落黄茅店,绣被春寒此夜同。"陈直斋所谓"词格高丽",殆指此等句。(《历代词人考略》卷二十五)

虞美人

小山戢戢盆池浅。 芳树阴阴转。 红阑干上刺蔷薇。 蝴蝶飞来飞去、两三枝。 绣裙斜立腰肢困。 翠黛萦新恨。 风流踪迹使人猜。 过了斗鸡时节、合归来。

◇◇ 评析

〔虞美人〕云:"红阑干上刺蔷薇。蝴蝶飞来飞去、两三枝。"二语最有生气。(《历代词人考略》卷二十五)

虞美人

绿阴满院帘垂地。 落絮萦香砌。 池光不定药栏低。 闲并一双鸂鶒、没人时。 旧欢黯黯成幽梦。 帐卷金泥重。 日虹斜处暗尘飞。 脉脉小窗孤枕、镜花移。

◇◇ 评析

"池光不定药栏低。闲并一双鸂鶒、没人时。"尤能状深静之景。(《历代词人考略》卷二十五)

临江仙

枕帐依依残梦,斋房匆匆余酲。薄衣团扇绕阶行。 曲阑幽树,看得绿成阴。 檐雨为谁凝咽,林花似我飘零。 微吟休作断肠声。 流莺百啭,解道此时情。

◇◇ **评析**

〔临江仙〕云:"檐雨为谁凝咽,林花似我飘零。""檐雨"句未经人道。(《历代词人考略》卷二十五)

朱敦儒

朱敦儒(1081—1159),字希真,号岩壑,又称伊水老人,洛阳(今河南洛阳)人。早岁隐居故里,志行高洁,负朝野之望,屡荐不起。高宗绍兴三年(1133)召对,赐进士出身。为秘书省正字兼兵部郎官,迁两浙东路提点刑狱。绍兴十六年(1146)坐与李光交通,罢职。绍兴十九年(1149)致仕,归嘉禾。秦桧晚年喜奖用骚人墨客以粉饰太平,复欲使教其子熺诗,于是先用敦儒子为删定官,复除敦儒鸿胪少卿,敦儒惧祸,不敢辞,桧死,复致仕。朱敦儒工诗,有《岩壑老人诗文》一卷,已佚。词集名《樵歌》,一名《太平樵歌》。

念奴娇

别离情绪,奈一番好景,一番悲戚。 燕语莺啼人乍远,还是他乡寒食。 桃李无言,不堪攀折,总是风流客。 东君也自,怪人冷淡踪迹。 花艳草草春工,酒随花意薄,疏狂何益。 除却清风并皓月,脉脉此情谁识。 料得文君,重帘不卷,且等闲消息。 不如归去,受他真个怜惜。

◇◇ 评析

此阕必为希真乞休后作。"燕语莺啼人乍远",言别京中僚友;"桃李"四句,言自己心迹疏放冷淡;后段起处言所以疏放冷淡之故;"此情谁识",见无人知此心者;末说文君受它怜惜,见世少爱惜我者,自计不如归去,妙在语意含蓄。(《两宋词人小传》)

鹧鸪天

检尽历头冬又残。爱他风雪忍他寒。拖条竹杖家家酒,上个篮舆处处山。　添老大,转痴顽。谢天教我老来闲。道人还了鸳鸯债,纸帐梅花醉梦间。

◇◇ 评析

此阕亦乞休后作。"拖条竹杖"二语,似随处行乐之意。细玩首二句,冬残耐寒是生当晚季之忧,所云行乐亦出于无聊耳。观末二句,只玩自己身世,即与梅花同梦,非好逸也,自有难于言者,亦妙在有含蓄。(《两宋词人小传》)

赵 佶

赵佶(1082—1135),即宋徽宗,神宗第十一子。初封宁国公。哲宗即位,遂封宁郡王。绍圣三年(1096)进封端王。元符三年(1100)哲宗卒,无子,佶以弟继位。荒于政事,信任蔡京、童贯、梁师成等人。崇信道教,自号教主道君皇帝。

在位二十五年。宣和七年(1125),金兵入侵,惧而传位于长子桓,是为钦宗,上尊号"教主道君太上皇帝"。靖康二年(1127)金兵破开封,与钦宗同被虏北行。高宗绍兴五年(1135),卒于五国城,庙号徽宗。佶多才艺,工书善画。能诗词,有《御制集》《崇观宸奎集》,词有后人辑本《宋徽宗词》,今存词十二首。

燕山亭

裁剪冰绡,打叠数重,冷淡胭脂匀注。 新样靓妆,艳溢香融,羞杀蕊珠宫女。 易得凋零,更多少、无情风雨。 愁苦。 闲院落凄凉,几番春暮。 凭寄离恨重重,这双燕,何曾会人言语。 天遥地远,万水千山,知他故宫何处。 怎不思量,除梦里、有时曾去。 无据。 和梦也、有时不做。

◇◇ **评析**

徽宗继体裕陵,天才睿敏,诗文书画而外,长短句尤卓然名家。虽间北狩,犹有"裁剪冰绡"之作,未尝少损其风怀。求之古帝王中,唯南唐后主庶几分镳并辔,其处境亦大略相同也。唯是后主所作皆小令,徽宗则多慢词。盖后主天姿轶伦,而徽宗又深之以学力矣。(《历代词人考略》卷七)

李 纲

李纲(1083—1140),字伯纪,邵武(今属福建)人。政和二年(1112)进士。靖康元年(1126),金兵逼近京师,纲以尚书右丞为亲征行营使,号召各路勤王。不久即以"专主战议"被谪。高宗(赵构)即位,拜右相,上十议坚主抗金。后多次被罢黜。卒谥"忠定"。著有《梁溪先生文集》。有《梁溪词》一卷。

江城子

九日与诸季登高

客中重九共登高。 逼烟霄。 见秋毫。 云涌群山,山外海翻涛。 回首中原何处是,天似幕,碧周遭。 茱萸蕊绽菊方苞。 左倾醑。 右持螯。 莫把闲愁,空使寸心劳。 会取八荒皆我室,随节物,且游遨。

六幺令

次韵和贺方回金陵怀古,鄱阳席上作

长江千里,烟淡水云阔。 歌沉玉树,古寺空有疏钟发。 六代兴亡如梦,苒苒惊时月。 兵戈凌灭。 豪华销尽,几见银蟾自圆缺。 潮落潮生波渺,江树森如发。 谁念迁客归来,老大伤名节。 纵使岁寒途远,此志应难夺。 高楼谁设。 倚阑凝望,独立渔翁满江雪。

喜迁莺

自池阳泛舟

江天霜晓。 对万顷雪浪,云涛淼渺远岫参差,烟树微茫,阅尽往来人老。 浅沙别浦极望,满目余霞残照。 暮云敛,放一轮明月,窥人怀抱。 杳杳。 千里恨,玉人一别,梦断无音耗。 手捻江梅,枝头春信,欲寄算应难到。 画船片帆浮碧,更值风高波浩。 几时得向尊前,销却许多烦恼。

◇◇ 评析

李忠定身丁南北宋之间,忤触权奸,屡起屡踬,居相位仅七十日,不克展其素志。今观其所为词,大都委心安遇,陶情适性之作,略无抑塞磊落、牢骚不平之气,足征学养醇至,襟抱坦夷乃至。〔江城子〕云:"回首中原何处是,天似幕,碧周遭。"〔六么令〕云:"纵使岁寒途远,此志应难夺。"〔喜迁莺〕云:"暮云敛,放一轮明月,窥人怀抱。"则贞悃孤光,有流露于不自觉者矣。(《历代词人考略》卷二十一)

水龙吟

次韵和质夫子瞻杨花词

晚春天气融和,乍惊密雪烟空坠。因风飘荡,千门万户,牵情惹思。青眼初开,翠眉才展,小园长闭。又谁知化作,琼花玉屑,共榆荚、漫天起。　　深院美人慵困,乱云鬟、尽从妆缀。小廊回处,甋瓵重叠,轻拈却碎。飞入楼台,舞穿帘幕,总归流水。怅青春又过,年年此恨,满东风泪。

◇◇ 评析

〔水龙吟〕《次韵和质夫子瞻杨花词》,亦复与二公工力悉敌。(《历代词人考略》卷二十一)

张　纲

张纲(1083—1166),字彦正,金坛人。政和四年(1114)以上舍及第。绍兴初,历起居舍人、中书舍人、给事中。奉祠十余年致仕。秦桧死,起为吏部侍郎。绍兴二十六年(1156)参知政事。绍兴二十七年(1157)出知婺州。绍兴二十八年(1158)复致仕。卒年八十四,谥"章简"。有《华阳集》,中有长短句一卷。

念奴娇

次韵李公显木犀

多情宋玉,值西风摇落,悲秋时节。赖有幽芳深解意,的皪枝头争发。欲语含羞,敛容微笑,心事如何说。暗香时度,卷帘留伴霜月。　　谁为赋写仙姿,挥毫落纸,有尊前词客。独倚阑干须信道,消得孤吟愁绝。补阙骚经,拾遗香传,顿许居前列。品题多谢,一枝当为君折。

绿头鸭

次韵陈季明

爱家山。坐来心与云闲。念平生、功名有志,暮年多病知难。眷簪缨、未容引去,奈猿鹤、久已催还。松菊关情,莼鲈引兴,昔人高韵照尘寰。细追想,山林钟鼎,从古罕兼全。归来好,皇恩赐可,拂袖欣然。望西清、犹叨法从,梦魂宁隔台躔。莳七松、便为小隐,开三径、且乐余年。宾友相过,鸡豚为具,从容聊作饮中仙。君试听,阳春佳阕,今日恰新传。休辞酒,从教醉舞,踏碎花钿。

菩萨蛮

上元

重帘卷尽楼台日。华灯万点欢声入。老病莫凭阑。一城星斗寒。 艳妆翻舞雪。目眩红生缬。不是故无情。羞君双鬓青。

菩萨蛮

南山只与溪桥隔。年来厌著寻山屐。卧对曲屏风。淡烟疏雨中。 功成投老去。拼作林塘主。万事不关心。酒杯红浪生。

◇◇ 评析

〔念奴娇〕《次韵李公显木犀》云：（词略）〔绿头鸭〕《次韵陈季明》云：（词略）〔菩萨蛮〕《上元》云：（词略）又前调云：（词略）。尝谓两宋人词，虽非专家之作，大都深稳沉着，以气格胜，虽有不经意处，亦是宋人不经意处，甚至于有疵颣，亦是宋人之疵颣，并非时下人所及。如《华阳长短句》之类，即非专家，而沉着入格者。(《两宋词人小传》)

左 誉

左誉（生卒年不详），字与言，号绮翁，天台（今浙江临海）人。大观三年（1109）进士，官至湖州通判。有词集《筠翁长短句》。

眼儿媚

楼上黄昏杏花寒，斜月小阑干。 一双燕子，两行征雁，画角声残。 绮窗人在东风里，无语对春闲。 也应似旧，盈盈秋水，淡淡春山。

（按：《全宋词》此词作者阮阅。）

◇◇ 评析

宋左誉词〔眼儿媚〕"楼上黄昏"阕后段云云，可与杜少陵"今夜鄜州月"一律同看。(《织余琐述》)

左与言〔眼儿媚〕全阕云：（词略）此词《草堂诗余》作秦少游，《花庵绝妙词选》作阮阅。兹据《玉照新志》载,与言本事綦详,知作秦、作阮皆误也,且即以风格论,谓是秦词尤为不类。(《历代词人考略》卷二十一)

《词苑丛谈》引王仲言云:"左誉字与言,策名后藉甚宦途。钱唐幕府乐籍有张芸女秾,色艺妙天下,誉颇顾之。如'盈盈秋水,淡淡春山''帷云剪水,滴粉搓酥',皆为秾作。"(《蕙风词话》卷四)

李清照

李清照(1084—1155),号易安居士,济南章丘(今属山东)人。父李格非,神宗熙宁九年(1076)进士,曾以文章受知于苏轼,为苏门"后四学士"之一。母王氏亦善文。清照年十八嫁赵挺之之子太学生赵明诚,甚相得。崇宁元年(1102),清照为父列名元祐党事以诗上时任吏部侍郎之赵挺之。宣和年间明诚知莱州、淄州。靖康二年(1127)明诚起知江宁,是年十二月金兵陷青州,清照南奔。建炎三年(1129),明诚知湖州,道卒于建康,清照时年四十六,往依弟远,后转徙于浙。绍兴四年(1134),清照避地金华,卜居陈氏第。绍兴中,上明诚所著《金石录》于朝。《宋史·李格非传》称清照"诗文尤有称于时"。有《词论》一篇,主词"别是一家"之说。后人辑其词、诗、文为《李清照集》,词集名《漱玉词》。

多 丽

咏白菊

小楼寒，夜长帘幕低垂。 恨潇潇、无情风雨，夜来揉损琼肌。也不似、贵妃醉脸，也不似、孙寿愁眉。 韩令偷香，徐娘傅粉，莫将比拟未新奇，细看取、屈平陶令，风韵正相宜。 微风起，清芬酝藉，不减酴醿。 渐秋阑，雪清玉瘦，向人无限依依。 似愁凝、汉皋解佩，似泪洒、纨扇题诗。 朗月清风，浓烟暗雨，天教憔悴度芳姿。 纵爱惜、不知从此，留得几多时。 人情好，何须更忆，泽畔东篱。

◇◇ 评析

李易安〔多丽〕《咏白菊》前段用贵妃、孙寿、韩椽、徐娘、屈平、陶令若干人物；后段雪清、玉瘦、汉皋、纨扇、朗月、清风、浓烟、暗雨许多字面，却不嫌堆垛，赖有清气流行耳。"纵爱惜、不知从此，留得几多时"三句，最佳，所谓传神阿堵一笔凌空，通篇俱活。歇拍不妨更用"泽畔东篱"字，昔人评《花间》镂金错绣而无痕迹，余于此阕亦云。（《珠花簃词话》）

浣溪沙

楼上晴天碧四垂。 楼前芳草接天涯。 劝君莫上最高梯。新笋已成堂下竹，落花都上燕巢泥。 忍听林表杜鹃啼。

（按：《全宋词》此词作者周邦彦。）

◇◇ 评析

此词前段与稼轩"休去倚危阑,斜阳正在、烟柳断肠处"约略同意,李极清轻,辛便秾挚,南北宋之判,消息可参。(《珠花簃词话》)

转调满庭芳

芳草池塘,绿阴庭院,晚晴寒透窗纱。□□金锁,管是客来咵。寂寞尊前席上,唯□海角天涯。能留否?酴醾落尽,犹赖有□□。　　当年,曾胜赏,生香熏袖,活火分茶。有如[①]龙骄马,流水轻车。不怕风狂雨骤,恰才称,煮酒残花。如今也,不成怀抱,得似旧时那?

◇◇ 评析

闺秀许德蘋《和漱玉词》全帙〔多丽〕阕自记云:此阕见《乐府雅词》,原缺八字,过腔之韵亦无第二韵"咵"字,遍阅字书俱未载,乃是当时土音,经易安用过,便自雅绝,犹楚骚之"些"字矣。夫子在琴川曾于书肆得旧钞《宋词》一册,内有此阕所缺八字俱全,欣然和之。案:德蘋系朱子鹤姬人。子鹤名和羲,自号幺凤词人。所得旧钞《宋词》有易安此词缺字,惜女史未经揭出。唯过拍叶字作"摩"。余所据旧钞本只前段缺六字,今又补"摩"字,则只缺五字矣。唯"摩"上一字须与上文贯穿。极意悬疑,殊难吻合耳。(《漱玉词笺》)

[①] "有如"二字据况周颐《漱玉词笺》补。

临江仙

庭院深深深几许，云窗雾阁常扃。柳梢梅萼渐分明。春归秣陵树，人客远安城。　　感月吟风多少事，如今老去无成。谁怜憔悴更凋零。试灯无意思，踏雪没心情。

◇◇ 评析

朱竹垞云："庭院深深"一阕载冯延巳《阳春录》，刻作欧九，误也。玉梅词隐曰：据《漱玉词》则是，《阳春集》误载也。易安，宋人，性复强记，尝与明诚坐归来台烹茶，指堆积书史言，某事在某卷某页某行，以是否决胜负，为饮茶先后，何至于当代名作向所酷爱者记述有误。竹垞云云未免负此佳证。（《漱玉词笺》）

诉衷情

夜来沉醉卸妆迟，梅萼插残枝。酒醒熏破春睡，梦远不成归。人悄悄，月依依，翠帘垂。更挼残蕊，更捻余香，更得些时。

◇◇ 评析

《漱玉词》屡用叠字，"寻寻觅觅，冷冷清清，凄凄惨惨戚戚"最为奇创。又"庭院深深深几许"，又"更挼残蕊，更捻余香，更得些时"，又"此情此恨此际，拟托行云，问东君"，又"旧时天气旧时衣。只有情怀不似旧家时"，叠法各异，每叠必佳，皆是天籁，肆口而成，非作意为止也。欧阳文忠〔蝶恋花〕"庭院深深"一阕柔情回肠，奇艳醉魄，非文忠不能作，非易安不许爱。（《漱玉词笺》）

浪淘沙

帘外五更风,吹梦无踪。 画楼重上与谁同? 记得玉钗斜拨火,宝篆成空。 回首紫金峰,雨润烟浓。 一江春浪醉醒中。留得罗襟前日泪,弹与征鸿。

(按:《全宋词》此词列入无名氏词。)

◇◇ **评析**

〔孤雁儿〕云:"吹箫人去玉楼空,肠断与谁同倚。一枝折得,人间天上,没个人堪寄。"此阕云:"画楼重上与谁同?记得玉钗斜拨火,宝篆成空。"皆悼亡词也,其清才也如此,其深情也如此。玉台晚节之诬,忍令斯人任受耶!(《漱玉词笺》)

永遇乐

落日熔金,暮云合璧,人在何处。 染柳烟浓,吹梅笛怨,春意知几许。 元宵佳节,融和天气,次第岂无风雨。 来相召、香车宝马,谢他酒朋诗侣。 中州盛日,闺门多暇,记得偏重三五。铺翠冠儿,捻金雪柳,簇带争济楚。 如今憔悴,风鬟霜鬓,怕见夜间出去。 不如向、帘儿底下,听人笑语。

◇◇ **评析**

李易安词云:"落日熔金,暮云合璧。"廖世美句云:"落日水熔金。"李、廖皆倚声专家,句或暗合,未必有意沿袭。其时代孰先孰后,亦未能考定也。(《织余琐述》)

醉花阴

薄雾浓云愁永昼,瑞脑消金兽。 佳节又重阳,玉枕纱厨,半夜凉初透。 东篱把酒黄昏后,有暗香盈袖。 莫道不消魂,帘卷西风,人比黄花瘦。

◇◇ 评析

李易安词:"莫道不消魂,帘卷西风,人比黄花瘦。"脱口轻圆,闺人聪明语耳。细审之,实无佳处可言。易安其人,丁易安之时,做此等语便佳,我辈不可作,尤不必学。(《餐樱庑漫笔》)

◇◇ 总评

易安居士词如初蓉迎曦,娇杏足雨。(《织余琐述》)

李易安时代犹稍后于淑真。即以词格论,淑真清空婉约,纯乎北宋。易安笔情近浓至,意境较沉博,下开南宋风气。非所诣不相若,则时会为之也。(《蕙风词话》卷四)

吕本中

吕本中(1084—1145),初名大中,字居仁,学者称东莱先生。先世莱州(今属山东)人,后居洛阳(今属河南),南渡后家婺州(今浙江金华)。先祖数辈皆为显臣。初授承务郎。元符中授济阴主簿,历秦州士曹参军,大名府师司干官,枢密院编修官,职方员外郎。高宗初为祠部员外郎,直秘阁。绍兴六年(1136)

召赴行在,特赐进士出身,擢起居舍人兼权中书舍人,以直龙图阁出知台州,不就,主管太平观。再召为太常少卿,迁中书舍人,兼侍讲,再兼权直学士院,忤秦桧,罢职。卒谥"文清"。本中为江西诗派诗人,尝作《江西诗社宗派图》。有《东莱先生诗集》。词集名《紫微词》。

清平乐

柳塘新涨,艇子操双桨。 闲倚曲楼成怅望,是处春愁一样。 傍人几点飞花,夕阳又送栖鸦。 试问画楼西畔,暮云恐近天涯。

生查子

离思

人分南浦春,酒把阳关盏。 衣带自无情,顿为离人缓。 愁随苦海深,恨逐前峰远。 更听断肠猿,一似闻弦雁。

虞美人

梅花自是于春懒,不是春来晚。 看伊开在众花前,便道与春无分、结因缘。 风前月下频相就,笑我如伊瘦。 几回冲雨过疏篱,已见一番青子、缀残枝。

浣溪沙

暖日温风破浅寒,短青无数簇幽栏。 三年春在病中看。 中酒心情浑似梦,探花时候不曾闲。 几年芳信隔秦关。

◇◇ **评析**

　　填词却无道学气,如〔清平乐〕云:"闲倚曲楼成怅望,是处春愁一样。"〔生查子〕云:"更听断肠猿,一似闻弦雁。"〔虞美人〕云:"几回冲雨过疏篱,已见一番青子、缀残枝。"〔浣溪沙〕云:"中酒心情浑似梦,探花时候不曾闲。"并工于言情,而语又甚俊者。(《宋人词话》)

赵　鼎

　　赵鼎(1085—1147),字元镇,号得全居士,解州闻喜(今山西闻喜)人。徽宗崇宁五年(1106)进士,累官知洛阳。高宗即位,除权户部员外郎,迁司勋郎官,擢右司谏。建炎四年(1130)签书枢密院事,出知平江,徙建康、洪州。绍兴四年(1134)三月召为参知政事,迁知枢密院;九月,拜右仆射同平章事兼知枢密院。次年加都督诸路军马。绍兴七年(1137)以尚书左仆射同中书门下平章事兼枢密使。绍兴八年(1138)以反对和议为秦桧所忌,罢相。授奉国军节度使知绍兴府,徙知泉州,谪居兴化军,移漳州,再贬清远军节度副使,潮州安置,徙吉阳,不食卒。孝宗即位,赠太傅,追封丰国公,谥"忠简"。有《忠正德文集》。词集名《得全居士词》。

鹧鸪天

建康上元作

客路那知岁序移,忽惊春到小桃枝。 天涯海角悲凉地,记得当年全盛时。　　花弄影,月流辉。 水精宫殿五云飞。 分明一觉华胥梦,回首东风泪满衣。

洞仙歌

空山雨过,月色浮新酿。 把盏无人共心赏。 漫悲吟、独自捻断霜须,还就寝、秋入孤衾渐爽。　　可怜窗外竹,不怕西风,一夜潇潇弄疏响。 奈此九回肠,万斛清愁、人何处,邈如天样。 纵陇水秦云、阻归音,便不许时闲,梦中寻访。

◇◇ 评析

赵忠简词,王氏四印斋刻入《南宋四名臣词》。清刚沉至,卓然名家。故君故国之思,流溢行间句里。如〔鹧鸪天〕《建康上元作》云:(词略)〔洞仙歌〕后段云:"可怜窗外竹,不怕西风,一夜潇潇弄疏响。奈此九回肠,万斛清愁、人何处,邈如天样。纵陇水秦云、阻归音,便不许时闲,梦中寻访。"其它断句尤多促节哀音,不堪卒读。(《蕙风词话》卷二)

点绛唇

惜别

惜别伤离,此生此念无重数。 故人何处。 还送春归去。
美酒一杯,谁解歌金缕。 无情绪。 淡烟疏雨。 花落空庭暮。

好事近

雪中携酒过元长

春色遍天涯,寒谷未知消息。 且共一尊芳酒,看东风飞雪。
太平遗老洞霄翁,相对两华发。 一任醉魂飞去,访琼瑶宫阙。

好事近

再和

羁旅转飞蓬,投老未知休息。 却念故园春事,舞残红飞雪。
危楼高处望天涯,云海寄穷发。 只有旧时凉月,照清伊双阙。

好事近

再和

烟雾锁青冥,直上九关一息。 姑射有人相挽,莹肌肤冰雪。
骑鲸却下大荒来,天风乱吹发。 慨念故人非是,漫尘埃城阙。

◇◇ 评析

赵忠简词清刚沉至,卓然名家。故国故君之思,流溢楮墨之表,激楚者多悲,掩抑者弥苦,令人不堪卒读。兹录二阕如下:〔鹧鸪天〕《建康上元作》云:(词略)〔洞仙歌〕云:(词略)又〔点绛唇〕句云:"故人何处。还送春归去。"〔好事近〕云:"春色遍天涯,寒谷未知消息。"又云:"危楼高处望天涯,云海寄穷发。"又云:"慨念故人非是,漫尘埃城阙。"伤离念远,龙髯马角之思也。(《两宋词人小传》)

如梦令

建康作

烟雨满江风细。 江上危楼独倚。 歌罢楚云空,楼下依前流水。 迢递。 迢递。 目送孤鸿千里。

好事近

杭州作

杨柳曲江头,曾记彩舟良夕。 一枕楚台残梦,似行云无迹。 青山迢递水悠悠,何处问消息。 还是一年春暮,倚东风独立。

花心动

偶居杭州七宝山国清寺冬夜作

江月初升,听悲风、萧瑟满山零叶。 夜久酒阑,火冷灯青,奈此愁怀千结。 绿琴三叹朱弦绝,与谁唱、阳春白雪。 但追想、穷年坐对,断编遗册。 　　西北欃枪未灭。 千万乡关,梦遥吴越。 慨念少年,横槊风流,醉胆海涵天阔。 老来身世疏篷底,忍憔悴、看人颜色。 更何似、归欹枕流漱石。

小重山

漠漠晴霓和雨收。 长波千万里,拍天流。 云帆烟棹去悠悠。 西风里,归兴满沧州。 　　谩道醉忘忧。 荡高怀远恨,更悲秋。 一眉山色为谁愁。 黄昏也,独自倚危楼。

行香子

草色芊绵。 雨点阑斑。 糁飞花、还是春残。 天涯万里,海上三年。 试倚危楼,将远恨,卷帘看。 　　举头见日,不见长安。 谩凝眸、老泪凄然。 山禽飞去,榕叶生寒。 到黄昏也,独自个,尚凭阑。

◇◇ 评析

忠简晚羁炎澥,身世孤危,独立苍茫,辄兴知我其谁之感。〔如梦令〕云:"烟雨满江风细。江上危楼独倚。"〔好事近〕云:"还是一年春暮,倚东风独立。"〔花心动〕云:"绿琴三叹朱弦绝,与谁唱、阳春白雪。"〔小重山〕

云:"一眉山色为谁愁。黄昏也,独自倚危楼。"〔行香子〕云:"到黄昏也,独自个,尚凭阑。"烟雨满江,喻变乱也;黄昏春暮,伤末世也;危楼危阑,时变剧也;阳春谁和,知音稀也。唯韩陵一片石,差堪共语,寄慨深矣。(《两宋词人小传》)

蝶恋花

河中作

尽日东风吹绿树。 向晚轻寒,数点催花雨。 年少凄凉天付与,更堪春思萦离绪。 临水高楼携酒处。 曾倚哀弦,歌断黄金缕。 楼下水流何处去,凭栏目送苍烟暮。

◇◇ 评析

〔蝶恋花〕乃有句云:"年少凄凉天付与,更堪春思萦离绪。"闲情绮语,安在为盛德之累耶?(《蕙风词话》卷二)

向子諲

向子諲(1085—1152),字伯恭,自号芗林居士,先世为开封人,后徙临江(今江西清江)。神宗向皇后再从侄。徽宗即位,以恩补假承奉郎,累官知咸平县。忤上官,劾以他事,勒停。宣和初除江淮发运司主管文字,迁淮南转运判官,直秘阁,京畿转运副使兼发运副使。高宗建炎元年(1127)率师勤王,迁直龙图阁,江淮发运副使。历知潭州、鄂州、广州、江州,改江东转运使,徙两浙路都转运使,召除户部侍郎，以徽猷阁直学士出知平江府。以反对和议忤秦桧，致仕，退居十五年。有词集名《酒边集》，以南渡后之作为《江南新词》，其前之作为《江北旧词》，合一卷。

生查子

春心如杜鹃，日夜思归切。 啼尽一川花，愁落千山月。遥怜白玉人，翠被余香歇。 可惯独眠寒，减动丰肌雪。

生查子

近似月当怀，远似花藏雾。 好是月明时，同醉花深处。看花不自持，对月空相顾。 愿学月频圆，莫作花飞去。

生查子

赠陈宋邻

娟娟月入眉，整整云归鬓。 镜里弄妆迟，帘外花移影。斜窥秋水长，软语春莺近。 无计奈情何，只有相思分。

生查子

相思懒下床，春梦迷胡蝶。 入柳又穿花，去去轻如叶。可堪岐路长，不道关山隔。 无赖是黄鹂，唤起空愁绝。

好事近

怀安郡王席上

初上舞茵时,争看袜罗弓窄。 恰似晚霞零乱,衬一钩新月。 折旋多态小腰身,分明是回雪。 生怕因风飞去,放真珠帘隔。

梅花引

戏代李师明作

同杯勺。 同斟酌。 千愁一醉都推却。 花阴边。 柳阴边。 几回拟待、偷怜不成怜。 伤春玉瘦慵梳掠。 抛掷琵琶闲处著。 莫猜疑。 莫嫌迟。 鸳鸯翡翠、终是一双飞。

玉楼春

宛丘行□□□□之园见梅对雪

记得江城春意动。 两行疏梅龙脑冻。 佳人不用辟寒犀,踏雪穿花云鬓重。 真珠旋滴留人共。 更爇沉香暖金凤。 只今梅雪可怜时,都似绿窗前日梦。

鹧鸪天

与徐师川同过叶梦授家

小院深明别有天。花能笑语柳能眠。雪肌得酒于中暖，莲步凌波分外妍。　钗燕重，髻荷偏。两山斜叠翠连娟。朝云无限飘春态，暮雨情知更可怜。

踏莎行

霭霭朝云，矜春态度。楚宫梦断寻无路。欲将尊酒遣新愁，谁知引到愁深处。　不尽长江，无边细雨。只疑都把愁来做。西山总不解遮拦，随春直过东湖去。

◇◇ 评析

胡寅序称"退江北所作于后，而进江南所作于前。以枯木之心幻出葩华，酎元酒之尊弃置醇味"云云。窃尝浏览竟卷，旧词佳构，实较新词为多，其全阕如〔生查子〕"春心如杜鹃"阕、"近似月当怀"阕、"娟娟月入眉"阕、"相思懒下床"阕，〔好事近〕"初上舞茵时"阕，摘句如〔梅花引〕云："莫猜疑。莫嫌迟。鸳鸯翡翠、终是一双飞。"〔玉楼春〕云："只今梅雪可怜时，都似绿窗前日梦。"〔鹧鸪天〕云："朝云无限飘春态，暮雨情知更可怜。"〔踏莎行〕云："欲将尊酒遣新愁，谁知引到愁深处。"并婉丽可诵。（《历代词人考略》卷十九）

七娘子

山围水绕高唐路。 恨密云、不下阳台雨。 雾阁云窗，风亭月户。 分明携手同行处。 而今不见生尘步。 但长江、无语东流去。 满地落花，漫天飞絮。 谁知总是离愁做。

◇◇ **评析**

新词唯〔七娘子〕后段云："而今不见生尘步。但长江、无语东流去。满地落花，漫天飞絮。谁知总是离愁做。"写情能作天言，却非旧词所及。（《历代词人考略》卷十九）

虞美人

绮窗人似莺藏柳。 巧语春心透。 声声清切入人深。 一夜不知两鬓、雪霜侵。 何时月下歌金缕。 醉看行云住。 懒将幽恨寄瑶琴。 却倩金笼鹦鹉、递芳音。

◇◇ **评析**

旧词〔虞美人〕句云"绮窗人似莺藏柳"，语绝新颖，微嫌近尖耳。（《两宋词人小传》）

虞美人

中秋,与二三禅子方诵十玄谈,赵正之复以长短句见寄,乃用其韵语答之,兼示栖隐宁老。

澄江霁月清无对。 鲁酒何须醉。 人怜贫病不堪忧。 谁识此心如月正涵秋。　　再三涝漉方知处。 试向波心去。 迢迢空劫勿能收。 谩道从来天地与同流。

◇◇ **评析**

填词第一要襟抱。唯此事不可强,并非学力所能到。向伯恭〔虞美人〕过拍云:"人怜贫病不堪忧。谁识此心如月正涵秋。"宋人词中,此等语未易多觏。(《蕙风词话》卷二)

蔡　伸

蔡伸(1088—1156),字伸道,自号友古居士,莆田(今福建莆田)人。蔡襄之孙,与兄佃、佖俱有声太学,号"三蔡"。宋徽宗政和五年(1115)进士,宣和中为太学博士,知北海县,通判徐州。南渡后通判真州,历知滁州、徐州、德安府、和州,后为浙东安抚司参议官。官至左中大夫,提举台州崇道观。有《友古词》。

念奴娇

凌空宝观，乍登临、多少伤离情味。 淼淼烟波吴会远，极目江淮无际。 槛外长江，楼中红袖，淡荡秋光里。 一声横吹，半滩鸥鹭惊起。　　因念邃馆香闺，玉肌花貌，有盈盈仙子。 弄水题红传密意，宝墨银钩曾寄。 泪粉香销，碧云□杳，脉脉人千里。 一弯新月，断肠危栏独倚。

◇◇ 评析

《友古词》〔念奴娇〕云："槛外长江, 楼中红袖, 淡荡秋光里。"妙在第三句。(《餐樱庑词话》)

清平乐

明眸秀色。 肌理凝香雪。 罗绮丛中标韵别。 捧酒歌声清越。 不辞醉脸潮红。 却愁归骑匆匆。 回首绿窗朱户, 断肠明月清风。

◇◇ 评析

〔清平乐〕云"回首绿窗朱户, 断肠明月清风"二句, 含意无尽。(《餐樱庑词话》)

愁倚阑

一番雨, 一番凉。 夜初长。 满院蛩吟人不寝, 月侵廊。 木犀微绽幽芳。 西风透、窈窕红窗。 恰似个人鸳被里, 玉肌香。

◇◇ 评析

〔愁倚阑令〕云:"木犀微绽幽芳。西风透、窈窕红窗。恰似个人鸳被里,玉肌香。"咏桂花乃能作如是腻语。(《餐樱庑词话》)

洞仙歌

莺莺燕燕。 本是于飞伴。 风月佳时阻幽愿。 但人心坚固后,天也怜人,相逢处、依旧桃花人面。 绿窗携手,帘幕重重,烛影摇红夜将半。 对尊前如梦,欲语魂惊,语未竟、已觉衣襟泪满。 我只为、相思特特来,这度更休推,后回相见。

◇◇ 评析

〔洞仙歌〕云:"但人心坚固后,天也怜人,相逢处、依旧桃花人面。"语绝痴,却有至理存焉。(《餐樱庑词话》)

虞美人

瑶琴一弄清商怨。 楼外桐阴转。 月会澄淡露华浓。 寂寞小池烟水、冷芙蓉。 攀花撷翠当时事。 绿叶同心字。 有情还解忆人无。 过尽寒沙新雁、甚无书。

虞美人

堆琼滴露冰壶莹。 楼外天如镜。 水晶双枕衬云鬟。 卧看千山明月、听潺湲。 渡江桃叶分飞后。 马上犹回首。 邮亭今夜月空圆。 不似当时携手、对婵娟。

◇◇ 评析

〔虞美人〕云:"有情还解忆人无。过尽寒沙新雁、甚无书。"又云:"邮亭今夜月空圆。不似当时携手、对婵娟。"亦佳句也。(《餐樱庑词话》)

◇◇ 总评

毛子晋《跋友古词》云:其和向伯恭《木犀》诸阕,亦逊《酒边》三舍矣。《四库全书提要》遂云:伸词固逊子諲。嗟嗟,吾不能不为友古痛矣。如鱼饮水,冷暖自知,宇宙悠悠,赏音能几?夫向伯恭特达官耆操雅者,其江北旧词,犹时有深至沉郁之作,江南新词未免簪绂气多,性灵语少。《友古词》清言隽句,络绎行间,虽未必卓然名家,其于词中境界,要有一番阅历,研精以求深造,非唯兴到口占间中笔涉已也。

友古词婉隽疏达,风格非《酒边词》所及。(《历代词人考略》卷十九)

陈与义

陈与义(1090—1138),字去非,号简斋,其先祖居京兆(今陕西西安),后迁洛阳。宋徽宗政和三年(1113)登上舍甲科,授开德府教授,累迁太学博士,以《墨梅》诗为徽宗所赏,除秘书省著作佐郎,后擢符宝郎。坐事谪监陈留酒税。靖康中南奔避乱,辗转于襄、汉、湘、桂,后召为兵部员外郎。绍兴元年(1131)夏至会稽行在,迁起居郎、中书舍人兼掌内制,拜吏部侍郎,寻以徽猷阁待制知湖州,召为给事中,以显谟阁直学士提举江州太平观,召回,与宰相不合,复为中书舍人,直学士院。绍兴六年(1136)十一月拜翰林学士知制诰。绍兴七年(1137)

正月参知政事。绍兴八年(1138),以疾请,以资政殿学士知湖州,复请,提举临安洞霄宫,卒。与义工诗,后人推为江西诗派"三宗"(黄庭坚、陈师道、陈与义)之一,有《简斋集》,词集名《无住词》。

望江南

阑干曲,红扬绣帘旌。 花嫩不禁纤手捻,被风吹去意还惊。眉黛蹙山青。 铿铁板,闲引步虚声。 尘世无人知此曲,却骑黄鹤上瑶京。 风冷月华清。

(按:《全宋词》此词作者为蔡真人。)

◇◇ 评析

此二词清超绝俗,与去非词意境相若,又未知谁氏所托,不可考。(《历代词人考略》卷二十一)

邓 肃

邓肃(1091—1132),字志宏,号栟榈,南剑州沙县(今属福建永安)人。宣和四年(1223)在太学上十诗讽花石纲扰民,被屏出学。钦宗嗣位,以李纲荐,授鸿胪寺簿。金人围汴,被命诣金营,留五十日而还。张邦昌称帝,义不屈,奔赴南京(今河南商丘),擢左正言。李纲罢相,上疏争之,亦罢。绍兴三年(1133)卒。有《栟榈集》三十卷,《栟榈词》一卷。

临江仙

带雨梨花看上马，问人底事匆匆。　于飞有愿恨难从。　大鹏抟九万，鹦鹉锁金笼。　　匆匆便为千里隔，危岑已接高穹。　回头那忍问前踪。　家留烟雨外，人在斗牛中。

浣溪沙

雨入空阶滴夜长。　月行云外借孤光。　独将心事步长廊。深锁重门飞不去。　巫山何日梦襄王。　一床衾枕冷凄香。

菩萨蛮

隔窗瑟瑟闻飞雪。　洞房半醉回春色。　银烛照更长。　罗屏围夜香。　　玉山幽梦晓。　明日天涯杳。　倚户黯芙蓉。　涓涓秋露浓。

◇◇ 评析

〔临江仙〕〔浣溪沙〕〔菩萨蛮〕诸作，莫不芳情悱恻，妙语蝉嫣。(《历代词人考略》卷二十四)

瑞鹧鸪

北书一纸惨天容。　花柳春风不敢秾。　未学宣尼歌凤德，姑从阮籍哭途穷。　　此身已落千山外，旧事回思一梦中。　何日中兴烦吉甫，洗开阴翳放晴空。

临江仙

雨过荼䕷春欲放，轻寒约住余芳。 南园今日被朝阳。 琼葩开万点，尘世满天香。 百卉丛中红紫乱，玉肌自笑孤光。 清风剪剪过纱窗。 余醒空一洗，不数寿阳妆。

南歌子

驿畔争挦草，车前自喂牛。 凤城一别几经秋。 身在天涯海角、忍回头。 旅梦惊残月，劳生寄小舟。 都人应也望宸游。 早晚葱葱佳气、满皇州。

◇◇ 评析

〔瑞鹧鸪〕云：(词略)志宏先生抗志高节，不屈于金营，不污于张邦昌。因李忠定罢去，谏争而获罪，眷怀故都，想望兴复，悃款之志流溢楮墨之表。其〔临江仙〕句云："百卉丛中红紫乱，玉肌自笑孤光。"亦自写其襟抱也。〔南歌子〕云："凤城一别几经秋。身在天涯海角、忍回头。"又云："都人应也望宸游。早晚葱葱佳气、满皇州。"略与〔瑞鹧鸪〕同意。(《历代词人考略》卷二十四)

◇◇ 总评

《栟榈词》新声振绮，好语如珠，寓北宋之轻灵，涉五代之绵丽。宋人称词曰韵令，如志宏所作庶几足当韵令之目。(《历代词人考略》卷二十四)

吕渭老

吕渭老(生卒年不详),一作滨老,字圣求,嘉兴(今属浙江)人。北宋末以诗名。曾官于朝,后归老于家,绍兴中尚在世。有《圣求词》。

望海潮

侧寒斜雨,微灯薄雾,匆匆过了元宵。帘影护风,盆池见日,青青柳叶柔条。碧草皱裙腰。正昼长烟暖,蜂困莺娇。望处凄迷,半篙绿水浸斜桥。　　孙郎病酒无聊。记乌丝醉语,碧玉风标。新燕又双,兰心渐吐,嘉期趁取花朝。心事转迢迢。但梦随人远,心与山遥。误了芳音,小窗斜日对芭蕉。

◇◇ **评析**

吕圣求词〔望海潮〕一阕最为前人所称道,即今卷中第二阕。此词沉着停匀,自是专家之作,唯风格渐近南宋耳。(《历代词人考略》卷二十三)

思佳客

微点胭脂晕泪痕。更衣整鬟立黄昏。春风搅树花如雨,夕霭迷空燕趁门。　　题往事,锦回纹。春心无定似行云。深屏绣幌空愁独,明月梨花殢一尊。

南歌子

策杖穿荒圃，登临笑晚风。无穷秋色蔽晴空。遥见夕阳江上、卷飞蓬。　　雁过菰蒲远，山遥梦寐通。一林枫叶堕愁红。归去暮烟深处、听疏钟。

一落索

宫锦裁书寄远。意长辞短。香兰泣露雨催莲，暑气昏池馆。　　向晚小园行遍。石榴红满。花花叶叶尽成双，浑似我、梁间燕。

一落索

鸟散余花飞舞。满地风雨。长江滚滚接天流，夜送征帆去。　　今夜行云何处。断肠南浦。残灯不剪五更寒，独自与、余香语。

◇◇ 评析

〔思佳客〕云："春风搅树花如雨，夕霭迷空燕趁门。"〔南歌子〕云："一林枫叶堕愁红。归去暮烟深处、听疏钟。"〔一落索〕云："花花叶叶尽成双，浑似我、梁间燕。"又云："残灯不剪五更寒，独自与、余香语。"亦复吐属清新。（《历代词人考略》卷二十三）

[曾惇]

曾惇(生卒年不详),字宏父,南丰(今属江西)人,曾布之孙,曾纡之子。绍兴三年(1133),为右通直郎太府垂,次年罢。绍兴八年(1138),进曾布所著《三朝正论》真迹,转右承议郎。秦桧擅国,惇献诗于桧,称之圣相。绍兴十四年(1144),知台州。绍兴十八年(1148),迁知镇江府。有《曾使君新词》一卷。

浣溪沙

无数春山展画屏。 无穷烟柳照溪明。 花枝缺处小舟横。紫禁正须红药句,清江莫与白鸥盟。 主人元自是仙卿。

◇◇ 评析

曾宏父词见《中兴以来绝妙词选》,凡三阕。其[浣溪沙]云:(词略)花庵词客云:宏父以故相之孙工文辞,播在乐府,平康皆习歌之。(《历代词人考略》卷二十九)

曾宏父[浣溪沙]云:"紫禁正须红药句。清江莫与白鸥盟。"寻常称美语,出以雅令之笔,阅之便不生厌。此酬赠词之别开生面者。(《蕙风词话》卷二)

杨无咎

杨无咎(1097—1171),或作扬无咎,字补之,自号逃禅老人、清夷长者,临江清江(今属江西樟树)人。高宗朝因不满秦桧所为,屡征不起。以画梅名于世。词集名《逃禅词》。

锯解令

送人归后酒醒时,睡不稳、衾翻翠缕。 应将别泪洒西风,尽化作、断肠夜雨。 卸帆浦溆。 一种恓惶两处。 寻思却是我无情,便不解、寄将梦去。

醉花阴

捧杯不管余醒恶。 玉腕宽金约。 宛转一声清,戛玉敲冰,浑胜鸣弦索。 朱唇浅破桃花萼。 重注鸬鹚杓。 夜永醉归来,细想罗襟,犹有梁尘落。

解蹀躞

迤逦韶华将半。 桃杏匀于染。 又还撩拨、春心倍凄黯。 准拟剧饮狂吟,可怜无复当年,酒肠文胆。 倦游览。 憔悴羞窥鸾鉴。 眉端为谁敛。 可堪风雨、无情暗亭槛。 触目千点飞红,问春争得春愁,也随春减。

卓牌子慢

中秋次田不伐韵

西楼天将晚。 流素月、寒光正满。 楼上笑揖姮娥,似看罗袜尘生,鬓云风乱。　珠帘终夕卷。 判不寐、阑干凭暖。 好在影落清尊,冷侵香幄,欢余未教人散。

蝶恋花

曾韵鞋词

端正纤柔如玉削。 窄袜宫鞋,暖衬吴绫薄。 掌上细看才半搦。 巧偷强夺尝春酌。　稳称身材轻绰约。 微步盈盈,未怕香尘觉。 试问更谁如样脚。 除非借与嫦娥著。

蝶恋花

牛楚

春睡腾腾长过午。 楚梦云收,雨歇香风度。 起傍妆台低笑语。 画檐双鹊尤偷顾。　笑指遥山微敛处。 问我清癯,莫是因诗苦。 不道别来愁几许。 相逢更忍从头诉。

垂丝钓

邓端友席上赠吕倩倩

玉纤半露。 香檀低应鼍鼓。 逸调响穿空,云不度。 情几许。 看两眉碧聚。 为谁诉。 听敲冰戛玉。 恨云怨雨。 声声总在愁处。 放杯未举。 倾坐惊相顾。 应也肠千缕。 人欲去。 更画檐细雨。

好事近

黄琼

花里爱姚黄,琼苑旧曾相识。 不道风流种在,又一枝倾国。 拟图遮断倚阑人,休教妄攀摘。 其奈老来情减,负十分春色。

㻋人娇

李莹

恼乱东君,满目千花百卉。 偏怜处、爱他秾李。 莹然风骨,占十分春意。 休漫说、唐昌观中玉蕊。 妒雪凝霜,凌红掩翠。 看不足、可人情味。 会须移种,向曲栏幽碱。 愁绿叶成阴,道傍人指。

◇◇ 评析

　　逃禅老人咏梅诸作，清绝不染纤尘。然如集中〔锯解令〕"送人归后酒醒时"、〔醉花阴〕"捧杯不管余酲恶"、〔解蝶躞〕"迤逦韶华将半"、〔卓牌子慢〕《中秋次田不伐韵》、〔蝶恋花〕"鞋词"、又"赠牛楚"、〔垂丝钓〕"赠吕倩倩"、〔好事近〕《黄琼》、〔㜈人娇〕《李莹》等阕，亦复能为情语、艳语。(《历代词人考略》卷二十八)

蓦山溪

和鹭州晏倅酴醾

　　天姿雅素，不管群芳妒。微笑倚春风，似窥宋、墙头凝伫。一春花草，陡觉更无香，悬绣帐，结罗巾，谁更熏沉炷。　　可堪开晚，未放韶光去。生怕糁庭阶，直不忍、苍苔散步。会须开宴，满摘蘸瑶觞，何况有，绮窗人，娇鬟相宜处。

◇◇ 评析

　　〔蓦山溪〕《和鹭州晏倅酴醾》"天姿雅素"云云，尤极细意熨帖。(《历代词人考略》卷二十八)

齐天乐

和周美成韵

后堂芳树阴阴见。疏蝉又还催晚。燕守朱门，萤粘翠幕，纹蜡啼红慵剪。纱帏半卷。记云鬓瑶山，粉融珍簟。睡起援毫，戏题新句谩盈卷。　　睽离鳞雁顿阻，似闻频念我，愁绪无限。瑞鸭香销，铜壶漏永，谁惜无眠展转。蓬山恨远。想月好风清，酒登琴荐。一曲高歌，为谁眉黛敛。

瑞鹤仙

听梅花再弄。残酒醒，无寐寒衾愁拥。凄凉谁与共。谩赢得，别恨离怀千种。拂墙树动。更晓来、云阴雨重。对伤心好景，回首旧游，恍然如梦。　　欢纵。西湖曾是，画舫争驰，绣鞍双控。归来夜中。要银烛，卸金凤。到而今，谁拈花枝同载，谁酌酒杯笑捧。但逢花对酒，空只自歌自送。

◇◇ 评析

〔齐天乐〕《和周美成韵》"后堂芳树阴阴见"云云，〔瑞鹤仙〕"听梅花再弄"云云，两长调意致清疏，其能质能淡处尤近清真短䙱。（《历代词人考略》卷二十八）

◇◇ 总评

《逃禅词》一百七十余阕，长调约三分之一，疏密浓淡，异格同工。盖于倚声之学研究甚深，非近世画家幅头偶缀数十字，遂附词人之列者可比。特未免词为画掩耳。（《历代词人考略》卷二十八）

仲 并

仲并(生卒年不详),字弥性,江都(今江苏扬州)人。约宋高宗绍兴中前后在世。绍兴二年(1132)进士。通判京口、湖州。孝宗时,擢光禄寺丞,晚知蕲州。有《浮山集》十六卷,不传。《四库全书》自《永乐大典》辑出十卷。

浪淘沙

倾国与倾城。 袅袅盈盈。 歌喉巧作断肠声。 看尽风光花不语,却是多情。 家近董双成。 三妙齐名。 谁教蜂蝶漫经营。留取无双风味在,真是琼英。

忆秦娥

木犀

隈岩侧。 怪生小院香来别。 香来别。 嫩黄细细,商量齐发。佳人敛笑贪先折。 重新为剪斜斜叶。 斜斜叶。 钗头常带,一秋风月。

◇◇ 评析

仲弥性〔浪淘沙〕过拍云:"看尽风光花不语,却是多情。"语淡而深。〔忆秦娥〕"咏木犀"后段云:"佳人敛笑贪先折。重新为剪斜斜叶。斜斜叶。钗头常带,一秋风月。"末二句赋物上乘,可药纤滞之失。(《蕙风词话》卷二)

何大圭

何大圭(1101—?),字晋之,安徽广德人。宋徽宗政和八年(1118)进士。宣和元年(1119),太学录;宣和六年(1124),秘书省正字,迁秘书省著作郎。建炎四年(1130),为滕康、刘珏属官,坐失洪州除名岭南编管。绍兴五年(1135),放逐便;绍兴二十年(1150),左朝请郎、直秘阁;绍兴二十七年(1157),主管台州崇道观,旋落职。隆兴元年(1163),由浙西安抚司参议官主管台州崇道观。《全宋词》存录其词三首。

小重山

惜别

绿树莺啼春正浓。 钗头青杏小,绿成丛。 玉船风动酒鳞红。歌声咽,相见几时重。 车马去匆匆。 路随芳草远,恨无穷。相思只在梦魂中。 今宵月,偏照小楼东。

◇◇ 评析

何晋之〔小重山〕"玉船风动酒鳞红"之句,见称于时。此特丽句云尔。临邛高耻庵云:(见《词品》)"譬如云锦月钩,造化之巧,非人琢也。此等句在天壤间有限。"似乎奖许太过。余喜其换头"车马去匆匆,路随芳草远"十字,其淡入情,其丽在神。(《蕙风词话》卷二)

胡　铨

　　胡铨(1102—1180),字邦衡,号澹庵,江宁(今江苏南京)人,徙居庐陵(今江西吉安)。高宗建炎二年(1128)进士,为承直郎,授抚州军事判官。绍兴七年(1137)以吕祉荐应贤良方正能直言极谏科,除枢密院编修官。绍兴八年(1138)上疏反对和议,请斩王伦、秦桧、孙近三人,被除名编管昭州,后迫于公论,贬监广州盐仓,改签书威武军判官。绍兴十二年(1142)又被除名编管新州,后移吉阳军。绍兴二十六年(1156)秦桧死,量移衡州。孝宗即位,复奉议郎,知饶州。累官工部侍郎。乾道七年(1171)以敷文阁直学士奉祀归。卒谥"忠简"。著有《澹庵集》,词集名《澹庵长短句》。

醉落魄

　　千岩竞秀。西湖好是春时候。谁知梅雪飘零久。藏白收香,空袖和羹手。　　天涯万里情难逗。眉峰岂为伤春皱。片愁未信花能绣。若说相思,只恐天应瘦。

鹧鸪天

用山谷韵

　　梦绕松江属玉飞。秋风莼美更鲈肥。不因入海求诗句,万里投荒亦岂宜。　　青箬笠,绿荷衣。斜风细雨也须归。崖州险似风波海,海里风波有定时。

◇◇ 评析

　　胡忠简《澹庵长短句》为四印斋所刻《南宋四名臣词》之一,词凡十五阕。〔醉落魄〕云:(词略)〔鹧鸪天〕《用山谷韵》云:(词略)公不以词名,此两阕略见其襟抱,自余大都冲夷疏旷,寓坎止流行之趣,半唐王氏所谓"摧刚藏棱"者也。(《历代词人考略》卷二十四)

岳　飞

　　岳飞(1103—1142),字鹏举,相州汤阴(今河南汤阴)人,世代务农。飞少负气节,家贫力学。徽宗宣和四年(1122)从军,为东京留守宗泽部下统制。与金人战,累立战功,高宗曾手书"精忠岳飞"四字制旗以赐。累官至镇宁、崇信军节度使,湖北、荆襄、潭州制置使,武昌郡开国侯。绍兴五年(1135)以镇压杨幺起义,加检校少保,再拜开府仪同三司。绍兴十年(1140)拜少保、河南北诸路招讨使,人称"岳少保"。大捷于郾城,金兵闻飞军至,不敢当其锋。绍兴十一年(1141)和议成,召为枢密副使。以不附和议,为秦桧所陷,死于大理狱中。孝宗时,复原官,谥"武穆",建庙号"忠烈"。宁宗时追封鄂王,理宗时改谥"忠武"。后人辑有《岳忠武王文集》。今存词三首。

小重山

　　昨夜寒蛩不住鸣。　惊回千里梦,已三更。　起来独自绕阶行。人悄悄,帘外月胧明。　　白首为功名。　旧山松竹老,阻归程。欲将心事付瑶琴。　知音少,弦断有谁听。

满江红

写怀

怒发冲冠,凭阑处、潇潇雨歇。抬望眼,仰天长啸,壮怀激烈。三十功名尘与土,八千里路云和月。莫等闲、白了少年头,空悲切。　靖康耻,犹未雪。臣子恨,何时灭。驾长车,踏破贺兰山缺。壮志饥餐胡虏肉,笑谈渴饮匈奴血。待从头、收拾旧山河,朝天阙。

◇◇ 评析

岳忠武王,孙珂所著《桯史》录王之遗著,词仅二阕,即〔小重山〕〔满江红〕是也。尝谓两宋词人唯文忠苏公足当清雄二字,清可及也,雄不可及也。鄂王〔满江红〕词,其为雄,并非文忠所及。二公之词皆自性真流出,文忠只是诚于中形于外,忠武直是先行其言而后从之,盖千古一人而已。(《历代词人考略》卷二十四)

孙道绚

孙道绚(生卒年不详),号冲虚居士,黄铢之母。大约生活于南宋高宗时期。

清平乐

雪

悠悠扬扬,做尽轻模样。半夜萧萧窗外响,多在梅边竹上。朱楼向晓帘开,六花片片飞来。无奈熏炉烟雾,腾腾扶上金钗。

◇◇ 评析

孙夫人道绚"咏雪"〔清平乐〕歇拍云:"无奈熏炉烟雾,腾腾扶上金钗。"此景冷艳清奇,非闺人不能写出。(《织余琐述》)

刘 泾

刘泾(生卒年不详),字巨济,号前溪,简州阳安(今四川简阳)人。熙宁六年(1073)进士。王安石荐其才,召见,除经义所检讨,迁太学博士。知处、虢、真、坊四州。元符末,除职方郎中卒,年五十八。

清平乐

深沉院宇,枕簟清无暑。睡起花阴初转午,一霎飞云过雨。雨余隐隐残雷,夕阳却照庭槐。莫把珠帘垂下,妨他双燕归来。

(按:《全宋词》此词作者为晁端礼。)

◇◇ 评析

刘巨济〔清平乐〕云：（词略）写夏闺晚景绝佳。歇拍云云，即陆放翁"待燕归来始下帘"句意。（《织余琐述》）

刘巨济于元符末官职方郎中。〔清平乐〕词应指章惇、蔡卞绍述之祸，所谓"一霎飞云过雨"也。党人相轧，患害未已，所谓"隐隐残雷"也。"夕阳"喻不明也。宣仁太后听政，召用贤臣，朝野欢忭。太后即世，哲宗信任奸邪，元祐诸贤贬逐殆尽。谓"莫把珠帘垂下"者，望诸贤归来也，抑或借燕归巢以寄其招隐之心耳。（《历代词人考略》卷十六）

史　浩

史浩（1106—1194），字直翁，明州鄞县（今属浙江宁波）人。绍兴十四年（1144）进士，调余姚尉，历温州教授、国子博士，为建王府教授。孝宗即位，以中书舍人迁翰林学士，知制诰，除参知政事。隆兴元年（1163）拜尚书右仆射、同中书门下平章事兼枢密使。卒谥"文惠"。嘉宁十四年（1221），追封越王，改谥"忠定"。有《鄮峰真隐漫录》五十卷。词集有《鄮峰真隐大曲》及《鄮峰真隐词曲》。

临江仙

咏闺人写字

槛竹敲风初破睡，楚台梦雨精神。 背屏斜映小腰身。 山明双蕳水，香满一钗云。 炉袅金丝帘罙地，绮窗秋静无尘。 半钩春笋带湘筠。 兰亭初写就，愁杀卫夫人。

◇◇ 评析

宋史浩《鄮峰真隐词曲》〔临江仙〕《咏闺人写字》云：(词略)"背屏"句极能模绘闺娃神态。又词题中有扇鼓、迁哥鞋，其制并待考。(《织余琐述》)

满庭芳

立春词时方狱空

爱日轻融，阴云初敛，一番雪意阑珊。 柳摇金缕，梅绽玉腮寒。 知是东皇翠葆，飞星汉、来止人间。 开新宴，笙歌逗晓，和气满尘寰。 风光，偏舜水，贤侯政美，棠荫多欢。 更圜扉草鞠，木索长闲。 休向今朝惜醉，红妆映、群玉颓山。 行将见，宜春帖子，清夜写金銮。

◇◇ 评析

史直翁有〔满庭芳〕《立春词时方狱空》云：(词略)《词苑丛谈》：庆历中，开封府与棘寺同日奏狱空，仁宗于宫中宴集，晏小山叔原作〔鹧鸪天〕词，"碧藕花开水殿凉"云云，大称上意。直翁词可与并传。盖华贵之笔

宜于和声鸣盛也。(《珠花簃词话》)

◇◇ **总评**

史直翁《鄮峰真隐大曲》二卷、《词曲》二卷，彊村朱氏依史氏裔孙传录四库本刻行。其《大曲》曰"采莲"、曰"采莲舞"、曰"太清舞"、曰"柘枝舞"、曰"花舞"、曰"剑舞"、曰"渔父舞"。《大曲》入词总集，宋曾氏《乐府雅词》已开其例矣，其《词曲》前卷较胜，足当"庄雅"二字。(《历代词人考略》卷二十六)

赵 构

赵构(1107—1187)，即宋高宗，字德基，徽宗第九子。宣和三年(1121)进封康王。钦宗靖康元年(1126)使金营被扣，后得还，复使金，至相州以开封围拜河北兵马大元帅。靖康二年(1127)帝于南京(今河南商丘)，在位三十六年。绍兴三十二年(1162)内禅皇太子昚，尊为太上皇帝，退居德寿宫，累上尊号曰"光尧"，庙号"高宗"。今存词十五首。

渔 父

其一

一湖春水夜来生。 几叠春山远更横。 烟艇小，钓丝轻。 赢得闲中万古名。

渔 父

其二

薄晚烟林澹翠微。江边秋月已明晖。纵远舵,适天机。水底闲云片段飞。

渔 父

其三

云洒清江江上船。一钱何得买江天。催短棹,去长川。鱼蟹来倾酒舍烟。

渔 父

其四

青草开时已过船。锦鳞跃处浪痕圆。竹叶酒,柳花毡。有意沙鸥伴我眠。

渔 父

其五

扁舟小缆荻花风。四合青山暮霭中。明细火,倚孤松。但愿尊中酒不空。

渔　父

其六

侬家活计岂能明。万顷波心月影清。倾绿酒，糁藜羹。保任衣中一物灵。

渔　父

其七

骇浪吞舟脱巨鳞。结绳为网也难任。纶乍放，饵初沉。浅钓纤鳞味更深。

渔　父

其八

鱼信还催花信开。花风得得为谁来。舒柳眼，落梅腮。浪暖桃花夜转雷。

渔　父

其九

暮暮朝朝冬复春。高车驷马趁朝身。金拄屋，粟盈囷。那知江汉独醒人。

渔 父

其十

远水无涯山有邻。相看岁晚更情亲。笛里月,酒中身。举头无我一般人。

渔 父

其十一

谁云渔父是愚翁。一叶浮家万虑空。轻破浪,细迎风。睡起篷窗日正中。

渔 父

其十二

水涵微雨湛虚明。小笠轻蓑未要晴。明鉴里,縠纹生。白鹭飞来空外声。

渔 父

其十三

无数菰蒲间藕花。棹歌轻举酌流霞。随家好,转山斜。也有孤村三两家。

渔 父

其十四

春入渭阳花气多。春归时节自清和。冲晓雾，弄沧波。载与俱归又若何。

渔 父

其十五

清湾幽岛任盘纡。一舸横斜得自如。惟有此，更无居。从教红袖泣前鱼。

◇◇ **评析**

唐张志和制〔渔父〕词，清超绝俗，和者甚多，皆逊原唱。虽东坡、山谷均就其词改为他调，以求协律，亦均自以为不稳。惟高宗所和，同工异曲，几驾原唱而上之，信乎宸章不同凡响。惜原有十五首，传世者仅三首耳。徽、钦所作，含思凄惋，声调呜咽，若高宗〔渔父〕词则调高韵远，是诚中兴气象也。(《历代词人考略》卷七)

康与之

康与之(生卒年不详),字伯可,一字叔闻,号顺庵,又号退轩,滑州(今河南滑县)人。曾从晁以道学,南渡后流寓嘉禾。高宗建炎初,上《中兴十策》,名振一时。后谄事秦桧,为秦门下十客之一,以歌词谄媚,附会以求进。绍兴十五年(1145)为藉田,官至军器监丞;桧死,编管钦州。绍兴二十八年(1158)移雷州,复送新州牢城。著有《昨梦录》。词集名《顺庵乐府》。

喜迁莺

秋夜闻雁

秋寒初劲。看云路雁来,碧天如镜。湘浦烟深,衡阳沙远,风外几行斜阵。回首塞门何处,故国关河重省。汉使老,认上林欲下,徘徊清影。　　江南烟水暝。声过小楼,烛暗金猊冷。送目鸣琴,裁诗挑锦,此恨此情无尽。梦想洞庭飞下,散入云涛千顷。过尽也,奈杜陵人远,玉关无信。

丑奴儿令

促养直赴雪夜溪堂之约

冯夷翦碎澄溪练,飞下同云。着地无痕。柳絮梅花处处春。山阴此夜明如昼,月满前村。莫掩溪门。恐有扁舟乘兴人。

应天长

闺思

管弦绣陌,灯火画桥,尘香旧时归路。 肠断萧娘,旧日风帘映朱户。 莺能舞,花解语。 念后约、顿成轻负。 缓雕辔、独自归来,凭栏情绪。　　楚岫在何处。 香梦悠悠,花月更谁主。 惆怅后期,空有鳞鸿寄纨素。 枕前泪,窗外雨。 翠幕冷、夜凉虚度。未应信、此度相思,寸肠千缕。

◇◇ 评析

〔喜迁莺〕《秋夜闻雁》云:(词略)〔丑奴儿令〕《促养直赴雪夜溪堂之约》云:(词略)〔应天长〕《闺思》云:(词略)如上各词,或以清疏胜,或以绵丽胜,得谓鄙亵之甚耶?(《两宋词人小传》)

◇◇ 总评

宋倚声家如曹元宠、康伯可辈,专工应制之作。其词有诵无规,亦无庸寄托感慨,所谓和声鸣盛,雍容揄扬,亦复有独到处。陈直斋云《书录解题》:伯可词鄙亵之甚,则诋谪未免过情。花庵词客《绝妙词选》录伯可词二十三阕,或以清疏胜,或以绵丽胜,得谓鄙亵之甚耶?《顺庵乐府》全帙久佚,只此二十三阕中,可诵者不胜胪举。兹事具有消息,可为知者道耳。(《历代词人考略》卷二十五)

葛立方

葛立方(？—1164)，字常之，江阴(今属江苏)人。葛胜仲之子。高宗绍兴八年(1138)进士，历迁左奉议郎、诸王宫大小学教授、太常博士。绍兴十八年(1148)为秘书省正字。绍兴二十二年(1152)为校书郎，历中书舍人，吏部侍郎，出知袁州。孝宗隆兴二年(1164)知宣州，被论罢职奉祠卒。有《归愚集》《西畴笔耕》《韵语阳秋》等，词集名《归愚词》。

西江月

开炉

风送丹枫卷地，霜乾枯苇鸣溪。　兽炉重展向深闺，红入麒麟方炽。　　翠箔低垂银蒜，罗帏小钉金泥。　笙歌送我玉东西，谁管瑶花舞砌。

◇◇ 评析

《归愚词》〔西江月〕"咏开炉"云：(词略)按《梦粱录》：十月朔，贵家新装，暖阁低垂绣帘，浅斟低唱，以应开炉之节。《武林旧事》：是日，御前供进夹罗御服，臣僚服锦袄子，夹公服授衣之意也。自此御炉日设火至明年二月朔止。此词盖专咏暖阁绣帘中景物，亦承平盛概也。(《珠花簃词话》)

满庭芳

评梅

一阵清香，不知来处，元来梅已舒英。出篱含笑，芳意为人倾。细看高标孤韵，谁家有、别得花人。应须是，魏徵妩媚，夷甫太鲜明。　　北枝，方半吐，水边疏影，绰约娉婷。问横空皎月，匝地寒霙。何似此花清绝，凭君为、子细推评。幽奇处，素娥青女，著意为横陈。

好事近

归有期作

几骑汉旌回，喜动满川花木。遥睇清淮古岸，散离愁千斛。烟笼沙嘴定连艘。鹊脚蘸波绿。归语隔年心事，秉夜阑红烛。

好事近

和子直惜春

归日指清明，肯把话言轻食。已是飞花时候，赖东风无力。青帘沽酒送春归，莫惜万金掷。屈指明年春事，有红梅消息。

◇◇ 评析

《四库全书提要》云：其词平实铺叙，少清新宛转之思。然如〔满庭芳〕《评梅》云："北枝，方半吐，水边疏影，绰约娉婷。问横空皎月，匝地寒霙。何似此花清绝，凭君为、子细推评。"〔好事近〕云："归语隔年心事，秉夜阑红烛。"又前调云："已是飞花时候，赖东风无力。"未尝不清新宛转也。（《历代词人考略》卷二十五）

风流子

细草芳南苑，东风里、赢得一身闲。 见花朵绣田，柳丝络岸，沼冰方泮，山雪初残。 又还是，陇头春信动，梅蕊入征鞍。 月里暗香，水边疏影，淡妆宜瘦，玉骨禁寒。 泛金溪上好，开幽户、聊面翠麓云湾。 知道醉吟堪老，名利难关。 算书帏意懒，宦涂游倦，旧时习气，惟有跻攀。 拟待杖藜花底，直到春阑。

◇◇ 评析

〔风流子〕咏梅云："淡妆宜瘦，玉骨禁寒。"亦佳句。（《历代词人考略》卷二十五）

[毛 开]

毛开(生卒年不详),字平仲,号樵隐居士,信安(今浙江常山)人。父友,曾官礼部尚书、翰林学士,母亦能诗。开傲世多忤,仕止宛陵、东阳二州。独与尤袤友善,临终以书嘱尤袤志其墓,后又为序其集。著有《樵隐集》,词集名《樵隐词》。

贺新郎

风雨连朝夕。 最惊心、春光晼晚,又过寒食。 落尽一番新桃李,芳草南园似积。 但燕子、归来幽寂。 况是单栖饶惆怅,尽无聊、有梦寒犹力。 春意远,恨虚掷。　　东君自是人间客。 暂时来、匆匆却去,为谁留得。 走马插花当年事,池畹空余旧迹。 奈老去、流光堪惜。 杳隔天涯人千里,念无凭、寄此长相忆。 回首处,暮云碧。

◇◇ 评析

毛平仲[贺新郎]"风雨连朝夕"云云,清疏隽逸,不在升庵所赏[满江红]下。(《历代词人考略》卷二十九)

念奴娇

少年奇志,笑功名画虎,文章刻鹄。 永夜漫漫悲昼短,难挽苍龙衔烛。 飞藿飘零,浮云迁变,过眼邮传速。 昔人真意,眇然千载谁属。　　犹喜二子当年,诸公籍甚,赏云和孤竹。 翰墨流传知几许,遗响宫商相续。 梦里京华,不须惊叹,春草年年绿。 赤霄归去,更看奔电喷玉。

蝶恋花

罗袜匆匆曾一遇,乌鹊归来,怨感流年度。 别袖空看啼粉污。 相思待倩谁分付。 残雪江村回马路。 袅袅春寒,帘晚空凝伫。 人在梅花深处住。 梅花落尽愁无数。

醉落魄

梅

暮寒凄冽。 春风探绕南枝发。 更无人处增清绝。 冷蕊孤香,竹外朦胧月。 西洲昨梦凭谁说。 攀翻剩忆经年别。 新愁怅望催华发。 雀啅江头,一树垂垂雪。

应天长令

曲栏十二闲亭沼。 履迹双沉人悄悄。 被池寒,香烬小。 梦短女墙莺唤晓。 柳枝风轻袅袅。 门外落花多少。 日日离愁萦绕。 不知春过了。

谒金门

伤离索。 犹记并肩池阁。 病起绿窗闲倚薄。 一秋天气恶。 玉臂都宽金约。 歌舞新来忘却。 回首故人天一角。 半江枫又落。

◇◇ 评析

〔念奴娇〕云:"梦里京华,不须惊叹,春草年年绿。"〔蝶恋花〕云:"残雪江村回马路。袅袅春寒,帘晚空凝伫。"〔醉落魄〕"咏梅"云:"更无人处增清绝。冷蕊孤香,竹外朦胧月。"〔应天长令〕后段云:"柳枝风轻袅袅。门外落花多少。日日离愁萦绕。不知春过了。"〔谒金门〕云:"回首故人天一角。半江枫又落。"皆玉屑清言也。(《历代词人考略》卷二十九)

张 抡

张抡(生卒年不详),字材甫,自号莲社居士,开封(今属河南)人。娶宗室女。高宗绍兴间官至两浙西路马步军副都统总管,迁知阁门事。孝宗淳熙五年(1178)进宁武军承宣使。撰有《道情鼓子词》百首。后人辑其词为《莲社词》。

烛影摇红

上元有怀

双阙中天,凤楼十二春寒浅。 去年元夜奉宸游,曾侍瑶池宴。玉殿珠帘尽卷。 拥群仙、蓬壶阆苑。 五云深处,万烛光中,揭天丝管。 驰隙流年,恍如一瞬星霜换。 今宵谁念泣孤臣,回首长安远。 可是尘缘未断。 谩惆怅、华胥梦短。 满怀幽恨,数点寒灯,几声归雁。

◇◇ 评析

张材甫《上元有怀》〔烛影摇红〕"双阙中天"云云,此词情真调楚,悃款缠绵,故国故君之思溢于楮墨之表。求之云壑海野词中殆未曾有,观于此而莲社词格复乎尚已。(《历代词人考略》卷三十二)

洪 适

洪适(1117—1184),原名造,后更名适,字景伯,又字温伯、景温,号盘州。因晚年居住老家鄱阳盘州,故又号盘州老人。宋饶州鄱阳(今江西鄱阳)人。绍兴十二年(1142),与弟弟洪遵同中博学宏词科。绍兴十三年(1143)出为台州通判。官至翰林学士兼中书舍人,拜尚书右仆射、同中书门下平章事兼枢密使。乾道二年(1166)四十八岁辞官归隐。闲居十六年,以著述吟咏自娱。淳熙十一年(1184)卒,谥"文惠"。有《盘州集》。

虞美人

芭蕉滴滴窗前雨。 望断江南路。 乱云重叠几多山。 不似倦飞鸥鹭、便知还。 角声更听谯门弄。 夜夜思归梦。 鄱江楼下水含漪。 孤负钓滩烟艇、绿蓑衣。

思佳客

次韵蔡文同集钱漕池亭

花信今无一半风。芙蓉出水几时红。看成弱柳阴阴绿,自在迁莺巧语中。　　风傍户,月留空。金尊相对醉珠栊。归鞭欲指江南去,回首霞标忆旧峰。

选冠子

雨脚报晴,云容呈瑞,夜雪萦盈连昼。千岩曳缟,万瓦堆琼,稍稍冷侵怀袖。鹤氅神仙,兔园宾客,高会坐移清漏。想灞陵桥畔,苦吟缓辔,耸肩寒瘦。　　向此际、色映棠阴,香传梅影,寒力更欺尊酒。左符词伯,蛮笺巧思,不道起风飞柳。舞态弓弯,一声低唱,蛾笑绿分烟岫。任杯行潋滟,为公沉醉,莫教停手。

满江红

答景卢

衰老贪春,春又老、尊罍交溢。凝目处、清漪拍岸,四山堆碧。白也论文情最厚,维摩示病心难觅。到盘洲、车骑太匆匆,舫浮一。　　春再见,官期毕。归路近,长安日。奉清时明诏,迭回更出。上殿风霜生颊齿,元龟献替图无逸。记而今、杖策过溪桥,留行迹。

生查子

盘洲曲

六月到盘洲，水阁盟鸥鹭。面面纳清风，不受人间暑。彩舫下垂杨，深入荷花去。浅笑擘莲蓬，去却中心苦。

南歌子

寄景卢

南浦山罗列，东湖水渺弥。主人好客过当时。斗转参横时候、醉如泥。 莫管莺声老，从它柳絮飞。野园春色别无奇。船上有花多酒、未须归。

南歌子

童岭作

云拂山腰过，风吹雨点来。田园好处有池台。记著相逢时节、海棠开。 蝴蝶那无梦，鸳鸯亦有媒。藏钩解佩两三杯。明日水边沙际、首空回。

◇◇ **评析**

〔虞美人〕云：(词略)〔思佳客〕《次韵蔡文同集钱漕池亭》云：(词略)〔选冠子〕云：(词略)〔满江红〕《答景卢》云：(词略)又〔生查子〕《盘洲曲》后段云："彩舫下垂杨，深入荷花去。浅笑擘莲蓬,去却中心苦。"〔南歌子]《寄景卢》后段云："莫管莺声老，从它柳絮飞。野园春色别无奇。船上有花多酒、未须归。"前调《童岭作》歇拍云："藏钩解佩两三杯。明日水边沙际、首空回。"并饶雅韵深致，流溢行间，盖《盘洲词》固以令为更胜也。(《两宋词人小传》)

生查子

桃疏蝶惜香，柳困莺惊絮。日影过帘旌，多少愁情绪。红惨武陵溪，绿暗章台路。春色似行人，无意花间住。

渔家傲引

九月芦香霜旦旦。丹枫落尽吴江岸。长濑黄昏张蟹断。灯火乱。圆沙惊起行行雁。半夜系船桥北岸。三杯睡着无人唤。睡觉只疑桥不见。风已变。缆绳吹断船头转。

渔家傲引

子月水寒风又烈。巨鱼漏网成虚设。圉圉从它归丙穴。谋自拙，空归不管旁人说。昨夜醉眠西浦月。今宵独钓南溪雪。妻子一船衣百结。长欢悦，不知人世多离别。

◇◇ 评析

《织余琐述》：宋洪文惠《盘洲词》，余最喜其〔生查子〕歇拍云："春色似行人，无意花间住。"〔渔家傲引〕后段云："半夜系船桥北岸。三杯睡着无人唤。睡觉只疑桥不见。风已变。缆绳吹断船头转。"意境亦空灵可喜。蕙风云：余所喜异于是。〔渔家傲引〕云：（词略）委心任运，不失其为我。知足长乐，不愿乎其外。词境有高于此者乎？是则非娱所能识矣。（《蕙风词话》卷二）

韩元吉

韩元吉（1118—1187），字无咎，号南涧翁，开封雍丘（今河南开封）人。韩维四世孙。以荫为龙泉县主簿。官至吏部尚书，龙图阁学士。著有《南涧甲乙稿》，词集名《南涧诗余》。

永遇乐

为张安国赋

池馆春归，帘栊昼静，清漏移箭。山下孤城，水边翠竹，鹁鸪声千转。记得年时，绮窗人去，尚有唾茸遗线。照珠筵、歌檀舞扇，寂寞旧家排遍。　　青云赋客，多情多病，西掖桐阴满院。飞絮随风，马头月在，翡翠帷空卷。平湖烟远，斜桥雨暗，欲寄短书双燕。算犹忆、兰房画烛，醉时共瓢。

六州歌头

桃花

东风着意，先上小桃枝。 红粉腻，娇如醉，倚朱扉。 记年时，隐映新妆面，临水岸，春将半，云日暖，斜桥转，夹城西。 草软莎平，跋马垂杨渡，玉勒争嘶。 认蛾眉凝笑，脸薄拂燕支。 绣户曾窥，恨依依。 共携手处，香如雾，红随步，怨春迟。 销瘦损，凭谁问？ 只花知，泪空垂。 旧日堂前燕，和烟雨，又双飞。 人自老，春长好，梦佳期。 前度刘郎，几许风流地，花也应悲。 但茫茫暮霭，目断武陵溪，往事难追。

好事近

汴京赐宴闻教坊乐有感

凝碧旧池头，一听管弦凄切。 多少梨园声在，总不堪华发。 杏花无处避春愁，也傍野烟发。 惟有御沟声断，似知人呜咽。

◇◇ **评析**

无咎词以《阳春白雪》所录三首最为擅胜，〔永遇乐〕《为张安国赋》、〔六州歌头〕"咏桃花"，其一即〔好事近〕，汴京赐宴作也。（《历代词人考略》卷二十七）

虞美人

送韩子师

西风斜日兰皋路。碧嶂连红树。天公也自惜君行。小雨霏霏特地、不成晴。　　满城桃李春来处。我老君宜住。莫惊华发笑相扶。记取他年同姓、两尚书。

醉落魄

务观席上索赋

楼头晚鼓。佳人莫唱黄金缕。良宵灯火还三五。肠断扁舟,明日江南去。　　离觞欲醉谁能许。风前蝶闹蜂儿舞。明年此夜知何处。且插梅花,同听画檐雨。

◇◇ 评析

〔虞美人〕《送韩子师》云:"天公也自惜君行。小雨霏霏特地、不成晴。"〔醉落魄〕《务观席上索赋》云:"明年此夜知何处。且插梅花,同听画檐雨。"能以淡语入情,不假雕饰。(《历代词人考略》卷二十七)

菩萨蛮

夜宿余家楼闻笛声

薄云卷雨凉成阵。雨晴陡觉荷花润。波影淡塞星。水边灯火明。　　白萍洲上路。几度来还去。欹枕恨茫茫。笛声依夜长。

◇◇ 评析

〔菩萨蛮〕《夜宿余家楼闻笛声》前段云："薄云卷雨凉成阵。雨晴陡觉荷花润。波影淡寒星。水边灯火明。"写出幽静之景，绝佳。(《历代词人考略》卷二十七)

◇◇ 总评

《南涧诗余》竟卷疏俊无颓唐粗率之笔。它宋人集似此匀称者不多觏也。(《历代词人考略》卷二十七)

侯寘

侯寘(生卒年不详)，字彦周，东武(今山东诸城)人。晁谦之甥，南渡后居长沙，曾官耒阳县令。乾道、淳熙间尚在世。有《懒窟词》。

菩萨蛮

簪髻

交刀剪碎琉璃碧。深黄一穗珑松色。玉蕊纵妖娆。恐无能样娇。　　绿窗初睡起。堕马慵梳髻。斜插紫鸾钗。香从鬓底来。

◇◇ 评析

《懒窟词》〔菩萨蛮〕《木犀十咏·簪髻》云:"玉蕊纵妖娆。恐无能样娇。"按《广韵》:能,奴登切,音仁。北语对我而言曰仁。盖你之声转。能、仁,音同。侯寘北人,用方音入词耳。奴登切之登,读若丁。丁有当谊。粤语即时曰登时。丁、当、登,亦声转。(《织余琐述》)

菩萨蛮

湖上即事

楼前曲浪归桡急。　楼中细雨春风泾。　终日倚危阑。　故人湖上山。　　高情浑似旧。　只枉东阳瘦。　薄晚去来休。　装成一段愁。

◇◇ 评析

眼前语,却似未经人道。(《织余琐述》)

阮郎归

为邢鲁仲小鬟赋

美人小字称春娇。　云鬟玉步摇。　淡妆浓态楚宫腰。　梅枝雪未消。　　拼恼乱,尽妖娆。　微窝生脸潮。　算来虚度可怜宵。　醉魂谁与招。

◇◇ 评析

美人丰姿清润,梅枝句妙于形容。(《织余琐述》)

念奴娇

探梅

衰翁憨甚,向尊前、手捻一枝寒玉。 想见梅台花更好,一片琼田栖绿。 短辔轻舆,大家同去,取酒偿酝馥。 元来春晚,万包空间黄竹。 休恨雪小云娇,出群风韵,已觉桃花俗。 羯鼓声高回笑脸,怎得天公来促。 江上风平,岭南人远,谁度单于曲。 明朝酒醒,但余诗兴天北。

◇◇ 评析

侯彦周《懒窟词》〔念奴娇〕《探梅》换头云:"休恨雪小云娇,出群风韵,已觉桃花俗。"颇能为早梅传神。"雪小云娇"四字连用,甚新。(《珠花簃词话》)

西江月

赠蔡仲常侍儿初娇

豆蔻梢头年纪,芙蓉水上精神。 幼云娇玉两眉春。 京洛当时风韵。 金缕深深劝客,雕梁薿薿飞尘。 主人从得董双成。 应忘瑶池宴饮。

◇◇ 评析

〔西江月〕《赠蔡仲常侍儿初娇》云:"豆蔻梢头年纪,芙蓉水上精神。幼云娇玉两眉春。京洛当时风韵。""芙蓉"句亦妙于传神。"幼云娇玉"四字亦新。(《珠花簃词话》)

瑞鹧鸪

遥天拍水共空明。玉镜开奁特地晴。极目秋容无限好,举头醉眼暂须醒。　白眉公子催行急,碧落仙人著句清。后夜萧萧葭苇岸,一尊独酌见离情。

玉楼春

次中秋闰月表舅晁仲如韵

今秋仲月逢余闰。月姊重来风露静。未劳玉斧整蟾宫,又见冰轮浮桂影。　寻常经岁睽佳景。阅月那知还赏咏。庾楼江阔碧天高,遥想飞觞清夜永。

青玉案

东园饯母舅晁阁学镇临川

东风一夜吹晴雨。小园里、春如许。桃李无言情难诉。阳关车马,灞桥风月,移入江天暮。　双旌明日留难住。今夕清觞且频举。咫尺清明三月暮。寻芳宾客,对花杯酌,回首西江路。

朝中措

建康大雪戏呈母舅晁留守

漏云初见六花开。惊巧妒江梅。飘洒元戎小队,玉妆旌旆归来。　　恩同化手,春回陇亩,欢到尊罍。记取明朝登览,绿漪唯有秦淮。

◇◇ 评析

毛子晋《跋懒窟词》谓彦周能作情语,又云:渭阳之谊甚笃,如〔玉楼春〕〔青玉案〕〔朝中措〕〔瑞鹧鸪〕诸调,情见乎词矣。其〔瑞鹧鸪〕全阕云:(词略)其〔玉楼春〕句云:"庾楼江阔碧天高,遥想飞觞清夜永。"〔青玉案〕云:"咫尺清明三月暮。寻芳宾客,对花杯酌,回首西江路。"〔朝中措〕云:"记取明朝登览,绿漪唯有秦淮。"皆子晋谓为情语者也。(《历代词人考略》卷二十九)

〔魏杞〕

魏杞(1120—1183),字南夫,一字道弼,寿州寿春(今安徽寿县)人,移居明州鄞县(今属浙江)。绍兴十二年(1142)进士,任余姚尉,后调泾县,罢无名科费,有能声,升大理寺主簿。后擢太傅寺主簿、宗正少卿。以宗正少卿为金通问使,不辱使命,连擢参知政事、右仆射兼枢密使,后出知平江府,以端明殿学士奉祠告老。卒追封鲁国公,谥"文节"。著有《山房集》《魏文节遗书》等。

虞美人

咏梅

冰肤玉面孤山裔。 肯到人间世。 天然不与百花同。 却恨无情轻付与东风。 丽谯三弄江梅晓。 立马溪桥小。 只应明月最相思。 曾见幽香一点未开时。

◇◇ 评析

两宋巨公大僚，能词者多，往往不脱簪绂气。魏文节杞〔虞美人〕《咏梅》云："只应明月最相思。曾见幽香一点未开时。"轻清婉丽，词人之词。专对抗节之臣，顾亦能此。宋广平铁石心肠，不辞为梅花作赋也。（《蕙风词话》卷二）

程大昌

程大昌（1123—1195），字泰之，安徽休宁人。绍兴二十一年（1151）进士，擢太平州教授，以龙图阁学士致仕。谥"文简"。

好事近

我里比侨居，不欠山青水绿。 只恨风冲雁序，使分飞隈澳。 只今一苇视苕溪，见天伦雍睦。 此去春浓絮起，应翻成新曲。

◇◇ 评析

〔好事近〕云："此去春浓絮起,应翻成新曲。""春浓絮起",活泼有生趣。(《织余琐述》)

水调歌头

水晶宫之名,天下知之,而此邦图志,元不能主名其所。某尝思之,苕霅水清可鉴,邑屋之影入焉。而薨栋丹垩,悉能透现本象,有如水玉。故善为言者,得以衰撮其美而曰,此其宫盖水晶为之,如骚人之谓宝阙珠宫,正其类也。则岂容一地独擅此名也。兹承词见及,无以为报,辄取此意,稍加檃栝,用来况〔水调歌头〕为腔,辄以奉呈。若遂有取,可补地志之阙,不但持杯一笑也。

绿净贯阛阓,夹岸是楼台。 楼台分影倒卧,千丈郁崔嵬。 此是化人奇变,能使山巅水底,对出两蓬莱。 溪浒有仙观,苕霅信佳哉。 水晶宫,谁著语,半嘲诙。 世间那有,如许磊砢栋梁材。 每遇天容全碧,仍更蘋风不动,相与夜深来。 饮子以明月,净洗旧尘埃。

水调歌头

上巳日领客往洛阳桥

坐上羽觞醨,水际洧衣褰。 适兹胜赏,风轻云薄有情天。 不用船舷悲唱,真俯阑干小海,乐事可忘年。 莫向歌珠里,却叹鬓霜鲜。 送朝潮,迎夕汐,思茫然。 知他禊饮,此地过了几千千。 既有相催春夏,自解转成今古,谁后更谁前。 堪笑兴怀客,不似咏归川。

浣溪沙

咏雪

干处缁尘湿处泥。 天嫌世路净无时。 皓然岩谷总凝脂。 清夜月明人访戴,玉山顶上玉舟移。 一蓑渔画更能奇。

◇◇ **评析**

〔水调歌头〕云:(词略)前调《上巳日领客往洛阳桥》云:(词略)〔浣溪沙〕《咏雪》云:(词略)文闲,词笔抒写,似乎无意求工,此三阕较为精审者也。(《两宋词人小传》)

临江仙

和正卿弟生日

遥认埙篪相应,为传珠贯累累。 紫荆同本但殊枝。 直须投老日,常似有亲时。 子姓亦闻多慧性,贪书不是痴儿。 朝家世世重诗书。 一登龙虎榜,许并凤凰池。

感皇恩

淑人生日

锦告侈脂封,煌煌家宝。 偕老之人已华皓。 绿云拥鬓,更没一根入老。 但从和晬看,年堪考。 叶是松苗,松为叶脑。 禀得松神大都好。 人人戴白,独我青青常保。 只将平易处,为蓬岛。

◇◇ 评析

程文简,大昌〔临江仙〕《和正卿弟生日》云:"紫荆同本但殊枝。直须投老日,常似有亲时。"〔感皇恩〕《淑人生日》云:"人人戴白,独我青青常保。只将平易处,为蓬岛。"此等句非性情厚、阅历深,未易道得。(《蕙风词话》卷二)

李流谦

李流谦(生卒年不详),字无变,号澹斋,汉州德阳(今属四川)人。以荫补将仕郎,历官调雅州教授、奉议郎通判潼川府事。有《澹斋集》八十一卷,今存十八卷。有《澹斋词》一卷。

小重山

绵守白宋瑞席间作

轻暑单衣四月天。 重来闲屈指,惜流年。 人间何处有神仙。安排我,花底与尊前。 争道使君贤。 笔端驱万马,驻平川。长安只在日西边。 空回首,乔木淡疏烟。

◇◇ 评析

德阳李无变,流谦《澹斋词》〔小重山〕《绵守白宋瑞席间作》云:(词略)此词过拍、歇拍言情写景疏俊深远。即换头"笔端"二句亦颇有气势,不涉庸泛俚滑之失。(《珠花簃词话》)

虞美人

春怀

一春不识春风面。 都为慵开眼。 荼蘼雪白牡丹红。 犹及尊前一醉、赏芳秾。 东君又是匆匆去。 我亦无多住。 四年薄宦老天涯。 闲了故园多少、好花枝。

洞仙歌

忆别

云窗雾阁,尘满题诗处。 枝上流莺解人语。 道别来、知否瘦尽花枝,春不管,更遣何人管取。 平生鸥鹭性,细雨疏烟,惯了江头自来去。 不见鹊桥边,只为隔年,翻赢得、年年风露。 便学得、无情海中潮,纵一日两回,如何凭据。

◇◇ 评析

〔虞美人〕《春怀》后段云:"东君又是匆匆去。我亦无多住。四年薄宦老天涯。闲了故园多少、好花枝。"〔洞仙歌〕《忆别》前段云:"云窗雾阁,尘满题诗处。枝上流莺解人语。道别来、知否瘦尽花枝,春不管,更遣何人管取。"并皆婉丽可诵。(《珠花簃词话》)

满庭芳

过黄州游雪堂次东坡韵

归去来兮,吾归何处,旧山闲却岷峨。雪堂重到,但觉客愁多。来往真成底事,人应笑、我亦狂歌。凭阑久,云车不至,举盏酹东坡。 少年,浑妄意,斗冲剑气,雷化龙梭。到如今,翻羡白鸟沧波。松柏皆吾手种,依然烟蕊霜柯。君知否,人间尘事,元不到渔蓑。

◇◇ **评析**

〔满庭芳〕《过黄州游雪堂次东坡韵》后段云:"松柏皆吾手种,依然烟蕊霜柯。君知否,人间尘事,元不到渔蓑。"则尤返虚入浑,渐近骨干坚苍矣。(《珠花簃词话》)

醉蓬莱

同幕中诸公劝虞宣威酒

正红疏绿密,浪软波肥,放舟时节。载地擎天,识堂堂人杰。万里长江,百年骄虏,只笑谈烟灭。葭苇霜秋,楼船月晓,渔樵能说。 分陕功成,沙堤归去,衮绣光浮,两眉黄彻。了却中兴,看这回勋业。应有命圭相印,都用赏、元功重叠。点检尊前,太平气象,今朝浑别。

◇◇ 评析

　　李无变《澹斋词》，彊村朱氏依《大典·澹斋集》本刻行，清丽之笔兼而有之，惜篇幅无多耳。无变以虞允文荐召入王府教授，盖绍兴、乾道间人。其〔醉蓬莱〕《同幕中诸公劝虞宣威酒》"正红疏绿密"云云，当时盖以文字契合也。(《历代词人考略》卷二十九)

王千秋

　　王千秋(生卒年不详)，字锡老，号审斋，东平(今属山东)人，流寓金陵。与韩元吉、姚宏等人交往。有《审斋词》。

好事近

和李清宇

　　六幕冻云凝，谁翦玉花为雪。寒入竹窗茅舍，听琴弦声绝。　从他拂面去寻梅，香吐是时节。归晚楚天不夜，抹墙腰横月。

◇◇ 评析

　　《审斋词》〔好事近〕《和李清宇》云："归晚楚天不夜，抹墙腰横月。"只一"抹"字，便得冷静幽瑟之趣。(《珠花簃词话》)

浣溪沙

咏焦油

买市宣和预赏时。 流苏垂盖宝灯围。 小铛烹玉鼓声随。金弹玲珑今夕是，鳌山缥缈昔游非。 马行遗老想沾衣。

◇◇ 评析

《审斋词》〔浣溪沙〕《咏焦油》云：（词略）感物兴怀，不沾不脱。（《历代词人考略》卷三十三）

虞美人

琵琶弦畔春风面。 曾向尊前见。 彩云初散燕空楼，萧寺相逢各认、两眉愁。 旧时曲谱曾翻否。 好在曹纲手。 老来心绪怯么弦，出塞移船莫遣、到愁边。

虞美人

风花南北知何据。 常是将春负。 海棠开尽野棠开，匹马崎岖还入、乱山来。 尊前人物胜前度。 谁记桃花句。 老来情事不禁浓，玉佩行云切莫、易丁东。

◇◇ 评析

〔虞美人〕云："老来心绪怯么弦，出塞移船莫遣、到愁边。"前调云："海棠开尽野棠开，匹马崎岖还入、乱山来。"骨干疏俊。蓼园黄氏称其时有佳句，此类是已。（《历代词人考略》卷三十三）

青玉案

鸣鼍欲引鱼龙戏。 先自作、长江擂。 头管一声天外起。 群仙俱上，有人殊丽。 认得分明是。　欲相问劳来无计。 但隔炉烟屡凝睇。 掷我胸前方寸纸。 拥翘欲去。 颦蛾还住。 不尽徘徊意。

◇◇ 评析

〔青玉案〕云："拥翘欲去。颦蛾还住。不尽徘徊意。"描写闺人姿态，栩栩豪端。毛子晋讥其"绝少绮语"，非知人之言也。（《历代词人考略》卷三十三）

浣溪沙

殢玉偎香倚翠屏。 当年常唤在凝春。 岂知云雨散逡巡。 不止恨伊唯准拟，也先伤我太因循。 而今头过总休论。

◇◇ 评析

《审斋词》〔浣溪沙〕云："不止恨伊唯准拟，也先伤我太因循。而今头过总休论。"或疑"头"是误字，"头过"或宋人方言。犹"称消"，周草窗〔西江月〕句"称消不过牡丹情"；"遮些"，王质《渔父》词"遮些快活有谁知"；"怎奈向"，秦少游〔八六子〕句"怎奈向、欢娱渐随流水"之类。（《历代词人考略》卷三十三）

[朱 雍]

朱雍(生卒年不详),绍兴中乞召试,与宗室赵仲御唱酬。著有《梅词》。

忆秦娥

风萧萧。驿亭春信期春潮。期春潮。黄昏浮动,谁在江皋。碧云冉冉横溪桥。琼车未至余香飘。余香飘。一帘疏影,月在花梢。

梅花引

梅亭别。梅亭别。梅亭回首都如雪。粉融融。月蒙蒙。月上小车,归去小楼空。当时曾傅新妆薄。而今一任花零落。朝随风。暮随风。竹外孤根,犹与幽径通。　长相忆。无消息。庾岭沉沉云暗碧。玉痕惊。对离情。无奈水遥天阔、隔琼城。年来素袂香不灭。此心无限凭谁说。夜绵绵。路漫漫。愁听枕前,吹彻笛声寒。

迷神引

白玉楼高云光绕。 望极新蟾同照。 前村暮雪,霁梅林道。 涧风平,波声渺。 喜登眺。 疏影寒枝颤,太春早。 临水凝清浅,靓妆巧。 瘦体伤离,向此萦怀抱。 觉璧华轻,冰痕小。 倦听塞管,转呜咽,令人老。 素光回,长亭静,无尘到。 烟锁横塘暖,香径悄。 飞英难拘束,任春晓。

西平乐

用柳耆卿韵

夜色娟娟皎月,梅玉供春绪。 不使铅华点缀,超出精神淡伫。 休妒残英如雨。 清香眷恋,只恐随风满路。 散无数。 江亭暮。 鸣佩语。 正值匆匆乍别,天远瑶池缟毂,好趁飞琼去。 忍孤负、瑶台伴侣。 琼肌瘦尽,庾岭零落,空怅望、动情处。 画角哀时暗度。 参横向晓,吹入深沉院宇。

◇◇ **评析**

朱贤良词谐适之调与拗涩之调皆工,自是倚声专家,非涉笔成兴,罔关深造者,比如〔忆秦娥〕〔梅花引〕,此谐适之调也;〔迷神引〕、〔西平乐〕《用柳耆卿韵》,此拗涩之调也。连情发藻,咏叹长言,癯仙知己,斯为不愧。(《历代词人考略》卷二十八)

◇◇ **总评**

通卷咏梅,行间自无一点尘俗,是不浪费楮墨者。(《梅词校记》)

曹　冠

曹冠(生卒年不详),字宗臣,号双溪居士,东阳(今浙江东阳)人。以乡贡入太学,为秦桧门下客,教其孙埙。宋高宗绍兴二十四年(1154)与秦埙同举进士。绍兴二十五年(1155)自平江府学教授,擢国子录,后除太常博士兼权中书门下检正诸房公事。秦桧死,免职。后被论并削科名。孝宗乾道五年(1169)再应试中第,光宗绍熙初为郴州守。有《双溪集》,词集名《燕喜词》。

凤栖梧

兰溪

桂棹悠悠分浪稳。　烟幂层峦,绿水连天远。　赢得锦囊诗句满。　兴来豪饮挥金碗。　　飞絮撩人花照眼。　天阔风微,燕外晴丝卷。　翠竹谁家门可款。　舣舟闲上斜阳岸。

◇◇ 评析

宋曹冠《燕喜词》〔凤栖梧〕云:"飞絮撩人花照眼。天阔风微,燕外晴丝卷。"状春情景色绝佳。每值香南研北,展卷微吟,便觉日丽风暄,淑气扑人眉宇。全帙中似此佳句,竟不可再得。(《蕙风词话》卷二)

◇◇ 总评

宗臣词取径质实,尚有骨干,却非专家之作。(《历代词人考略》卷二十七)

姚述尧

姚述尧(生卒年不详),字进道,钱塘(今浙江杭州)人。高宗绍兴二十四年(1154)进士。孝宗乾道四年(1168)知乐清县。乾道九年(1173)权发遣处州。淳熙九年(1182)知鄂州,放罢。淳熙十五年(1188)知信州,旋主管亳州明道宫。述尧与张九成友善,以笃于内行著。以道学家而工词。词集名《箫台公余词》,以乐清有箫台峰,因以名词集。

浣溪沙

青田赵宰席间作

与客相从谒谢公。 芝田绛节拥仙翁。 数枝桃杏斗香红。 醉眼斜拖春水绿。 黛眉低拂远山浓。 此情都在酒杯中。

鹧鸪天

县有花名日日红,高仲坚席间作

凤阙朝回晓色分。 彩霞轻拂绛衣新。 炎乌影里年年好,碧玉枝头日日春。 携翠罋,对芳尊。 东君著意属诗人。 夜深莫放西风入,频遣司花护锦茵。

瑞鹧鸪

王清叔赏海棠。翌日,赵顺道再翦数枝约同舍小集。且云:春已过半,桃杏皆飘零,唯此花独芳,尤不可孤。因索再赋。

司花著意惜春光。 桃杏飘零此独芳。 一抹霞红匀醉脸,恼人情处不须香。　　王孙好客成巢饮,故翦繁枝簇画堂。 后夜更将银烛照,美人敛衽怯残妆。

如梦令

水仙用雪堂韵

雅淡轻盈如语。 碧玉枝头娇处。 钩月衬凌波,仿佛湘江烟路。 凝伫。 凝伫。 不似梨花带雨。

行香子

抹利花

天赋仙姿。 玉骨冰肌。 向炎威、独逞芳菲。 轻盈雅淡,初出香闺。 是水宫仙,月宫子,汉宫妃。　　清夸苍葡,韵胜酴醾。 笑江梅、雪里开迟。 香风轻度,翠叶柔枝。 与玉郎摘,美人戴,总相宜。

好事近

重午前三日

梅子欲黄时,霖雨晚来初歇。 谁在绿窗深处,把彩丝双结。 浅斟低唱笑相偎,映一团香雪。 笑指墙头榴火,倩玉郎轻折。

◇◇ 评析

姚进道《箫台公余词》〔浣溪沙〕《青田赵宰席间作》云:"醉眼斜拖春水绿。黛眉低拂远山浓。此情都在酒杯中。"〔鹧鸪天〕:"县有花名日日红。"《高仲坚席间作》云:"夜深莫放西风入,频遣司花护锦茵。"〔瑞鹧鸪〕《赏海棠》云:"一抹霞红匀醉脸,恼人情处不须香。"〔如梦令〕《水仙用雪堂韵》云:"钩月衬凌波,仿佛湘江烟路。"〔行香子〕《茉莉花》云:"香风轻度,翠叶柔枝。与玉郎摘,美人戴,总相宜。"〔好事近〕《重午前三日》云:(词略)进道名述尧,钱塘人,南宋理学家张子韶诗云:"环顾天下间,四海唯三友。"三友者,施彦执、姚进道、叶先觉,其见重于时如此。顾亦能为绮语、情语。可知《兰畹》《金荃》,何损于言坊行表也。(《蕙风词话》卷二)

陆 游

陆游(1125—1210)，字务观，号放翁，山阴(今浙江绍兴)人。以荫补登仕郎。高宗绍兴二十三年(1153)荐送列第一。绍兴二十八年(1158)，任福州宁德主簿，历敕令所删定官，大理寺司直兼宗正簿。孝宗即位，迁枢密院编修官兼编类圣政所检讨官。乾道五年(1169)起通判夔州。累迁江西提举常平，知严州，除军器少监。光宗即位，迁礼部郎中兼实录院检讨官，旋即罢归山阴，闲居十年。宁宗嘉泰二年(1202)权同修国史、实录院同修撰、兼秘书监，升宝章阁待制，致仕。著有《剑南诗稿》《渭南文集》《南唐书》等。亦工词，词集名《放翁词》，一名《渭南词》。

双头莲

呈范致能待制

华发星星，惊壮志成虚，此身如寄。萧条病骥。向暗里、消尽当年豪气。梦断故国山川，隔重重烟水。身万里，旧社凋零，青门俊游谁记。　　尽道锦里繁华，叹官闲昼永，柴荆添睡。清愁自醉。念此际、付与何人心事。纵有楚柁吴樯，知何时东逝。空怅望，鲙美菰香，秋风又起。

◇◇ 评析

放翁词风格隽上，亦有芊绵温丽之作。其〔双头莲〕《呈范致能待制》"华发星星"云云，此阕尤矜心作意之笔，气体沉着。(《历代词人考略》卷三十一)

月上海棠

成都城南有蜀王旧苑,尤多梅,皆二百余年古木。

斜阳废苑朱门闭。 吊兴亡、遣恨泪痕里。 淡淡宫梅,也依然、点酥剪水。 凝愁处,似忆宣华旧事。　　行人别有凄凉意。折幽香、谁与寄千里。 伫立江皋,杳难逢、陇头归骑。 音尘远,楚天危楼独倚。

◇◇ 评析

〔月上海棠〕"咏成都城南蜀王旧苑古梅":"斜阳废苑朱门闭。"则尤卓然专家,不得谓诗人余事矣。(《历代词人考略》卷三十一)

〔吕胜己〕

吕胜己(生卒年不详),字季克,建阳人。受学于朱熹。以荫为湖南干官,历江州通判,知杭州。

醉桃源

去年手种十株梅。 而今犹未开。 山翁一日走千回。 今朝蝶也来。　　高树梢,暗香微。 悭香越恼怀。 更烧银烛引春回。 英英露粉腮。

◇◇ 评析

宋吕胜己《渭川居士词》〔醉桃源〕云：（词略）"来""腮"二韵，意趣绝佳，"来"韵更胜。（《织余琐述》）

蝶恋花

观雪作

姑射真仙蓬海会。驭气乘龙，作意游方外。冬后蒻花飞素彩。腊前陨璞抛团块。　幂幂绵云相映带。川谷林峦，混一乾坤大。白玉装成全世界。江湖点染微瑕颣。

蝶恋花

霰雨雪词

天色沉沉云色赭。风搅阴寒，浩荡吹平野。万斛珠玑天弃舍。长空撒下鸣鸳瓦。　玉女凝愁金阙下。褪粉残妆，和泪轻挥洒。欲降尘凡飙驭驾。翩翩白凤先来也。

◇◇ 评析

〔蝶恋花〕《观雪作》云："白玉装成全世界。江湖点染微瑕颣。"前调云："玉女凝愁金阙下。褪粉残妆，和泪轻挥洒。"两意均新，似未经人道过。（《织余琐述》）

浣溪沙

直系腰围鹤间霞。 双垂项帕凤穿花。 新妆全学内人家。惠性芳心谁得似，饶嗔□恶也还他。 只消凡事与饶些。

◇◇ 评析

〔浣溪沙〕云："直系腰围鹤间霞。双垂项帕凤穿花。新妆全学内人家。"写闺人装束如画。(《织余琐述》)

鹧鸪天

一夜春寒透锦帏。 满庭花露起多时。 垒金梳子双双耍，铺翠花儿袅袅垂。 人去后，信来稀。 等闲屈指数归期。 门前恰限行人至，喜鹊如何圣得知。

◇◇ 评析

〔鹧鸪天〕云："垒金梳子双双耍,铺翠花儿袅袅垂。""耍"字、"花儿"字不易用,于词格非宜,此却尚可。(《织余琐述》)

瑞鹤仙

栽梅

南州春又到。 向腊尽冬残，冰姑先报。 芳心爱春早。 露生香馥馥，靓妆皎皎。 诗人最巧。 道竹外、斜枝更好。 旋移根引水，浇培松竹，凑成三妙。 回首当年客里，荆棘途中，幸陪欢笑。闲愁似扫。 记风雪、关山道。 待飘花结子，和羹煮酒，还我山居送老。 那青红、浪蕊浮花，尽锄去了。

江城子

盆中梅

年年腊后见冰姑。 玉肌肤。 点琼酥。 不老花容，经岁转敷腴。 向背稀稠如画里，明月下、影疏疏。 江南有客问征途。寄音书。 定来无。 且傍盆池，巧石倚浮图。 静对北山林处士，妆点就、小西湖。

◇◇ **评析**

〔瑞鹤仙〕《栽梅》云："南州春又到。向腊尽冬残,冰姑先报。"〔江城子〕《盆中梅》云："年年腊后见冰姑。"梅称"冰姑",甚新,于此仅见。(《织余琐述》)

李好古

李好古(生卒年不详),大约活动于南宋中后期。清吟阁本《阳春白雪》载:"好古字仲敏,原籍下邽(今陕西渭南县东北)。"有《碎锦词》。

菩萨蛮

东园映叶梅如豆。 西园扑地花铺绣。 春水晓来深。 日华娇漾金。 带烟穿径竹。 步入飞虹曲。 何处早莺啼。 曲桥西复西。

◇◇ **评析**

宋李好古《碎锦词》〔菩萨蛮〕过拍云:"春水晓来深。日华娇漾金。"语绝新艳,亦唯芳晨丽旭,足以当之。与易安居士"落日镕金"句,同工各妙。(《织余琐述》)

八声甘州

古扬州、壮丽压长淮,形胜绝东南。 问竹西歌吹,蜀冈何许,杨柳鬖鬖。 行乐谁家年少,两两更三三。 知我江南客,走马来看。 过却长亭烟树,云山点点,烟浪漫漫。 料桐花飞尽,夜合绕阑干。 倦绣闲庭昼永,望天涯、芳草忆征鞍。 平安使,吴笺谩遣,欲寄愁难。

酹江月

西风横荡，渐霜余黄落，空山乔木。 照水依然冰雪在，耿耿梅花幽独。 抖擞征尘，扶携短策，步绕沧浪曲。 怅然心事，浮生翻覆陵谷。 试向商乐亭前，冷风台上，把酒招黄鹄。 四十男儿当富贵，谁念漂零南北。 百亩春耕，三间云卧，此计何时卜。 功名休问，卖书归买黄犊。

清平乐

清淮北去。 千里扬州路。 过却瓜州杨柳树。 烟水重重无数。 柁楼才转前湾。 云山万点江南。 点点尽堪肠断，行人休望长安。

◇◇ 评析

词凡十四阕。丁松生称其"仿佛稼轩"，半塘老人推为"白石老仙之亚"。窃尝循览竟卷，如〔八声甘州〕"古扬州、壮丽压长淮"云云，〔酹江月〕"西风横荡"云云，〔清平乐〕"清淮北去"云云，三阕以格调言，其在稼轩、白石之间乎？（《历代词人考略》卷二十九）

八声甘州

扬州

壮东南、飞观切云高,峻堞缭波长。望蔽空楼橹,重关警柝,跨水飞梁。百万貔貅夜筑,形胜隐金汤。坐落诸蕃胆,扁榜安江。　　游子凭栏凄断,百年故国,飞鸟斜阳。恨当时肉食,一掷赌封疆。骨冷英雄何在,望荒烟、残戍触悲凉。无言处,西楼画角,风转牙樯。

江城子

从来难翦是离愁。这些愁。几时休。才趁风樯,千里到扬州。见说苍茫云海外,天杳杳,水悠悠。　　男儿三十敝貂裘。强追游。梦魂羞。可解筹边,谈笑觅封侯。休傍塞垣酾酒去,伤望眼,怕层楼。

酹江月

平生英气,叹年来、都付山林泉石。不作云霄轩冕梦,只拟纶竿蓑笠。见说湖阴,飞飞鸥鹭,半是君曾识。梅花时节,试来相与寻觅。　　休谩汩没尘埃,浮生能几,镜里催华发。趁取尊前强健在,莫负花前倾碧。自遣长须,亲题短句,去约萧闲客。休教惆怅,梅花飞尽寒食。

贺新郎

僧如梵摘阮

人物风流远。忆当年、江东跌宕，知音南阮。惯倚胡床闲寄傲，妥腹难凭琴桉。妙制拥、银蟾光满。千古不传谁好事，忽茂陵、金碗人间见。轻擘动，思无限。　　长安钗鬓春横乱。仿规模、红绦带拨，媚深情浅。安识高山流水趣，儿女空传恩怨。使得似、支郎萧散。听到三间沉绝处，惨悲风、摇落寒江岸。不肠断，也肠断。

◇◇ 评析

〔八声甘州〕云："游子凭栏凄断，百年故国，飞鸟斜阳。"〔江城子〕云："休傍塞垣酾酒去，伤望眼，怕层楼。"〔酹江月〕云："见说湖阴，飞飞鸥鹭，半是君曾识。"〔贺新郎〕《僧如梵摘阮》云："听到三间沉绝处，惨悲风、摇落寒江岸。"余皆极喜诵之。"游子"云云，白石之"废池乔木""清角""空城"也。"休傍"云云，稼轩之"斜阳正在，烟柳断肠处"也。（《历代词人考略》卷二十九）

吴 儆

吴儆(1125—1183),字益恭,休宁人。绍兴二十七年(1157)登进士,调明州鄞县尉,历官奉仪郎。淳熙初,通判邕州,任满入对,即擢知州事,兼广南西路安抚都监。以亲老奉祠,得主管台州崇道观,转朝散郎致仕。淳熙十年(1183)卒,年五十九。宝祐中,追谥"文肃"。有《竹洲集》。

虞美人

双眸翦水团香雪。 云际看新月。 生绡笼粉倚窗纱。 全似瑶池疏影、浸梅花。 金翘翠靥双蛾浅。 敛袂低歌扇。 羞红腻脸语声低。 想见流苏帐掩、烛明时。

◇◇ **评析**

"生绡笼粉倚窗纱。全似瑶池疏影、浸梅花。"吴儆《竹洲词》〔虞美人〕句也。余极喜诵之。昔林逋诗云:"疏影横斜水清浅,暗香浮动月黄昏。"彼形容梅,此形容似梅者,尤为妙肖绝伦。(《织余琐述》)

浣溪沙

题星洲寺

十里青山溯碧流。 夕阳沙晚片帆收。 重重烟树出层楼。 人去人来芳草渡, 鸥飞鸥没白蘋洲。 碧梧翠竹记曾游。

浣溪沙

题余干传舍

画楯朱阑绕碧山。 平湖徙倚水云宽。 人家杨柳带汀湾。目力已随飞鸟尽，机心还逐白鸥闲。 萧萧微雨晚来寒。

满庭芳

寄叶蔚宗

宿雨滋兰，轻风飑柳，新来随处和融。 幽兰曲径，花气巧相通。 燕子才飞又语，带芹泥、时点芳丛。 微中酒，日长睡起，心事在眉峰。　　年年，春好处，联镳荡桨，拾翠援红。 任金貂醉脱，不放杯空。 谁信风流一别，当时事、已逐飞鸿。 云山晚，阑干罢倚，烟寺起疏钟。

满庭芳

用前韵并寄

水满池塘，莺啼杨柳，燕忙知为泥融。 桃花流水，竹外小桥通。 又是一春憔悴，摘残英、绕遍芳丛。 长安远，平芜尽处，叠叠但云峰。　　西湖，行乐处，牙樯漾鹢，锦帐翻红。 想年时桃李，应已成空。 欲写相思寄与，云天阔、难觅征鸿。 空凝想，时时残梦，依约上阳钟。

◇◇ **评析**

文肃词饶有骨干,不事涂泽。两刻本并与信斋、乐斋缃属,风格亦复近似。(《历代词人考略》卷二十七)

姜特立

姜特立(生卒年不详),字邦杰,丽水(今属浙江)人。以荫补承信郎。光宗时知阁门事。宁宗朝官终庆远军节度使。著有《梅山诗稿》。词集名《梅山词》。

菩萨蛮

日长庭院无人到。 琅玕翠影摇寒毯。 困卧北窗凉。 好风吹梦长。 璧月升东岭。 冷浸扶疏影。 苗叶万珠明。 露华圆更清。

◇◇ **评析**

宋姜特立《梅山词》〔菩萨蛮〕云:"苗叶万珠明。露华圆更清。""圆更清"三字,其所以然未易说出,却有无限真趣深致,绝非钝根人所能领会耳。(《织余琐述》)

蝶恋花

送妓

飘粉吹香三月暮。病酒情怀,愁绪浑无数。有个人人来又去。归期有恨难留驻。　　明日尊前无觅处。咿轧篮舆,只向双溪路。我辈情钟君谩与。为云为雨应难据。

◇◇ 评析

〔蝶恋花〕云:"明日尊前无觅处。咿轧篮舆,只向双溪路。""篮舆"入词,似乎前此未有。"咿轧"肖其声,妙。(《织余琐述》)

霜天晓角

为夜游湖作

欢娱电掣。何况轻离别。料得两情无奈,思量尽、总难说。　　酒热。凄兴发。共寻波底月。长结西湖心愿,水有尽、情无歇。

满江红

辛酉生朝

小小华堂,朱阑外、乱山如簇。更云中仙掌,一峰高矗。南极老人呈瑞处,丙丁躔次光相烛。又谁知、堂上有闲人,无拘束。　　宾朋至,须歌曲。风月好,纷丝竹,都不管、世间是非荣辱。屈指如今侪辈少,几人老后能知足。问此身、何地寄生涯,唯松菊。

◇◇ 评析

姜邦杰《梅山词》一卷，半塘老人依南昌彭氏知圣道斋藏旧钞本刻入《宋元三十一家词》，凡二十阕。其在集中较为清疏遒上者，如〔霜天晓角〕之"欢娱电掣"、〔满江红〕之"小小华堂"均是。(《历代词人考略》卷三十三)

浣溪沙

节序回环已献裘。　不堪风叶夜鸣秋。　寒螀吟露月阶幽。蜗角虚名真误我，蝇头细字不禁愁。　班超何日定封侯。

◇◇ 评析

〔浣溪沙〕之后段云："蜗角虚名真误我，蝇头细字不禁愁。班超何日定封侯。"上二句属对工活，末句恰能承束上意，余尝谓宋词名作皆有理脉可寻，于此等处见之。(《历代词人考略》卷三十三)

◇◇ 总评

梅山词妍丽丰腴，是其本色，渐近深造，恰未成变化，以故纷披沉顿之笔间一见之，而究不敌本色语多也。(《历代词人考略》卷三十三)

范成大

范成大(1126—1193),字致能,号石湖居士,吴县(今江苏苏州)人。高宗绍兴二十四年(1154)进士,授徽州司户参军,历圣政所检讨官、枢密院编修、秘书省正字、校书郎,迁著作佐郎,除吏部郎官。乾道六年(1170)假资政殿大学士充金祈请国信使,使金不屈,几遭杀害。使还,任中书舍人,出知静江府、广南西道安抚使,迁敷文阁待制、四川制置使,召除权吏部尚书,拜参知政事。淳熙七年(1180),起知明州,除端明殿学士,寻帅金陵,以病请闲。淳熙十年(1183),进资政殿学士领洞霄宫;绍熙三年(1192)加大学士,四年卒,谥"文穆"。有《石湖大全集》,已佚。今存《石湖诗集》。词集名《石湖词》。

醉落魄

栖鸟飞绝。 绛河绿雾星明灭。 烧香曳簟眠清樾。 花久影吹笙,满地淡黄月。 好风碎竹声如雪。 昭华三弄临风咽。 鬒丝撩乱纶巾折。 凉满北窗,休共软红说。

◇◇ 评析

〔醉落魄〕"栖鸟飞绝"阕在《石湖词》中尤为黄绢幼妇。(《历代词人考略》卷二十七)

眼儿媚

萍乡道中

酣酣日脚紫烟浮。妍暖破轻裘。困人天色，醉人花气，午梦扶头。　　春慵恰似春塘水，一片縠纹愁。溶溶泄泄，东风无力，欲皱还休。

◇◇ 评析

词亦文之一体。昔人名作，亦有理脉可寻。所谓蛇灰蚓线之妙。如范石湖〔眼儿媚〕《萍乡道中》云：(词略)"春慵"紧接"困"字、"醉"字来，细极。(《蕙风词话》卷二)

陈三聘

陈三聘(生卒年不详)，字梦弼。吴郡(今江苏苏州)人。有《和石湖词》一卷。

鹧鸪天

指剥春葱去采蘋。衣丝秋藕不沾尘。眼波明处偏宜笑，眉黛愁来也解颦。　　巫峡路，忆行云。几番曾梦曲江春。相逢细把银釭照，犹恐今宵梦似真。

◇◇ 评析

陈梦弼《和石湖》〔鹧鸪天〕云:(词略)歇拍用晏叔原"今宵剩把银釭照,犹恐相逢是梦中"句,恐梦似真,翻新入妙,不特不嫌沿袭,几于青胜于蓝。(《蕙风词话》卷二)

◇◇ 总评

梦弼词,名隽华贵,不逮石湖,亦复笔健气清,迥殊凡响,宜乎石湖当日不辞引为同调也。(《历代词人考略》卷二十七)

谢懋

谢懋(生卒年不详),字勉仲,号静寄居士,洛师(今属河南)人。著有《静寄居士乐章》,有后人辑本,一名《静寄乐府》。

杏花天

春思

海棠枝上东风软。 荡霁色、烟光弄暖。 双双燕子归来晚。 零落红香过半。　　琵琶泪揾青衫浅。 念事与、危肠易断。 余酲未解扶头懒。 屏里潇湘梦远。

◇◇ 评析

《花庵词选》谢懋〔杏花天〕歇拍云："余醒未解扶头懒。屏里潇湘梦远。"昔人盛称之。不如其过拍云："双双燕子归来晚。零落红香过半。"此二语不曾作态，恰妙造自然。蕙风论词之旨如此。（《织余琐述》）

鹊桥仙

七夕

钩帘借月，染云为幌，花面玉枝交映。　凉生河汉一天秋，问此会、今宵孰胜。　　铜壶尚滴，烛龙已驾，泪浥西风不尺。　明朝乌鹊到人间，试说向、青楼薄幸。

浪淘沙

七夕

黄道雨初干。　霁霭空蟠。　东风杨柳碧毵毵。　燕子不归花有恨，小院春寒。　　倦客亦何堪。　尘满征衫。　明朝野水几重山。归梦已随芳草绿，先到江南。

◇◇ 评析

谢勉仲〔鹊桥仙〕《七夕》词，前人所最称赏，余不知其何以佳也。《词旨·警句》"燕子不归花有恨，小院春寒"是亦非其至者。（《历代词人考略》卷三十四）

沈端节

沈端节（生卒年不详），字约之，号克斋，吴兴（今浙江湖州）人，寓居溧阳（今属江苏）。乾道三年（1167）为芜湖丞，后除知县。孝宗淳熙三年（1176）知衡州，后官提举江东茶盐，官至朝散大夫、江东提刑。与张孝祥友善。有《克斋词》。

虞美人

碧云衰草连天远。 不记离人怨。 可怜无处不关情。 梦断孤鸿哀怨、两三声。 恨眉醉眼何时见。 夜夜相思遍。 梧桐叶落候蛩秋。 唯有一江烟雨、替人愁。

洞仙歌

夜来惊怪，冷逼流苏帐。 梦破初闻打窗响。 向晓开帘，凌乱千里寒光，清兴发，鹤毛谁同纵赏。 江南春意动，梅竹潜通，醉帽冲风自来往。 慨念故人疏，便理扁舟，须信道、吾曹清旷。 待石鼎煎茶洗余醺，更依旧归来，浅斟低唱。

卜算子

愁极强登临，毕竟愁难避。 千里江山暗淡中，总是悲秋意。 谁插菊花枝，谁带茱萸佩。 独倚阑干醉不成，日暮西风起。

南歌子

远树昏鸦闹,衰芦睡鸭双。雪篷烟棹炯寒光。疑是风林纤月、到船窗。　　时序惊心破,江山引梦长。思量也待不思量。泪染罗巾犹带、旧时香。

醉落魄

红娇翠弱。春寒睡起慵匀掠。些儿心事谁能学。深院无人,只有燕穿幕。　　漏声滴尽莲花萼。静看月转西阑角。世情一任浮云薄。花与东君,却解慰流落。

太常引

三三五五短长亭。都只解、送人行。天远树冥冥。怅好梦、才成又醒。　　夜堂歌罢,小楼钟断,归路已闻莺。应是困酴醾。问心绪、而今怎生。

◇◇ 评析

沈约之词,全阕如〔虞美人〕之"碧云衰草连天远",〔洞仙歌〕刻本无题,当是《咏雪》之"夜来惊怪,冷逼流苏帐"。摘句如〔卜算子〕云:"千里江山暗淡中,总是悲秋意。"〔南歌子〕云:"雪篷烟棹炯寒光。疑是风林纤月、到船窗。"〔醉落魄〕云:"深院无人,只有燕穿幕。"〔太常引〕云:"天远树冥冥。怅好梦、才成又醒。"并方雅清浑,未坠宋人标格。(《历代词人考略》卷三十三)

谒金门

真个忆。 花下雨声初息。 猛记乌衣曾旧识。 丁宁教去觅。 春半峭寒犹力。 泪滴两襟成迹。 独倚危阑清昼寂。 草长流翠碧。

谒金门

春欲去。 人瘦不胜金缕。 门巷阴阴飞絮舞。 断肠双燕语。 孤坐晚窗闲处。 月到花心亭午。 寒色著人无意绪。 竹鸣风似雨。

如梦令

雨后轻寒天气。 玉酒中人小醉。 乍报一番秋,晚簟清凉如水。 忺睡。 忺睡。 窗在芭蕉叶底。

念奴娇

湖山照影,正日长娇困,不烦匀扫。 絮满长洲春淡沲,开遍吴宫花草。 嫩绿葱葱,轻红簌簌,渐觉枝头少。 余芳难并,破愁唯有馨醥。 应是留得东君,海棠方待折,玉环娇小。 雾薄阴轻初睡足,宝幄画屏香袅。 醉态天真,半羞微敛,未肯都开了。 嫣然一笑,此时风度尤好。

◇◇ **评析**

宋词名句,多尚浑成。亦有以刻画见长者。沈约之〔谒金门〕云:"独倚危阑清昼寂。草长流翠碧。"前调云:"寒色著人无意绪。竹鸣风似雨。"〔如梦令〕云:"忪睡。窗在芭蕉叶底。"〔念奴娇〕刻本无题,当是《咏海棠》云:"醉态天真,半羞微敛,未肯都开了。"刻画而不涉纤,所以为佳。(《蕙风词话》卷二)

张孝祥

张孝祥(1132—1170),字安国,历阳乌江(今安徽和县)人。寓居芜湖,别号于湖居士。高宗绍兴二十四年(1154)举进士第一,授承侍郎,签书镇东军节度判官。绍兴二十八年(1158)除起居舍人,权中书舍人。被劾罢,起知抚州。孝宗即位,迁知平江府,以张浚荐除中书舍人,寻除直学士院兼都督府参赞军事,领建康留守。乾道三年(1167)知潭州,乾道四年(1168)迁荆南湖北路安抚使,次年请祠侍亲。著有《于湖居士文集》,词集名《于湖词》,或名《于湖先生长短句》。

菩萨蛮

东风约略吹罗幕。 一檐细雨春阴薄。 试把杏花看。 湿红娇暮寒。　　佳人双玉枕。 烘醉鸳鸯锦。 折得最繁枝,暖香生翠帱。

(按:《全宋词》此词作者为无名氏。)

◇◇ 评析

　　于湖词〔菩萨蛮〕云：(词略)此词绵丽蕃艳，直逼《花间》。求之北宋人集中，未易多觏。(《珠花簃词话》)

满江红

咏雨

　　斗帐高眠，寒窗静、潇潇雨意。 南楼近、更移三鼓，漏传一水。点点不离杨柳外，声声只在芭蕉里。 也不管、滴破故乡心，愁人耳。

　　无似有，游丝细。 聚复散，珍珠碎。 天应分付与，别离滋味。 破我一床蝴蝶梦，输他双枕鸳鸯睡。 向此际、别有好思量，人千里。

　　(按：《全宋词》此词作者为无名氏。)

◇◇ 评析

　　于湖词〔满江红〕《咏雨》全阕云：(词略)此词写雨、写情，是一是二，笔极清婉流丽。至其托兴处，当于言外细参之。(《两宋词人小传》)

念奴娇

离思

　　星沙初下，望重湖远水，长云漠漠。 一叶扁舟谁念我，今日天涯飘泊。 平楚南来，大江东去，处处风波恶。 吴中何地，满怀俱是离索。　　常记送我行时，绿波亭上，泣透青罗薄。 樯燕低飞人去后，依旧湘城帘幕。 不尽山川，无穷烟浪，辜负秦楼约。 渔歌声断，为君双泪倾落。

清平乐

光尘扑扑。宫柳低迷绿。斗鸭阑干春诘曲。帘额微风绣蹙。碧云青翼无凭。困来小倚银屏。楚梦未禁春晚,黄鹂犹自声声。

◇◇ 评析

《离思》前调云:(词略)又〔清平乐〕云:(词略)此二阕,亦集中佳胜也。(《两宋词人小传》)

西江月

十里轻红自笑,两山浓翠相呼。意行着脚到精庐。借我绳床小住。 解饮不妨文字,无心更狎鸥鱼。一声长啸暮烟孤。袖手西湖归去。

念奴娇

过洞庭

洞庭青草,近中秋、更无一点风色。玉界琼田三万顷,着我扁舟一叶。素月分辉,银河共影,表里俱澄澈。悠然心会,妙处难与君说。 应念岭海经年,孤光自照,肝肺皆冰雪。短发萧骚襟袖冷,稳泛沧浪空阔。尽挹西江,细斟北斗,万象为宾客。扣舷独笑,不知今夕何夕。

西江月

问讯湖边春色,重来又是三年。 东风吹我过湖船。 杨柳丝丝拂面。　　世路如今已惯,此心到处悠然。 寒光亭下水如天。 飞起沙鸥一片。

鹊桥仙

落梅

吹香成阵,飞花如雪,不那朝来风雨。 可怜无处避春寒,但玉立、仙衣数缕。　　清愁万斛,柔肠千结,醉里一时分付。 与君不用叹飘零,待结子、成阴归去。

◇◇ **评析**

〔西江月〕云:(词略)《词旨·警句》〔念奴娇〕云:"尽挹西江,细斟北斗,万象为宾客。扣舷独笑,不知今夕何夕。"〔西江月〕云:"寒光亭下水如天。飞起沙鸥一片。"余喜其咏梅〔鹊桥仙〕云:"可怜无处避春寒,但玉立、仙衣数缕。"殊能为寒香写照也。(《两宋词人小传》)

管 鉴

管鉴(生卒年不详),字明仲,龙泉(今属浙江)人。徙临川(今江西抚州)。淳熙十三年(1186),官至广东提刑、权知广州经略安抚使。有《养拙堂词》一卷。

蓦山溪

甲辰生日醉书示儿辈

老来生日,渐觉心情懒。卯酒带春醒,更昨来、东风已转。衰颜易改,不用看传神,欢意浅,酒肠悭,孤负深深劝。 浮云富贵,本自无心羡。金带便围腰,也应似、休文瘦减。君恩未报,何日赋归欤,三径乐,五湖游,趁取身强健。

◇◇ **评析**

管明仲《养拙堂词》〔蓦山溪〕《甲辰生日醉书示儿辈》云:"浮云富贵,本自无心羡。金带便围腰,也应似、休文瘦减。"以韵语入淡语,略无求新之迹,政复新艳绝伦。(《餐樱庑词话》)

◇◇ **总评**

南宋人词别集,往往循览一过,中间不无率意之句、颓放之笔。明仲词独能匀腴妥帖,竟卷一律,尤有风格韵致,盖深于倚声之学者矣。(《历代词人考略》卷三十三)

王 质

　　王质(1127—1189),字景文,号雪山,其先郓州(今属山东东平)人,南渡后,徙兴国(今湖北阳新)。游太学,与张孝祥父子交,深见器重。绍兴三十年(1160)进士。辟为张浚都督江淮幕,入为太学正,被谗罢。虞允文宣抚川陕,辟为幕属。入为敕令所删定官,迁枢密院编修官。虞允文荐质等三人,可为谏官,亦为中贵所沮,出通判荆南府,改吉州,皆不赴。淳熙十六年(1189)卒,年五十五。有《雪山集》,《彊村丛书》辑有《雪山词》一卷。

清平乐

　　断桥流水。香满扶疏里。忽见一枝明眼底。人在山腰水尾。　　梨花应梦纷纷。征鸿叫断行云。不见绿毛么凤,一方明月中庭。

虞美人

　　绿阴夹岸人家住。桥上人来去。行舟远远唤相应。全似孤烟斜日、出阊门。　　浪花拂拂侵沙觜。直到垂杨底。吴江虽有晚潮回。未比合江亭下、水如飞。

清平乐

梅影

从来清瘦。 更被春僝僽。 瘦得花身无可有。 莫放隔帘风透。 一枝相映孤灯。 灯明不似花明。 细看横斜影下，如闻溪水泠泠。

鹧鸪天

山行

空响萧萧似见呼。 溪昏树暗觉神孤。 微茫山路才通足，行到山深路亦无。 寻草浅，拣林疏。 虽疏无奈野藤粗。 春衫不管藤挡碎，可惜教花著地铺。

一斛珠

桃园赏雪

寒江凝碧。 是谁剪作梨花出。 花心犹带江痕湿。 轻注香腮，却是桃花色。 飞来飞去何曾密。 疏疏全似新相识。 横吹小弄梅花笛。 看你飘零，不似江南客。

青玉案

池亭

浮萍不碍鱼行路。细数鱼来去。静倚溪阴深觅句。碧鲜清润,影摇香度。易觉阑干暮。　　凫雏深傍蘋根住。浴罢红衣褪残缕。一寸江湖无可付。渚兰汀草,卧烟欹雨。荒水垂纶处。

◇◇ **评析**

〔清平乐〕云:(词略)〔虞美人〕云:(词略)断句如〔清平乐〕《梅影》云:"细看横斜影下,如闻溪水泠泠。"〔鹧鸪天〕《山行》云:"微茫山路才通足,行到山深路亦无。"〔一斛珠〕《桃园赏雪》云:"横吹小弄梅花笛。看你飘零,不似江南客。"〔青玉案〕《池亭》云:"一寸江湖无可付。渚兰汀草,卧烟欹雨。荒水垂纶处。"并皆疏俊清新,自然妙造。景文于词,庶几造诣甚深,不同口占漫兴之作。(《历代词人考略》卷二十八)

江城子

席上赋

细风微揭碧鳞鳞。绣帏深。不闻声。时见推帘,笼袖玉轻轻。不似绮楼高卷幔,相指点,总分明。　　斜湾丛柳暗阴阴。且消停。莫催行。只恨夕阳,虽好近黄昏。得到钗梁容略住,无分做,小蜻蜓。

◇◇ 评析

王质〔江城子〕句云:"得到钗梁容略住,无分做,小蜻蜓。"未经人道。(《蕙风词话》卷二)

西江月

借江梅蜡梅为意寿董守

月斧修成腻玉,风斤琢碎轻冰。 主人无那寿杯深,倩取花来唤醒。 舞罢绣茵凤蹙,饮阑画阁香凝。 试将花蕊数层层,犹比长年不尽。

◇◇ 评析

宋王质〔西江月〕《借江梅蜡梅为意寿董守》云:"试将花蕊数层层,犹比长年不尽。"元李庭〔水调歌头〕《史侯生朝》云:"侧听称觞新语,一滴愿增一岁,门外酒如川。"并巧语不涉纤。(《蕙风词话》卷二)

丘崈

丘崈(1135—1208),字宗卿,江阴(今属江苏)人。隆兴元年(1163)进士,为建康府观察推官。虞允文奇其才,奏除国子博士,迁太常博士,出知秀州华亭县。历知绍兴府,改两浙转运副使。光宗即位,历官太常少卿兼权工部侍郎、户部侍郎、四川安抚制置使兼知成都府。宁宗朝,知建康府、江淮宣抚使。开禧二年(1206),签书枢密院事、督视江淮军马。嘉定元年(1208)七月,同知枢密院事,八月病卒,年七十四,谥"文定"。有《丘文定公集》十卷、《文定公词》一卷。

水调歌头

登赏心亭怀古

一雁破空碧,秋满荻花洲。 淮山淡扫,欲颦眉黛唤人愁。 落日归云天外,目断清江无际,浩荡没轻鸥。 有恨寄流水,无泪学羁囚。 望石城,思东府,话西州。 平芜千里,古来佳处几回秋。 歌舞当年何在,罗绮一时同尽,梦幻两悠悠。 杯到莫停手,唯酒可忘忧。

洞仙歌

庚申乐净锦棠盛开作

花中尤物,欲赋无佳句。 深染燕脂浅含露。 被春寒无赖,不放全开,才半吐,翻与留连妙处。 人间称绝色,倾国倾城,试问太真似花否。 最娉婷,偏艳冶,百媚千娇,谁道许,须要能歌解舞。 算费尽、春工到开时,甚却付、连宵等闲风雨。

鹧鸪天

采莲曲

两两维舟近柳堤。 菱歌迤逦过前溪。 曲中自诉衷肠事,岸上行人那得知。　　金齿屐,翠云篦。 女萝为带蕙为衣。 惜花贪折归时晚,急桨相呼入翠微。

◇◇ 评析

〔水调歌头〕之《登赏心亭怀古》、〔洞仙歌〕之《庚申乐净锦棠盛开作》、〔鹧鸪天〕之《采莲曲》,三阕盖集中尤雅者。(《历代词人考略》卷三十)

祝英台

成都牡丹会

聚春工,开绝艳,天巧信无比。 旧日京华,应也只如此。 等闲一尺娇红,燕脂微点,宛然印、昭阳玉指。　　最好是。 乐岁台府官闲,风流剩欢意。 痛饮连宵,花也为人醉。 可堪银烛烧残,红妆归去,任春在、宝钗云髻。

夜行船

越上作

　　水满平湖香满路。 绕重城、藕花无数。 小艇红妆，疏帘青盖，烟柳画桥斜渡。　　恣乐追凉忘日暮。 箫鼓动、月明人去。犹有清歌，随风迢递，声在芰荷深处。

◇◇ **评析**

　　〔祝英台〕《成都牡丹会》云："可堪银烛烧残，红妆归去，任春在、宝钗云髻。"〔夜行船〕《越上作》后段云："恣乐追凉忘日暮。箫鼓动、月明人去。犹有清歌，随风迢递，声在芰荷深处。"亦复清新艳逸，妙造自然。(《历代词人考略》卷三十)

赵长卿

　　赵长卿(生卒年不详)，自号仙源居士，宋宗室。高宗、孝宗间在世，南渡后居南丰(今属江西)。有《惜香乐府》。

蓦山溪

和曹元宠赋梅韵

玉妃整佩,绛节参差御。 一笑唤春回,正江南、天寒岁暮。孤标独立,占断世间香,云屋冷,雪篱深,长记西湖路。 人间尘土,不是留花处。羌管一声催,碎琼瑶、纷纷似雨。枝头著子,聊与世调羹,功就后,盍归休,还记来时不。

清平乐

忠孝堂雨过,荷花烂然,晚晴可人,因呈李宜山同舍。

水乡清楚。 襟袖销袢暑,绰约藕花初过雨。 出浴杨妃无语。葡萄满酌玻璃。 已拼一醉酬伊。 浪卷夕阳红碎,池光飞上帘帏。

◇◇ 评析

《惜香乐府》有〔蓦山溪〕《和曹元宠赋梅韵》,知长卿为徽宗时人。又有〔清平乐〕"忠孝堂呈李宜山同舍",当是曾为太学诸生词。(《历代词人考略》卷二十二)

王 炎

王炎(1137—1218),字晦叔,号双溪,婺源(今属江西)人。孝宗乾道五年(1169)进士,调崇阳主簿。张栻帅江陵,辟置幕府。秩满,授潭州教授,改知临湘县,以荐知湖州,累官至军器监,中奉大夫,封婺源县男。炎与朱熹友善,所居在武水之阳,双溪合流,因以"双溪"名集,有《双溪集》。其他著作甚多,总题《双溪类稿》,已佚。词集名《双溪词》,或名《双溪诗余》。

鹧鸪天

梅

淡淡疏疏不惹尘。 暗香一点静中闻。 人间怪有晴时雪,天上偷回腊里春。 疑浅笑,又轻颦。 虽然无语意相亲。 老来尚可花边饮,惆怅相携失玉人。

念奴娇

海棠时过江潭

晓来雨过,正海棠枝上,胭脂如滴。 桃杏不堪来比似,信是倾城倾国。 藏韵收香,谁能描貌,阁尽诗人笔。 从教睡去,为留银烛终夕。 不待过了清明,绿阴结子,无处寻春色。 簌簌轻红飞一片,便觉临风凄恻。 莫道无情,嫣然一笑,也似曾相识。 惜花无主,自怜身是行客。

◇◇ 评析

　　王晦叔《双溪诗余》，疏俊处雅有北宋风格。如〔鹧鸪天〕之"淡淡疏疏不惹尘"，〔念奴娇〕之"晓来雨过"是也。(《历代词人考略》卷三十一)

卜算子

嘉定癸酉二月雨后到双溪

　　渡口唤遍舟，雨后青绡皱。轻暖相重护病躯，料峭还寒透。老大自伤春，非为花枝瘦。那得心情似少年，双燕归时候。

卜算子

　　散策问芳菲，春半花犹未。蓓蕾枝头怯苦寒，恰似人憔悴。人莫恨花迟，天自催寒去。雨意才收日气浓，玉靥红如醉。

◇◇ 评析

　　〔卜算子〕云："那得心情似少年，双燕归时候。"又云："蓓蕾枝头怯苦寒，恰似人憔悴。"又云："雨意才收日气浓，玉靥红如醉。"言情肖物，并皆佳妙。(《历代词人考略》卷三十一)

南柯子

　　天末家何许，津头客未归。柳梢绿暗早莺啼。蝴蝶不知春去、绕园飞。　　选胜多游冶，当垆有丽姝。青翰载酒泛晴晖。不忍十分寥落、负花时。

好事近

闲日似年长,又在他乡春暮。 柳外一声鹍鸠,怨落花飞絮。 苎罗只似旧时村,佳人在何处。 试问鸱夷因甚,载轻鞯同去。

◇◇ **评析**

〔南柯子〕云:"青翰载酒泛晴晖。不忍十分寥落、负花时。"〔好事近〕云:"闲日似年长,又在他乡春暮。柳外一声鹍鸠,怨落花飞絮。"晦叔自序之言曰:"长短句命名曰曲,取其曲尽人情,唯婉转妩媚为善。如右所作,固犹在婉转妩媚之上也。"(《历代词人考略》卷三十一)

杨冠卿

杨冠卿(生卒年不详),字梦锡,江陵(今属湖北)人。举进士,为九江戎司掾,曾知广州。晚寓临安。著有《客亭类稿》。有《客亭乐府》。

垂丝钓

翠帘昼卷。 庭花日影初转。 酒力未醒,眉黛还敛。 停歌扇。 背画阑倚遍。 情无限。 怅韶华又晚。　　锦鞯去后,愁宽珠袖金钏。 碧云信远。 难托西楼雁。 空写银筝怨。 肠欲断。 更落红万点。

◇◇ 评析

杨梦锡《客亭乐府》一卷,彊村朱氏依《大典·客亭类稿》本刻行。词凡三十六首。〔垂丝钓〕云:(词略)此调涩甚。词则妥帖易施,可称合作。(《历代词人考略》卷三十二)

水调歌头

归自罗浮,舟过于湖,哭张安国。至采石,吊李谪仙,悼今昔二贤豪之不复见也。月夜酹酒江渍,慨然而去,作长短句。

曳杖罗浮去,辽鹤正南翔。青鸾为报消息,岩壑久相望。无奈渔溪欸乃,唤起蘋洲昨梦,风雨趁归航。万里家何许,天阔水云长。　历五湖,转湘楚,下三江。兴亡千古余恨,收拾付诗囊。重到然犀矶渚,不见骑鲸仙子,客意转凄凉。举酒酹江月,襟袖泪淋浪。

◇◇ 评析

〔水调歌头〕序云:(词略)此词称题自是不易,以其伤今吊古,一往情深,颇有关于襟抱,故录之。词格如杨客亭,当以"穆"字药一"近"字。(《历代词人考略》卷三十二)

◇◇ 总评

宋人词如《客亭乐府》,不失其为清辞丽句,顾绝无回肠荡气、惊才绝艳之笔,以其无事外远致,乃至循览竟卷不能言其佳胜所在。盖犹是中驷非上乘也。(《历代词人考略》卷三十二)

辛弃疾

辛弃疾(1140—1207),初字坦夫,后改字幼安,号稼轩,历城(今山东济南)人。高宗绍兴三十一年(1161)组织义兵抗金,后率部归耿京义军,为掌书记。绍兴三十二年(1162)奉命奉表归宋,高宗于建康召见。授弃疾为承务郎、天平节度掌书记。孝宗乾道四年(1168)通判建康府。淳熙元年(1174),辟江东安抚司参议官,以叶衡荐提点江西刑狱,历京西转运判官,知江陵府兼湖北安抚使,知隆兴府兼江西安抚使。淳熙五年(1178)召为大理少卿,出为湖北、湖南转运副使,知潭州兼湖南安抚使。淳熙八年(1181)被劾,落职。卜居上饶城北之带湖筑室名之稼轩,自号"稼轩居士"。光宗绍熙二年(1191)起福建提点刑狱,迁太府卿,知福州兼福建安抚使。宁宗庆元元年(1195)再被劾,丐祠归。家居瓢泉达八年。辛赠光禄大夫。恭宗德祐初,加赠少师,谥"忠敏"。著有《稼轩集》,已佚,有辑本《辛稼轩诗文钞存》。有《稼轩词》,又一本名《稼轩长短句》。

玉楼春

用韵呈仲洽

狂歌击碎村醪盏。欲舞还怜衫袖短。身如溪上钓矶闲,心似道旁官堠懒。山中有酒提壶劝。好语多君堪鲊饭。至今有句落人间,渭水西风黄叶满。

◇◇ **评析**

宋谚:"馋如鹞子,懒如堠子。"稼轩〔玉楼春〕:"身如溪上钓矶闲,心似道旁官堠懒。"(《香海棠馆词话》)

祝英台近

晚春

宝钗分，桃叶渡。烟柳暗南浦。怕上层楼，十日九风雨。断肠片片飞红，都无人管，倩谁唤、流莺声住。　　鬓边觑。试把花卜心期，才簪又重数。罗帐灯昏，呜咽梦中语。是他春带愁来，春归何处。却不解、将愁归去。

◇◇ 评析

《贵耳集》云：吕正己为京畿漕，有女事辛稼轩，因以微事触其怒，竟逐之。稼轩〔祝英台近〕"宝钗分"阕因此而作。窃疑张氏之说非也。稼轩此词，缠绵悱恻，寄托遥深，自是感时抚事之作。判如张录云云，其事实与词意，亦甚不相关也。(《两宋词人小传》)

鹧鸪天

鹅湖归病起作

枕簟溪堂冷欲秋。断云依水晚来收。红莲相倚浑如醉，白鸟无言定自愁。　　书咄咄，且休休。一丘一壑也风流。不知筋力衰多少，但觉新来懒上楼。

◇◇ 评析

《吹剑录》云："古今诗人间出，极有佳句。无人收拾，尽成遗珠。陈秋塘诗：'不知筋力衰多少？但觉新来懒上楼。'"按此二句乃稼轩词〔鹧鸪天〕歇拍。稼轩倚声大家，行辈在秋塘稍前，何至取材秋塘诗句。秋塘平昔以才气自豪,亦岂肯沿袭近人所作。或者俞文蔚氏误记辛词为陈诗耶?此二句入词则佳,入诗便稍觉未合。词与诗体格不同处,其消息即此可参。(《蕙风词话》卷二)

千秋岁

为金陵史致道留守寿

塞垣秋草。又报平安好。尊俎上,英雄表。金汤生气象,珠玉霏谭笑。春近也,梅花得似人难老。　莫惜金尊倒。凤诏看看到。留不住,江东小。从容帷幄去,整顿乾坤了。千百岁,从今尽是中书考。

◇◇ 评析

辛幼安建康寿史致道〔千秋岁〕一词:"寒垣秋草。又报平安好。"人争传诵,尝笺者曰:"按《宋史》高宗绍兴三十二年,立建王为太子,时史浩为王府教授。是年金人掠边,高宗亲征,而江淮失守。廷臣争陈退避计。太子请率师为前驱。史浩言太子不宜将兵,乃草奏,请扈跸以供子职。上亦欲令太子遍识诸将,遂扈跸如建康。太子受禅于建康,是为孝宗。隆兴元年,以史浩参知政事。是年山东忠义耿京起兵,复东平府,遣其将贾瑞及掌书记。辛弃疾来奏事,召见授弃疾承务郎弁,以节度使印告召京,会张安国杀京降金。弃疾至海州,闻变乃约统制王世隆径赴金营。安国方与金将酣饮,即众中缚之以归。金将遣之不及,献俘行在,斩于市。弃疾改判建康,年才二十三,此词尝作于是时。又沈际飞以闵刻本抹"凤诏看看到"及"从今尽是中书考"二语,谓其近俚。是并未读史,盖仅以寻常寿词目之者也。是时戎马倥偬,终日播迁。幼安一见史浩,而即以汾阳恢复规励之。义勇之气,溢于言表。史浩相孝宗,虽未能全行

恢复,而得以安然,史称其忠,谥"文惠",则此词亦未为失言也。(《餐樱庑漫笔》)

◇◇ 总评

　　碧山乐府如书中欧阳信本,准绳规矩极佳。二晏如右军父子。贺方回如李北海。白石如虞伯施,而隽上过之。公谨如褚登善。梦窗如鲁公。稼轩如诚悬,玉田如赵文敏。(《香海棠馆词话》)

　　填词以厚为要旨。苏、辛词皆极厚,然不易学,或不能得其万一而转滋流弊,如粗率、叫嚣、澜浪之类。(《历代词人考略》卷十四)

　　词家"苏辛"并称,差堪鼎足者,其贺方回乎？苏词清雄,其厚在神；辛词刚健含婀娜,其秀在骨。今世倚声专家富有性情者,其于幼安或粗得涯涘,而于长公未由窥其堂奥也。稍有合于辛矣,不进于苏不止,其唯取径东山乎？东山笔力沉至,满心而发,肆口而成。骤观之甚似意中之言,深求之实有无穷之蕴,盖具体长公而于幼安则异曲而同工也。东山独到之处在语言文字之外,非于辛有合者不能学,即能学之亦未必遽近于苏,特舍此别无可假之涂耳。此论为得力于幼安者发。(《历代词人考略》卷三十)

　　情性少,勿学稼轩。非绝顶聪明,勿学梦窗。

　　东坡、稼轩,其秀在骨,其厚在神,初学看之,但得其粗率而已,其实二公不经意处,是真率,非粗率也。余至今未敢学苏、辛也。(《蕙风词话》卷一)

[蔡戡]

蔡戡(1141—1182),字定夫,福建仙游人。宋孝宗乾道二年(1166)进士,累官宝谟阁直学士。

点绛唇

纤手工夫,采丝五色交相映。 同心端正。 上有双鸳并。 皓腕轻缠,结就相思病。 凭谁信。 玉肌宽尽。 却系心儿紧。

◇◇ 评析

蔡定夫〔点绛唇〕《咏百结》云:"皓腕轻缠,结就相思病。"《风俗通》:五月五日造百索,一名长命缕,又名朱索。《文昌杂录》:唐岁时节物,五月五日造百索粽。首《楞严经》,阿难白言:世尊此宝迭华,缉续成巾,虽本一体,如我思惟如来,一绾得一结,名若百结成,终名百结。百结之制,与百索同。《易》损:六四,损其疾,使遄有喜。疏疾者,相思之疾也。相思病名托始于此,入词雅绝。或者病其近俗,是为俗不可医。(《历代词人考略》卷三十一)

赵汝愚

赵汝愚(1140—1196),字子直,饶州余干(今属江西)人。宋太宗赵光义八世孙。宋孝宗乾道二年(1166)状元及第,历任签书宁国事节度判官、秘书省正字、集英殿修撰、知福州、吏部尚书等职。卒谥"忠定",追赠太师、沂国公。宋理宗时,配享宁宗庙廷,追封福王,后改周王。为昭勋阁二十四功臣之一。

柳梢青

水月光中,烟霞影里,涌出楼台。 空外笙箫,云间笑语,人在蓬莱。 天香暗逐风回。 正十里、荷花盛开。 买个扁舟,山南游遍,山北归来。

◇◇ 评析

赵子直丁孝光之际,擢秀璆枝。沈偶僧撰《词话》称为四宗室工词者之一,惜其遗著失传,并集名亦不可考,倚声之作仅存〔柳梢青〕《题丰乐楼》一阕。此词竟体空灵,无一笔黏着纸上。换头二句虽只是写景,却饶烟水弥漫之致,合潜气内转之法。微嫌歇拍三句近于敷衍,全阕收束不住。盖词贵意多,无意便薄也。汝愚字子直,盖取《鲁论》"古之愚也直"意。(《历代词人考略》卷三十)

赵 昂

赵昂(生卒年不详),南宋孝宗时为御前应对。

婆罗门引

暮霞照水,水边无数木芙蓉。 晓来露湿轻红。 十里锦丝步障,日转影重重。 向楚天空迥,人立西风。 夕阳道中。 叹秋色、与愁浓。 寂寞三秋粉黛,临鉴妆慵。 施朱太赤,空惆怅、教妾若为容。 花易老、烟水无穷。

◇◇ 评析

〔婆罗门引〕自"向楚天空迥"句以下寓意甚佳,艳而有骨,非曹元宠、康伯可辈徒事妍媚者所及,宜高庙契赏之也。(《历代词人考略》卷二十九)

陈藏一《话腴》:"赵昂总管始肆业临安府学,困踬无聊赖,遂脱儒冠从禁弁,升御前应对。一日侍阜陵跸之德寿宫,高庙宴席间,问今应制之臣,张抡之后为谁。阜陵以昂对。高庙俯睐久之。知其尝为诸生,命赋拒霜词。昂奏所用腔,令缀〔婆罗门引〕。又奏所用意,诏自述其梗概。即赋就进呈云:(词略)高庙喜之,锡银绢加等。仍俾阜陵与之转官。我朝之奖励文人也如此。"此事它书未载。淳熙间,太学生俞国宝以题断桥酒肆屏风上〔风入松〕词"一春常费买花钱"云云,为高宗所称赏,即日予释褐。此则屡经记载,稍涉倚声者知之。其实赵词近沉着,俞第流美而已。以体格论,俞殊不逮赵。顾当时盛传,以其句丽可喜,又谐适便口诵,故称述者多。文字以投时为宜,词虽小道,可以窥显晦之故。古今同揆,感慨系之矣。(《蕙风词话》卷二)

[石孝友]

石孝友(生卒年不详),字次仲,南昌(今属江西)人。孝宗乾道二年(1166)进士。有词集名《金谷遗音》。

眼儿媚

愁云淡淡雨潇潇,暮暮复朝朝。 别来应是,眉峰翠减,腕玉香销。 小轩独坐相思处,情绪好无聊。 一丛萱草,数竿修竹,几叶芭蕉。

◇◇ 评析

石孝友《金谷遗音》〔眼儿媚〕云:(词略)过拍三句,用秦少游"也应似旧,盈盈秋水,淡淡春山"句意而稍变化之,究不如秦句浑雅。(《织余琐述》)

水调歌头

美人在何许,相望正悠悠。 云我雾阁,遥想宛在海中洲。 空对残云冷雨,何限重山叠水,一梦到无由。 遗怨写红叶,薄幸记青楼。 金乌掷,玉蟾缺,物华休。 凤梧甃井,一夜风露各惊秋。 唯有远山无赖,淡扫一眉晴绿,特地向人愁。 敛袂且归去,回首谩迟留。

点绛唇

醉倚危樯,望中归思生天际。 山腰渚尾。 几簇渔樵市。 帆落西风,一段芦花水。 八千里。 锦书欲寄。 新雁曾来未。

谒金门

云树直。 雨歇半空犹湿。 山影插尖高几尺。 依依衔落日。 远岸双飞鹦鹉。 一水无情自碧。 飒飒白蘋风正急。 断肠人独立。

望江南

山又水,云巘带风湾。 断雁飞时天拍水,乱鸦啼处日衔山。 疑在画图间。 人渐远,游子损朱颜。 别泪空沾双袖湿,春心不放两眉闲。 此去几时还。

蝶恋花

薄幸人人留不住。 杨柳花时,还是成虚度。 一枕梦回春又去。 海棠吹落胭脂雨。 金鸭未销香篆吐。 断尽柔肠,看取沉烟缕。 独上危楼凝望处。 西山暝色连南浦。

千秋岁引

春工领略。占破群花萼。对流景,伤沦落。踏青心缕懒,病酒情怀恶。无奈处,东风故故吹帘幕。　腕玉宽金约。一去音容邈。鱼与雁,应难托。从前多少事,不忍思量著。心撩乱,斜阳影在阑干角。

◇◇ 评析

石次仲《金谷遗音》言情写景,并多佳构。《四库》仅列存目,未免屈抑。如〔水调歌头〕之"美人在何许",〔点绛唇〕之"醉倚危樯",〔谒金门〕之"云树直",〔望江南〕之"山又水",〔蝶恋花〕之"薄幸人人留不住",〔千秋岁引〕之"春工领略",以上各阕或寓情于景,或融景入情,有清新疏俊之长,而无软媚纤佻之失,在两宋人词中抑亦骎骎上驷矣。间有言情通俗,体涉俳谐,遂开金元剧曲蹊径,是则风会迁流,有不期然而然者。(《历代词人考略》卷三十二)

韩　玉

韩玉(生卒年不详),字温甫,本金人。孝宗隆兴初,挈家自金投宋,授江淮都督府计议军事,后添差通判隆兴府。兄在金谋举义,事泄遇害。张浚罢职,玉亦勒停,送柳州羁管。乾道五年(1169)添差袁州通判,乾道六年(1170)为右承务郎,军器少监兼权兵部郎官,乾道七年(1171)兼提点御前军器所。曾与辛弃疾、康与之等人交游。著有《东浦词》。

且坐令

　　闲院落。　误了清明约。　杏花雨过胭脂绰。　紧了秋千索。　斗草人归，朱门悄掩，梨花寂寞。　　　书万纸、恨凭谁托。　才封了、又揉却。　冤家何处贪欢乐。　引得我心儿恶。　怎生全不思量著。　那人人情薄。

◇◇ 评析

　　《东浦词》〔且坐令〕云："但冤家、何处贪欢乐。引得我心儿恶。"毛子晋刻入《六十家词》，以"冤家"字涉俚，跋语讥之。按宋蒋津《苇航纪谈》："作词者流多用冤家为事。初未知何等语，亦不知所出。后阅《烟花记》，有云，冤家之说有六：情深意浓，彼此牵系，宁有死耳，不怀异心，所谓冤家者一。两情相系，阻隔万端，心想魂飞，寝食俱废，所谓冤家者二。长亭短亭，临歧分袂，黯然销魂，悲泣良苦，所谓冤家者三。山遥水远，鱼雁无凭，梦寐相思，柔肠寸断，所谓冤家者四。怜新弃旧，孤恩负义，恨切惆怅，怨深刻骨，所谓冤家者五。一生一死，触景悲伤，抱恨成疾，迨与俱逝，所谓冤家者六。此语虽鄙俚，亦余之乐闻耳。"云云。朴质为宋词之一格，此等字不足为疵病。唯是宋人可用，吾人断不敢用。若用之而亦不足为疵病，则骎骎乎入宋人之室矣。(《蕙风词话》卷二)

刘光祖

刘光祖(1142—1222),字德修,号后溪,一号山堂。简州阳安(今四川简阳)人,晚寓德清(今属浙江)。乾道五年(1169)进士。除剑南东川节度推官,辟潼川提刑司检法。淳熙五年(1178),除太学正。守秘书省正字,兼吴益王府教授,迁校书郎,兼皇太子宫小学教授。后出知果州。光宗朝,历官殿中侍御史、潼川运判,改江西提刑,又改夔州提刑。绍熙五年(1194)七月,除侍御史。宁宗受禅后六日,改司农少卿,进起居舍人,迁起居郎。开禧三年(1207),除潼川路提点刑狱,权知庐州。嘉定二年(1209),知襄阳府。历官宝谟阁直学士知潼川府,升显谟阁直学士。嘉定十五年(1222)卒,年八十一。谥"文节"。有《后溪集》十卷,已佚。赵万里《校辑宋金元词》辑有《鹤林词》一卷。

洞仙歌

荷花

晚风收暑,小池塘荷净。独倚胡床酒初醒。起徘徊、时有香气吹来,云藻乱,叶底游鱼动影。　　空擎承露盖,不见冰容,惆怅明妆晓鸾镜。后夜月凉时,月淡花低,幽梦觉、欲凭谁省。且应记、临流凭阑干,便遥想,江南红酣千顷。

鹊桥仙

留别

相逢一笑,又成相避,南雁归时霜透。明朝人在短亭西,看舞袖、双双行酒。 歌声此处,秋声何处,几度乱愁搔首。如何不寄一行书,有万绪、千端别后。

◇◇ **评析**

刘文节词,气体清疏,不假追琢。〔洞仙歌〕《荷花》一阕允推佳构。其词云:(词略)见《中兴以来绝妙词选》及《绝妙好词》题作《败荷》。〔鹊桥仙〕《留别》歇拍云:"如何不寄一行书,有万绪、千端别后。"倒装句法亦佳。(《历代词人考略》卷三十四)

◇◇ **总评**

魏文靖《鹤山词》,与文节唱酬之作绝夥,盖气类之雅,琴筑同声也。(《历代词人考略》卷三十四)

马子严

马子严(生卒年不详),字庄父,自号古洲居士,建安(今属福建)人。孝宗淳熙二年(1175)进士。尝知岳州。有《古洲词》。

卜算子慢

璧月上极浦。帆落人挝鼓。石城倒影,深夜鱼龙舞。佳气郁郁,紫阙腾云雨。回首分今古。千载是和非,夕阳中、双燕语。向人诉。记玉井辘轳,胭脂涨腻,几许蛾眉妒。感叹息、花好随风去。流景如羽。且共乐升平,不须后庭玉树。

◇◇ 评析

庄甫词格与康伯可、曹元宠、田不伐辈近似,有〔卜算子慢〕云:(词略)(《历代词人考略》卷三十二)

海棠春

春景

柳腰暗怯花风弱。红映秋千院落。归逐燕儿飞,斜撼真珠箔。　满林翠叶胭脂萼。不忍频频觑着。护取一庭春,莫弹花间鹊。

◇◇ 评析

马古洲〔海棠春〕云:"护取一庭春,莫弹花间鹊。"用徐幹臣"闷来弹鹊,又搅碎、一帘花影",可谓善变。(《珠花簃词话》)

月华清

忆别

瑟瑟秋声,萧萧天籁,满庭摇落空翠。 数遍丹枫,不见叶间题字。 人何处、千里婵娟,愁不断、一江流水。 遥睇。 见征鸿几点,碧天无际。 怅望月中仙桂。 问窃药佳人,谁与同岁。 把镜当空,照尽别离情意。 心里恨、莫结丁香,琴上曲、休弹秋思。 怕里。 又悲来老却,兰台公子。

◇◇ **评析**

〔月华清〕云:"怕里。又悲来老却,兰台公子。""怕里",宋人方言,草窗词中屡见,犹言恰提防间,大致如此诠释,尚须就句意话动用之。(《珠花簃词话》)

阮郎归

西湖春暮

清明寒食不多时。 香红渐渐稀。 翻腾妆束闹苏堤。 留春春怎知。 花褪雨,絮沾泥。 凌波寸不移。 三三两两叫船儿。 人归春也归。

◇◇ **评析**

《织余琐述》云:"翻腾妆束闹苏堤。"宋马子严〔阮郎归〕词句,形容粗钗腻粉,可谓妙于语言。天与娉婷,何有于"翻腾妆束",适成其为"闹"而已。(《蕙风词话》卷二)

◇◇ **总评**

马古洲词间有拙处、欠熨帖处，却不涉俗，不楚楚作态故也。(《历代词人考略》卷三十二)

[陈　亮]

陈亮(1143—1194)，字同甫，号龙川，学者称龙川先生，婺州永康(今浙江永康)人。少喜谈兵，下笔千言立就，有国士之目。乾道五年(1169)试吏部，被黜。孝宗隆兴初上《中兴五论》，奏入不报。退而杜门力学十年。淳熙五年(1178)更名同，先后四上疏，欲激孝宗恢复，在廷交怒，以为狂怪，屡遭大狱。光宗绍熙四年(1193)策进士，光宗亲擢第一，授签书建康府判官公事，未至官，卒。宋理宗赠谥"文毅"。陈亮是宋代著名哲学家，文章气势磅礴，尤工词。有《龙川集》，词集名《龙川词》。

水调歌头

送章德茂大卿使虏

不见南师久，谩说北群空。当场只手，毕竟还我万夫雄。自笑堂堂汉使，得似洋洋河水，依旧只流东。且复穹庐拜，会向藁街逢。　　尧之都，舜之壤，禹之封。于中应有，一个半个耻臣戎。万里腥膻如许，千古英灵安在，磅礴几时通。胡运何须问，赫日自当中。

◇◇ 评析

龙川词分清豪、婉丽两派,前人所称述大都婉丽之作。入毛刻《补遗》卷中者,其以清雄胜者,如〔水调歌头〕《送章德茂大卿使虏》"不见南师久"云云,慷慨淋漓,可想见其襟抱。(《历代词人考略》卷三十)

杨炎正

杨炎正(1145—1214),字济翁,庐陵(今江西吉安)人。杨万里族弟。宁宗庆元二年(1196)进士,授宁远主簿,迁吏部架阁。嘉定三年(1210)为大理司直,历知藤州、琼州。官至安抚使。著有《西樵语业》。

水调歌头

登多景楼

寒眼乱空阔,客意不胜秋。 强呼斗酒,发兴特上最高楼。 舒卷江山图画,应答龙鱼悲啸,不暇顾诗愁。 风露巧欺客,分冷入衣裘。 忽醒然,成感慨,望神州。 可怜报国无路,空白一分头。 都把平生意气,只做如今憔悴,岁晚若为谋。 此意仗江月,分付与沙鸥。

贺新郎

十日狂风雨。扫园林、红香万点,送春归去。独有荼䕷开未到,留得一分春住。早杨柳、趁晴飞絮。可奈暖埃欺昼永,试薄罗衫子轻如雾。惊旧恨,到眉宇。　东风台榭知何处。问燕莺如今,尚有春光几许。可叹一年游赏倦,放得无情露醑。为唤取、扇歌裙舞。乞得风光还两眼,待为君、满把金杯举。扶醉玉,伴挥麈。

蝶恋花

稼轩坐间作首句用丘六书中语

点检笙歌多酿酒。不放东风,独自迷杨柳。院院翠阴停永昼。曲栏随处堪垂手。　昨日解醒今夕又。消得情怀,长被春僝僽。门外马嘶人去后。乱红不管花消瘦。

◇◇ 评析

杨济翁词〔水调歌头〕《登多景楼》云:(词略)此等词风骨高骞,自是稼轩法乳。其〔贺新郎〕①句云:"独有荼䕷开未到,留得一分春住。"〔蝶恋花〕云:"门外马嘶人去后。乱红不管花消瘦。"亦稼轩之"断肠点点飞红,都无人管。倩谁唤、流莺声住"也。刘改之模范稼轩,《龙洲词》中不少婉约绵丽之作,正与济翁略同。(《历代词人考略》卷三十)

---

① 原文误为〔念奴娇〕,据《全宋词》改。

蝶恋花

别范南伯

离恨做成春夜雨。 添得春江，划地东流去。 弱柳系船都不住，为君愁绝听鸣橹。　　君到南徐芳草渡。 想得寻春，依旧当年路。 后夜独怜回首处，乱山遮隔无重数。

◇◇ 评析

杨济翁〔蝶恋花〕前段云："离恨做成春夜雨。添得春江，划地东流去。弱柳系船都不住，为君愁绝听鸣橹。"亦婉曲亦新颖，无此词心，不能有此词笔。（《珠花簃词话》）

"离恨做成春夜雨。添得春江，划地东流去。弱柳系船都不住，为君愁绝听鸣橹。"杨济翁〔蝶恋花〕前段也。婉曲而近沉着，新颖而不穿凿，于词为正宗中之上乘。（《蕙风词话》卷二）

张　镃

张镃（1153—1235），字功甫，又字时可，号约斋，先世成纪（今甘肃天水）人，后居临安（今浙江杭州）。南宋初大将张俊之曾孙。孝宗隆兴二年（1164）为大理司直。淳熙五年（1178）直秘阁，通判婺州。淳熙十三年（1186）通判临安府。宁宗庆元元年（1195）为司农寺主簿，庆元三年（1197）司农寺丞，与宫观。开禧三年（1207）为司农少卿，坐事被除名象州编管。曾卜筑南湖，服玩豪侈，为天下冠。以诗名,著有《南湖集》《玉照堂词》,并佚。有后人辑本《南湖集》十卷,第十卷为词,或单行,名《南湖诗余》。

昭君怨

园池夜泛

月在碧虚中住,人向乱荷中去。花气杂风凉,满船香。云被歌声摇动,酒被诗情掇送。醉里卧花心,拥红衾。

菩萨蛮

鸳鸯梅

前生曾是风流侣。返魂却向南枝住。疏影卧晴溪。恰如沙暖时。　　绿窗娇插鬓。依约犹交颈。微笑语还羞。愿郎同白头。

好事近

拥绣堂看天花

手种满阑花,瑞露一枝先坼。拄个杖儿来看,两三人门客。今朝欢笑且衔杯,休更问明日。此意悠然谁会,有湖边风月。

虞美人

咏水蒨花

妆浓未试芙蓉脸。却扇凉犹浅。粉轻红袅一生娇。风外细香时伴、湿云飘。　双飞属玉来还去。谁识幽闲趣。莫教疏雨黄昏。已是不禁秋色、怕销魂。

感皇恩

驾霄亭观月

诗眼看青天，几多虚旷。雨过凉生气萧爽。白云无定，吹散作、鳞鳞琼浪。尚余星数点，浮空上。　明月飞来，寒光磨荡。仿佛轮间桂枝长。倚风归去，纵长啸、一声悠飏。响摇山岳影，秋悲壮。

蝶恋花

杨柳秋千旗斗舞。漠漠轻烟，罩定黄鹂语。红滴海棠娇半吐。燕脂水似朝来雨。　行过池边携手路。都把多情，变作无情绪。唯有东风知住处。凭君送取温存去。

蝶恋花

南湖

门外沧洲山色近。鸥鹭双双,恼乱行云影。翠拥高筠阴满径。帘垂尽日林堂静。　　明月飞来烟欲暝。水面天心,两个黄金镜。慢飐轻摇风不定。渔歌欸乃谁同听。

鹧鸪天

自兴远桥过清夏堂

闲立飞虹远兴长。一方云锦荐疏凉。翻风翠盖无尘土,出水红妆有艳香。　　携靓侣,泛轻航。棹歌惊起野鸳鸯。同过清夏看新月,茉莉花园小象床。

念奴娇

宜雨亭咏千叶海棠

绿云影里,把明霞织就,千重文绣。紫腻红娇扶不起,好是未开时候。半怯春寒,半便晴色,养得胭脂透。小亭人静,嫩莺啼破清昼。　　犹记携手芳阴,一枝斜戴,娇艳波双秀。小语轻怜花总见,争得似花长久。醉浅休归,夜深同睡,明日还相守。免教春去,断肠空叹诗瘦。

八声甘州

秋夜奉怀浙东辛帅

　　领千岩、万壑岂无人，唯欠稼轩来。　正松梧秋到，旌旗风动，楼观雄开。　府槛何劳一笑，瀚海荡纤埃。　余事了凫鹥，闲命尊罍。　　江左风流旧话，想登临浩叹，白骨苍苔。　把龙韬藏去，游戏且蓬莱。　念乡关、偏怜霜鬓，爱盛名、何似展真才。　怀公处，夜深凝望，云汉星回。

宴山亭

　　幽梦初回，重阴未开，晓色吹成疏雨。　竹槛气寒，蕙畹声摇，新绿暗通南浦。　未有人行，才半启、回廊朱户。　无绪，空望极霓旌，锦书难据。　　苔径追忆曾游，念谁伴秋千，彩绳芳柱。　犀奁黛卷，凤枕云孤，应也几番凝伫。　怎得伊来，花雾绕、小堂深处。　留住。　直到老、不教归去。

眼儿媚

女贞木

　　山矾风味木犀魂。　高树绿堆云。　水光殿侧，月华楼畔，晴雪纷纷。　　何如且向南湖住，深映竹边门。　月儿照着，风儿吹动，香了黄昏。

鹊桥仙

采菱

连汀接渚,萦蒲带藻,万镜香浮光满。湿烟吹雾木兰轻,照波底、红娇翠婉。　　玉纤采处,银笼携去,一曲山长水远。采鸳双惯贴人飞,恨南浦、离多梦短。

◇◇ **评析**

今读《南湖诗余》,泰半对花拊景之作,兹择其尤雅者标目如左:〔昭君怨〕《园池夜泛》"月在碧虚"阕,〔菩萨蛮〕咏《鸳鸯梅》"前生曾是"阕,〔好事近〕《拥绣堂看天花》"手种满阑花"阕,〔虞美人〕《咏水萍花》"浓妆未试"阕,〔感皇恩〕《驾霄亭观月》"诗眼看青天"阕,〔蝶恋花〕"杨柳秋千"阕,又"门外沧洲"阕,〔鹧鸪天〕《自兴远桥过清夏堂》"闲立飞虹"阕,〔念奴娇〕《宜雨亭咏千叶海棠》"绿云影里"阕,〔八声甘州〕《秋夜奉怀浙东辛帅》"领千岩、万壑"阕,〔宴山亭〕"幽梦初回"阕。断句如〔眼儿媚〕咏《女贞木》云:"月儿照着,风儿吹动,香了黄昏。"〔鹊桥仙〕《采菱》云:"湿烟吹雾木兰轻,照波底、红娇翠婉。"皆可诵。(《历代词人考略》卷三十四)

满庭芳

促织儿

月洗高梧，露漙幽草，宝钗楼外秋深。土花沿翠，萤火坠墙阴。静听寒声断续，微韵转、凄咽悲沉。争求侣，殷勤劝织，促破晓机心。　　儿时，曾记得，呼灯灌穴，敛步随音。任满身花影，犹自追寻。携向华堂戏斗，亭台小、笼巧妆金。今休说，从渠床下，凉夜伴孤吟。

◇◇ **评析**

〔满庭芳〕咏促织后段云："儿时，曾记得，呼灯灌穴，敛步随音。任满身花影，犹自追寻。携向华堂戏斗，亭台小、笼巧妆金。今休说，从渠床下，凉夜伴孤吟。"状物寓情，庶几石帚嗣响。(《历代词人考略》卷三十四)

风入松

小樊标韵称香山。压尽花间。便须著个楼儿住，彩鸾看、飞舞妖闲。珠佩时因醉解，云扉常为春关。　　耳边嘱付话儿奸。休放蛮檀。绿窗唯怕今宵梦，莺声巧、春满阑干。待把衷肠教与，却愁长远都难。

◇◇ **评析**

〔风入松〕云："耳边嘱付话儿奸。休放蛮檀。""奸"韵绝奇，"蛮檀"字亦仅见。(《历代词人考略》卷三十四)

[刘　过]

刘过(1154—1206),字改之,号龙洲道人,吉州太和(今江西泰和)人,四举不第,一生布衣,放浪江湖,寄食达官贵人间,与庐陵刘仙伦齐名,合称"庐陵二布衣"。光宗时曾伏阙上书,又曾上书宰相陈恢复方略,皆不报。曾与辛弃疾、岳珂等人交游。著有《龙洲集》。词集有《龙洲词》。

贺新郎

老去相如倦。向文君说似,而今怎生消遣。衣袂京尘曾染处,空有香红尚软。料彼此、魂销肠断。一枕新凉眠客舍,听梧桐、疏雨秋声颤。灯晕冷,记初见。　　楼低不放珠帘卷。晚妆残、翠钿狼藉,泪痕凝面。人道愁来须殢酒,无奈愁深酒浅。但托意、焦琴纨扇。莫鼓琵琶江上曲,怕荻花、枫叶俱凄怨。云万叠,寸心远。

贺新郎

赠张彦公

晓印霜花步。梦半醒、扶上雕鞍,马嘶人去。岚湿青丝双辔冷,缓鞚野梅江路。听画角,吹残更鼓。悲壮寒声撩客恨,甚貂裘、重拥愁无数。霜月白,照离绪。　　青楼回首家何处。早山遥、水阔天低,断肠烟树。谁念天涯牢落况,轻负暖烟浓雨。记酒醒、香销时语。客里归辔须早发,怕天寒、风急相思苦。应为我,翠眉聚。

祝英台近

同妓游帅司东园

窄轻衫，联宝辔，花里控金勒。有底风光，都在画阑侧。日迟春暖融融，杏红深处，为花醉、一鞭春色。　　对娇质。为我歌捧瑶觞，欢声动阡陌。□似多情，飞上鬓云碧。晚来约住青骢，踏花归去，乱红碎、一庭风月。

四字令

情高意真，眉长鬓青。小楼明月调筝，写春风数声。　　思君忆君，魂牵梦萦。翠绡香暖云屏，更那堪酒醒。

◇◇ 评析

《四库全书提要》谓：龙洲词不全学辛，今读之，信然。如〔贺新郎〕之"老去相如倦"，《赠张彦公》之"晓印霜花步"，〔祝英台近〕之"窄轻衫"，〔醉太平〕[1]之"情高意真"，此等词跌宕则近之，淋漓则未也，疑是龙洲本色。（《历代词人考略》卷三十一）

---

[1] 按：《全宋词》此词词牌〔四字令〕。

唐多令

安远楼小集,侑觞歌板之姬黄其姓者,乞词于龙洲道人,为赋此〔唐多令〕,同柳阜之、刘去非、石民瞻、周嘉仲、陈孟参、孟容,时八月五日也。

芦叶满汀洲。 寒沙带浅流。 二十年、重过南楼。 柳下系船犹未稳,能几日、又中秋。 黄鹤断矶头。 故人今在否。 旧江山、浑是新愁。 欲买桂花同载酒,终不是、少年游。

沁园春

寄稼轩承旨

斗酒彘肩,风雨渡江,岂不快哉。 被香山居士,约林和靖,与坡仙老,驾勒吾回。 坡谓西湖,正如西子,浓抹淡妆临镜台。 二公者,皆掉头不顾,只管衔杯。 白云天竺飞来。 图画里、峥嵘楼观开。 爱东西双涧,纵横水绕,两峰南北,高下云堆。 逋曰不然,暗香浮动,争似孤山先探梅。 须晴去,访稼轩未晚,且此徘徊。

◇◇ 评析

刘改之词格本与辛幼安不同。其《龙洲词》中,如〔贺新郎〕《赠张彦功》云:"谁念天涯牢落况,轻负暖烟浓雨。记酒醒、香销时语。客里归鞯须早发。怕天寒、风急相思苦。"前调云:"衣袂京尘曾染处,空有香红尚软。料彼此、魂销肠断。"又云:"但托意、焦琴纨扇。莫鼓琵琶江上曲,怕荻花、枫叶俱凄怨。"〔祝英台近〕《游东园》云:"晚来约住青骢,踏花归去,乱红碎、一庭风月。"〔唐多令〕《八月五日安远楼小集》云:"柳下系船犹未稳,能几日、又中秋。"〔醉太平〕①云:"翠绡香暖云屏,更那堪酒醒。"此等句,是其当行本色。蒋竹山伯仲间耳,其激昂慨慷诸作,乃刻意模拟幼安。至如〔沁园春〕"斗酒彘肩"云云,则尤模拟而失之太过者矣。(《蕙风词话》卷二)

张　震

张震(生卒年不详),字东父,号无隐居士,龙湖(今属四川)人。宁宗庆元三年(1197)知湖州,庆元五年(1199)为江西提刑,开禧元年(1205)江西提刑。嘉定元年(1208)入为右司郎中。今存词五首。

鹧鸪天

宽尽香罗金缕衣。　心情不似旧家时。　万丝柳暗才飞絮,一点梅酸已着枝。　金底背,玉东西。　前欢赢得两相思。　伤心不及风前燕,犹解穿帘度幕飞。

◇◇ 评析

花庵词客谓其词甚婉媚,庶乎近之。至谓富贵人语,恐富贵人无此雅骨也。(《历代词人考略》卷二十八)

---

① 按:《全宋词》此词词牌〔四字令〕。

徐 照

徐照(？—1211)，字道晖，一字灵晖，号山民，永嘉(今属浙江)人。工诗，与徐玑(号灵渊)、赵师秀(号灵秀)、翁卷(字灵舒)，号"永嘉四灵"。终身布衣，未尝仕进。著有《芳兰轩集》。今存词五首。

清平乐

绿围红绕。 一枕屏山晓。 怪得今朝偏起早。 笑道牡丹开了。 迎人卷上珠帘，小螺未拂眉尖。 贪教玉笼鹦鹉，杨花飞满妆奁。

◇◇ 评析

宋徐照〔清平乐〕后段云："迎人卷上珠帘，小螺未拂眉尖。贪教玉笼鹦鹉，杨花飞满妆奁。"描写闺娃憨态，饶弦外音。(《织余琐述》)

瑞鹧鸪

雨多庭石上苔文。 门外春光老几分。 为把旧书藏宝带，误翻残酒湿绡裙。 风头花片难装缀，愁里莺声怯听闻。 恰似剪刀裁破恨，半随妾处半随君。

◇◇ 评析

徐山民〔瑞鹧鸪〕云：(词略)〔瑞鹧鸪〕调与七言律诗同，山民此词却必不可作七律观。此词与诗之别也。(《珠花簃词话》)

南歌子

帘影筛金线，炉烟篆翠丝。菰芽新出满盆池。唤起玉瓶添水、养鱼儿。　　意取钗虫碧，慵梳髻翅垂。相思无处说相思。笑把画罗小扇、觅春词。

阮郎归

绿杨庭户静沉沉。杨花吹满襟。晚来闲向水边寻。惊飞双浴禽。　　分别后，忍登临。暮寒天气阴。妾心移得在君心。方知人恨深。

◇◇ 评析

徐山民词〔南歌子〕云："相思无处说相思。笑把画罗小扇、觅春词。"〔阮郎归〕云："妾心移得在君心。方知人恨深。"此陆辅之所摘警句也。（《历代词人考略》卷三十三）

玉楼春

萤飞月里无光色。波水不摇楼影直。每怜宿粉涴啼痕，懒把旧书观字迹。　　枯荷露重时闻滴。君梦不来谁阻隔。妾身不畏浙江风，飞去飞来方瞬息。

◇◇ 评析

余喜其〔玉楼春〕起调云："萤飞月里无光色。波水不摇楼影直。"状夜景妙肖入神，尤能以淡静胜。（《历代词人考略》卷三十三）

姜 夔

姜夔(1154—1221),字尧章,号白石道人,鄱阳(今属江西)人。父噩曾知汉阳县,卒于官。绍熙元年(1190)冬,姜夔载雪诣石湖,作咏梅之〔暗香〕〔疏影〕新声二阕。绍熙四年(1193)起,出入张鉴之门,依之十年。宁宗庆元三年(1197)进《大乐议》,乞正雅乐。庆元五年(1199)上《圣宋饶歌鼓吹十二章》,诏免解与礼部试,不第,以布衣终。姜夔精音律,工诗词,善书法,著有《白石道人诗集》《绛帖平》《续书谱》等。词集名《白石道人歌曲》。清人有以梦窗词中所提及之姜石帚为姜夔,二人年代不相及,实误。

扬州慢

淳熙丙申正日,予过维扬。夜雪初霁,荠麦弥望。入其城则四顾萧条,寒水自碧,暮色渐起,戍角悲吟。予怀怆然,感慨今昔,因自度此曲。千岩老人以为有"黍离"之悲也。

淮左名都,竹西佳处,解鞍少驻初程。 过春风十里,尽荠麦青青。 自胡马窥江去后,废池乔木,犹厌言兵。 渐黄昏、清角吹寒,都在空城。 杜郎俊赏,算而今、重到须惊。 纵豆蔻词工,青楼梦好,难赋深情。 二十四桥仍在,波心荡,冷月无声。 念桥边红药,年年知为谁生。

◇◇ 评析

诵白石道人〔扬州慢〕换头以下令人想望低回,为之意远。惜其倚声之作仅此吉光片羽耳。(《历代词人考略》卷二)

越女镜心

别席毛莹

风竹吹香，水枫鸣绿，睡觉凉生金缕。镜底同心，枕前双玉，相看转伤幽素。傍绮阁、轻阴度。飞来鉴湖雨。　　近重午。燎银篝、暗薰溽暑。罗扇小、空写数行怨苦。纤手结芳兰，且休歌、九辩怀楚。故国情多，对溪山、都是离绪。但一川烟苇，恨满西陵归路。

越女镜心

春晚

檀拨么弦，象奁双陆，旧日留欢情意。梦别银屏，恨栽兰烛，香篝夜闽鸳被。料燕子重来地，桐阴锁窗绮。　　倦梳洗。晕芳钿、自羞鸾镜，罗袖冷、疏竹画帘半倚。浅雨渗酴醾，指东风、芳事余几。院落黄昏，怕春莺、笑人憔悴。倩柔红约定，唤起玉箫同醉。

（按：《全宋词》此词文字有异同。花匣么弦，象奁双陆，旧日留欢情意。梦别银屏，恨栽兰烛，香篝夜闽鸳被。料燕子重来地，桐阴琐窗绮。　　倦梳洗。晕芳钿、自羞鸾镜，罗袖冷、烟柳画阑半倚。浅雨压荼蘼，指东风、芳事余几。院落黄昏，怕春莺、惊笑憔悴。倩柔红约定，唤取玉箫同醉。）

◇◇ **评析**

上词二阕，采附〔法曲献仙音〕"虚阁笼寒"阕后。细审词调，有与〔法曲献仙音〕小异者。前段"轻阴度""重来地"叶，后段"空写数行怨苦""疏竹画帘半倚"，"怨"字、"半"字，去声是也。有与〔法曲献仙音〕吻合者。前阕前段"风竹""竹"字、"鸣绿""绿"字、"睡觉""觉"字，后段"故国""国"字，后阕前段"檀拨""拨"字、"双陆""陆"字、"旧日""日"字，后段"院落""落"字，并入声也。守律若是谨严，自是白石家法。(《历代词人考略》卷三十五)

细读两词，虽非集中杰作，然如前阕"雨""绪""路"，后阕"绮""几""醉"等韵，自是白石风格，非窜入他人之作也。(《香东漫笔》)

鹧鸪天

正月十一日观灯

巷陌风光纵赏时，笼纱未出马先嘶。 白头居士无呵殿，只有乘肩小女随。 花满市，月侵衣，少年情事老来悲。 沙河塘上春寒浅，看了游人缓缓归。

◇◇ 评析

姜白石〔鹧鸪天〕云："笼纱未出马先嘶。"七字写出华贵气象，却淡隽不涉俗。(《蕙风词话》卷二)

白石词："少年情事老来悲。"宋朱服句："而今乐事它年泪。"二语合参，可悟一意化两之法。(《蕙风词话》卷二)

冯士美〔江城子〕换头云："清歌皓齿艳明眸。锦缠头。若为酬。门外三更，灯影立骅骝。""门外"句与姜石帚"笼纱未出马先嘶"意境略同。(《蕙风词话》卷三)

◇◇ 总评

碧山乐府如书中欧阳信本，准绳规矩极佳。二晏如右军父子，贺方回如李北海，白石如虞伯施，而隽上过之。公谨如褚登善，梦窗如鲁公，稼轩如诚悬，玉田如赵文敏。(《香海棠馆词话》)

[杜旟]

杜旟(生卒年不详),字伯高,号桥斋,兰溪(今属浙江)人。与弟仲高、叔高、幼高、季高并有文名,称"杜氏五高"。尝登吕祖谦之门。淳熙、开禧间两以制科荐。陆游、叶适、陈亮并称其文。著有《桥斋集》,今佚。今存词三首。

蓦山溪

春风如客,可是繁华主。 红紫未全开,早绿遍、江南千树。一番新火,多少倦游人,纤腰柳,不知愁,犹作风前舞。 小阑干外,两两幽禽语。 问我不归家,有佳人、天寒日暮。 老来心事,唯只有春知,江头路,带春来,更春归去。

◇◇ 评析

杜伯高词〔蓦山溪〕:(词略)见《花草粹篇》。此词清新流丽,雅近北宋,与〔酹江月〕"江山如此"阕异曲同工。(《历代词人考略》卷三十三)

刘仙伦

刘仙伦(生卒年不详),一名儗,字叔儗,号招山,庐陵(今江西吉安)人。布衣终身,与刘过齐名,同为江湖游士,号"庐陵二布衣"。有《招山小集》。词集有后人辑本《招山乐章》。

一剪梅

唱到阳关第四声。 香带轻分。 罗带轻分。 杏花时节雨纷纷。山绕孤村。 水绕孤村。 更没心情共酒尊。春衫香满,空有啼痕。 一般离思两销魂。 马上黄昏。 楼上黄昏。

◇◇ 评析

词有淡远取神,只描取景物,而神致自在言外,此为高手。然不善学之,最易落套。亦如诗中之假王、孟也。刘招山〔一剪梅〕过拍云:"杏花时节雨纷纷。山绕孤村。水绕孤村。"颇能景中寓情。昔人但称其歇拍三句"一般离思"云云,未足尽此词佳胜。(《珠花簃词话》)

贺新郎

题吴江

重唤松江渡。叹垂虹亭下,销磨几番今古。依旧四桥风景在,为问坡仙甚处。但遗爱、沙边鸥鹭。天水相连苍茫外,更碧云、去尽山无数。潮正落,日还暮。　　十年到此长凝伫。恨无人、与共秋风,鲙丝莼缕。小转朱弦九奏,拟致湘妃伴侣。俄皓月、飞来烟渚。恍若乘槎河汉上,怕客星、犯斗蛟龙怒。歌欸乃,过江去。

永遇乐

春暮有怀

青幄蔽林,白毡铺径,红雨迷楚。画阁关愁,风帘卷恨,尽日萦情绪。阳台云去,文园人病,寂寞翠尊雕俎。惜韶容、匆匆易失,芳丛对眼如雾。　　巾欹润裛,衣宽凉渗,又觉渐回骄暑。解箨吹香,遗丸荐脆,小芰浮鸳浦。画栏如旧,依稀犹记,伫立一钩莲步。黯销魂,那堪又听,杜鹃更苦。

◇◇ 评析

招山词清劲疏隽,风格在南北宋之间,《绝妙好词》录十七阕,如〔贺新郎〕《题吴江》云:"依旧四桥风景在,为问坡仙甚处。但遗爱、沙边鸥鹭。天水相连苍茫外,更碧云、去尽山无数。潮正落,日还暮。"〔永遇乐〕《春暮有怀》云:"解箨吹香,遗丸荐脆,小芰浮鸳浦。画栏如旧,依稀犹记,伫立一钩莲步。"皆可诵之句。(《历代词人考略》卷三十三)

霜天晓角

题峨眉亭

倚空绝壁。 直下江千尺。 天际两蛾凝黛，愁与恨、几时极。 暮潮风正急。 酒醒闻塞笛。 试问谪仙何处，青山外、远烟碧。

◇◇ 评析

短调如〔霜天晓角〕《题峨眉亭》云：（词略）亦复玉致瑶姿，不假雕饰。（《历代词人考略》卷三十三）

易 祓

易祓（1156—1240），字彦祥，一作彦章，号山斋，湖南长沙人，一云湖南宁乡人。曾知江州，官左司谏，迁礼部尚书兼直学士院。为孝宗、宁宗、理宗三朝重臣。有《周易总义》。

喜迁莺

春感

帝城春昼。见杏脸桃腮,胭脂微透。一霎儿晴,一霎儿雨,正是催花时候。淡烟细柳如画,雅称踏青携手。怎知道、那人人,独倚阑干消瘦。　　别后。音信断,应是泪珠,滴遍香罗袖。记得年时,胆瓶儿畔,曾把牡丹同嗅。故乡水遥山远,怎得新欢如旧。强消遣,把闲愁推入,花前杯酒。

◇◇ 评析

易袚〔喜迁莺〕云:"记得年时,胆瓶儿畔,曾把牡丹同嗅。"语小而不纤。极不经意之事,信手拈来,便觉旖旎缠绵,令人低回不尽。纳兰成德〔浣溪沙〕云:"被酒莫惊春睡重,赌书消得泼茶香。当时只道是寻常。"亦复工于写情,视此微嫌词费矣。〔喜迁莺〕歇拍云:"强消遣,把闲愁推入,花前杯酒。"由"举杯消愁"意翻变而出,亦前人所未有。(《蕙余琐述》)

蓦山溪

春情

海棠枝上,留得娇莺语。双燕几时来,并飞入、东风院宇。梦回芳草,绿遍旧池塘,梨花雪,桃花雨。毕竟春谁主。　　东郊拾翠,襟袖沾飞絮。宝马趁雕轮,乱红中、香尘满路。十千斗酒,相与买春闲,吴姬唱,秦娥舞。拼醉青楼暮。

◇◇ **评析**

易彦祥词〔蓦山溪〕〔喜迁莺〕并见《中兴以来绝妙词选》。据《西湖游览志余》……彦祥为人未免与陈合、郭居安辈（撰寿词谀贾似道者）同讥，即其词亦第以婉丽胜，未可与言骨干也。(《历代词人考略》卷三十五)

许 古

许古(1157—1230)，字道真，献州交河人。金章宗明昌五年(1194)进士。宣宗朝，自左拾遗拜监察御史，以直言极谏得罪，两度削秩。哀宗立，召为补阙，迁右司谏。致仕，居伊阳(今河南嵩县)。正大七年(1230)卒，年七十四。许古以直言敢谏为时人所称。有诗词传世。存词二首。

行香子

秋入鸣皋，爽气飘萧。 挂衣冠、初脱尘劳。 窗间岩岫，看尽昏朝。 夜山低，晴山近，晓山高。 细数闲来，几处村醪。 醉模糊、信手挥毫。 等闲陶写，问甚风骚。 乐因循，能潦倒，也消摇。

◇◇ **评析**

"春山淡冶而如笑，夏日苍翠而如滴，秋山明净而如妆，冬山惨淡而如睡。"宋画院郭熙语也。金许古〔行香子〕过拍云："夜山低，晴山近，晓山高。"郭能写山之貌，许尤传山之神。非入山甚深，知山之真者，未易道得。(《蕙风词话》卷三)

眼儿媚

浊醪笃得玉为浆。 风韵带橙香。 持杯笑道,鹅黄似酒,酒似鹅黄。　　世缘老矣不思量。 沈醉又何妨。 临风对月,山歌野调,尽我疏狂。

◇◇ **评析**

许道真〔眼儿媚〕云:"持杯笑道,鹅黄似酒,酒似鹅黄。"此等句,看似有风趣,其实绝空浅,即俗所谓打油腔,最不可学。(《蕙风词话》卷三)

[韩 淲]

韩淲(1159—1224),字仲止,号涧泉,韩元吉之子,居上饶(今属江西)。尝官判院,与赵蕃(号章泉)齐名,号"二泉"。史弥远当国,罗致之,不为少屈。人品学问,俱有根柢,雅志绝俗,清苦自持,年甫五十即休官不仕。卒年六十六。有《涧泉集》二十卷、《涧泉日记》三卷、《涧泉诗余》一卷。

减字浣溪沙

仲明命作艳曲

宝鸭香消酒未醒。 锦衾春暖梦初惊。 鬓云撩乱玉钗横。 半怯夜寒袭绣幌。 尚余娇困剔银灯。 粉痕微褪脸霞生。

◇◇ 评析

《涧泉诗余》〔减字浣溪沙〕云"半怯夜寒褰绣幌。尚余娇困剔银灯","尚余"句,极能写出闺人情态。(《织余琐述》)

吴礼之

吴礼之(生卒年不详),字子和,号顺受老人,钱塘(今浙江杭州)人。有《顺受老人词》五卷,已佚。今有后人辑本。

喜迁莺

闰元宵

银蟾光彩。喜稔岁闰正,元宵还再。乐事难并,佳时罕遇,依旧试灯何碍。花市又移星汉,莲炬重芳人海。尽勾引,遍嬉游宝马,香车喧隘。 晴快。天意教、人月更圆,偿足风流债。媚柳烟浓,夭桃红小,景物迥然堪爱。巷陌笑声不断,襟袖余香仍在。待归也,便相期明日,踏青挑菜。

蝶恋花

别恨

急水浮萍风里絮。恰似人情，恩爱无凭据。去便不来来便去。到头毕竟成轻负。　　帘卷春山朝又暮。莺燕空忙，不念花无主。心事万千谁与诉。断云零雨知何处。

◇◇ **评析**

吴子和，时代未详，其赋西湖竞渡〔喜迁莺〕词，丁临安全盛时，殆必在光宁前矣。《顺受老人词》，《花庵》撰录凡十六阕，〔蝶恋花〕《别恨》"急水浮萍风里絮"云云，空中传恨，循环无端，十六阕中最为擅胜。（《历代词人考略》卷三十三）

丑奴儿

秋别

金风颤叶，那更饯别江楼。听凄切、阳关声断，楚馆云收。去也难留。万重烟水一扁舟。锦屏罗幌，多应换得，蓼岸蘋洲。　　凝想恁时欢笑，伤今萍梗悠悠。谩回首、妖饶何处，眷恋无由。先自悲秋。眼前景物只供愁。寂寥情绪，也恨分浅，也悔风流。

杏花天

春思

闷来凭得阑干暖。自手引、朱帘高卷。桃花半露胭脂面。芳草如茵乍展。 烟光散、湖光潋滟。映绿柳、黄鹂巧啭。遥山好似宫眉浅。人比遥山更远。

渔家傲

闺思

红日三竿莺百啭。梦回鸳枕离魂乱。料得玉人肠已断。眉峰敛。晓妆镜里春愁满。 绿琐窗深难见面。云笺谩写教谁传。闻道笙歌归小院。梁尘颤。多因唱我新词劝。

◇◇ 评析

断句如〔丑奴儿〕《秋别》云："去也难留。万重烟水一扁舟。锦屏罗幌，多应换得，蓼岸蘋洲。"〔杏花天〕云："遥山好似宫眉浅。人比遥山更远。"〔渔家傲〕云："晓妆镜里春愁满。"差不愧"绝妙"二字。(《历代词人考略》卷三十三)

俞国宝

俞国宝(生卒年不详),号醒庵,临川(今江西抚州)人。孝宗淳熙间为太学生。工词,曾于西湖断桥酒肆中书〔风入松〕"一春常费买花钱"一首于素屏。高宗为太上皇,一日游幸见之,赏其词,即日命释褐。有《醒庵遗珠集》,已佚。今存词五首。

风入松

一春长费买花钱,日日醉花边。 玉骢惯识西湖路,骄嘶过、沽酒垆前。 红杏香中箫鼓,绿杨影里秋千。 暖风十里丽人天,花压鬓云偏。 画船载取春归去,余情寄、湖水湖烟。 明日重扶残醉,来寻陌上花钿。

◇◇ 评析

俞醒庵〔风入松〕词,欢娱之言不涉规讽,以此博当面之知,盖窥于其微者,审矣。(《历代词人考略》卷三十二)

淳熙间,太学生俞国宝以题断桥酒肆屏风上〔风入松〕词"一春常费买花钱"云云,为高宗所称赏,即日予释褐。此则屡经记载,稍涉倚声者知之。其实赵词(按:即赵昂〔婆罗门引〕"暮霞照水")近沉着,俞第流美而已。以体格论,俞殊不逮赵。顾当时盛传,以其句丽可喜,又谐适便口诵,故称述者多。文字以投时为宜,词虽小道,可以窥显晦之故。古今同揆,感慨系之矣。(《蕙风词话》卷二)

宋俞国宝"一春长费赏(按:"赏"应作"买")花钱"阕,体格于虞词为近,鲜翠流丽而已,亦复脍炙人口。(《蕙风词话》卷三)

汪 晫

汪晫(1162—1237),字处微,安徽绩溪人。栖隐山中,结庐曰环谷。里人私谥曰康范先生。著有《环谷存稿》。《彊村丛书》收有《康范诗余》一卷。

鹧鸪天

春愁

伤时怀抱不胜愁。野水粼粼绿遍洲。满地落花春病酒,一帘明月夜登楼。 明眸皓齿人难得,寒食清明事又休。只是鹧鸪三两曲,等闲白了几人头。

◇◇ 评析

〔鹧鸪天〕《春愁》云:(词略)词笔疏宕,有骨干,借可想象其为人。(《历代词人考略》卷三十六)

念奴娇

汪平叔、王季雄、戴适之环谷夜酌,即席借东坡先生大江东去词韵就饯平叔赴任南陵尉。

相逢草草,共吟诗、同醉杯中之物。评论三王讥五霸,谈辩喧哗邻壁。敲缺唾壶,击残如意,妙语飞华雪。无能为也,如何对此三杰。　　看取东野诗成,南昌书就,奈征车催发。后夜山深何处宿,红豆寒灯明灭。一老堪怜,两生未起,应念星星发。风传佳话,花村无犬惊月。

◇◇ 评析

〔念奴娇〕"环谷夜酌借坡公韵饯汪平叔"云:"后夜山深何处宿,红豆寒灯明灭。一老堪怜,两生未起,应念星星发。"则尤古谊今情,芬芳悱恻,虽专家之作曷以加兹?(《历代词人考略》卷三十六)

贺新郎

开禧丁卯端午中都借石林韵

贴子传新语。问自来、翰林学士,几多人数。或道江心空铸镜,或道艾人如舞。或更道、冰盘消暑。或道芸香能去蠹,有宫中、斗草盈盈女。都不管,道何许。　　离骚古意盈洲渚。也莫道、龙舟吊屈,浪花吹雨。只有辟兵符子好,少有词人拈取。谁肯向、帖中道与。绝口用兵两个字,是老臣、忠爱知难阻。写此句,绛纱缕。

◇◇ 评析

〔贺新郎〕《开禧丁卯端午中都借石林韵》一阕,盖即赴阙不试时作,此词换头"离骚古意盈洲渚"云云,忠爱至情,流露楮墨之表,可知其岩阿高蹈,殆有见于时辈之难与有为,非真好遁忘世也。(《历代词人考略》卷三十六)

水调歌头

次韵荷净亭小集

落日水亭静,藕叶胜花香。时贤飞盖,松间喝道挟胡床。暑气林深不受,山色晚来逾好,顿觉酒尊凉。妙语发天籁,幽眇亦张皇。　　射者中,弈者胜,兴悠长。佳人雪藕,更调冰水赛寒浆。惊饵游鱼深逝,带箭山禽高举,此话要商量。溪上采菱女,三五傍垂杨。

◇◇ 评析

宋汪晫《康范诗余》〔水调歌头〕《次韵荷净亭小集》云:"落日水亭静,藕叶胜花香",与秦湛"藕叶香风胜花气"同意。藕叶之香,非静中不能领略。净而后能静,无尘则不嚣矣。只此起二句,便恰是咏荷净亭,不能移到他处,所以为佳。(《蕙风词话》卷二)

程 珌

程珌(1164—1242),字怀古,徽州休宁(今属安徽)人,因先世居河北洺水,因自号洺水遗民。光宗绍熙四年(1193)进士,授昌化主簿。嘉定十三年(1220)除秘书丞。累官拜翰林学士,知制诰。绍定间,知福州,兼福建安抚使。以端明殿学士致仕。有《洺水集》,词集名《洺水词》。

水调歌头

日毂金钲赤,雪窦水晶寒。 支机石下翻浪,喷薄出层关。 半夜雌龙惊走,明日灵蛇张甲,蛰上石盘桓。 多谢山君护,未放醉翁闲。 安得醉,风泚泚,露珊珊。 翠云老子,邀我瑶佩驾红鸾。 一勺流觞何有,万石横缸如注,虹气饮溪乾。 忽梦坐银井,长啸俯清湍。

水调歌头

登甘露寺多景楼望淮有感

天地本无际,南北竟谁分。 楼前多景,中原一恨杳难论。 却似长江万里,忽有孤山两点,点破水晶盆。 为借鞭霆力,驱去附昆仑。 望淮阴,兵冶处,俨然存。 看来天意,止欠士雅与刘琨。 三拊当时顽石,唤醒隆中一老,细与酌芳尊。 孟夏正须雨,一洗北尘昏。

满江红

龚抚干示闰中秋

黄鹤楼前,江百尺、波横光溢。问老子、当年高兴,何人知得。最爱洞庭天际水,分明表里玻璃色。恐今宵、未必似前番,天应惜。　都莫问,鸿钟勒。也休羡,壶天谪。忆故人霜下,乱滩横笛。便好骑鲸游汗漫,古来蟾影何曾没。更明年、重约再来时,乘槎客。

◇◇ **评析**

程怀古《洺水词》颇多奇崛之笔,足当一"重"字,《四库》列之存目,稍形屈抑。如〔水调歌头〕"日毂金钲赤"云云,此等词可医庸弱之失。又如前调之"天地本无际",〔满江红〕之"黄鹤楼前",此两阕亦集中佳胜。(《历代词人考略》卷三十四)

念奴娇

忆先庐春山之胜

归来一笑,尚看看趁得,人间寒食。阿寿牵衣仍问我,双鬓新来添白。忍见庭前,去年芳草,依旧青青色。西湖雨后,绿波两岸平拍。　天教断送流年,三之一矣,又是成疏隔。燕子春寒浑未到,谁说江南消息。玉树熏香,冰桃翻浪,好个山间景物。这回归去,松风深处横笛。

◇◇ 评析

〔念奴娇〕《忆先庐春山之胜》云:"忍见庭前,去年芳草,依旧青青色。"又云:"燕子春寒浑未到,谁说江南消息。"则又以疏俊擅长矣。(《历代词人考略》卷三十四)

戴复古

戴复古(1167—?),字式之,黄岩(今属浙江台州)人,家于石屏山下,因自号石屏。不以仕进。曾从陆游学诗,为江湖派诗人。有《石屏集》。词集名《石屏长短句》,又名《石屏词》。

满江红

赤壁怀古

赤壁矶头,一番过、一番怀古。想当时、周郎年少,气吞区宇。万骑临江貔虎噪,千艘烈炬鱼龙怒。卷长波、一鼓困曹瞒,今如许。 江上渡,江边路。形胜地,兴亡处。览遗踪、胜读诗书言语。几度东风吹世换,千年往事随潮去。问道旁、杨柳为谁春,摇金缕。

◇◇ 评析

石屏词往往作豪放语,绵丽是其本色。〔满江红〕《赤壁怀古》云:(词略)歇拍云云,是本色流露处。(《珠花簃词话》)

望江南

壶山宋谦父寄新刊雅词,内有壶山好三十阕,自说平生。仆谓犹有说未尽处,为续四曲。

壶山好,博古又通今。 结屋三间藏万卷,挥毫一字直千金。四海有知音。 门外路,咫尺是湖阴。 万柳堤边行处乐,百花洲上醉时吟。 不负一生心。

望江南

壶山好,胆气不妨粗。 手奋空拳成活计,眼穿故纸下功夫。处世未全疏。 生涯事,近日果何如。 背锦奚奴能检典,画眉老妇出交租。 且喜有赢余。

望江南

壶山好,文字满胸中。 诗律变成长庆体,歌词渐有稼轩风。最会说穷通。 中年后,虽老未成翁。 儿大相传书种在,客来不放酒尊空。 相对醉颜红。

望江南

壶山好，也解忆狂夫。转首便成千里别，经年不寄一行书。浑似不相疏。　催归曲，一唱一愁予。有剑卖来酤酒吃，无钱归去买山居。安处即吾庐。

望江南

仆既为宋壶山说其自说未尽处，壶山必有答语，仆自嘲三解。

石屏老，家住海东云。本是寻常田舍子，如何呼唤作诗人。无益费精神。　千首富，不救一生贫。贾岛形模元自瘦，杜陵言语不妨村。谁解学西昆。

望江南

石屏老，长忆少年游。自谓虎头须食肉，谁知猿臂不封侯。身世一虚舟。　平生事，说着也堪羞。四海九州双脚底，千愁万恨两眉头。白发早归休。

望江南

石屏老，悔不住山林。注定一生知有命，老来万事付无心。巧语不如喑。　贫亦乐，莫负好光阴。但愿有头生白发，何忧无地觅黄金。遇酒且须斟。

沁园春

自述

一曲狂歌，有百余言，说尽一生。费十年灯火，读书读史，四方奔走，求利求名。蹭蹬归来，闭门独坐，赢得穷吟诗句清。夫诗者，皆吾侪平日，愁叹之声。　　空余豪气峥嵘。安得良田二顷耕。向临邛涤器，可怜司马，成都卖卜，谁识君平。分则宜然，吾何敢怨，蝼蚁逍遥戴粒行。开怀抱，有青梅荐酒，绿树啼莺。

贺新郎

寄丰宅之

忆把金罍酒，叹别来、光阴荏苒，江湖宿留。世事不堪频着眼，赢得两眉长皱。但东望、故人翘首。木落山空天远大，送飞鸿、北去伤怀久。天下事，公知否。　　钱塘风月西湖柳，渡江来、百年机会，从前未有。唤起东山丘壑梦，莫惜风霜老手。要整顿、封疆如旧，早晚枢庭开幕府，是英雄、尽为公奔走。看金印，大如斗。

◇◇ **评析**

戴式之《石屏词》，为壶山宋谦父作〔望江南〕四曲，又"自嘲三解"，〔沁园春〕《自述》，〔贺新郎〕《寄丰宅之》等阕，并豪放近辛、刘。(《历代词人考略》卷三十一)

鹊桥仙

新荷池沼,绿槐庭院。 檐外雨声初断。 喧喧两部乱蛙鸣,怎得似、啼莺睨睆。 风光流转。 客游汗漫。 莫问鬓丝长短。 即时杯酒醉时歌,算省得、闲愁一半。

醉太平

长亭短亭。 春风酒醒。 无端惹起离情。 有黄鹂数声。 芙蓉绣茵。 江山画屏。 梦中昨夜分明。 悔先行一程。

木兰花慢

怀旧

莺啼啼不住,任燕语、语难通。 这一点闲愁,十年不断,恼乱春风。 重来故人不见,但依然、杨柳小楼东。 记得同题粉壁,而今壁破无踪。 兰皋新涨绿溶溶。 流恨落花红。 念着破春衫,当时送别,灯下裁缝。 相思谩然自苦,算云烟、过眼总成空。 落日楚天无际,凭栏目送飞鸿。

醉落魄

九日吴胜之运使黄鹤山登高

龙山行乐。何如今日登黄鹤。风光政要人酬酢。欲赋归来,莫是渊明错。　　江山登览长如昨。飞鸿影里秋光薄。此怀只有黄花觉。牢裹乌纱,一任西风作。

◇◇ 评析

〔鹊桥仙〕之"新荷池沼",〔醉太平〕之"长亭短亭"两词,清丽芊绵,未坠北宋风格。其〔木兰花慢〕《怀旧》阕"莺啼啼不住"云云,则以情真而语工,非其它所作可比也。(《历代词人考略》卷三十一)

卢 炳

卢炳(生卒年不详),字叔阳,自号丑斋。宁宗嘉定七年(1214)守融州,以凶狠奸贪罢。有《烘堂词》。

念奴娇

晚天清楚，扫太虚纤翳，凉生江曲。四顾青冥天地阔，唯有残霞孤鹜。山气凝蓝，汀烟引素，竦竦浮群木。白蘋风定，波澄万顷寒玉。　　时有一叶渔舟，收纶垂钓，来往何幽独。短发萧萧襟袖冷，便觉都无袢褥。曳杖归来，夜深人悄，月照鳞鳞屋。藤床一枕，迥然清梦无俗。

踏莎行

过黄花渡沽白酒因成呈天休

猎猎霜风，蒙蒙晓雾。归来喜踏江南路。千林翠幄半红黄，试看青女工夫做。　　茅舍疏篱，竹边低户。谁家酒滴真珠露。旋酤一盏破清寒，趁晴同过黄花渡。

点绛唇

过眼溪山，向来都是经行处。骖鸾人去。冷落吹箫侣。小立江亭，愁对蒹葭浦。无情绪。酒杯慵举。闲看江枫舞。

◇◇ **评析**

卢叔阳词在宋人中未为上驷，然气格雅近沉着，句意不涉纤佻。如〔念奴娇〕之"晚天清楚"，〔踏莎行〕之"猎猎霜风"，〔点绛唇〕之"过眼溪山"，皆集中合作。(《历代词人考略》卷二十九)

诉衷情

柴扉人寂草生畦。藤蔓乱紫篱。秋净楚天如水,云叶度墙低。　同把盏,且伸眉。对残晖。红荥笑捻,黄菊斜簪,恋饮忘归。

谒金门

春事寂。苦笋鲥鱼初食。风卷绣帘飞絮入。柳丝萦似织。　迅速韶光去急。过雨绿阴忧湿。回首旧游何处觅。远山空伫碧。

谒金门

门巷寂。梅豆微酸怯食。别恨萦心愁易入。寸肠如网织。　去橹咿哑声急。泪滴春衫轻湿。尺素待凭鱼雁觅。远烟凝处碧。

◇◇ 评析

〔诉衷情〕云:"秋净楚天如水,云叶度墙低。"〔谒金门〕云:"风卷绣帘飞絮入。柳丝萦似织。"又云:"尺素待凭鱼雁觅。远烟凝处碧。"殆即毛跋所谓"词中有画"者欤?(《历代词人考略》卷二十九)

[洪咨夔]

洪咨夔(1176—1236),字舜俞,号平斋,于潜(今属浙江杭州)人。宁宗嘉泰二年(1202)进士,授如皋主簿。为崔与之所器重,崔帅淮东、成都,并辟置幕府,荐为籍田令、通判成都府。理宗即位,召为秘书郎,金部员外郎,考功员外郎。忤史弥远,罢归。弥远死,召为礼部员外郎,历拜监察御史,殿中侍御史,吏部侍郎兼给事中,刑部尚书,后拜翰林学士、知制诰。加端明殿学士,提举万寿观。卒谥"忠文"。著有《平斋集》,词集名《平斋词》。

风流子

和杨帅芍

锦幄醉荼蘼。 狻猊暖、银蒜压烟霏。 正韩范安边,欧苏领客,红芳庭院,绿荫窗扉。 著句挽春春肯住,更判羽觞挥。 金系花腰,玉匀人面,娇慵无力,娅姹相依。 繁华都能几,青油幕、好与遮护晴晖。 寄语东君,莫教一片轻飞。 向温馨深处,留欢卜夜,月移花影,露裛人衣。 只恐明朝西垣,有诏催归。

◇◇ **评析**

宋洪咨夔《平斋词》〔风流子〕"咏芍药"句云:"金系花腰,玉匀人面",八字工丽可喜。(《织余琐述》)

水调歌头

送曹侍郎归永嘉

四海止斋老,百世水心翁。都将不尽事业,付与道俱东。气脉中庸大学,体统采薇天保,几疏柘袍红,千仞倚寥碧,一点驾归鸿。

扈江蓠,贯薜荔,制芙蓉。午桥绿野深处,心与境俱融。搏控乾坤龙马,簸弄坎离日月,苍鬓映方瞳。只恐又催诏,飞度橘花风。

◇◇ **评析**

〔水调歌头〕《送曹侍郎归永嘉》句云:"气脉中庸大学,体统采薇天保,几疏柘袍红。""中庸""大学"字入词,绝奇。"体统"字亦仅见。(《织余琐述》)

贺新郎

咏梅用甄龙友韵

放了孤山鹤。向西湖、问讯水边,嫩寒篱落。试粉盈盈微见面,一点芳心先著。正日暮、烟轻云薄。欲揽清香和月咽,倩冯夷、为洗黄金杓。花向我,劝多酌。　　单于吹彻今成昨。未甘渠、琢玉为堂,把春留却。倚遍黄昏阑十二,知被儿曹先觉。更笑杀、卢仝赤脚。但得东风先在手,管绿阴、好践青青约。方寸事,两眉角。

◇◇ 评析

《四库全书提要》云:《平斋词》颇有似稼轩、龙洲者。今阅洪词,细审之,其中怀所蕴蓄,郁勃不能自已,及至放笔为词,慷慨淋漓,自然与辛、刘契合,非刻意模仿辛、刘也。其词如〔贺新郎〕《咏梅用甄龙友韵》云:(词略)仍以清流擅胜,唯"觉""脚"两韵体格近似辛、刘耳。(《历代词人考略》卷三十六)

眼儿媚

平沙芳草渡头村。 绿遍去年痕。 游丝下上,流莺来往,无限销魂。 绮窗深静人归晚,金鸭水沉温。 海棠影下,子规声里,立尽黄昏。

◇◇ 评析

弁阳翁《绝妙好词》录其〔眼儿媚〕"平沙芳草渡头村"云云,此等词似非平斋本色,集中亦不多见,草窗选词未免偏重婉丽一派。(《历代词人考略》卷三十六)

史达祖

史达祖(生卒年不详),字邦卿,号梅溪,汴(今河南开封)人。宁宗开禧中韩侂胄当国,史达祖以堂吏为韩所倚重,拟帖拟旨,俱出其手,一时士大夫求进者皆趋其门,呼为"梅溪先生"。尝陪使臣李壁至金。韩败,史达祖遭黥刑,贬死。著有《梅溪词》。

三姝媚

烟光摇缥瓦。望晴檐多风,柳花如洒。锦瑟横床,想泪痕尘影,凤弦常下。倦出犀帷,频梦见、王孙骄马。讳道相思,偷理绡裙,自惊腰衩。　　惆怅南楼遥夜。记翠箔张灯,枕肩歌罢。又入铜驼,遍旧家门巷,首询声价。可惜东风,将恨与、闲花俱谢。记取崔徽模样,归来暗写。

瑞鹤仙

杏烟娇湿鬓。过杜若汀洲,楚衣香润。回头翠楼近。指鸳鸯沙上,暗藏春恨。归鞭隐隐。便不念、芳盟未稳。自箫声、吹落云东,再数故园花信。　　谁问。听歌窗罅,倚月钩阑,旧家轻俊。芳心一寸。相思后,总灰烬。奈春风多事,吹花摇柳,也把幽情唤醒。对南溪、桃萼翻红,又成瘦损。

八　归

秋江带雨,寒沙萦水,人瞰画阁愁独。烟蓑散响惊诗思,还被乱鸥飞去,秀句难续。冷眼尽归图画上,认隔岸、微茫云屋。想半属、渔市樵村,欲暮竞燃竹。　　须信风流未老,凭持酒、慰此凄凉心目。一鞭南陌,几篙官渡,赖有歌眉舒绿。只匆匆眺远,早觉闲愁挂乔木。应难奈,故人天际,望彻淮山,相思无雁足。

玉蝴蝶

晚雨未摧宫树，可怜闲叶，犹抱凉蝉。短景归秋，吟思又接愁边。漏初长、梦魂难禁，人渐老、风月俱寒。想幽欢。土花庭甃，虫网阑干。　　无端。啼蛄搅夜，恨随团扇，苦近秋莲。一笛当楼，谢娘悬泪立风前。故园晚、强留诗酒，新雁远、不致寒暄。隔苍烟。楚香罗袖，谁伴婵娟。

◇◇ 评析

史梅溪，宋词名家也。其赋咏诸作，久脍炙人口，乃至工于言情，则论者殊未之及，兹略举数阕。如〔三姝媚〕之"烟光摇缥瓦"，〔瑞鹤仙〕之"杏烟娇湿鬓"，乃其最浓至者。〔八归〕之"秋江带雨"，〔玉蝴蝶〕之"晚雨未摧宫树"，乃其较疏俊者。（《历代词人考略》卷三十四）

蝶恋花

二月东风吹客袂。苏小门前，杨柳如腰细。胡蝶识人游冶地。旧曾来处花开未。　　几夜湖山生梦寐。评泊寻芳，只怕春寒里。令岁清明逢上巳。相思先到溅裙水。

解佩令

人行花坞。衣沾香雾。有新词、逢春分付。屡欲传情，奈燕子、不曾飞去。倚珠帘、咏郎秀句。　　相思一度。秾愁一度。最难忘、遮灯私语。淡月梨花，借梦来、花边廊庑。指春衫、泪曾溅处。

◇◇ 评析

〔蝶恋花〕之"二月东风吹客袂",〔解佩令〕之"人行花坞",则又以标韵胜矣。(《历代词人考略》卷三十四)

临江仙

倦客如今老矣,旧时可奈春何! 几曾湖上不经过。 看花南陌醉,驻马翠楼歌。 远眼愁随芳草,湘裙忆着春罗。 枉教装得旧时多。 向来箫鼓地,犹见柳婆娑。

◇◇ 评析

梅溪词:"几曾湖上不经过。看花南陌醉,驻马翠楼歌。"下二语人人能道,上七字妙绝,似乎不甚经意,所谓"得来容易却艰辛"也。(《蕙风词话》卷二)

寿楼春

寻春服感念

裁春衫寻芳,记金刀素手,同在晴窗。 几度因风飞絮,照花斜阳。 谁念我、今无肠。 自少年、消磨疏狂。 但听雨挑灯,欹床病酒,多梦睡时妆。 飞花去,良宵长,有丝闌旧曲,金谱新腔。 最恨湘云人散,楚兰魂伤。 身是客,愁为乡。 算玉箫、犹逢韦郎。 近寒食人家,相思未忘蘋藻香。

◇◇ 评析

梅溪词《寻春服感念》〔寿楼春〕云：（词略）此自度曲也。前段"因风飞絮，照花斜阳"，后段"湘云人散，楚兰魂伤"句，"风飞""花斜""云人""兰魂"，并用双声叠韵字，是声律极细处。（《历代词人考略》卷三十四）

高观国

高观国（生卒年不详），字宾王，号竹屋，山阴（今浙江绍兴）人。曾为南宋权臣韩侂胄堂吏。多与史达祖唱和，曾与陆游、陈造等人交游。有《竹屋痴语》。

金人捧露盘

楚宫闲，金成屋，玉为阑。 断云梦、容易惊残。 骊歌几叠，至今愁思怯阳关。 清音恨阻，抱哀筝、知为谁弹。 年华晚，月华冷，霜华重，鬓华斑。 也须念、间损雕鞍。 斜缄小字，锦江三十六鳞寒。 此情天阔，正梅信、笛里关山。

◇◇ 评析

高竹屋有《梅花》词二阕，调寄〔金人捧露盘〕，《绝妙好词》录其"念瑶姬"阕。其"楚宫闲"阕，风格尤遒上，未审公谨何以不登。（《珠花簃词话》）

玉蝴蝶

唤起一襟凉思，未成晚雨，先做秋阴。楚客悲残，谁解此意登临。古台荒、断霞斜照，新梦黯、微月疏砧。总难禁。尽将幽恨，分付孤斟。　　从今。倦看青镜，既迟勋业，可负烟林。断梗无凭，岁华摇落又惊心。想莼汀、水云愁凝，闲蕙帐、猿鹤悲吟。信沉沉。故园归计，休更侵寻。

鹧鸪天

有约湖山却解襟。昼眠占得一庭深。树边风色寒滋味，愁里年华雁信音。　　惊楚梦，听瑶琴。黄花尚可伴孤斟。断云万一成疏雨，却向湖边看晚阴。

◇◇ 评析

融斋刘氏《艺概》云："高竹屋词，争驱白石，然嫌多绮语。"窃尝浏览竟卷，亦有并非绮语而词甚工。如〔玉蝴蝶〕"唤起一襟凉思"云云，〔鹧鸪天〕"有约湖山却解襟"云云，此等词亦复饶有骨干，未可付之十八女郎红牙拍板也，其实虽艳而不俗，即亦无伤高格。（《历代词人考略》卷三十四）

夜合花

斑驳云开，蒙松雨过，海棠花外寒轻。 湖山翠暖，东风正要新晴。 又唤醒，旧游情。 记年时、今日清明。 隔花阴浅，香随笑语，特地逢迎。　　人生好景难并。 依旧秋千巷陌，花月蓬瀛。 春衫抖擞，余香半染芳尘。 念嫩约，杳难凭。 被几声、啼鸟惊心。 一庭芳草，危阑晚日，无限消凝。

兰陵王

为十年故人作

凤箫咽。 花底寒轻夜月。 兰堂静，香雾翠深，曾与瑶姬恨轻别。 罗巾泪暗叠。 情入歌声怨切。 殷勤意，欲去又留，柳色和愁为重折。　　十年迥凄绝。 念髻怯瑶簪，衣褪香雪。 双鳞不渡烟江阔。 自春来人见，水边花外，羞倚东风翠袖怯。 正愁恨时节。　　南陌。 阻金勒。 甚望断青禽，难倩红叶。 春愁欲解丁香结。 整新欢罗带，旧香宫簏。 凄凉风景，待见了，尽向说。

◇◇ 评析

〔夜合花〕之"斑驳云开"，〔兰陵王〕之《为十年故人作》"凤箫咽"，此等词虽涉言情，未可以绮语目之，其气清，其神淡也。（《历代词人考略》卷三十四）

玲珑四犯

水外轻阴，做弄得飞云，吹断晴絮。驻马桥西，还系旧时芳树。不见翠陌寻春，每问著、小桃无语。恨燕莺、不识闲情，却隔乱红飞去。　　少年曾识春风意，到如今、怨怀难诉。魂惊苒苒江南远，烟草愁如许。此意待写翠笺，奈断肠、都无新句。问甚时、舞凤歌鸾，花里再看仙侣。

醉落魄

钩帘翠湿。寒江上、雨晴风急。乱峰低处明残日。雁字成行，界破暮天碧。　　故人天外长为客。倚阑一望情何极。新来得个归消息。去棹回舟，数过几千双。

◇◇ 评析

〔玲珑四犯〕云："魂惊苒苒江南远，烟草愁如许。"〔醉落魄〕云："乱峰低处明残日。雁字成行，界破暮天碧。"绵邈疏爽，各擅所长，并皆可诵。(《历代词人考略》卷三十四)

齐天乐

晚云知有关山念，澄霄卷开清霁。素景分中，冰盘正溢，何啻婵娟千里。危阑静倚。正玉管吹凉，翠觞留醉。记约清吟，锦袍初唤醉魂起。　　孤光天地共影，浩歌谁与舞，凄凉风味。古驿烟寒，幽垣梦冷，应念秦楼十二。归心对此。想斗插天南，雁横辽水。试问姮娥，有谁能为寄。

◇◇ 评析

竹屋词〔齐天乐〕《中秋夜怀梅溪》云："古驿烟寒，幽垣梦冷，应念秦楼十二。"此等句开国朝词门径钩勒太露，便失之薄。(《珠花簃词话》)

宋人词亦有疵病，断不可学。高竹屋《中秋夜怀梅溪》云："古驿烟寒，幽垣梦冷，应念秦楼十二。"此等句钩勒太露，便失之薄。张玉田〔水龙吟〕《寄袁竹初》云："待相逢说与相思，想亦在、相思里。"尤空滑粗率，并不如高句，字面稍能蕴藉。(《蕙风词话》卷二)

吴　泳

吴泳（生卒年不详），字叔永，号鹤林，潼川人。约宋宁宗嘉定末前后在世，嘉定元年（1209）进士。理宗朝，历秘书丞、秘书少监，仕至起居舍人，兼直学士院，权刑部尚书，终宝章阁学士，知泉州。有《鹤林集》。

水龙吟

寿李长孺

清江社雨初晴，秋香吹彻高堂晓。天然带得，酒星风骨，诗囊才调。沔水春深，屏山月淡，吟鞭俱到。算一生绕遍，瑶阶玉树，如君样、人间少。　　未放鹤归华表。伴仙翁、依然天杪。知他费几，雁边红粒，马边青草。待得清夷，彩衣花绶，哄堂一笑。且和平心事，等闲博个，千秋不老。

◇◇ 评析

"算一生绕遍,瑶阶玉树,如君样、人间少。"吴叔永〔水龙吟〕《寿李长孺》句。寿词能为此等语,视寻常歌诵功德,何止仙尘糟玉之别。(《餐樱庑词话》)

八声甘州

寿魏鹤山

又一番、泸水出群蚒。 江声汹鸣鼍。 正南人争望,转移虎节,弹压鲸波。 未见元戎羽葆,民气已冲和。 不待禁中选,李牧廉颇。 却顾边陲以北,似乘航共济,亡楫中河。 纵缆头襦尾,其奈不牢何。 □明公、一襟忠愤,想誓江、无日不酣歌。 当津者,岂应袖手,长宴江沱。

贺新郎

送游景仁赴夔漕

额扣龙墀苦。 对南宫、春风侍女,掉头不顾。 烽火连营家万里,漠漠黄沙吹雾。 莽关塞、白狼玄兔。 如此江山俱破碎,似输棋、局满枰无路。 弹血泪,迸如雨。 轻帆且问夔州戍。 俯江流、桑田屡改,阵图犹故。 抱此孤忠长耿耿,痛恨年华不与。 但月落、荒洲绝屿。 君与鹤山皆人杰,倘功名、到手还须做。 平滟滪,洗石鼓。

洞仙歌

惜春和李元膺

翠柔香嫩，乍春风庭院。换却幽人读书眼。淡鹅黄袅袅，玉破梢头，莺未啭，绿皱池波尚浅。　　王孙才别后，长负芳时，碧草萋萋绣茵软。海棠桃花雨，红湿青衫，春心荡，不省花飞减半。待持酒高堂、劝东皇，且爱惜芳菲，留春借暖。

◇◇ **评析**

〔八声甘州〕《寿魏鹤山》、〔贺新郎〕《送游景仁赴夔漕》、〔洞仙歌〕《惜春和李元膺》，前二首以遒劲胜，后一首以绵丽胜，全卷以"送游景仁"作为第一。（《历代词人考略》卷三十六）

祝英台近

春日感怀

小池塘，闲院落，薄薄见山影。杨柳风来，吹彻醉魂醒。有时低按银筝，高歌水调，落花外、纷纷人境。　　猛深省。但有竹屋三间，莲田二顷。便可休官，日对漏壶永。假饶是、红杏尚书，碧桃学士，买不得、朱颜芳景。

◇◇ **评析**

鹤林词〔祝英台近〕《春日感怀》云："有时低按银筝，高歌水调，落花外、纷纷人境。"末七字余极喜之。其妙处难以言说。但觉芥子须弥，犹涉执象。（《蕙风词话》卷二）

◇◇ 总评

《四库全书提要》：吴泳《鹤林集》在西蜀文字中，颇有眉山苏氏之风，继魏了翁《鹤山集》后固无多让云云。如以词论，似乎叔永尤为当行，第无庸以文章余事轩轾二公耳。(《历代词人考略》卷三十六)

魏了翁

魏了翁(1178—1237)，字华父，号鹤山，邛州蒲江(今属四川)人。庆元五年(1199)进士，授签书剑南西川节度判官厅公事。历秘书省正字、校书郎。出知嘉定，以养亲归里，筑室白鹤山下，授徒讲学，学者因称鹤山先生。后起为权礼部尚书兼直学士院等。以资政殿学士、通奉大夫致仕，卒赠太师，谥"文靖"，追赠秦国公。有《鹤山全集》。词集有《鹤山长短句》。

金缕曲

管待杨伯昌子谟劝酒

独立西风里。渺无尘、明河挂斗，碧天如洗。鸂鶒楼前迎风处，吹堕乘槎星使。弄札札、机中巧思。织就天孙云锦段，尚轻阴、朱阁留纤翳。亲为挽，天潢水。　　等闲富贵浮云似。须存留、几分清论，护持元气。曾把古今兴亡事，奏向前旒十二。虽去国、言犹在耳。念我独兮谁与共，谩凝思、一日如三岁。夜耿耿，不皇寐。

金缕曲

九日席上呈诸友

旧日重阳日。叹满城、阑风去雨，寂寥萧瑟。造物翻腾新机杼，不踏诗人陈迹。都扫荡、一天云物。挟客凭高西风外，暮鸢飞、不尽秋空碧。真意思，浩无极。　　糕诗酒帽茱萸席。算今朝、无谁不饮，有谁真得。子美不生渊明老，千载寥寥佳客。无恨事、欲忘还忆。金气高明弓力劲，正不堪、回首南山北。谁弋雁，问消息。

卜算子

约登鄂州南楼即席次韵

携月上南楼，月已穿云去。莫照峨眉最上峰，同在峰前住。东望极青齐，西顾穷商许。酒到忧边总未知，犹认胡床处。

鹧鸪天

次韵李参政壁朝阳阁落成

月落星稀露气香。烟销日出晓光凉。天东扶木三千丈，一片丹心似许长。　　淇以北，洛之阳。买花移竹且迷藏。九重阊阖开黄道，未信低回两鬓霜。

鹧鸪天

六十日再赋观灯

两使星前秉烛游。 滔滔车马九河流。 耳听宣政升平曲,目断炎兴未复州。 闻鼓吹,强欢讴。 被人催送作邀头。 凭谁为扫妖氛静,却与人间快活休。

◇◇ 评析

魏文靖词,黄玉林云:皆寿词之得体者。朱竹垞本花庵之说,遂谓非寿词不作。今考《鹤山先生大全文集》卷九十四至九十六皆长短句,最一百八十八首,非寿词八十七首,黄、朱二氏之说皆不然矣。文靖,理学名臣,蕴蓄深厚。即其倚声之作,亦复局度冲夷,体制朴雅,非寻常摘华捄藻,角逐词坛者所可同日语矣。(《历代词人考略》卷三十六)

李从周

李从周(生卒年不详),字肩吾,一字子我,号玼洲,彭山(今属四川)人,一说临邛(今四川邛崃)人。李从周为魏了翁客。著《字通》一卷,极为魏了翁称许。有《玼洲词》,已佚。赵万里《校辑宋金元人词》有辑本。

风流子

双燕立虹梁。东风外、烟雨湿流光。望芳草云连,怕经南浦,葡萄波涨,怎博西凉。空记省,浅妆眉晕敛,罥袖唾痕香。春满绮罗,小莺捎蝶,夜留弦索,么凤求凰。　　江湖飘零久,频回首、无奈触绪难忘。谁信温柔牢落,翻坠愁乡。仗玉笺铜爵,花间陶写,宝钗金镜,月底平章。十二主家楼苑,应念萧郎。

◇◇ 评析

〔风流子〕"双燕立虹梁"云云,龙壁山人赏其秾丽。(《历代词人考略》卷三十六)

清平乐

东风无用。吹得愁眉重。有意迎春无意送。门外湿云如梦。　韶光九十悭悭。俊游回首关山。燕子可怜人去,海棠不分春寒。

鹧鸪天

绿色吴笺覆古苔。濡毫重拟赋幽怀。杏花帘外莺将老,杨柳楼前燕不来。　倚玉枕,坠瑶钗。午窗轻梦绕秦淮。玉鞭何处贪游冶,寻遍春风十二街。

◇◇ 评析

〔清平乐〕云:(词略)〔鹧鸪天〕云:(词略)此等词所谓生香真色,人难学也。(《历代词人考略》卷三十六)

抛球乐

风冒蔫红雨易晴。 病花中酒过清明,绮窗幽梦乱如柳,罗袖泪痕凝似饧。 冷地思量着,春色三停早二停。

谒金门

花似匦。 两点翠蛾愁压。 人又不来春且恰。 谁留春一霎。
消尽水沉金鸭。 写尽杏笺红蜡。 可奈薄情如此黠。 寄书浑不答。

◇◇ 评析

李玭洲〔抛球乐〕云:"绮窗幽梦乱如柳,罗袖泪痕凝似饧。"〔谒金门〕云:"可奈薄情如此黠。寄书浑不答。""饧""黠"叶韵虽新,却不坠宋人风格。然如"饧"韵二句,所争亦止絫黍间矣。其不失之尖纤者,以其尚近质拙也。学词者不可不知。(《蕙风词话》卷二)

卢祖皋

卢祖皋(生卒年不详),字申之,又字次夔,号蒲江,永嘉(今属浙江)人。宁宗庆元五年(1199)进士,嘉定十一年(1218)主管刑、工部架阁文字,历迁秘书省正字、校书郎、著作郎、将作少监,权直学士院。卒于官。曾与永嘉四灵唱和,词集名《蒲江词稿》。

清平乐

柳边深院。　燕语明如翦。　消息无凭听又懒。　隔断画屏双扇。　宝杯金缕红牙。　醉魂几度儿家。　何处一春游荡，梦中犹恨杨花。

江城子

画楼帘幕卷新晴。　掩银屏。　晓寒轻。　坠粉飘香，日日唤愁生。　暗数十年湖上路，能几度，著娉婷。　　年华空自感飘零。拥春醒。　对谁醒。　天阔云间，无处觅箫声。　载酒买花年少事，浑不似，旧心情。

◇◇ 评析

卢申之〔江城子〕后段云："年华空自感飘零。拥春醒。对谁醒。天阔云间，无处觅箫声。载酒买花年少事，浑不似，旧心情。"与刘龙洲词"欲买桂花重载酒，终不似，少年游"可称异曲同工。然终不如少陵之"诗酒尚堪驱使在，未须料理白头人"为倔强可喜。其〔清平乐〕歇拍云："何处一春游荡，梦中犹恨杨花。"是加倍写法。（《蕙风词话》卷二）

真德秀

真德秀(1178—1235),字景元,更字希元,学者称"西山先生",建州浦城(今属福建)人。宁宗庆元五年(1199)进士,授南剑州判官。继试中博学宏词科,入闽帅幕,召为太学正,迁博士。嘉定初,召试学士院,迁校书郎,寻兼沂王府教授,权直学士院。历秘书郎、军器少监、起居舍人、太常少卿,以秘阁修撰出为江东转运副使,知泉州、隆兴府,知潭州兼湖南安抚使。理宗即位,召为中书舍人,迁礼部侍郎、直学士院。绍定五年(1232)起知泉州。端平元年(1234)召为户部尚书,改翰林学士。知制诰,拜参知政事。进资政殿学士提举万寿观。卒赠银青光禄大夫,谥"文忠"。著有《西山先生文集》《西山甲乙稿》等。今存词一首。

蝶恋花

两岸月桥花半吐。 红透肌香,暗把游人误。 尽道武陵溪上路。 不知迷入江南去。 先自冰霜真态度。 何事枝头,点点胭脂污。 莫是东君嫌淡素。 问花花又娇无语。

◇◇ **评析**

真文忠《咏红梅》〔蝶恋花〕见《绝妙好词》,虽涉艳语,却有骨干,绝无词流软媚之失。仪墨庄云:"歇拍三句,殆为小人蛊君者发说。"亦近似。(《历代词人考略》卷三十五)

[刘　镇]

刘镇(生卒年不详),字叔安,号随如,学者称随如先生。南海(今广东广州)人。宁宗嘉泰二年(1202)进士,与弟祗、铎并有文名,有司旌其所居坊名"丛桂"。有《随如百咏》,有后人辑本。

水龙吟

丙子立春怀内

三山腊雪才消,夜来谁转回寅斗。　试灯帘幕,送寒幡胜,暗香携手。　少日欢娱,旧游零落,异乡歌酒。　到而今,生怕春来大早,空赢得、两眉皱。　　春到兰湖少住,肯殷勤、访梅寻柳。相思人远,带围宽减,粉痕消瘦。　双燕无凭,尺书难表,甚时回首。　想画栏,倚遍东风,闲负却、桃花咒。

◇◇ 评析

宋刘镇〔水龙吟〕"立春怀内"云:"试灯帘幕,送寒幡胜,暗香携手。""暗香"句只四字,饶有无限景中之情,自非雅人深致,未易领会得到。(《织余琐述》)

刘随如〔水龙吟〕《丙子立春怀内》云:(词略)歇拍二句与秦太虚〔眼儿媚〕后段"绮窗人在东风里"云云,异曲同工。(《历代词人考略》卷三十六)

玉楼春

东山探梅

冷冷水向桥东去。漠漠云归溪上住。疏风淡月有来时,流水行云无觅处。　佳人独立相思苦。薄袖欺寒修竹暮。白头空负雪边春,着意问春春不语。

◇◇ 评析

〔玉楼春〕《东山探梅》歇拍云:"白头空负雪边春,着意问春春不语。"语意亦淡而深。(《历代词人考略》卷三十六)

周文璞

周文璞(生卒年不详),字晋仙,号方泉,又号野斋、山楹,阳谷(今属山东)人。曾官溧阳县丞。能诗,与姜夔等唱和。有《方泉先生诗集》。今存词二首。

浪淘沙

题酒家壁

还了酒家钱,便好安眠。大槐宫里着貂蝉。行到江南知是梦,雪压渔船。　　盘礴古梅边,也是前缘。鹅黄雪白又醒然。一事最奇君记取,明日新年。

一剪梅

风韵萧疏玉一团。更着梅花,轻袅云鬟。这回不是恋江南。只是温柔,天上人间。　　赋罢闲情共倚阑。江月庭芜,总是消魂。流苏斜掩烛花寒。一样眉尖,两处关山。

◇◇ 评析

周晋仙《题酒家壁》词〔浪淘沙〕虽自然超妙,然学之非宜,恐堕野狐禅也。晋仙又有〔一剪梅〕云:(词略)见弁阳翁《绝妙好词》。斯为倚声正轨,晋仙所称"细雨湿流光"五字,乃冯正中《阳春集》〔南乡子〕词句,谓出《花间集》,误也。(《历代词人考略》卷三十三)

韩 嘐

韩嘐(生卒年不详),字子耕,号萧闲。词集名《萧闲词》,有后人辑本。

高阳台

除夕

频听银签，重燃绛蜡，年华衮衮惊心。饯旧迎新，能消几刻光阴？老来可惯通宵饮，待不眠、还怕寒侵。掩清尊。多谢梅花，伴我微吟。　　邻娃已试春妆了。更蜂腰簇翠，燕股横金。勾引春风，也知芳思难禁。朱颜那有年年好，逞艳游、赢取如今。恣登临。残雪楼台，迟日园林。

◇◇ 评析

韩子耕〔高阳台〕《除夕》云：(词略)此等词语浅情深，妙在字句之表，便觉刻意求工，是无端多费气力。(《蕙风词话》卷二)

浪淘沙

丰乐楼

裙色草初青。鸭绿波轻。试花霏雨湿春晴。三十六梯人不到，独唤瑶筝。　　艇子忆逢迎。依旧多情。朱门只合锁娉婷。却逐彩鸾归去路，香陌春城。

◇◇ 评析

韩子耕〔浪淘沙〕云："试花霏雨湿春晴。三十六梯人不到，独唤瑶筝。"妙在"湿"字、"唤"字。(《蕙风词话》卷二)

◇◇ 总评

韩子耕词妙处，在一"松"字。非功力甚深不办。(《蕙风词话》卷二)

黄 简

黄简（生卒年不详），一名居简，字元易，号东甫，建安（今属福建）人，寓居吴郡光福山。嘉熙中卒，通判翁逢龙葬之虎丘。工诗，《全宋词》辑其词三首。

柳梢青

病酒心情。 唤愁无限，可奈流莺。 又是一年，花惊寒食，柳认清明。 天涯翠巘层层。 是多少长亭短亭。 倦倚东风，只凭好梦，飞到银屏。

◇◇ 评析

〔柳梢青〕又云："花惊寒食，柳认清明。""惊"字、"认"字，属对绝工。昔人用字不苟如是，所谓词眼也。纳兰容若〔浣溪沙〕云："被酒莫惊春睡重，赌书消得泼茶香。当时只道是寻常。"即东甫〔眼儿媚〕句意。酒中茶半，前事伶俜，皆梦痕耳。(《蕙风词话》卷二)

眼儿媚

画楼瀍水翠梧阴。 清夜理瑶琴。 打窗风雨，逼帘烟月，种种关心。 当时不道春无价，幽梦费重寻。 难忘最是，鲛绡晕满，蝉锦香沉。

◇◇ **评析**

　　黄东甫〔柳梢青〕云："天涯翠巘层层。是多少长亭短亭。"〔眼儿媚〕云："当时不道春无价，幽梦费重寻。"此等语非深于词不能道，所谓词心也。（《蕙风词话》卷二）

孙惟信

　　孙惟信（1179—1243），字季蕃，号花翁，开封（今属河南）人，居婺州（今浙江金华），曾以祖泽为监当官，弃官游四方。光宗时隐居西湖。与赵师秀、刘克庄游。惟信善雅淡，长身缊袍，意度疏旷，见者以为侠客异人。有《花翁集》，词有后人辑本《花翁词》。

夜合花

　　风叶敲窗，露蛩吟砌，谢娘庭院秋宵。　凤屏半掩，钗花映烛红摇。　润玉暖，腻云娇。　染芳情、香透鲛绡。　断魂留梦，烟迷楚驿，月冷蓝桥。　　谁念卖药文箫。　望仙城路杳，莺燕迢迢。　罗衫暗摺，兰痕粉迹都销。　流水远，乱花飘。　苦相思、宽尽春腰。几时重恁，玉骢过处，小袖轻招。

烛影摇红

咏牡丹

一朵鞓红，宝钗压鬓东风溜。 年时也是牡丹时，相见花边酒。初试夹纱半袖。 与花枝、盈盈斗秀。 对花临景，为景牵情，因花感旧。 题叶无凭，曲沟流水空回首。 梦云不入小山屏，真个欢难偶。 别后知他安否。 软红街、清明还又。 絮飞春尽，天远书沉，日长人瘦。

南乡子

璧月小红楼。 听得吹箫忆旧游。 霜冷阑干天似水，扬州。 薄幸声名总是愁。 尘暗鹔鹴裘。 针线曾劳玉指柔。 一梦觉来三十载，休休。 空为梅花白了头。

◇◇ 评析

孙花翁〔夜合花〕词云：（词略）此词风流蕴藉，神韵独绝。又〔烛影摇红〕《咏牡丹》"一朵鞓红"云云，〔南乡子〕"璧月小红楼"云云，二词亦集中佳胜，诚如查恂叔云："缠绵幽秀，令人涵泳不尽。"（《历代词人考略》卷三十四）

方千里

方千里(生卒年不详),衢州信安(今属浙江)人。曾官舒州签判。有《和清真词》。

过秦楼

柳拂鹅黄,草揉螺黛,院落雨痕才断。蜂须雾湿,燕嘴泥融,陌上细风频扇。多少艳景关心,长苦春光,疾如飞箭。对东风忍负,西园清赏,翠深香远。 空暗忆、醉走铜驼,闲敲金镫,倦迹素衣尘染。因花瘦觉,为酒情钟,绿鬓几番催变。何况逢迎向人,眉黛供愁,娇波回倩。料相思此际,浓似飞红万点。

塞垣春

四远天垂野。向晚景,雕鞍卸。吴蓝滴草,塞绵藏柳,风物堪画。对雨收雾霁初晴也。正陌上、烟光洒。听黄鹂、啼红树,短长音□如写。 怀抱几多愁,年时趁、欢会幽雅。尽日足相思,奈春昼难夜。念征尘、满堆襟袖,那堪更、独游花阴下。一别鬓毛减,镜中霜满把。

◇◇ 评析

千里词,如花庵所选〔过秦楼〕"柳洒鹅黄"阕、《词综》所选〔塞垣春〕"四远天垂野"阕,并近清真风格。(《历代词人考略》卷二十)

诉衷情

一钩新月淡于霜。杨柳渐分行。征尘厌堆襟袂，鸡唱促晨装。　　淮水阔，楚山长。暗悲伤。重阳天气，杯酒黄花，还寄他乡。

◇◇ **评析**

〔诉衷情〕起调云："一钩新月淡于霜。杨柳渐分行。""杨柳"句得淡月之神。(《历代词人考略》卷二十)

风流子

河梁携手别，临歧语，共约踏青归。自双燕再来，断无音信，海棠开了，还又参差。料此际，笑随花便面，醉骋锦障泥。不忆故园，粉愁香怨，忍教华屋，绿惨红悲。　　旧家歌舞地，生疏久，尘暗凤缕罗衣。何限可怜心事，难诉欢期。但两点愁蛾，才开重敛，几行清泪，欲制还垂。争表为郎憔悴，相见方知。

◇◇ **评析**

〔风流子〕歇拍云："争表为郎憔悴，相见方知。"作质朴语亦刻意学清真处。(《历代词人考略》卷二十)

杨泽民

杨泽民(1182—?),乐安(今属江西)人。曾为赣州推官。有《和清真词》。时人以周邦彦、方千里与杨泽民词合刻,称《三英集》。

玉楼春

笔端点染相思泪。 尽写别来无限意。 只知香阁有离愁,不信长途无好味。 行轩一动须千里。 王事催人难但已。 床头酒熟定归来,明月一庭花满地。

◇◇ 评析

杨泽民和清真词,曩曾见知圣道斋抄本,钱塘丁氏善本书室所藏亦精抄本。近唯海丰吴氏依北海郑氏石芝勘校本刻入《山左人词》,其书印行无多,传本即已难。致丁杏舲所称之三阕以〔玉楼春〕为尤胜,所谓自然从追琢中出,雅近清真消息。(《历代词人考略》卷二十)

秋蕊香

向晓银瓶香暖。 宿蕊犹残娇面。 风尘一缕透窗眼。 恨入春山黛浅。 短书封了凭金线。 系双燕。 良人贪逐利名远。 不忆幽花静院。

◇◇ 评析

"良人轻[①]逐利名远。不忆幽花静院",杨泽民〔秋蕊香〕句。"幽花静院"抵多少"盈盈秋水,淡淡春山"。"良人"句质不涉俗,是泽民学清真处。(《蕙风词话》卷二)

陈以庄

陈以庄(生卒年不详),字敬叟,号月溪,建安(今属福建)人。黄铢之甥。有《陈敬叟集》,刘克庄为序。今存词三首。

菩萨蛮

举头忽见衡阳雁,千声万字情何限,叵耐薄情夫,一行书也无。　　泣归香阁恨,和泪掩红粉。　待雁却回时,也无书寄伊。

(按:《全宋词》此词作者为陈达叟。)

◇◇ 评析

偶阅《闽词钞》,宋陈以庄〔菩萨蛮〕云:(词略)歇拍云云,略失敦厚之旨。所谓尽其在我,何也。然而以谓至深之情,亦无不可。(《蕙风词话》卷二)

[①] 况周颐改"贪"为"轻",不知所本。似不妥。

黄 机

黄机(生卒年不详),字几仲,一云字几叔,号竹斋,东阳(今属浙江)人。曾任于州郡,游宦吴楚之间,多与岳珂唱酬之作。著有《竹斋诗余》。

乳燕飞

秋意今如许。怪征鞍、底事匆匆,翩然难驻。斗帐屏围山六曲,怕见琐窗欲暮。倩谁伴、梧桐疏雨。路入衡阳天一角,更山环、水绕无重数。容易□,便难阻。　　相思才信相思苦。省疏狂、迷歌殢酒,把人轻误。问取归期何日是,指点庭前幽树定。冷蕊疏花将吐。此去西风吹雁过,家身心、别后安平否。聊慰我,至诚处。

摸鱼儿

惜春归、送春惟有,乱红扑蔌如雨。乱红也怨春狼藉,揾得泪痕无数,肠断处。更唤起、琼鹊催发长亭路。征鞍难驻。但脉脉含颦,嗔人底事,刚爱逐春去。　　阑干凭,芳草斜阳凝伫。愁连满眼烟树。空松不理金钗溜,鸾镜一奁香雾。花谁主。怅□□、玉容寂寞春知否。单衣懒御。任门外东风,流莺声里,尽日搅飞絮。

木兰花慢

次岳总干韵

问功名何处，算只合、付悠悠。 怕僮仆揶揄，长年为客，楚尾吴头。 春来故园渐好，似不应、不醉把春休。 剩买蒌蒿荻笋，河豚已上渔舟。 人间太半足闲愁。 蓑笠梦汀洲。 向桃杏花边，招邀同社，秉烛来游。 连台听渠拗倒，更曲生、元不厌诛求。 世事翻云覆雨，满怀何止离忧。

满江红

呀鼓声中，又妆点、千红万绿。 春试手，银花影粲，雪梅香馥。 归梦不知家近远，飞帆正挂天西北。 记年时、歌舞绮罗丛，凭谁续。 烟水迥，云山簇。 劳怅望，伤追逐。 把蛛丝鹊喜，意□占卜。 月正圆时羞独照，夜偏长处怜孤宿。 悔从前、轻被利名牵，征尘扑。

清平乐

西园啼鸟。 留得春多少。 客里情怀无日好。 愁损连天芳草。 博山灰冷香残。 微风吹满银笺。 卓午花阴不动，一双蝴蝶团圞。

谒金门

风雨后。 枝上绿肥红瘦。 乐事参差团不就。 一春如病酒。 楼外暖烟杨柳。 忆得年时携手。 燕子双双来未久。 颇知人意否。

谒金门

秋晚□蕙花为赋

秋向晚。 秋晚蕙根犹暖。 碧染罗裙湘水浅。 羞红微到脸。 窣窣绣帘围遍。 月薄霜明庭院。 妆罢宝奁慵不掩。 无风香自满。

霜天晓角

金山吞海亭

长江千里。 中有英雄泪。 却笑英雄自苦，兴亡事、类如此。 浪高风又起。 歌悲声未止。 但愿诸公强健，吞海上、醉而已。

夜行船

京口南园

红溅罗裙三月二。露桃开、柳眠又起。百尺游丝，冒莺留燕，判与南园一醉。　　历历斜阳明野水。倚危阑、暮云千里。说似游人，直须烧烛，早晚绿阴青子。

鹊桥仙

次韵湖上

黄花似钿，芙蓉如面，秋事凄然向晚。风流从古记登高，又处处、悲丝急管。　　有愁万斛，有才八斗，慷慨时惊俗眼。明年一笑复谁同，料天远、争如人远。

鹊桥仙

薄情也见，多情也见，不似这番著相。如何容易买归舟，报南浦、桃花绿涨。　　随君无计，留君无计，赢得泪珠两行。夕阳明处一回头，有人在、高楼凝望。

虞美人

十年不作湖湘客。亭堠催行色。浅山荒草，记当时。筱竹篱边，羸马向人嘶。　　书生万字平戎策。苦泪风前滴。莫辞衫袖障征尘。自古英雄之楚、又云之秦。

临江仙

凤翥鸾飞空燕子,宝香犹惹流苏。 旧欢凄断数行书。 终山方种玉,合浦忽还珠。 午枕梦圆春寂寂,依然刻雪肌肤。 觉来烟雨满平芜。 客情殊索莫,肯唤一尊无。

◇◇ 评析

黄机《竹斋诗余》,清辞丽句络绎行间。兹摘录如下,毛子晋所称:"不愧大晟上座者也。"〔乳燕飞〕云:"问取归期何日是,指点庭前幽树定。冷蕊疏花将吐。"〔摸鱼儿〕云:"空松不理金钗溜,鸾镜一奁香雾。"又云:"任门外东风,流莺声里,尽日搅飞絮。"〔木兰花慢〕云:"春来故园渐好,似不应、不醉把春休。"〔满江红〕云:"归梦不知家近远,飞帆正挂天西北。"〔清平乐〕云:"卓午花阴不动,一双蝴蝶团圞。"〔谒金门〕云:"燕子双双来未久。颇知人意否。"又前调云:"妆罢宝奁慵不掩。无风香自满。"〔霜天晓角〕云:"却笑英雄自苦,兴亡事、类如此。"〔夜行船〕云:"说似游人,直须烧烛,早晚绿阴青子。"〔鹊桥仙〕云:"黄花似钿,芙蓉如面,秋事凄然向晚。"又前调云:"夕阳明处一回头,有人在、高楼凝望。"〔虞美人〕云:"浅山荒草,记当时。筱竹篱边,羸马向人嘶。"〔临江仙〕云:"觉来烟雨满平芜。客情殊索莫,肯唤一尊无。"(《宋人词话》)

沁园春

次岳总干韵

日过西窗,客枕梦回,庭空放衙。 记海棠洞里,泥金宝晕,酴醿架下,油壁钿车。 醉墨题诗,蔷薇露重,满壁飞鸦行整斜。 争知道,向如今漂泊,望断天涯。 小桃一半蒸霞。 更两岸垂杨浑未花。 便解貂贳酒,消磨春恨,量珠买笑,酬答年华。 对面青山,招之不至,说与浮云休苦遮。 山深处,见炊烟又起,知有人家。

◇◇ 评析

〔沁园春〕《次岳总干韵》云:(词略)此词在黄集中最为精稳,自是矜心作意之笔。(《宋人词话》)

传言玉女

日薄风柔,池面欲平还皱。 纹楸玉子,磔磔敲春昼。 衾绣半卷,花气浓薰香兽。 小团初试,辘轳银甃。 梦断阳台,甚情怀、似病酒。 凤衾羞对,比年时更瘦。 双燕乍归,寄与绿笺红豆。 那堪又是、牡丹时候。

丑奴儿令

绮窗拨断琵琶索,一一相思。 一一相思。 无限柔情说似谁?
银钩欲写回文曲,泪满乌丝。 泪满乌丝。 薄幸知他知不知?

◇◇ 评析

〔传言玉女〕云：(词略)〔丑奴儿令〕云：(词略)或闲情如画，或雅韵欲流，皆合作也。(《宋人词话》)

〔沈 瀛〕

沈瀛(生卒年不详)，字子寿，号竹斋，归安(今浙江湖州)人。绍兴三十年(1160)进士。历知江州、江东安抚司参议。有《竹斋词》。

行香子

野叟长年。 一室萧然。 都齐收、万轴牙签。 只留三件，三教都全。 时看周易，读庄子，诵楞严。　　阙口会得，万语千言。 得鱼儿、了后忘筌。 行行坐坐，相与周旋。 待将此意，寻老孔，问金仙。

◇◇ 评析

《杨诚斋集·答子寿书》云："子寿诗文，大篇若春江之壮风涛，短章若秋水之落芙蕖，何独于词未臻超诣？讵皆随笔漫与，不甚经意之作耶？"词凡八十五阕，间涉理学及禅门道家之言。其〔行香子〕云："野叟长年。一室萧然。都齐收、万轴牙签。只留三件，三教都全。时看周易，读庄子，诵楞严。"则自言其梗概矣。(《历代词人考略》卷二十八)

减字木兰花

酒巡未止。 听说二疏归可喜。 随意乘风。 拄杖深村狭巷通。 渊明漉酒。 更与庞公庞媪寿。 切莫讥何。 唤取同来作队多。

◇◇ **评析**

竹斋词句:"桂树深村狭巷通。"颇能模写村居幽邃之趣。若换用它树,意境便逊。(《蕙风词话》卷二)

严 仁

严仁(生卒年不详),字次山,号樵溪,邵武(今属福建)人。与同族严羽、严参齐名,称"邵武三严"。词集名《清江欸乃集》,已佚。今有后人辑本。

醉桃源

春景

拍堤春水蘸垂杨,水流花片香。 弄花嚼柳小鸳鸯,一双随一双。 帘半卷,露新妆。 春衫是柳黄。 倚阑看处背斜阳,风流暗断肠。

◇◇ **评析**

宋严仁词〔醉桃源〕云:"拍堤春水蘸垂杨,水流花片香。弄花嚼柳小鸳鸯,一双随一双。"描写芳春景物,极娟妍鲜翠之致,微特如画而已,政恐刺绣妙手,未必能到。(《织余琐述》)

蝶恋花

春情

院静日长花气暖。 一簇娇红,得见春深浅。 风送生香来近远。 笑声只在秋千畔。 目力未穷肠已断。 一寸芳心,更逐游丝乱。 朱户对开帘卷半。 日斜江上春风晚。

鹧鸪天

怨别

一径萧条落叶深。 离肠凄断月明砧。 征鸿送恨连云起,促织惊秋傍砌吟。 风悄悄,夜沉沉。 鸳机坐冷晓霜侵。 挑成锦字心相向,未必君心似妾心。

一落索

春怀

清晓莺啼红树。又一双飞去。日高花气扑人来，独自价、伤春无绪。　别后暗宽金缕。倩谁传语。一春不忍上高楼，为怕见、分携处。

南柯子

柳陌通云径，琼梳启翠楼。桃花纸薄渍冰油。记得年时诗句、为君留。　晓绿千层出，春红一半休。门前溪水泛花流。流到西川犹是、故家愁。

菩萨蛮

双溪亭

征鸿点破空云碧。丹霞染出新秋色。返照落平洲。半江红锦流。　风清渔笛晚。寸寸愁肠断。寄语笛休横。只消三两声。

◇◇ 评析

严次山词，除〔玉楼春〕等四阕见称于《草堂词评》外，断句如〔蝶恋花〕云："风送生香来近远。笑声只在秋千畔。"〔鹧鸪天〕云："挑成锦字心相向，未必君心似妾心。"〔一落索〕云："一春不忍上高楼，为怕见、分携处。"〔南柯子〕云："门前溪水泛花流。流到西川犹是、故家愁。"〔菩萨

蛮]云:"寄语笛休横。只消三两声。"可谓工于言情。(《历代词人考略》卷三十七)

张　辑

张辑(生卒年不详),字宗瑞,号东泽,鄱阳(今属江西)人。父张履信曾知连州。辑从姜夔得诗法,为江湖派诗人,冯去非称之为"东仙"。曾为朱希真《应制词韵》作《衍义》以释之。著有《东泽绮语债》《清江渔谱》。

疏帘淡月

寓桂枝香秋思

梧桐雨细。渐滴作秋声,被风惊碎。润逼衣篝,线袅蕙炉沉水。悠悠岁月天涯醉。一分秋、一分憔悴。紫箫吟断,素笺恨切,夜寒鸿起。　又何苦、凄凉客里。负草堂春绿,竹溪空翠。落叶西风,吹老几番尘世。从前谙尽江湖味。听商歌、归兴千里。露侵宿酒,疏帘淡月,照人无寐。

◇◇ 评析

〔疏帘淡月〕《寓桂枝香秋思》,此阕最脍炙人口。(《历代词人考略》卷二十四)

貂裘换酒

寓贺新郎乙未冬别冯可久

笛唤春风起。向湖边、腊前折柳,问君何意。孤负梅花立晴昼,一舸凄凉雪底。但小阁、琴棋而已。佳客清朝留不住,为康庐、只在家窗里。溢浦去,两程耳。　　草堂旧日谈经地。更从容、南山北水,庾楼重倚。万卷心胸几今古,牛斗多年紫气。正江上、风寒如此。且趁霜天鲈鱼好,把貂裘、换酒长安市。明夜去,月千里。

沙头雨

寓点绛唇

带醉归时,月华犹在吹箫处。晚愁情绪。忘却匆匆语。　　客里风霜,诗鬓空如许。江南去。岸花迎舻。遥隔沙头雨。

◇◇ **评析**

"貂裘换酒"寓〔贺新郎〕"乙未冬别冯可久","笛唤春风起"云云;"沙头雨"寓〔点绛唇〕"带醉归时"云云,此两阕风调清婉,不在〔桂枝香〕下也。(《历代词人考略》卷二十四)

月上瓜洲

寓乌夜啼南徐多景楼作

江头又见新秋。几多愁。塞草连天何处、是神州。英雄恨,古今泪,水东流。唯有渔竿明月、上瓜洲。

祝英台近

竹间棋,池上字。风日共清美。谁道春深,湘绿涨沙觜。更添杨柳无情,恨烟鞚雨,却不把、扁舟偷系。　去千里。明日知几重山,后朝几重水。对酒相思、争似且留醉。奈何琴剑匆匆,而今心事,在月夜、杜鹃声里。

◇◇ 评析

"月上瓜洲"寓〔乌夜啼〕"南徐多景楼作"云:"塞草连天何处、是神州。"〔祝英台近〕云:"对酒相思、争似且留醉。"其写绵邈遥深之景、低回往复之情,尤有事外远致,未可第以绮语目之。(《历代词人考略》卷二十四)

黄孝迈

黄孝迈(生卒年不详),字德夫,号雪舟。生平不详,有《雪舟长短句》,刘克庄曾为之跋。今存词二首。

水龙吟

闲情小院沉吟,草深柳密帘空翠。风檐夜响,残灯慵剔,寒轻怯睡。店舍无烟,关山有月,梨花满地。二十年好梦,不曾圆合,而今老、都休矣。　　谁共题诗秉烛,两厌厌、天涯别袂。柔肠一寸,七分是恨,三分是泪。芳信不来,玉箫尘染,粉衣香退。待问春,怎把千红,换得一池绿水。

◇◇ 评析

黄雪舟词,清丽芊绵,颇似北宋名作。唯传作无多,殊为憾事。其〔水龙吟〕云:"柔肠一寸,七分是恨,三分是泪。"盖仿东坡"春色三分,二分尘土,一分流水"之句。所不逮者,以刻镂稍著痕迹耳。其歇拍云:"待问春,怎把千红,换得一池绿水。"亦从"一分流水"句引申而出。(《蕙风词话续编》卷一)

[岳 珂]

　　岳珂(1183—1243),字肃之,号亦斋、东几,晚号倦翁。相州汤阴(今属河南)人。寓居嘉兴(今属浙江)。岳飞之孙,岳霖之子。嘉定十年(1217),出知嘉兴。嘉定十二年(1219),为承议郎、江南东路转运判官。嘉定十四年(1221),除军器监、淮东总领。宝庆三年(1227),为户部侍郎、淮东总领兼制置使。

满江红

　　小院深深,悄镇日、阴晴无据。　春未足、闺愁难寄,琴心谁与。　曲径穿花寻蛱蝶,虚阑傍日教鹦鹉。　笑十三杨柳女儿腰,东风舞。　　云外月,风前絮。　情与恨,长如许。　想绮窗今夜,为谁凝伫。　洛浦梦回留佩客,秦楼声断吹箫侣。　正黄昏时候杏花寒,廉纤雨。

◇◇ **评析**

　　岳倦翁〔满江红〕过拍云:"笑十三杨柳女儿腰,东风舞。"歇拍云:"正黄昏时候杏花寒,廉纤雨。"脱口轻圆而丰神婉约,他人或极意矜炼不能到。(《珠花簃词话》)

祝英台近

登多景楼

瓮城高，盘径近。十里笋舆稳。欲驾还休，风雨苦无准。古来多少英雄，平沙遗恨。又总被、长江流尽。　　倩谁问。因甚衣带中分，吾家自畦畛。落日潮头，慢写属镂愤。断肠烟树扬州，兴亡休论。正愁尽、河山双鬓。

祝英台近

北固亭

淡烟横，层雾敛。胜概分雄占。月下鸣榔，风急怒涛飐。关河无限清愁，不堪临鉴。正霜鬓、秋风尘染。　　漫登览。极目万里沙场，事业频看剑。古往今来，南北限天堑。倚楼谁弄新声，重城正掩。历历数、西州更点。

◇◇ **评析**

岳倦翁词〔祝英台近〕两阕，向来脍炙人口。多景楼阕尤为忼慨苍凉，不愧忠武〔满江红〕嗣响。（《宋人词话》）

刘克庄

刘克庄(1187—1269),字潜夫,号后村。学者称"后村先生",莆田(今属福建)人。宁宗嘉定二年(1209)以荫补将仕郎,后知建阳县。言官指其《落梅》诗以为讪谤,免官。端平初,真德秀帅闽,辟为帅司参议官。淳祐六年(1246),理宗以"文名久著,史学尤精",特赐同进士出身,除秘书少监、国史院编修官,累官至工部尚书兼侍读,以龙图阁直学士致仕,卒谥"文定"。有《后村先生大全集》,词集名《后村长短句》,一名《后村别调》。

生查子

灯夕戏陈敬叟

繁灯夺霁华,戏鼓侵明发。　物色旧时同,情味中年别。浅画镜中眉,深拜楼西月。　人散市声收,渐入愁时节。

◇◇ 评析

〔生查子〕《灯夕戏陈敬叟》云:"人散市声收,渐入愁时节。"赋情绝工。(《历代词人考略》卷三十六)

摸鱼儿

海棠

甚春来、冷烟凄雨，朝朝迟了芳信。蓦然作暖晴三日，又觉万株娇困。霜点鬓。潘令老，年年不带看花分。才情减尽。怅玉局飞仙，石湖绝笔，孤负这风韵。　　倾城色，懊恼佳人薄命。墙头岑寂谁问。东风日暮无聊赖，吹得胭脂成粉。君细认。花共酒，古来二事天尤吝。年光去迅。漫绿叶成阴，青苔满地，做得异时恨。

◇◇ **评析**

〔摸鱼儿〕"赏海棠"云："甚春来、冷烟凄雨，朝朝迟了芳信。蓦然作暖晴三日，又觉万株娇困。"尤能字字跳脱，婉转关生。（《历代词人考略》卷三十六）

摸鱼儿

怪新年、倚楼看镜，清狂浑不如旧。暮云千里伤心处，那更乱蝉疏柳。凝望久。怆故国，百年陵阙谁回首。功名大谬。叹采药名山，读书精舍，此计几时就。　　封侯事，久矣输人妙手。沧洲聊作渔叟。高冠长剑浑闲物，世上切身惟酒。千载后。君试看，拔山扛鼎俱乌有。英雄骨朽。问顾曲周郎，而今还解，来听小词否。

临江仙

潮惠道中

不见仙湖能几日，尘沙变尽形容。夜来月冷露华浓。都忘茅屋下，但记画船中。　　两岸绿阴犹未合，更须补竹添松。最怜几树木芙蓉。手栽才数尺，别后为谁红。

踏莎行

甲午重九牛山作

日月跳丸，光阴脱兔。登临不用深怀古。向来吹帽插花人，尽随残照西风去。　　老矣征衫，飘然客路。炊烟三两人家住。欲携斗酒答秋光，山深无觅黄花处。

◇◇ 评析

前调云："暮云千里伤心处，那更乱蝉疏柳。"〔临江仙〕《潮惠道中》云："最怜几树木芙蓉。手栽才数尺，别后为谁红。"〔踏莎行〕《甲午重九牛山作》云："向来吹帽插花人，尽随残照西风去。"此等句，非必矜心作意而后出之，亦何庸于稼轩词中求生活耶？（《历代词人考略》卷三十六）

玉楼春

戏林推

年年跃马长安市。 客舍似家家似寄。 青钱换酒日无何，红烛呼卢宵不寐。　　易挑锦妇机中字。 难得玉人心下事。 男儿西北有神州，莫滴水西桥畔泪。

◇◇ 评析

后村〔玉楼春〕云："男儿西北有神州,莫滴水西桥畔泪。"杨升庵谓其壮语足以立懦,此类是已。(《蕙风词话》卷二)

风入松

福清道中作

归鞍尚欲小徘徊。 逆境难排。 人言酒是消忧物，奈病余孤负金罍。 萧瑟捣衣时候，凄凉鼓缶情怀。　　远林摇落晚风哀。 野店犹开。 多情唯是灯前影，伴此翁同去同来。 逆旅主人相问，今回老似前回。

◇◇ 评析

刘潜夫,文章郢匠,余事填词,真率坦夷,信笔抒写,往往神似稼轩,非刻意效稼轩也。窃尝雒诵竟卷,就所赏会之句缀录如下,其于后村胜处殆犹未逮什一。〔风入松〕《福清道中作》云："多情唯是灯前影,伴此翁同去同来。逆旅主人相问,今回老似前回。"真语可喜。(《历代词人考略》卷三十六)

刘潜夫〔风入松〕《福清道中作》云："多情唯是灯前影,伴此翁同去同来。逆旅主人相问,今回老似前回。"语真质可喜。(《蕙风词话》卷二)

〔赵以夫〕

赵以夫(1189—1256),字用父,号虚斋,一号芝山老人,太宗弟魏王廷美八世孙。南渡后家长乐(今属福建)。宁宗嘉定十年(1217)进士,历知邵武军、潭州。理宗嘉熙元年(1237)拜枢密院副都承旨。淳祐初罢,寻加资政殿学士,进吏部尚书兼侍读,改礼部尚书,进资政殿学士。著有《易通》《庄子解》等书。词集名《虚斋乐府》。

万年欢

庆元圣节

凤历开新,正微和乍转,丽景初晓。 五荚蓂舒,光映玉阶瑶草。 在在东风语笑。 庆此日、虹流电绕。 鲸波静,翠涌鳌山,嵩呼声动云表。 绛节霓旌缥缈,望珠星灿烂,紫微深窈。 琬液香浮,露湿蟠桃犹小。 叠叠仙韶九奏,知春到、人间多少。 蓬莱外,若木扶疏,万年枝上长好。

◇◇ 评析

赵以夫《虚斋乐府》〔万年欢〕《庆元圣节》，此词吉语蝉嫣，裔皇典丽，与无名氏〔鹧鸪天〕《宣德楼前》等阕，庶几竞爽同工，所谓一片承平雅颂声也。(《织余琐述》)

芙蓉月

黄叶舞碧空，临水处、照眼红苞齐吐。 柔情媚态，伫立西风如诉。 遥想仙家城阙，十万绿衣童女。 云缥缈，玉娉婷，隐隐彩鸾飞舞。 樽前更风度。记天香国色，曾占春暮。 依然好在，还伴清霜凉露。 一曲阑干敲遍，悄无语。 空相顾。 残月淡，酒阑时、满城钟鼓。

徵招

雪

玉壶冻裂琅玕折，骎骎逼人衣袂。 暖絮张空飞，失前山横翠。 欲低还又起。 似妆点、满园春意。 记忆当时，剡中情味，一溪云水。 天际。绝行人，高吟处，依稀灞桥邻里。 更翦翦梅花，落云阶月地。 化工真解事。 强勾引、老来诗思。 楚天暮，驿使不来，怅曲阑独倚。

汉宫春

次方时父元夕见寄

投老归来，记踏青堤上，三度逢君。寒窗冷淡活计，明月空尊。红红白白，又一番、春色撩人。谁信道，闲中天地，园林几见成尘。　　今夕偶无风雨，便满城箫鼓，来往纷纷。鳌山宝灯照夜，罗绮千门。珠帘尽卷，看聘婷、水上行云。应自笑，周郎少日，风流羽扇纶巾。

秋蕊香

木犀

一夜金风，吹成万粟，枝头点点明黄。扶疏月殿影，雅澹道家装。阿谁倩、天女散浓香。十分熏透霓裳。徘徊处，玉绳低转，人静天凉。　　底事小山幽咏，浑未识清妍，空自情伤。忆佳人、执手诉离湘。招蟾魄、和酒吸秋光。碧云日暮何妨。惆怅久，瑶琴微弄，一曲清商。

解语花

东湖赋莲后五日,双苞呈瑞。昌化史君持以见遗,因用时父韵。

红香湿月,翠影停云,罗袜尘生步。 并肩私语。 知何事、暗遣玉容泣露。 闲情最苦。 任笑道、争妍似妒。 倒银河,秋夜双星,不到佳期误。 拟把江妃共赋。 当时携手,烟水深处。 明珠溅雨。 凝脂滑、洗出一番铅素。 凭谁说与。 莫便化、彩鸾飞去。 待玉童,双节来迎,为作芙蓉主。

凤归云

正愁予,可堪去马便骎骎。 拟折一枝。 堤上万垂丝。 离思无边,离席易散,落日照清漪。 苦是禁城催鼓,虚床难寐,梦魂无路归飞。 陡寒还热,急雨随晴,化工无准,将息偏难,更向分携处、立多时。 吟鬓凋霜,世味嚼蜡,病骨怯朝衣。 我有一壶风月,荔丹芝紫,约君同话心期。

桂枝香

四明鄞江楼九日

水天一色。 正四野秋高，千古愁极。 多少黄花密意，付他欢伯。 楼前马戏星球过，又依稀、东徐陈迹。 一时豪俊，风流济济，酒朋诗敌。　　画不就、江东暮碧。 想阅尽千帆，来往潮汐。 烟草萋迷，此际为谁心恻。 引杯抚剑凭高处，黯消魂、目断天北。 至今人笑，新亭坐间，泪珠空滴。

桂枝香

四明中秋

青霄望极。 际万里月明，无点云色。 一片冰壶世界，水乡先得。 年年客里惊秋半，倚西风、鬓华吹白。 觅闲无路，相逢且醉，好天凉夕。　　听曲曲、仙韶促拍。 趁画舸飞空，雪浪翻激。 行乐风流，暗省旧时京国。 插空翠巘连星麓，但波痕、浮动金碧。 不如归去，扁舟五湖，钓竿渔笛。

水龙吟

次周月船

　　塞楼吹断梅花，晓风瑟瑟添凄咽。 关河万里，烟尘四野，眼前都别。 击楫功名，椎锋意气，是人都说。 问周郎何日，小乔到手，为君赋、酹江月。　　休把愁肠暗结。 又相将、鲁云书节。 锦围放密，金樽任满，歌声莫歇。 赢得朝朝，半醒半醉，伴痴伴劣。 尽懵腾，深入无何，管甚须鬓成雪。

探春慢

四明次黄玉泉

　　宝胜宾春，华灯照夜，穷冬浑然如客。 炉焰麟红，杯深翡翠，早减三分寒力。 一笑团栾处，恰喜得、雪消风息。 苔枝数蕊明珠，恍疑香麝初拆。　　懊恨东群无准，甚朝做重阴，暮还晴色。 唤燕呼莺，雕花镂叶，机巧可曾休得。 静里无穷意，漫看尽、纷纷红白。 且听新腔，红牙玉纤低拍。

龙山会

去年九日,登南涧无尽阁,野涉赋诗,仆与东溪、药窗诸友皆和。今年陪元戎游升山,诘朝始克修故事,则向之龙蛇满壁者,易以山水矣。拍阑一笑。游兄、几叟分韵得苦字,为赋商调龙山会。

九日无风雨。 一笑凭高,浩气横秋宇。 群峰青可数。寒城小、一水萦洄如缕。 西北最关情,漫遥指、东徐南楚。 黯销魂,斜阳冉冉,雁声悲苦。 今朝黄菊依然,重上南楼,草草成欢聚。 诗朋休浪赋。 旧题处、俯仰已随尘土。 莫放酒行疏,清漏短、凉蟾当午。 也全胜、白衣未至,独醒凝伫。

二郎神

次陈唯道

野塘暗碧,渐点点、翠钿明镜。 想昼永珠帘,人闲金屋,时倚妆台照影。 睡起阑干凝思处,漫数尽、归鸦栖暝。 知月下莺黄,云边蛾绿,为谁低整。 曾倩。 雁传鹊报,心期千定。 奈柳絮浮云,桃花流水,长是参差不并。 莫怨春归,莫愁柘老,蚕已三眠将醒。 肠断句,枉费丹青,漠漠水遥烟迥。

摸鱼儿

荷花归耕堂用时父韵

古城阴、一川新浸,天然尘外幽绝。 谁家幻出千机锦,疑是蕊仙云织。 环燕席。 便纵有万花,此际无颜色。 清风两腋。 炯玉树森前,碧筒满注,共作醉乡客。 长堤路,还忆西湖景物。游船曾点空碧。 当时总负凌云气,俯仰顿成今昔。 愁易极。 更对景销凝,怅望天西北。 归来日夕。 但展转无眠,风棂水馆,冷浸五更月。

贺新郎

次刘后村

葵扇秋来贱。 阿谁知、初回轻暑,又教题遍。 不是琵琶知音少,无限如簧巧啭。 倩说似、长门休怨。 莫把蛾眉与人妒,但疏梅、淡月深深院。 临宝鉴,欲妆懒。 少时声价倾梁苑。 到中年、也曾落魄,雾收云卷。 待入汉庭金马去,洒笔长江衮衮。 好留取、才名久远。 过眼荣华俱尘土,听关雎、盈耳离骚婉。 歌不足,为嗟叹。

贺新郎

送郑怡山归里

载酒阳关去。正西湖、连天烟草,满堤晴絮。采翠撷芳游冶处,应和娇弦艳鼓。看柳外、画船无数。万顷琉璃浑镜净,陡风波、汹汹鱼龙舞。谈笑里,遽如许。　流觞满引浇离绪。便东西、斜阳立马,绿波前浦。自是莼鲈高兴动,恰值春山杜宇。漫回首、软红香雾。咫尺佳人千里隔,望空江、明月横洲渚。清梦断,恨如缕。

◇◇ 评析

赵虚斋词,沉着中饶有精采,可诵之阕甚多,兹略具其目如下:〔芙蓉月〕"黄叶舞"云云,〔徵招〕《雪》"玉壶冻裂"云云,〔汉宫春〕"投老归来"云云,〔秋蕊香〕"一夜金风"云云,〔解语花〕"红香湿月"云云,〔凤归云〕"正愁予"云云,〔桂枝香〕"水天一色"云云,前调"青霄望极"云云,〔水龙吟〕"塞楼吹断"云云,〔探春慢〕"宝胜宾春"云云,〔龙山会〕"九日无风雨"云云,〔二郎神〕"野塘暗碧"云云,〔摸鱼儿〕"古城阴"云云,〔贺新郎〕"葵扇秋来贱"云云,前调"载酒阳关去"云云。(《历代词人考略》卷三十七)

孤鸾

梅

江南春早。问江上寒梅,占春多少。自照疏星冷,只许春风到。幽香不知甚处,但迢迢、满汀烟草。回首谁家竹外,有一枝斜好。　　记当年、曾共花前笑。念玉雪襟期,有谁知道。唤起罗浮梦,正参横月小。凄凉更吹塞管,漫相思、鬓华惊老。待觅西湖半曲,对霜天清晓。

玉烛新

和方时父并怀孙季蕃

寒宽一雁落。正万里相思,被渠惊觉。春风字字吹香雪,唤起西湖盟约。当时醉处,仿佛记、青楼珠箔。又不是、南国花迟,徘徊酒边慵酌。　　家山月色依然,想竹外横枝,玉明冰薄。而今话昨。空对景、怅望美人天角。清尊淡薄。便翠羽、殷勤难托。休品入、三叠琴心,教人瘦却。

角 招

　　姜白石制角招、徵招二曲,仆赋梅花,以角招歌之。盖古乐府有大小梅花,皆角声也。

　　晓风薄。 苔枝上、翦成万点冰萼。 暗香无处著。 立马断魂,晴雪篱落。 横溪略彴。 恨寄驿、音书辽邈。 梦绕扬州东阁。 风流旧日何郎,想依然林壑。　　离索。 引杯自酌。 相看冷淡,一笑人如削。 水云寒漠漠。 底处群仙,飞来霜鹤。 芳姿绰约。 正月满、瑶台珠箔。 徙倚阑干寂寞。 尽分付,许多愁,城头角。

◇◇ 评析

　　其尤雅者,〔孤鸾〕"咏梅"、〔玉烛新〕《和方时父并怀孙季蕃》、〔角招〕《咏梅》诸阕。虚斋在南宋名家中庶几上驷矣。(《历代词人考略》卷三十七)

周端臣

　　周端臣(生卒年不详),字彦良,号葵窗,建业(今江苏南京)人。《武林旧事》卷六"御前应制"栏中有其名,盖尝为御前应制。赵万里《校辑宋金元人词》辑有《葵窗词稿》一卷。

清夜游

越调

西园昨夜,又一番、阑风伏雨。清晨按行处。有新绿照人,乱红迷路。归吟窗底,但瓶几留连春住。窥晴小蝶翩翩,等闲飞来似相妒。　　迟暮。家山信杳,奈锦字难凭,清梦无据。春尽江头,啼鹃最凄苦。蔷薇几度花开,误风前、翠樽谁举。也应念、留滞周南,思归未赋。

玉楼春

华堂帘幕飘香雾。一搦楚腰轻束素。翩跹舞态燕还惊,绰约妆容花尽妒。　　樽前谩咏高唐赋。巫峡云深留不住。重来花畔倚阑干,愁满阑干无倚处。

◇◇ 评析

周彦良词,《阳春白雪》及《绝妙好词》,共四阕。如〔木兰花慢〕之"霭芳阴未解",《越调》〔清夜游〕之"西园昨夜",断句如:〔玉楼春〕歇拍云:"重来花畔倚阑干,愁满阑干无倚处。"与〔木兰花慢〕"梢、飘"韵,并极轻清婉约之致。彦良与姜梅山、曹松山、陈藏一同时为御前应制,见《武林旧事》,四君皆擅倚声之学。(《历代词人考略》卷三十三)

木兰花慢

送人之官九华

霭芳阴未解，乍天气、过元宵。讶客神犹寒，吟窗易晓，春色无柳。梅梢。尚留顾藉，滞东风、未肯雪轻飘。知道诗翁欲去，递香要送兰桡。　　清标。会上丛霄。千里阻、九华遥。料今朝别后，他时有梦，应梦今朝。河桥。柳愁未醒，赠行人、又恐越魂销。留取归来系马，翠长千缕柔条。

◇◇ 评析

宋周端臣〔木兰花慢〕句云："料今朝别后，他时有梦，应梦今朝。"吕居仁〔减字木兰花〕云："来岁花前。又是今年忆昔年。"命意政同，而遣词各极其妙。（《餐樱庑词话》）

白石词："少年情事老来悲。"宋朱服句："而今乐事他年泪。"二语合参，可悟一意化两之法。宋周端臣〔木兰花慢〕云："料今朝别后，他时有梦，应梦今朝。"与"而今"句同意。（《蕙风词话》卷二）

张　榘

张榘（生卒年不详），字方叔，号芸窗，润州南徐（今江苏镇江）人。理宗淳祐间官句容令，宝祐间为江东制置使参议、机宜文字。多诣谀贾似道之词。著有《芸窗词》。

应天长

苏堤春晓

曙林带暝，晴霭弄霏，莺花未认游客。草色旧迎雕辇，蒙茸暗香陌。秋千架，闲晓索。正露洗、绣鸳痕窄。费人省，隔夜浓欢，醒处先觉。　　重过涌金楼，画舫红旌，催向段桥泊。又怕晚天无准，东风妒芳约。垂杨岸，今胜昨。水院近、占先春酌。怎时候，不道归来，香断灯落。

◇◇ 评析

宋张榘词〔应天长〕"咏苏堤春晓"云："秋千架，闲晓索。正露洗、绣鸳痕窄。"此等句却不嫌纤艳，以境韵胜也。（《织余琐述》）

应天长

雷峰夕照

磬圆树杪，舟乱柳津，斜阳又满东角。可是暮情堪剪，平分付烟郭。西风影，吹易薄。认满眼、脆红先落。算惟有，塔起金轮，千载如昨。　　谁信涌金楼，此际凭阑，人共楚天约。准拟换樽陪月，缯空卷尘幕。飞鸿倦，低未泊。斗倒指、数来还错。笑声里，立尽黄昏，刚道秋恶。

◇◇ 评析

咏《雷峰夕照》"磬圆树杪"句，"圆"字亦极形容之妙。（《织余琐述》）

瑞鹤仙

次韵陆景思喜雪

碧油推上客。有神机沉密,参运帷幄。威声际沙漠。庆云飞川泳,和熏三白。霄渊复鬲。甚探梅、也来相约。更谁怜久客,泥深穿履,栖栖东郭。　　农麦。年来管好,禾黍离离,讵忘关洛。风高水涸。多少事、待韬略。看鹅池夜渡,黎明飞捷,儿辈惛惛未觉。便冲寒,铁骑横驱,汛扫六合。

贺新郎

送刘澄斋归京口

匹马钟山路。怅年来只解,邮亭送人归去。季子貂裘尘渐满,犹是区区羁旅。谩空有、剑锋如故。髀肉未消仪舌在,向樽前、莫洒英雄泪。鞭未动,酒频举。　　西风乱叶长安树。叹离离、荒宫废苑,几番禾黍。云栈萦纡今平步,休说襄淮乐土。但衮衮江涛东注。世上岂无高卧者,奈草庐、烟锁无人顾。笺此恨,付金缕。

◇◇ 评析

《芸窗词》,〔瑞鹤仙〕《次韵陆景思喜雪》云:"农麦。年来管好,禾黍离离,讵忘关洛。"〔贺新郎〕《送刘澄斋归京口》云:"西风乱叶长安树。叹离离、荒宫废苑,几番禾黍。"神州陆沉之感,不图于半闲堂寮吏见之。自来识时达节之士,功名而外无容心。偶有甚非由衷之言,流露于楮墨之表。讵故为是自文饰耶?抑亦天良发见于不自知也?(《蕙风词话》卷二)

吴 渊

吴渊(1190—1257),字道夫,号退庵,浙江德清人。嘉定七年(1214)进士。官至参知政事。卒赠少师,谥"庄敏"。有《退庵集》。

念奴娇

我来牛渚,聊登眺、客里襟怀如豁。 谁着危亭当此处,占断古今愁绝。 江势鲸奔,山形虎踞,天险非人设。 向来舟舰,曾扫百万胡羯。 追念照水然犀,男儿当似此,英雄豪杰。 岁月匆匆留不住,鬓已星星堪镊。 云暗江天,烟昏淮地,是断魂时节。 阑干捶碎,酒狂忠愤俱发。

水调歌头

太白已仙去,诗骨此山藏。 胸中锦绣如屋,都乞与东皇。 碎剪杏花千树,浓抹胭脂万点,妖艳断人肠。 晓露沐春色,晴日涨风光。 孤村路,逢休暇,共徜徉。 酒旗斜处,□□一簇几红妆。 暂息江头烽火,无奈鬓边霜雪,聊复放疏狂。 倚俟玉壶竭,未肯宝鞭扬。

◇◇ 评析

〔念奴娇〕之"我来牛渚",〔水调歌头〕之"太白已仙去",崎嵚磊落,吐属不凡。〔沁园春〕"咏梅"云:"草草村墟,疏疏篱落,犹记花间曾卓庵。茶瓯罢,问几回吟绕,冷淡相看。"何其冲夷旷远?若是隐居求志,行义达道,昔贤固操之有要耳。(《历代词人考略》卷三十七)

沁园春

梅

十月江南,一番春信,怕凭玉栏。 正地连边塞,角声三弄,人思乡国,愁绪千般。 草草村墟,疏疏篱落,犹记花间曾卓庵。 茶瓯罢,问几回吟绕,冷淡相看。 堪怜。影落溪南。 又月午无人更漏三。 虽虚林幽壑,数枝偏瘦,已存鼎鼐,一点微酸。 松竹交盟,雪霜心事,断是平生不肯寒。 林逋在,倩诗人此去,为语湖山。

◇◇ 评析

宋王沂公之言曰:"平生志不在温饱。"以梅诗谒吕文穆云:"雪中未问调羹事,先向百花头上开。"吴庄敏词〔沁园春〕"咏梅"云:"虽虚林幽壑,数枝偏瘦,已存鼎鼐,一点微酸。松竹交盟,雪霜心事,断是平生不肯寒。"二公襟抱正复相同。一点微酸,即调羹心事。不志温饱,为有不肯寒者在耳。(《蕙风词话》卷二)

满江红

乌衣园

投老未归,太仓粟、尚教蚕食。家山梦、秋江渔唱,晚风牛笛。 别墅流风惭莫继,新亭老泪空成滴。笑当年、君作主人翁,同为客。 紫燕泊,犹如昔。青鬓改,难重觅。记携手、同游此处,恍如前日。且更开怀穷乐事,可怜过眼成陈迹。把忧边、忧国许多愁,权抛掷。

◇◇ **评析**

庄敏〔满江红〕有"晚风牛笛"句,绝雅炼可喜。(《蕙风词话》卷二)

冯去非

冯去非(1192—?),字可迁,号深居,南康都昌(今江西都昌)人。淳祐元年(1241)进士。尝为淮东转运司干办。宝祐四年(1256),召为宗学谕。宝祐五年(1257),罢归庐山,不复仕。《全宋词》从《阳春白雪》中辑其词三首。

八声甘州

过松江

买扁舟、载月过长桥，回首梦耶非。 问往日三高，清风万古，继者伊谁。 惟有茶烟轻飏，零露湿莼丝。 西子知何处，鸿怨蛩悲。 遥想家山好在，正倚天青壁，石瘦云肥。 甚抛奇擗秀，猿鹤互猜疑。 归去好、散人相国，迥升沉、毕竟总尘泥。 须还我，松间旧隐，竹上新诗。

点绛唇

秋满孤篷，翠蒲红蓼留人住。 一帘香缕。 边影惊鸿度。 小据胡床，旧事新情绪。 凭谁诉。 蜡灯犀尘。 拟共西风语。

◇◇ **评析**

冯深居词〔八声甘州〕《过松江》云：(词略)〔点绛唇〕云：(词略)并见《阳春白雪》。"石瘦云肥""抛奇擗秀"，陆辅之所谓词眼也。(《两宋词人小传》)

喜迁莺

凉生遥渚。 正绿芰擎霜，黄花招雨。 雁外渔村，蛩边蟹舍，绛叶满秋来路。 世事不离双鬓，远梦偏欺孤旅。 送望眼，但凭舷微笑，书空无语。 慵觑。 清镜里，十载征尘，长把朱颜污。 借箸青油，挥毫紫塞，旧事不堪重举。 间阔故山猿鹤，冷落同盟鸥鹭。 倦游也。 便槛云柁月，浩歌归去。

◇◇ 评析

冯深居〔喜迁莺〕云:(词略)此词多矜炼之句,尤合疏密相间之法,可为初学楷模。(《蕙风词话》卷二)

葛长庚

葛长庚(1194—?),字如晦,闽清(今属福建)人,一云琼州(今海南海口)人。少而父亡母嫁,遂弃家而游,至雷州,为白氏收养,改姓白,名玉蟾,字以阅,又字象甫,号白叟、海琼子、海南子等。入武夷山从陈翠虚学道,九年始得道。宁宗嘉定年间诏征阙下,馆太乙宫,封紫清明真道人,后于鹤林羽化,著有《海琼》《上清》《玉蟾》《武夷》等集,词集名《玉蟾先生诗余》。

贺新郎

肇庆府送谈金华张月窗

谓是无情者。 又如何、临歧欲别,泪珠如洒。 此去兰舟双桨急,两岸秋山似画。 况已是、芙蓉开也。 小立西风杨柳岸,觉衣单、略说些些话。 重把我,袖儿把。 小词做了和愁写。 送将归、要相思处,月明今夜。 客里不堪仍送客,平昔交游亦寡。 况惨惨、苍梧之野。 未可凄凉休哽咽,更明朝、后日才方罢。 却默默,斜阳下。

贺新郎

再送前人

风雨今如此。问行人、如何有得,许多儿泪。为探木犀开也未,只有芙蓉而已。九十日、秋光能几。千里送人须一别,却思量、我了思量你。去则是,住则是。　　归归我亦行行矣。便行行、不须回首,也休萦系。一似天边双鸣雁,一个飞从东际。那一个、又飞西际。毕竟人生都是梦,再相逢、除是青霄里。却共饮,却共醉。

◇◇ **评析**

玉蟾虽羽流,能为词人之词,多有清辞丽句,卓然雅音。所谓不俗,即仙骨者欤。〔贺新郎〕《肇庆府送谈金华张月窗》云:(词略)又《再送前人》云:(词略)此二阕,低徊欲绝,循环无端,则又多情,是佛心矣。(《两宋词人小传》)

沁园春

题湖头岭庵

客里家山,记踏来时,水曲山崖。被滩声喧枕,鸡声破晓,匆匆惊觉,依旧天涯。抖擞征衣,寒欺晓袂,回首银河西未斜。尘埃债,叹有如此发,空为伊华。　　古来客况堪嗟。尽贫也输他□在家。料驿舍旁边,月痕白处,暗香微度,应是梅花。拣折一枝,路逢南雁,和两字平安寄与他。教知道,有长亭短堠,五饭三茶。

◇◇ 评析

〔沁园春〕《题湖头岭庵》后段云："料驿舍旁边,月痕白处,暗香微度,应是梅花。拣折一枝,路逢南雁,和两字平安寄与他。教知道,有长亭短堠,五饮三茶。"亦未能忘情者之言。(《两宋词人小传》)

水龙吟

雨微叠巘浮空,南枝一点春风至。 洞天未锁,人间春好,玉妃曾坠。 锦瑟繁弦,凤笙清响,九霄歌吹。 问分香旧事,刘郎去后,还谁共、风前醉。 回首暝烟千里。 但纷纷、落英如泪。 多情易老,青鸾何许,诗成难寄。 斗转参横,半帘花影,一溪流水。 怅飞凫路杳,行云梦断,有三峰翠。

(按:《全宋词》此词作者韩元吉,文字有异同。〔水龙吟〕《题三峰阁咏英华女子》:雨余叠巘浮空,望中秀色仙都是。洞天未锁,人间春老,玉妃曾坠。锦瑟繁弦,凤箫清响,九霄歌吹。问分香旧事,刘郎去后,知谁伴、风前醉。 回首暝烟千里。但纷纷、落红如洗。多情易老,青鸾何许,诗成谁寄。斗转参横,半帘花影,一溪寒水。怅飞凫路杳,行云梦远,有三峰翠。)

摸鱼儿

问苍江、旧盟鸥鹭。 年来景物谁主。 悠悠客鬓知何似,吹满西风尘土。 浑未悟。 漫自许。 功名谈笑侯千户。 春衫戏舞。 怕三径都荒,一犁未把,猿鹤笑君误。 君且住。 未必心期尽负。 江山秋事如许。 月明风静蘋花路。 欹枕试听鸣橹。 还又去。 道唤取。 陶泓要草归来赋。 相思最苦。 是野水连天,渔榔四处,蓑笠占烟雨。

◇◇ 评析

玉蟾词佳构颇夥,如〔水龙吟〕云:(词略)〔摸鱼儿〕云:(词略)此二阕,又岂在《武昌怀古》〔酹江月〕下也。(《两宋词人小传》)

瑞鹤仙

残蟾明远照。正一番霜讯,四山秋老。孤村带清晓。有鸣鞭归骑,乱林啼鸟。青帝缥缈。懒行时,持杯自笑。甚年来、破帽凋裘,惯得淡烟荒草。　　多少。客愁羁思,雨泊风餐,水边云杪。西窗正好。疏竹外,粉墙小。念归期相近,梦魂无奈,不为罗轻寒悄。怕无人、料理黄花,等闲过了。

水调歌头

江上春山远,山下暮云长。相留相送,时见双燕语风樯。满目飞花万点,回首故人千里,把酒沃愁肠。回雁峰前路,烟树正苍苍。

漏声残,灯焰短,马蹄香。浮云飞絮,一身将影向潇湘。多少风前月下,迤逦天涯海角,魂梦亦凄凉。又是春将暮,无语对斜阳。

洞仙歌

鹤林赋梅

南枝漏泄,一点春光别。无蝶无蜂正霜雪。向竹梢疏处,瘦影横斜,真个是,潇洒冰肌玉骨。　　黄昏人静,踏碎阶前月。忍冻相看惜攀折。巡檐空索笑,似笑无言,夜悄悄、香入寒风清冽。更那堪、画角恼幽人,又满地落英,愁肠万结。

贺新郎

且尽杯中酒。问平生、湖海心期,更如君否。渭树江云多少恨,离合古今非偶。更风雨、十常八九。长铗歌弹明月堕,对萧萧、客鬓闲携手。还怕折,渡头柳。　　小楼夜久微凉透。倚危阑、一池倒影,半空星斗。此会明年知何处,蘋末秋风未久。漫输与、鹭朋鸥友。已办扁舟松江去,与鲈鱼、莼菜论交旧。因念此,重回首。

贺新郎

露白天如洗。淡烟轻、疏林映带,远山横翠。对此情怀成甚也,云断小楼风细。独倚遍、画阑十二。花馆云窗成憔悴。听宾鸿、天外声嘹唳。但不过,闷而已。　　房栊深静难成寐。夜迢迢、银台绛蜡,伴人垂泪。巴得暂时朦胧地。还又匆匆惊起。漫自展、云间锦字。往后各收千张纸。念梦劳魂役空凝睇。终不负,骖鸾志。

虞美人

蘋花零乱秋亭暮。篱落江村路。棹歌摇曳钓船归。搅碎清风千顷、碧琉璃。　　山衔初月明疏柳。平野垂星斗。莫辞沉醉伴孤吟。他日江南江北、两关心。

鹧鸪天

西畔双松百尺长。当时亲自见刘王。山前今日莲花水,往者将军洗马塘。　　南粤路,汉宫墙。晚风历历说兴亡。摩挲东晋苍苔灶,细说仙翁炼药方。

◇◇ 评析

〔瑞鹤仙〕"残蟾明远照"阕,〔水调歌头〕"江上春山远"阕,〔洞仙歌〕《鹤林赋梅》"南枝漏泄"阕,〔贺新郎〕"且尽杯中酒"阕,又"露白天如洗"阕,〔虞美人〕"蘋花零乱"阕,〔鹧鸪天〕"西畔双松"阕,清言霏玉,美不胜收。玉蟾固慧业仙人,岂炼枯铅汞者,可同日而语耶。(《两宋词人小传》)

吴 潜

吴潜(1195—1262),字毅夫,号履斋,宣州宁国(今属安徽)人。南宋宁宗嘉定十年(1217)举进士第一,授签镇东军节度判官,累官至太府卿。历知建康府、隆兴府、太平州、庆元府、平江府、镇江府、临安府,后为翰林学士,知制诰兼侍读,改端明殿学士,签书枢密院事,封金陵郡侯。以贤政殿学士出知福州、绍兴府,召为同知枢密院兼参知政事。理宗淳祐十一年(1251)拜右丞相兼枢密使。次年以观文殿大学士提举洞霄宫,宝祐四年(1256)授沿海制置大使,判庆元府,累请归,进封崇国公,判宁国府。开庆元年(1259)召拜特进左丞相,封庆国公,改封许国公。忤理宗,责授化州团练使,循州安置,卒赠少师。有《履斋遗集》。词集名《履斋诗余》。

念奴娇

四和

天然皜质，想当年此种，来从太素。一点红尘都不染，罗列蟾宫玉女。色压苍林，香欺兰畹，肯向闻筝浦。灵龟千岁，有时游漾其处。　应念社结庐山，翻嗔靖节，底事攒眉苦。纽叶为盘花当盏，有酒何妨频注。太液波边，昆明池上，岂必沾金雨。从教同辈，为他皦皦凝伫。

◇◇ **评析**

宋吴潜词〔念奴娇〕"咏白莲"云："天然皜质，想当年此种，来从太素。"自注："太素，国名。出荷花。"此国名甚新，殆即所谓香国耶。（《织余琐述》）

满江红

苍云堂后有桂树，为冬青遮蔽，低垂将陨矣。戊午八月，呼梓人为伐而去之，赋□。

斫却凡柯，放岩桂、出些头地。从此去，引风披露，畅条昌蕊。待得清香千万斛，且饶老子为知己。趁今宵、新月驾空来，浮觞里。　刘安笑，淹留耳。吴猛约，何时是。想故山深处，翠垂金缀。须信人生归去好，他乡未必江山美。问钗头、十二意如何，非吾事。

◇◇ 评析

〔满江红〕"为苍云堂后桂树作"云:"刘安笑,淹留耳。吴猛约,何时是。"吴猛,即吴刚也。(《织余琐述》)

青玉案

己未三月六日四明窗会客

流芳只怕春无几。 拼夜饮、更才二。 不用追他欢乐事。 绮窗朱户,燕帷莺馆,多少人憔悴。 踏歌梦想江南市。 管春尽、扁舟放行李。 寒食休倾游子泪。 归去来兮,不如归去,铁定知今是。

◇◇ 评析

〔青玉案〕"四明窗会客"云:"归去来兮,不如归去,铁定知今是。""铁定"字入词亦新。(《织余琐述》)

满江红

豫章滕王阁

万里西风,吹我上、滕王高阁。 正槛外、楚山云涨,楚江涛作。 何处征帆木末去,有时野鸟沙边落。 近帘钩、暮雨掩空来,今犹昨。 秋渐紧,添离索。 天正远,伤飘泊。 叹十年心事,休休莫莫。 岁月无多人易老,乾坤虽大愁难著。 向黄昏、断送客魂消,城头角。

水调歌头

霅川溪亭

皎月亦常有,今夜独娟娟。浮云万里收尽,人在水晶奁。矫首银河澄澈,搔首金风浩荡,毛发亦泠然。宇宙能空阔,磨蚁正回旋。　倩渔翁,撑舴艋,柳阴边。垂纶下饵,须臾钓得两三鲜。唤客烹鱼酾酒,伴我高吟长啸,烂醉即佳眠。何用骖鸾去,已是地行仙。

长相思

燕高飞,燕低飞。正是黄梅青杏时,榴花开数枝。　梦归期。数归期。想见画楼天四垂。有人攒黛眉。

◇◇ **评析**

履斋词笔清超,不事追琢,风格在张安国、洪舜俞之间。如〔满江红〕之"万里西风"、〔水调歌头〕之"皎月亦常有"、〔长相思〕之"燕高飞",卷中不少佳构,略举以概其余。(《历代词人考略》卷三十七)

满江红

九日郊行

岁岁登高,算难得、今年美景。尽敛却、雨霾风障,雾沉云暝。远岫四呈青欲滴,长空一抹明于镜。更天教、老子放眉头,边烽静。 数本菊,香能劲。数朵桂,香尤胜。向尊前一笑,几多清兴。安得便如彭泽去,不妨且作山翁酩。尽古今、成败共兴亡,都休省。

◇◇ 评析

《履斋词》〔满江红〕《九日郊行》云:"数本菊,香能劲。"劲韵绝隽峭,非菊之香不足以当此。(《蕙风词话》卷二)

二郎神

小亭徙倚,慢一步、立秋千影。渐夕照林梢,晚风池上,缉缉轻寒嫩冷。又是将他春偋恨,酿一种、花愁花病。空客鬓岁迁,征衫人老,倚楼看镜。 还省。故园多少,紫殷红凝。窗外晓莺啼,拂墙金缕,烟柳慵眠乍醒。挑菜踏青,趁蜂随蝶,长负清明时景。凝伫久,蓦听棋边落子,一声声静。

千秋岁

水晶宫里。有客闲游戏。溪漾绿，山横翠。柳纡阴不断，荷递香能细。撑小艇，受风多处披襟睡。　　回首看朝市。名利人方醉。蜗角上，争荣悴。大都由命分，枉了劳心计。归去也，白云一片秋空外。

◇◇ 评析

〔二郎神〕云："凝伫久，蓦听棋边落子，一声声静。"〔千秋岁〕云："荷递香能细。"此静与细，亦非雅人深致，未易领略。(《蕙风词话》卷二)

李曾伯

李曾伯(1198—1268)，字长孺，号可斋，祖籍覃怀(今河南沁阳)，后寓居嘉兴(今浙江嘉兴)。宝祐中进士，通判濠州。历官湖南安抚使，进观文殿学士。又知庆元府，兼沿海制置使。有《可斋杂稿》三十四卷，续稿八卷，续稿后十二卷。后人合名《可斋类稿》，内有词七卷。

八声甘州

癸丑生朝

对西风、先自念莼鲈,又还月生西。叹平生霜露,而今都在,两鬓丝丝。当年门垂蓬矢,壮岁竟奚为。磊落中心事,只有天知。　　多谢君恩深厚,费丁宁温诏,犹置驱驰。看弓刀何事,终是愧毛锥。愿今年、四郊无警,向酒边、多作数篇诗。山林下,相将见一,舍我其谁。

◇◇ **评析**

　　李长孺〔八声甘州〕《癸丑生朝》云:"叹平生霜露,而今都在,两鬓丝丝",只是霜雪欺鬓意耳,稍用曲笔出之,不失其为浑成。词之要诀曰:重、拙、大,李词云云,有合于大之一字,大则不纤,非近人小慧为词者比。(《餐樱庑词话》)

◇◇ **总评**

　　其词清刚遒上,最二百首,体格并同,虽非专家之作,其于湖、鹤山之仲叔乎。(《两宋词人小传》)

曾 协

曾协(？—1173)，字同季，南丰(今属江西)人。举进士不第，以荫仕。官镇江府通判、临安通判，知吉州，改抚州，又改永州。有《云庄集》。

酹江月

扬州菊坡席上作

一年好处，是霜轻尘敛，山川如洗。 晚菊留花供燕赏，金缕宝衣销地。 旧观初还，层楼相望，重见升平际。 小春时节，绮罗丛里人醉。 此日武帐贤侯，六年仁政，浃长淮千里。 欲入鹓行仍缓带，聊抚竹西歌吹。 紫塞烟清，玉关人老，宜趣朝天骑。 香尘归路，旧游回首应记。

◇◇ 评析

〔酹江月〕云："一年好处，是霜轻尘敛，山川如洗"，较"橘绿橙黄"句有意境。(《蕙风词话》卷二)

点绛唇

汪汝冯置酒请赋芍药

乱叠香罗，玉纤微把燕支污。 靓妆无数。 十里扬州路。 怨绿啼红，总道春归去。 君知否。 画阑幽处。 留得韶光住。

浣溪沙

咏芍药金系腰海陵席上作

昼漏新来一倍长。 众宾沾醉尚传觞。 浓云遮日惜红妆。应是主人归凤沼，为传芳讯到黄堂。 腰围恰恰束金黄。

◇◇ 评析

曾同季[点绛唇]"赋芍药"云："君知否。画阑幽处。留得韶光住。"寻常意中之言,恰似未经人道。[浣溪沙]前题云："浓云遮日惜红妆。"所谓仁者见之谓之仁。(《蕙风词话》卷二)

[牟子才]

牟子才(生卒年不详),字存叟,一字节叟,号存斋,井研(今属四川)人,徙吴兴(今浙江湖州)。嘉定十六年(1223)进士。累迁至礼部尚书兼给事中,进端明殿学士,以资政殿学士致仕。卒,谥"清忠"。有《存斋集》,已佚。

金缕曲

元宵

阁住杏花雨。便新晴、等闲勾引,香车成雾。璧月光中箫凤远,袅袅余音如缕。诮一似、群仙府。天意乍随人意好,渐星桥、度汉珠还浦。又何啻、列千炬。　　晚来乍觉阴盘固。笑人间、玉瓶瑶瑟,锦茵雕俎。无限升平宣政曲,回首中原何处。慨鸣镝、已无宫武。扑面胡尘浑未扫,强欢讴、还肯轩昂否。萦旧恨,为谁赋。

◇◇ 评析

牟端明〔金缕曲〕云:"扑面胡尘浑未扫,强欢讴、还肯轩昂否。"盖寓黍离之感。昔史迁称项王悲歌慷慨。此则欢歌而不能激昂。曰"强",曰"还肯",其中若有甚不得已者。意愈婉,悲愈深矣。(《蕙风词话》卷二)

牟存叟〔金缕曲〕,见《花草粹编》,调名作〔风瀑竹〕,绝新意者,谓风瀑与竹声皆至清,可谱入宫阕耶。(《两宋词人小传》)

方　岳

方岳(1199—1262),字巨山,号秋崖,徽州祁门(今属安徽)人。绍定五年(1232)进士,官至吏部尚书左郎官。景定三年卒,年六十四。有《秋崖集》四十卷,《秋崖先生词》四卷。

沁园春

隐括《兰亭序》。汪彊仲大卿禊饮水西,令妓歌《兰亭》,皆不能,乃为以平仄度此曲,俾歌之。

岁在永和,癸丑暮春,修禊兰亭。 有崇山峻岭,茂林修竹,清流湍激,映带山阴。 曲水流觞,群贤毕至,是日风和天气清。 亦足以,供一觞一咏,畅叙幽情。 悲夫一世之人。 或放浪形骸遇所欣。 虽快然自足,终期于尽,老之将至,后视犹今。 随事情迁,所之既倦,俯仰之间迹已陈。 兴怀也,将后之览者,有感斯文。

◇◇ 评析

方秋崖〔沁园春〕词,隐括《兰亭序》。有小序:"汪彊仲大卿禊饮水西,令妓歌《兰亭》,皆不能,乃为以平仄度此曲,俾歌之"云云。大抵循声按拍,宋人最为擅长。不徒长短句皆可歌,即前人佳妙文字,亦皆可歌。水西群妓,殆非妙选工歌者。如其工者,则必能歌《兰亭序》矣。(《餐樱庑词话》)

沁园春

用梁权郡韵饯春

莺带春来,鹃唤春归,春总不知。 恨杨花多事,杏花无赖,半随残梦,半惹晴丝。 立尽碧云,寒江欲暮,怕过清明燕子时。 春且住,待新荅熟了,却问行期。 问春春竟何之。 看紫态红情难语离。 想芳韶犹剩,牡丹知处,也须些个,付与荼蘼。 唤取娉婷,劝教春醉,不道五更花漏迟。 愁一饷,笑车轮生角,早已天涯。

汉宫春

探梅用潇洒江梅韵

问讯何郎，怎春风未到，却月横枝。 当年东阁诗兴，夫岂吾欺。 云寒岁晚，便相逢、已负深期。 烦说与、秋崖归也，留香更待何时。 家住江南烟雨，想疏花开遍，野竹巴篱。 遥怜水边石上，煞欠渠诗。 月壶雪瓮，肯相从、舍我其谁。 应自笑，生来孤峭，此心却有天知。

眼儿媚

泊松洲

雁带新霜几多愁，和月落沧洲。 桂花如许，菊花如许，怎不悲秋。 江山例合闲人管，也白几分头。 去年曾此，今年曾此，烟雨孤舟。

玉楼春

秋思

木犀过了诗憔悴，只有黄花开又未。 秋风也不管人愁，到处相寻吹短袂。 露滴碧觞谁共醉。 肠断向来携手地。 夜寒笺与月明看，未必月明知此意。

水调歌头

平山堂用东坡韵

秋雨一何碧,山色倚晴空。 江南江北愁思,分付酒螺红。 芦叶蓬舟千重,菰菜莼羹一梦,无语寄归鸿。 醉眼渺河洛,遗恨夕阳中。 蘋洲外,山欲暝,敛眉峰。 人间俯仰陈迹,叹息两仙翁。 不见当时杨柳,只是从前烟雨,磨灭几英雄。 天地一孤啸,匹马又西风。

贺新郎

寄两吴尚书

雁向愁边落。 渺汀洲、孤云细雨,暮天寒角。 有美人兮山翠外,谁共霜桥月壑。 想朋友、春猿秋鹤。 竹屋一灯棋未了,问人间、局面如何著。 风雨夜,更商略。 六州铁铸从头错。 笑归来、冰鲈堪鲙,雪螯堪嚼。 莫遣孤舟横浦溆,也怕浪狂风恶。 且容把、钓纶收却。 云外空山知何似,料清寒、只与梅花约。 逋老句,底须作。

虞美人

见梅

鸥清眠碎晴溪月。 几梦寒蓑雪。 断桥篱落带人家。 枝北枝南初著、两三花。 曾于春底横孤艇。 香似诗能冷。 娟娟立玉载归壶。 渺渺愁予肯入、楚骚无。

◇◇ 评析

〔沁园春〕"饯春"云:(词略)〔汉宫春〕《探梅用潇洒江梅韵》云:(词略)〔眼儿媚〕《泊松洲》云:(词略)〔玉楼春〕《秋思》云:(词略)断句如:〔水调歌头〕《平山堂用东坡韵》云:"不见当时杨柳,只是从前烟雨,磨灭几英雄",〔贺新郎〕《寄两吴尚书》云:"云外空山知何似,料清寒、只与梅花约",〔虞美人〕《见梅》云:"断桥篱落带人家。枝北枝南初著、两三花"。巨山词佳处,所谓因方为规,遇圆成璧,绝无雕琢求工之迹。此等句,亦兴到偶得之,非矜心作意而为之也。(《两宋词人小传》)

◇◇ 总评

疏浑中有名句,不坠宋人风格。应酬率意之作,亦较他家为少。置之六十家中,不在石林、后村下也。(《秋崖词跋》)

李南金

李南金(生卒年不详),字晋卿,自号三溪冰雪翁,乐平(今属江西)人。理宗宝庆二年(1226)进士。今存词一首。

贺新郎

感怀

流落今如许。我亦三生杜牧,为秋娘著句。先自多愁多感慨,更值江南春暮。君看取、落花飞絮。也有吹来穿绣幌,有因风、飘坠随尘土。人世事,总无据。　　佳人命薄君休诉。若说与、英雄心事,一生更苦。且尽樽前今日意,休记绿窗眉妩。但春到、儿家庭户。幽恨一帘烟月晓,恐明年、雁亦无寻处。浑欲倩,莺留住。

◇◇ 评析

〔贺新郎〕调第二韵应三字一句,四字二句。晋卿词云:"我亦三生杜牧,为秋娘著句。"作两句,上句六字,下句五字,与律不合,未知有所本否?词人作长短句,以声倚之,但求高下清浊,赴节合拍,无聱牙捩喉之疵,分句字数可勿拘定,昔人曾有是说。唯是晋卿词句,平仄尤不尽合。"杜牧""杜"字必须用平声,晋卿乃用上声,讵亦可以通融耶?意者当日随笔纪事,未经斟酌,设令改句协律,亦何难之有哉?(《历代词人考略》卷二十七)

吴文英

吴文英（1200—1260），字君特，号梦窗，晚号觉翁，四明（今浙江宁波）人。原姓翁，与翁元龙、逢龙为亲伯仲，过继为吴氏后嗣。一生未第，游幕终生，于苏州、杭州、越州三地居留最久。晚年先后为浙东安抚使吴潜及嗣荣王赵与芮门下客。吴文英于词学颇有心得，曾向沈义父传授词法，俱见《乐府指迷》。有《梦窗甲乙丙丁稿》，又名《梦窗词》。

塞翁吟

黄钟商赠宏庵

草色新宫绶，还跨紫陌骄骢。 好花是，晚开红。 冷菊最香浓。 黄帘绿幕萧萧梦，灯外换几秋风。 叙往约，桂花宫。 为别蕲珍丛。　　雕栊。 行人去、秦腰褪玉，心事称、吴妆晕浓。 向春夜、闺情赋就，想初寄、上国书时，唱入眉峰。 归来共酒，窈窕纹窗，莲卸新蓬。

◇◇ 评析

梦窗句云："心事称、吴妆晕浓"，七字兼情意、妆束、容色。（《香东漫笔》）

夜游宫

竹窗听雨,坐久隐几就睡,既觉,见水仙娟娟于灯影中。

窗外捎溪雨响。 映窗里、嚼花灯冷。 浑似潇湘系孤艇。 见幽仙,步凌波,月边影。　　香苦欺寒劲。 牵梦绕、沧涛千顷。 梦觉新愁旧风景。 绀云欹,玉搔斜,酒初醒。

◇◇ **评析**

吴梦窗云:"竹窗听雨,坐久隐几就睡,既觉,见水仙娟娟于灯影中"([夜游宫]词题),此词境绝清妙。宋词句云:"睡起两眸清炯炯",此"娟娟"从"炯炯"中来。(《繡兰堂室词话》)

杏花天

咏汤

蛮姜豆蔻相思味,算却在、春风舌底。 江清爱与消残醉,憔悴文园病起。　　停嘶骑、歌眉送意。 记晓色东城梦里。 紫檀晕浅香波细,肠断垂杨小市。

◇◇ **评析**

梦窗词《咏汤》[杏花天]:(词略)咏汤之作,绝所仅见。细按词语,汤中有姜有豆蔻,故色泽似紫檀。夫以姜作汤,近或以愈寒疾,而加入豆蔻,则殊罕有。豆蔻味亦辛温,与姜同嗜,未为不可。其曰文园病起者,容亦以为却寒之助乎? 而换头"停嘶骑"下云云,又似困酒之疾,近治醉或用酱油作汤,未声以姜作汤。然豆蔻则固醒酒之需。梦窗此咏,其为却疾醒醉,不可得考,要为尊前韵事矣。朱校本谓集中〔瑞龙吟〕词有"蛮江豆蔻"句,用韩偓"蛮江豆蔻连生"语也。姜为江讹,则此为豆蔻汤,无蛮姜,必为解醒之饮,然豆蔻汤不当作紫色。二说论定,容俟知者。(《餐樱庑漫笔》)

鹧鸪天

化度寺作

池上红衣伴倚阑,栖鸦常带夕阳还。 殷云度雨疏桐落,明月生凉宝扇闲。 乡梦窄,水天宽。 小窗愁黛淡秋山。 吴鸿好为传归信,杨柳闾门屋数间。

夜行船

寓化度寺

鸦带斜阳归远树。 无人听、数声钟暮。 日与愁长,心灰香断,月冷竹房扃户。 画扇青山吴苑路。 傍怀袖、梦飞不去。 忆别西池,红绡盛泪,肠断粉莲啼路。

◇◇ 评析

吴梦窗词〔鹧鸪天〕《化度寺作》后段云:"乡梦窄,水天宽。小窗愁黛淡秋山。吴鸿好为传归信,杨柳闾门屋数间。"盖直以苏州为故乡,何止曾寓是邦而已。"小窗愁黛"即左与言之"盈盈秋水,淡淡春山"。是时筠塘内子(梦窗有〔天香词〕《寿筠塘内子》)犹寓吴阊也,其〔夜行船〕后段云:"画扇青山吴苑路。傍怀袖、梦飞不去。忆别西池。红绡盛泪。肠断粉莲啼路。"亦复芬芳悱恻,文生于情,令人增伉俪之重。

◇◇ 总评

碧山乐府如书中欧阳信本,准绳规矩极佳。二晏如右军父子。贺方回如李北海。白石如虞伯施,而隽上过之。公谨如褚登善。梦窗如鲁公。稼轩如诚悬。玉田如赵文敏。(《香海棠馆词话》)

觉翁崛起四明,以空灵奇幻之笔,运沉博绝丽之才,缒幽抉潜,开径自行,凝然为斯道高矩。又后草窗、碧山、龟溪二隐辈,熏香掬艳,异曲同工。以审定宫律言,知音如紫霞翁,亦当于词坛别树一帜。

词之极盛于南宋也,方当半壁河山,将杭作汴,一时骚人韵士,刻羽吟商,宁止流连光景尔?其荦荦可传者,大率有忠愤抑塞,万不得已之至情,寄托于其间,而非"晓风残月""桂子飘香"可同日而语矣。梦翁怀抱清夐,于词境为最宜,设令躬际承平,其出象笔鸾笺,以鸣和声之盛,虽平揖苏、辛,指麾姜、史,何难矣。乃丁世剧变,戢影沧洲,黍离麦秀之伤,以视南渡群公,殆又甚焉。(《历代两浙词人小传》序)

情性少,勿学稼轩,非绝顶聪明,勿学梦窗。(《蕙风词话》卷一)

近人学梦窗,辄从密处入手,梦窗密处,能令无数丽字,一一生动飞舞,如万花为春,非若雕瑚蹙绣,毫无生气也。如何能运动无数丽字,恃聪明,尤恃魄力。如何能有魄力,唯厚乃有魄力。梦窗密处易学,厚处难学。

重者,沉着之谓。在气格,不在字句。于梦窗词庶几见之。即其芬菲铿丽之作,中间隽句艳字,莫不有沉挚之思,灏瀚之气,挟之以流转。令人玩索而不能尽,则其中之所存者厚。沉着者,厚之发见乎外者也。欲学梦窗之致密,先学梦窗之沉着。即致密、即沉着。非出乎致密之外,超乎致密之上,别有沉着之一境也。梦窗与苏、辛二公,实殊流而同源。其见为不同,则梦窗致密其外耳。其至高至精处,虽拟议形容之,未易得其神似。颖慧之士,束发操觚,勿轻言学梦窗也。(《蕙风词话》卷二)

宋词深致能入骨,如清真、梦窗是。(《蕙风词话》卷三)

翁元龙

翁元龙(生卒年不详),字时可,号处静,四明(今浙江宁波)人,一作黄岩(今属浙江)人。与吴文英为亲伯仲,客于右相杜范之门。词有后人辑本《处静词》。

水龙吟

雪霁登吴山见沧阁,闻城中箫鼓声

画楼红湿斜阳,素妆褪出山眉翠。 街声暮起,尘侵灯户,月来舞地。 宫柳招莺,水茈飘雁,隔年春意。 黯梨云,散作人间好梦,琼箫在、锦屏底。　　乐事轻随流水。 暗兰消、作花心计。情丝万轴,因春织就,愁罗恨绮。 昵枕迷香,占帘看夜,旧游经醉。 任孤山、剩雪残梅,渐懒跨、东风骑。

醉桃源

咏柳

千丝风雨万丝晴。 年年长短亭。 暗黄看到绿成阴。 春由他送迎。　　莺思重,燕愁轻。 如人离别情。 绕湖烟冷罩波明。 画船移玉笙。

绛都春

秋晚海棠与黄菊盛开

花娇半面。 记蜜烛夜阑,同醉深院。 衣袖粉香,犹未经年如年远。 玉颜不趁秋容换。 但换却、春游同伴。 梦回前度,邮亭倦客,又拈笺管。　　慵按。 梁州旧曲,怕离柱断弦,惊破金雁。 霜被睡浓,不比花前良宵短。 秋娘羞占东篱畔。 待说与、深宫幽怨。 恨他情淡陶郎,旧缘较浅。

◇◇ 评析

翁时可词〔水龙吟〕《雪霁登吴山见沧阁,闻城中箫鼓声》云:(词略)〔醉桃源〕《咏柳》云:(词略)〔绛都春〕《秋晚海棠与黄菊盛开》云:(词略)《绝妙好词》录时可词五阕,此三阕尤丽密。其〔水龙吟〕句云:"情丝万轴,因春织就,愁罗恨绮",即以此语评时可词,庶几似之。(《两宋词人小传》)

翁孟寅

翁孟寅(生卒年不详),字宾旸,号五峰,钱塘(今浙江杭州)人。赵万里《校辑宋金元人词》辑有《五峰词》一卷。

齐天乐

元夕

红香十里铜驼梦,如今旧游重省。 节序飘零,欢娱老大,慵立灯光蟾影。 伤心对景。 怕回首东风,雨晴难准。 曲巷幽坊,管弦一片笑声近。　　飞棚浮动翠葆,看金钗半溜,春妒红粉。 凤辇鳌山,云收雾敛,迤逦铜壶漏迥。 霜风渐紧。 展一幅青绡,净悬孤镜。 带醉扶归,晓醒春梦稳。

烛影摇红

楼倚春城,琐窗曾共巢春燕。 人生好梦比春风,不似杨花健。 旧事如天渐远。 奈情缘、素丝未断。 镜尘埋恨,带粉栖香,曲屏寒浅。　　环佩空归,故园羞见桃花面。 轻烟残照下阑干,独自疏帘卷。 一信狂风又晚。 海棠花、随风满院。 乱鸦归后,杜宇啼时,一声声怨。

◇◇ 评析

翁五峰词〔齐天乐〕《元夕》云:(词略)〔烛影摇红〕云:(词略)此二阕皆合作,〔烛影摇红〕笔情韶令,最易动人。〔齐天乐〕则渐近凝重。以体格言,则〔齐天乐〕高于〔烛影摇红〕,方与尖之不同也。特尖只微尖,方亦近方而已。(《宋人词话》)

摸鱼儿

卷西风、方肥塞草,带钩何事东去。 月明万里关河梦,吴楚几番风雨。 江上路。 二十载头颅,凋落今如许。 凉生弄尘。 叹江左夷吾,隆中诸葛,谈笑已尘土。　　寒汀外,还见来时鸥鹭。 重来应是春暮。 轻裘岘首陪登眺,马上落花飞絮。 拼醉舞。 谁解道,断肠贺老江南句。 沙津少驻。 举目送飞鸿,幅巾老子,楼上正凝伫。

◇◇ 评析

翁五峰〔摸鱼儿〕歇拍云:"沙津少驻。举目送飞鸿,幅巾老子,楼上正凝伫。"东坡送子由诗:"时见乌帽出复没。"是由送客者望见行人,极写临歧眷恋之状。五峰词乃由行人望见送者,客子消魂,故人惜别,用笔两面俱到。(《蕙风词话》卷二)

高　登

高登(生卒年不详),字彦先,福建漳浦人。宣和间为太学生。绍兴二年(1132)登第,授富川主簿,迁古田县令。后以事忤秦桧,编管容州(今广西容县)。有《东溪集》。四印斋汇刻《宋元三十一家词》辑有其《东溪词》一卷。

行香子

　　瘴气如云。暑气如焚。病轻时,也是十分。沉疴恼客,罪罟萦人。叹槛中猿,笼中鸟,辙中鳞。　　休负文章,休说经纶。得生还、已早因循。菱花照影,筇竹随身。奈沈郎尫、潘郎老、阮郎贫。

◇◇ **评析**

　　高彦先,吾广右宦贤也。《东溪词》〔行香子〕云:(词略)盖编管容州时作。极写流离困瘁状态,足令数百年后读者为之酸鼻。曩余自题《菊梦词》句云:"雪虐霜欺须拚得、鬓边丝。"彦先先生可谓饱经霜雪矣。(《珠花簃词话》)

好事近

黄义卿画带霜竹

　　潇洒带霜枝,独向岁寒时节。触目千林憔悴,更幽姿清绝。　　多才应赋得天真,落笔惊风叶。从此绿窗深处,有一梢秋月。

◇◇ **评析**

　　〔好事近〕题"黄义卿画带霜竹"云:"潇洒带霜枝,独向岁寒时节。触目千林憔悴,更幽姿清绝。"则先生自道也。(《历代词人考略》卷二十三)

潘牥

潘牥(1204—1246),字庭坚,号紫岩,闽县(今属福建)人。端平二年(1235)进士,调镇南军节度推官、衢州推官,皆未上。历浙西茶盐司干官,改宣教郎,除太学正,旬日出通判潭州。淳祐六年(1246)卒于官,年四十三。有《紫岩集》。赵万里《校辑宋金元人词》辑有《紫岩词》一卷。

南乡子

题南剑州妓馆

生怕倚阑干。 阁下溪声阁外山。 惟有旧时山共水,依然。 暮雨朝云去不还。 应是蹑飞鸾。 月下时时整佩环。 月又渐低霜又下,更阑。 折得梅花独自看。

◇◇ 评析

《潘紫岩词》,余最喜其[南乡子]一阕《后村诗话》题云:镡津怀旧,《花庵绝妙词选》题云:题南剑州妓馆。小令中能转折,便有尺幅千里之势。词云:(词略)歇拍尤意境幽瑟。(《餐樱庑词话》)

满江红

筑室依崖,春风送、一帘山色。 沙鸟外,渔樵而已,别无闲客。 醉后和衣眠犊背,醒来瀹茗寻泉脉。 把心情、分付陇头云,溪边石。 身未老,头先白。 人不见,山空碧。 约钓竿共把,自惭钩直。 相蜀吞吴成底事,何如只抱隆中膝。 漫长歌、歌罢悄无言,看青壁。

◇◇ 评析

潘紫岩词〔满江红〕云:(词略)见《阳春白雪》。此词疏宕和雅,兼而有之,与〔南乡子〕异曲同工。(《两宋词人小传》)

清平乐

萋萋芳草。 怨得王孙老。 瘦损腰围罗带小。 长是锦书来少。 玉箫吹落梅花。 晓寒犹透轻纱。 惊起半屏幽梦,小窗淡月啼鸦。

(按:《全宋词》此词作者刘翰。)

◇◇ 评析

〔清平乐〕云:(词略)见《御选历代诗余》,歇拍意境幽瑟,亦不让〔南乡子〕也。(《两宋词人小传》)

陈允平

陈允平(生卒年不详),字君衡,一字衡仲,号西麓,四明(今浙江宁波)人。曾游于杨简之门。淳祐三年(1243)为余姚令,旋罢去。恭帝时为沿海制置司参议官。卫王赵昺祥兴初参与抗元活动,为王姓仇家所告,遭捕,同官袁洪解之得免。自是杜门不出。后以才被荐至大都,以病免归。有《西麓诗稿》,词集有《日湖渔唱》一卷、《西麓继周集》一卷。

瑞龙吟

长安路。 还是燕乳莺娇,度帘迁树。 层楼十二阑干,绣帘半卷,相思处处。 　　漫凭伫。 因念彩云初到,琐窗琼户。 梨花犹怯春寒,翠羞粉怨,尊前解语。 　　空有章台烟柳,瘦纤仍似,宫腰飞舞。 憔悴暗觉文园,双鬓非故。 闲拈断叶,重托殷勤句。 频回首、河桥素约,津亭归步。 恨逐芳尘去。 眩醉眼尽,游丝乱绪。 肠结愁千缕。 深院静,东风落红如雨。 画屏梦绕,一篝香絮。

扫花游

蕙风飐暖,渐草色分吴,柳阴迷楚。 寸心似缕。 看窥帘燕妥,妒花蝶舞。 蔫蔫愁红,万点轻飘泪雨。 怕春去。 问杜宇唤春,归去何处。 　　后期重细许。 倩落絮飞烟,障春归路。 长亭别俎。 对歌尘舞地,暗伤蛮素。 算得相思,比著伤春又苦。 正凭伫。 听斜阳、断桥箫鼓。

夜飞鹊

秋江际天阔，风雨凄其。云阴未放晴晖。归鸦乱叶更萧索，砧声几处寒衣。沙头酒初熟，尽篱边朱槿，竹外青旗。潮期尚晚，怕轻离、故故迟迟。　　何似醉中先别，容易为分襟，独抱琴归。回首征帆缥缈，津亭寂寞，衰草烟迷。虹收霁色，渐落霞孤鹜飞齐。更何时，重与论文渭北，蕲烛窗西。

花　犯

报南枝、东风试暖，萧萧甚情味。乱琼雕缀。幻姑射精神，玉蕊佳丽。寿阳宴罢妆台倚。眉颦羞鹊喜。念误却、何郎归去，清香空翠被。　　溪松径竹素知心，青青岁寒友，甘同憔悴。渐画角，严城上、雁霜惊坠。烟江暮、佩环未解，愁不到、独醒人梦里。但恨绕、六桥明月，孤山云畔水。

大　酺

雾幕西山，珠帘卷，浓霭凄迷华屋。蒲萄新绿涨，正桃花烟浪，乱红翻触。绣阁留寒，罗衣怯润，慵理凤楼丝竹。东风垂杨恨，锁朱门深静，粉香初熟。念缓酌灯前，醉吟孤枕，顿成清独。　　伤心春去速。叹美景虚掷如飞毂。漫孤负、秋千台榭，拾翠心期，误芳菲、怨眉愁目。冷透金篝湿，空展转、画屏山曲。梦不到、华胥国。闲倚雕槛，试采青青梅菽。海棠尚堪对烛。

霜叶飞

碧天如水，新蟾挂、修眉初画云表。半江枫叶自黄昏，深院砧声悄。渐凉蝶、残花梦晓。西风篱落寒螿小。背画阑依依，有数点、流萤乱扑，扇底微照。　　凝望渺漠平芜，蒹葭烟远，过雁还带愁到。拼教日日醉斜阳，但素琴横抱。记旧谱、归耕未了。金徽谁度凄凉调。算多少悲秋恨，恨比秋多，比秋犹少。

渡江云

青青江上草，片帆浪暖，初泊渡头沙。翠筇便瘦倚，问酒垂杨，影里那人家。东风未许，漫媚妩、轻试铅华。飘佩环、玉波秋莹，双髻绿堆鸦。　　空嗟。赤阑桥畔，暗约琴心，傍秋千影下。夜渐分、西窗愁对，烟月笼纱。离情暗逐春潮去，南浦恨、风苇烟葭。肠断处，门前一树桃花。

蝶恋花

落尽樱桃春去后。舞絮飞绵，扑簌穿帘牖。惜别情怀愁对酒。翠条折赠劳亲手。　　绣幕深沉寒尚透。雨雨晴晴，妆点西湖秀。怅望章台愁转首。画阑十二东风旧。

蝶恋花

楼上钟残人渐定。庭户沉沉,月落梧桐井。闷倚琐窗灯炯炯。兽香闲伴银屏冷。 淅沥西风吹雁影。一曲胡笳,别后谁堪听。誓海盟山虚话柄。恁书问著无言应。

少年游

画楼深映小屏山。帘幕护轻寒。比翼香囊,合欢罗帕,都做薄情看。 如今已误梨花约,何处滞归鞍。待约青鸾,彩云同去,飞梦到长安。

解连环

寸心谁托。望潇湘暮碧,水遥云邈。自绣带、同翦合欢,奈鸳枕梦单,凤帏寒薄。淡月梨花,别后伴、情怀萧索。念伤春渐懒,病酒未忺,两愁无药。 魂销翠兰紫若。任钗沉鬓影,香沁眉角。怅画阁、尘满妆台,但玉佩依然,宝筝闲却。旧约无恁,误共赏、西园桃萼。正天涯、数声杜宇,断肠院落。

忆旧游

又眉峰碧聚，记得邮亭，人别中宵。 剪烛西窗下，听林梢叶堕，雾漠烟潇。 彩鸾梦逐云去，环佩入扶摇。 但镜裂鸳奁，钗分燕股，粉腻香销。　　迢迢。 旧游处，向柳下维舟。 花底扬镳。 更忆西风里，采芙蓉江上，双桨频招。 怨红一叶应到，明月赤阑桥。 渐泪浥琼腮，胭脂淡薄羞嫩桃。

解花语

鳌峰溯碧，贝阙缘云，桂魄寒光射。 凤檐鸳瓦。 星河际、缥缈绣帘高下。 笙箫奏雅。 爱雪柳、蛾儿笑把。 琼佩摇、珠翠盈盈，迤逦飘兰麝。　　陆地金莲照夜。 富绮罗妆艳，春态容冶。 笼纱鞍帕。 香尘过、禁陌宝车骄马。 游人静也。 东风里、万红初谢。 沉醉归、残角霜天，渐落梅声罢。

过秦楼

倦听蛩砧，初抛纨扇，隔浦乱钟催晚。 湘蒲簟冷，楚竹帘稀，窗下乍闻裁翦。 倦柳梳烟，枯莲蘸水，芙蓉翠深红浅。 对半床灯火，虚堂凄寂，近书思遍。　　夜漏永、玉宇尘收，银河光灿。 梦断楚天空远。 婆娑月树，缥缈仙香，身在广寒宫殿。 无奈离愁乱织，藉酒销磨，倩花排遣。 浙江空霜晓，黄芦漠漠，一声来雁。

解蹀躞

岸柳飘残黄叶，尚学纤腰舞。谢他终日，亭前伴羁旅。无奈历历寒蝉，为谁唤老西风，伴人吟苦。　　闷无绪。记得芙蓉江上，萧娘旧相遇。如今憔悴，黄花惯风雨。把酒东望家山，醉来一枕闲窗，梦随秋去。

一落索

淡淡双蛾疏秀。为谁频皱。落花何处不春愁，料不是、因花瘦。　　锦字香笺封久。鳞鸿稀有。舞腰销减不禁愁，怕一似、章台柳。

虞美人

夕阳楼上都凭遍。柳下风吹面。强搴罗袖倚重门。懒傍玉台鸾镜、暗尘昏。　　离情脉脉如飞絮。此恨凭谁语。一天明月一江云。云外月明应照、凤楼人。

◇◇ 评析

其词循声赴节，停匀妥帖，竟卷一律。故其全阕无庸撰录，其断句较有韵致者，如〔瑞龙吟〕云："深院静，东风落红如雨。画屏梦绕，一簏香絮。"〔扫花游〕云："怕春去。问杜宇唤春，归去何处。"〔夜飞鹊〕云："何似醉中先别，容易为分襟，独抱琴归。"〔花犯〕云："烟江暮、佩环未解，愁不到、独醒人梦里。"〔大酺〕云："东风垂杨恨，锁朱门深静，粉香初熟。"〔霜叶飞〕云："半江枫叶自黄昏，深院砧声悄。渐凉蝶、残花梦晓。西风篱落寒螀小。"〔渡江云〕云："夜渐分、西窗愁对，烟月笼纱。"〔蝶恋花〕云："怅望章台愁转首。画阑十二东风旧。"又云:"闷倚琐窗灯炯炯。兽香闲伴银屏冷。"〔少年游〕云:"比翼香囊,合欢罗帕,都做薄情看。"〔解连环〕云:"淡月梨花,别后伴、情怀萧索。"〔忆旧游〕云:"更忆西风里,采芙蓉江上,双桨频招。怨红一叶应到,明月赤阑桥。"〔解花语〕云:"游人静也。东风里、万红初谢。"〔过秦楼〕云:"渐江空霜晓,黄芦漠漠,一声来雁。"〔解蹀躞〕云:"无奈历历寒蝉,为谁唤老西风,伴人吟苦。"〔一落索〕云:"落花何处不春愁,料不是、因花瘦。"〔虞美人〕云:"一天明月一江云。云外月明应照、凤楼人。"张叔夏谓:西麓所作,平正亦有佳者,此类是已。大凡文章之一体,皆有成就之一境。西麓之词,亦自有成就,惜成就止乎此耳。(《宋人词话》)

浪淘沙慢

暮烟愁,鸦归古树,雁过空堞。 南浦牙樯渐发。 阳关歌尽半阕。 便恨入回肠千万结。 长亭柳、寸寸攀折。 望日下长安近,莫遣鳞鸿成闲绝。 凄切。 去帆浪远江阔。 怅顿解连环,西窗下、对烛频哽咽。 叹百岁光阴,几度离别。 翠销粉竭。 信乍圆易散,彩云明月。 浙水吴山重重叠。 流苏帐、阳台梦歇。 暗尘锁、孤鸾秦镜缺。 羞人问、怕说相思,正满院杨花,落尽东风雪。

西平乐慢

泛梗飘萍,入山登陆,迢递雾迥烟赊。 漠漠蒹葭,依依杨柳,天涯总是愁遮。 叹寂寞尘埃满眼,梦逐孤云缥缈,春潮带雨,鸥迎远溆,雁别平沙。 寒食梨花素约,肠断处,对景暗伤嗟。 晚钟烟寺,晨鸡月店,征褐萧疏,破帽欹斜。 忆几度、微吟马上,长啸舟中,惯踏新丰巷陌,旧酒犹香,憔悴东风自岁华。 重忆少年,樱桃渐熟,松粉初黄,短楫欢呼,日日江南,烟村八九人家。

◇◇ 评析

〔浪淘沙慢〕〔西平乐慢〕等阕，亦复极见功力，以全体大段言，则树骨为坚，言情不深，既而惊才绝艳之笔，尤乏惊心动魄之句。以视当时名辈，虽草窗、碧山未能如骖之靳也。然而西麓，南宋遗老，品节贞峻，词以人重，固宜装之宝轴，丽以金箱矣。（《宋人词话》）

刘 澜

刘澜（？—1276），字养源，号江村，天台（今浙江临海）人。尝为道士，还俗，干谒无成。今存词三首。

庆宫春

重登峨眉亭感旧

春剪绿波，日明金渚，镜光尽浸寒碧。 喜溢双蛾，迎风一笑，两情依旧脉脉。 那时同醉，锦袍湿、乌纱欹侧。 英游何在，满目青山，飞下孤白。 片帆谁上天门，我亦明朝，是天门客。 平生高兴，青莲一叶，从此飘然八极。 矶头绿树，见白马、书生破敌。 百年前事，欲问东风，酒醒长笛。

◇◇ 评析

刘养源词,清拔处具体白石。见《绝妙好词》凡三阕,皆合作也。〔庆宫春〕《重登峨眉亭感旧》云:(词略)此词从白石"双桨莼波"阕脱化而出,所不逮白石者,质与遒耳。(《历代词人考略》卷三十三)

瑞鹤仙

海棠

向阳看未足。 更露立阑干,日高人独。 江空佩鸣玉。 问烟鬟霞脸,为谁膏沐。 情间景淑。 嫁东风、无媒自卜。 凤台高,贪伴吹笙,惊下九天霜鹄。　　红蹙。 花开不到,杜老溪庄,已公茅屋。 山城水国。 欢易断,梦难续。 记年时马上,人酣花醉,乐奏开元旧曲。 夜归来,驾锦漫天,绛纱万烛。

齐天乐

吴兴郡宴遇旧人

玉钗分向金华后,回头路迷仙苑。 落翠惊风,流红逐水,谁信人间重见。 花深半面。 尚歌得新词,柳家三变。 绿叶阴阴,可怜不似那时看。　　刘郎今度更老,雅怀都不到,书带题扇。 花信风高,苕溪月冷,明日云帆天远。 尘缘较短。 怪一梦轻回,酒阑歌散。 别鹤惊心,感时花泪溅。

◇◇ 评析

〔瑞鹤仙〕"咏海棠"后段云："红蹙。花开不到,杜老溪庄,已公茅屋。山城水国。欢易断,梦难续。记年时马上,人酣花醉,乐奏开元旧曲。夜归来,驾锦漫天,绛纱万烛。"〔齐天乐〕《吴兴郡宴遇旧人》后段云："刘郎今度更老,雅怀都不到,书带题扇。花信风高,苕溪月冷,明日云帆天远。"此等词浓处见骨干,淡处弥腴韵,置之碧山、玉田集中,未易伯仲。(《历代词人考略》卷三十三)

[洪瑹]

洪瑹(生卒年不详),字叔屿,自号空同词客,南宋理宗时人。有《空同词》。《中兴以来绝妙词选》录其词十六首。

月华清

春夜对月

花影摇春,虫声吟暮,九霄云幕初卷。 谁驾冰蟾,拥出桂轮天半。 素魄映、青琐窗前,皓彩散、画阑干畔。 凝眄。 见金波溔漾,分辉鹊殿。 况是风柔夜暖。 正燕子新来,海棠微绽。 不似秋光,只照离人肠断。 恨无奈、利锁名缰,谁为唤、舞裙歌扇。 吟玩。 怕铜壶催晓,玉绳低转。

◇◇ **评析**

空同词〔月华清〕《春夜对月》云："况是风柔夜暖。正燕子新来，海棠微绽。不似秋光，只照离人肠断。"用苏文忠公王夫人语意，绝佳。上三句亦胜情徐引。（《蕙风词话》卷二）

菩萨蛮

宿水口

断虹远饮横江水。 万山紫翠斜阳里。 系马短亭西。 丹枫明酒旗。 浮生长客路。 事逐孤鸿去。 又是月黄昏。 寒灯人闭门。

南柯子

新月

柳浪摇晴沼，荷风度晚檐。 碧天如水印新蟾。 一罅清光斜露、玉纤纤。 宝镜微开匣，金钩半押帘。 西楼今夜有人忺。应傍妆台低照、画眉尖。

阮郎归

壬辰邵武试灯夕

东风吹破藻池冰。 晴光开五云。 绿情红意两逢迎。 扶春来远林。 花艳艳，玉英英。 罗衣金缕明。 闹蛾儿簇小蜻蜓。 相呼看试灯。

◇◇ 评析

空同词喜炼字。〔菩萨蛮〕云:"系马短亭西。丹枫明酒旗。"〔南柯子〕云:"碧天如水印新蟾。"〔阮郎归〕云:"绿情红意两逢迎。扶春来远林。"又云:"罗衣金缕明。"两"明"字、"印"字、"扶"字,并从追琢中出。(《蕙风词话》卷二)

鹧鸪天

情景

意态婵娟画不如。 莹然初日照芙蕖。 笑捐琼佩遗交甫,肯把文梭掷幼舆。 花上蝶,水中凫。 芳心密意两相於。 情知不作庭前柳,到得秋来日日疏。

◇◇ 评析

〔鹧鸪天〕云:"莹然初日照芙蕖。"能写出美人之精神。(《蕙风词话》卷二)

浪淘沙

别意

花雾涨冥冥。 欲雨还晴。 薄罗衫子正宜春。 无奈今宵鸳帐里,身是行人。 别酒不须斟。 难洗离情。 丝鞘如电紫骝鸣。 肠断画桥芳草路,月晓风清。

◇◇ 评析

〔浪淘沙〕《别意》云:"花雾涨冥冥。欲雨还晴。"能融景入情,得迷离惝恍之妙。皆佳句也。"涨"字亦炼。(《蕙风词话》卷二)

行香子

代赠

楚楚精神。 杨柳腰身。 是风流、天上飞琼。 凌波微步,罗袜生尘。 有许多娇,许多韵,许多情。 十年心事,两字眉婚。 问何时、真个行云。 秋衾半冷,窗月窥人。 想为人愁,为人瘦,为人颦。

◇◇ 评析

〔行香子〕云:"十年心事,两字眉婚。""眉婚"二字新奇,殆即目成之意,未详所本。(《蕙风词话》卷二)

◇◇ 总评

空同词如秋卉娟妍,春蘅鲜翠。(《蕙风词话》卷二)

章谦亨

章谦亨(生卒年不详),字牧之,一字牧叔,吴兴(今属浙江)人。理宗绍定间为铅山令,为政宽平。嘉熙二年(1238)除直秘阁、浙东提刑,兼知衢州。今存词九首。

摸鱼儿

过期思稼轩之居,漕留饮于秋水观,赋一词谢之。

想先生、跨鹤归去。依然上界官府。胸中丘壑经营巧,留下午桥别墅。堪爱处。山对起、飞来万马平坡驻。带湖鸥鹭。犹不忍寒盟,时寻门外,一片芰荷浦。　　秋水观,环绕滔滔瀑布。参天林木奇古。云烟只在栏干角,生出晚来微雨。东道主。爱宾客、梅花烂漫开樽俎。满怀尘土。扫荡已无余,□□时上,主峤翠瀛语。

◇◇ 评析

〔摸鱼儿〕"过期思稼轩之居,漕留饮于秋水观,赋一词谢之"过拍云:"带湖鸥鹭。犹不忍寒盟,时寻门外,一片芰荷浦",语亦清婉可诵。(《宋人词话》)

李彭老

李彭老(生卒年不详),字商隐,号筼房,德清(今属浙江)人,理宗淳祐中曾为沿江制置司属官。与弟莱老齐名,号"龟溪二隐"。与吴文英、周密等以词酬唱。词集有与其弟李莱老合辑之《龟溪二隐词》。

木兰花慢

正千门系柳,赐宫烛、散青烟。 看秀靥芳唇,涂妆晕色,试尽春妍。 田田。 满阶榆荚,弄轻阴、浅冷似秋天。 随处饧香杏暖,燕飞斜鞚秋千。 朱弦。 几换华年。 扶浅醉、落花前。 记旧时游冶,灯楼倚扇,水院移船。 吟边。 梦云飞远,有题红、都在薛涛笺。 听绝残箫倦笛,夜堂明月窥帘。

法曲献仙音

官圃赋梅继草窗韵

云木槎枒,水漪摇落,瘦影半临清浅。 翠羽迷空,粉容羞晓,年华柱弦频换。 甚何逊、风流在,相逢共寒晚。 总依黯。 念当时、看花游冶,曾锦缆移舟,宝筝随辇。 池苑锁荒凉,嗟事逐、鸿飞天远。 香径无人,甚苍藓、黄尘自满。 听鸦啼春寂,暗雨萧萧吹怨。

探芳讯

湖上春游继草窗韵

对芳昼。 甚怕冷添衣，伤春疏酒。 正绯桃如火，相看自依旧。 闲帘深掩梨花雨，谁问东阳瘦。 几多时，涨绿莺枝，堕红鸳甃。　　堤上宝鞍骤。 记草色薰晴，波光摇岫。 苏小门前，题字尚存否。 繁华短梦随流水，空有诗千首。 更休言，张绪风流似柳。

浪淘沙

泼火雨初晴。 草色青青。 傍檐垂柳卖春饧。 画舫载花花解语，绾燕吟莺。　　箫鼓入西泠。 一片轻阴。 钿车罗盖竞归城。 别有水窗人唤酒，弦月初生。

◇◇ 评析

李商隐词，余喜其〔木兰花慢〕云："吟边。梦云飞远，有题红、都在薛涛笺。"〔法曲献仙音〕"官圃赋梅继草窗韵"云："池苑锁荒凉，嗟事逐、鸿飞天远。香径无人，甚苍藓、黄尘自满。听鸦啼春寂，暗雨萧萧吹怨。"〔探芳讯〕"湖上春游"云："闲帘深掩梨花雨，谁问东阳瘦。几多时，涨绿莺枝，堕红鸳甃。"〔浪淘沙〕云："钿车罗盖竞归城。别有水窗人唤酒，弦月初生。"弁阳老人《绝妙好词》录其词十二阕，并皆佳妙，无可轩轾。（《宋人词话》）

高阳台

落梅

飘粉杯宽，盛香袖小，青青半掩苔痕。竹里遮寒，谁念减尽芳云。么凤叫晚吹晴雪，料水空、烟冷西泠。感凋零。残缕遗钿，迤逦成尘。　　东园曾趁花前约，记按筝筹酒，戏挽飞琼。环佩无声，草暗台榭春深。欲倩怨笛传清谱，怕断霞、难返吟魂。转消凝。点点随波，望极江亭。

高阳台

寄题荪壁山房

石笋埋云，风篁啸晚，翠微高处幽居。缥简云签，人间一点尘无。绿深门户啼鹃外，看堆床、宝晋图书。尽萧闲，浴砚临池，滴露研朱。　　旧时曾写桃花扇，弄霏香秀笔，春满西湖。松菊依然，柴桑自爱吾庐。冰弦玉柱风流在，更秋兰、香染衣裾。照窗明，小字珠玑，重见欧虞。

◇◇ 评析

李商隐〔高阳台〕"咏落梅"云：（词略）前段"谁念""念"字、"么凤""凤"字，后段"草暗""暗"字、"欲倩""倩"字、"断霞""霞"字，它宋人作此调并用平声。商隐别作《寄题荪壁山房》阕，亦作平声。唯此阕用去声。以峭折为婉美，非起调毕曲处，于宫律无关系也。其前段"水空""水"字，似亦应用去声，上与平可通融，与去不可通融也。（《蕙风词话》卷二）

李莱老

李莱老(生卒年不详),字周隐,号秋崖。与其兄李彭老合称"龟溪二隐"。咸淳年间在世。词与李彭老合辑为《龟溪二隐词》。

浪淘沙

榆火换新烟。 翠柳朱檐。 东风吹得落花颠。 帘影翠梭悬绣带,人倚秋千。 犹忆十年前。 西子湖边。 斜阳吹入画楼船。归醉夜堂歌舞月,拼却春眠。

◇◇ 评析

凡流连光景词多以回忆旧事作开,而以本题拍合,千篇一律,颇易生厌。李周隐〔浪淘沙〕云:(词略)乃用忆旧作合笔,一气绾落,全不照拍本题,阅者但觉其烟波缥缈,而不能责其游骑无归,则在上下截搏合得紧,神不外散故也,此词虽非杰作,可悟格局变换之法。(《珠花簃词话》)

扬州慢

琼花次韵

玉倚风轻，粉凝冰薄，土花祠冷无人。听吹箫月底，传暮草金城。笑红紫、纷纷成雨，溯空如蝶，恐堕珠尘。叹而今、杜郎还见，应赋悲春。　　佩环何许，纵无情、莺燕犹惊。怅朱槛香消，绿屏梦渺，肠断瑶琼。九曲迷楼依旧，沉沉夜、想觅行云。但荒烟幽翠，东风吹作秋声。

高阳台

落梅

门掩香残，屏摇梦冷，珠钿糁缀芳尘。临水骞花，流来疑是行云。藓梢空挂凄凉月，想鹤归、犹怨黄昏。黯消凝。人老天涯，雁影沉沉。　　断肠不在听横笛，在江皋解佩，翳玉飞琼。烟湿荒村，背春无限愁深。迎风点点飘寒粉，怅秋娘、燕袖啼痕。更关情。青子悬枝，绿树成阴。

杏花天

年时中酒风流病。正雨暗、蘼芜深径。人家寒食烟初禁。狼藉梨花雪影。　　西湖梦、红沉翠冷。记舞板、歌裙厮趁。斜阳苦与黄昏近。生怕画船归尽。

台城路

寄弁阳翁

半空河影流云碎,亭皋嫩凉收雨。井叶还惊,江莲乱落,弦月初生商素。堂深几许。渐爽入云帱,翠绡千缕。纨扇恩疏,晚萤光冷照窗户。　文园憔悴顿老,又西风暗换,丝鬓无数。灯外残砧,琴边瘦枕,一一情伤迟暮。故人倦旅。料渭水长安,感时吟苦。正自多愁,砌蛩终夜语。

◇◇ 评析

李周隐词,一往情深,低回欲绝,所谓回肠荡气,庶几近之。其佳处有如此者,未能凡作皆然耳。〔扬州慢〕《琼花次韵》云:"九曲迷楼依旧,沉沉夜、想觅行云。但荒烟幽翠,东风吹作秋声。"〔高阳台〕《落梅》云:"藓梢空挂凄凉月,想鹤归、犹怨黄昏。"〔杏花天〕云:"斜阳苦与黄昏近。生怕画船归尽。"〔台城路〕《寄弁阳翁》后段云:"文园憔悴顿老,又西风暗换,丝鬓无数。灯外残砧,琴边瘦枕,一一情伤迟暮。故人倦旅。料渭水长安,感时吟苦。正自多愁,砌蛩终夜语。"(《宋人词话》)

惜红衣

寄弁阳翁

笛送西泠,帆过杜曲。昼阴芳绿。门巷清风,还寻故人屋。苍华发冷,笑瘦影、相看如竹。幽谷。烟树晚莺,诉经年愁独。　残阳古木。书画归船,匆匆又南北。蘋洲鸥鹭素熟。旧盟续。甚日浩歌招隐,听雨弁阳同宿。料重来时候,香荡几湾红玉。

◇◇ **评析**

白石词〔惜红衣〕云"维舟试望故国。眇天北""国"字是韵。周隐词云:"蘋洲鸥鹭素熟。旧盟续""熟"字亦用韵,想来专家之作,未有律不细者。(《宋人词话》)

小重山

画檐簪柳碧如城。一帘风雨里,近清明。吹箫门巷冷无声。梨花月,今夜负中庭。　　远岫敛修颦。春愁吟入谱,付莺莺。红尘没马翠埋轮。西泠曲,欢梦絮飘零。

◇◇ **评析**

李周隐〔小重山〕云:"画檐簪柳碧如城。一帘风雨里,过清明。"又云:"红尘没马翠埋轮。西泠曲,欢梦絮飘零。""簪"字、"没"字、"埋"字,并力求警炼,造语亦佳。(《蕙风词话》卷二)

冯伟寿

冯伟寿(生卒年不详),字文子,号云月,一云名艾子,字佛寿,延平(今福建南平)人。父取洽,以词名,有《双溪词》。伟寿早卒,今存词六首。

玉连环

忆李谪仙

谪仙往矣,问当年、饮中俦侣,于今谁在。叹沉香醉梦,胡尘日月,流浪锦袍宫带。高吟三峡动,舞剑九州隘。玉皇归觐,半空遗下,诗囊酒佩。 云月仰挹清芬,揽虬须、尚友千载。晋宋颓波,羲皇春梦,尊前一慨。待相将共蹑,龙肩鲸背。海山何处,五云叆叆。

◇◇ **评析**

〔玉连环〕《忆李谪仙》云:(词略)亦见《中兴词选》。此阕清劲有奇气,与文子它词格调略别。(《历代词人考略》卷二十九)

柴 望

柴望(1212—1280),字仲山,号秋堂,又号归田,衢州江山(今浙江江山)人。与弟随亨、元亨、元彪号"柴氏四隐",有《柴氏四隐集》。理宗嘉熙间为太学上舍生。淳祐六年(1246)因上《丙丁龟鉴》忤贾似道而下狱。后以大臣疏救,放归。端宗景炎二年以布衣特旨授迪功郎、国史编校。宋亡不仕。有《秋堂集》。后人辑其词为《秋堂诗余》。

念奴娇

山河

登高回首，叹山河国破，于今何有。台上金仙空已去，零落逋梅苏柳。双塔飞云，六桥流水，风景还依旧。凤笙龙管，何人肠断重奏。　　闻道凝碧池边，宫槐叶落，舞马衔杯酒。旧恨春风吹不断，新恨重重还又。燕子楼高，乐昌镜远，人比花枝瘦。伤情万感。暗沾啼血襟袖。

摸鱼儿

登严州西楼

望长江、几分秋色，三分浑在烟雨。伤心已怕江南树，那堪暮蝉如许。帆且驻。试说著、羊裘钓雪今何许。鱼虾自舞。但一舸芦花，数声羌笛，鸥鹭自来去。　　年年恨，流水朝朝暮暮。天涯长叹飘聚。衾寒不转钧天梦，楼外谁歌白纻。君莫诉。君试按、秦筝未必如钟吕。乡心最苦。算只有娟娟，马头皓月，今夜照归路。

（按：《全宋词》文字有异同。〔摸鱼儿〕《丙午归田，严滩褚孺奇席上赋》问长江、几分秋色，三分浑在烟雨。何人折尽丝丝柳，此日送君南浦。帆且驻。试说著、羊裘钓雪今何许。鱼虾自舞。但一舸芦花，数声霜笛，鸥鹭自来去。年年事，流水朝朝暮暮。天涯长叹飘聚。衾寒不转钧天梦，楼外谁歌白纻。君莫诉。君试按、秦筝未必如钟吕。乡心最苦。算只有娟娟，马头皓月，今夜照归路。）

念奴娇

　　春来多困，正日移帘影，银屏深闭。唤梦幽禽烟柳外，惊断巫山十二。宿酒初醒，新愁半解，恼得成憔悴。鬖鬖云鬓，不忺鸾镜梳洗。　　门外满地香风，残梅零乱，玉糁苍苔碎。乍暖乍寒浑莫拟，欲试罗衣犹未。斗草雕阑，买花深院，做踏青天气。晴鸠鸣处，一池昨夜春水。

◇◇ **评析**

　　《秋堂词》凄惋沉郁，近人雷菊农以比四水潜夫。兹撰录二阕如左，〔念奴娇〕云（词略）〔摸鱼儿〕《登严州西楼》云：（词略）此足当沉郁二字之评者也。弁阳所录"春来多困"阕，自是外甥齑臼，唯言外少寄托耳。（《宋人词话》）

[张　枢]

　　张枢（生卒年不详），字斗南，号云窗，一号寄闲老人，世居临安（今浙江杭州）。南宋初大将张俊五世孙，张炎之父。晓畅音律，工词。著有《寄闲集》。今存词九首。

谒金门

春梦怯。 人静玉闺平帖。 睡起眉心端正帖。 绰枝双杏叶。 重整金泥躞蹀。 红皱石榴裙褶。 款步花阴寻蛱蝶。 玉纤和粉捻。

◇◇ 评析

宋张枢〔谒金门〕词歇拍云："款步花阴寻蛱蝶。玉纤和粉捻。"写闺人情态如画。(《织余琐述》)

家铉翁

家铉翁(约 1213—1297),号则堂,眉山(今属四川)人。以荫补官,累官知常州,迁浙东提点刑狱,入为大理少卿。咸淳八年(1272),权知绍兴府、浙东安抚提举司事。德祐初,权户部侍郎兼知临安府、浙西安抚使,迁户部侍郎,权侍右侍郎,兼枢密都承旨。德祐二年(1276),赐进士出身,拜端明殿学士、签书枢密院事。宋亡,守志不仕。有《则堂集》六卷。词有《则堂诗余》一卷。

水调歌头

题旅舍壁

瀛台居北界,觌面是重城。 老龙蹲踞不动,潭影净无尘。 此地高阳胜处,天付仙翁为主,那肯借闲人。 暂挂西堂锡,仍同旦过宾。 　　六年里,五迁舍,得比邻。 儒馆豆笾于粲,弦诵有遗音。 甚喜黄冠为侣,更得青衿来伴,应不叹飘零。 夜宿东华榻,朝餐泮水芹。

◇◇ 评析

〔水调歌头〕"那肯借闲人"句,"郡"疑"那"误。"闲"非韵,尤误。陈正言亦宋遗臣效忠者,"我节君袍""都无愧色",与先生契合深矣。(《两宋词人小传》)

念奴娇

中秋纪梦

神仙何处,人尽道、我州三神之一。 为问何年飞到此,拔地倚天无迹。 缥缈琼宫,溟茫朱户,不与尘寰隔。 翩然鹤下,时传云外消息。 　　露冷风清夜阑,梦高人过我,欢如畴昔。 道骨仙风谁得似,谈笑云生几席。 共踏银虬,迫随绛节,恍遇群仙集。 云韶九奏,不类人间金石。

念奴娇

送陈正言

　　南来数骑，问征尘、正是江头风恶。 耿耿孤忠磨不尽，唯有老天知得。 短棹浮淮，轻毡渡汉，回首觚棱泣。 缄书欲上，惊传天外清跸。　　路人指示荒台，昔汉家使者，曾留行迹。 我节君袍雪样明，俯仰都无愧色。 送子先归，慈颜未老，三径有余乐。 逢人问我，为说肝肠如昨。

◇◇ **评析**

　　《则堂先生集》附诗余仅三首，近彊村朱氏辗转抄得之。先生不以词增重，其词中不合律处，即亦无庸置论也。〔水调歌头〕《题旅舍壁》云：（词略）〔念奴娇〕《中秋纪梦》云：（词略）前调《送陈正言》云：（词略）（《两宋词人小传》）

杨 缵

　　杨缵（生卒年不详），字继翁，号守斋，又号紫霞翁，开封（今属河南）人，居钱塘（今浙江杭州）。宁宗杨后兄杨次山之孙，度宗淑妃之父。官太社令、列卿。缵好古博雅，能画墨竹，善琴，通音律。有《紫霞洞谱》。《紫霞洞谱》《圈法周美成词》俱佚。《绝妙好词》卷三录其词三首。《作词五要》附《词源》后。

八六子

牡丹次白云韵

怨残红。夜来无赖,雨催春去匆匆。但暗水、新流芳恨,蝶凄蜂惨,千林嫩绿迷空。那知国色还逢。柔弱华清扶倦,轻盈洛浦临风。　细认得凝妆,点脂匀粉,露蝉耸翠,蕊金团玉成丛。几许愁随笑解,一声歌转春融。眼朦胧。凭阑干、半醒醉中。

◇◇ 评析

弁阳老人《绝妙好词》录杨守斋词〔八六子〕"牡丹"、〔一枝春〕《除夕》、〔被花恼〕〈自度腔〉共三阕。其〔八六子〕云:(词略)此词句法字数与秦少游、晁补之作均不尽合。霞翁精研宫律,无庸泥守前辙也。(《宋人词话》)

[赵汝茪]

赵汝茪(生卒年不详),字参时,号霞山,又号退斋,商王赵元份七世孙。赵万里《校辑宋金元人词》辑有《退斋词》一卷。

恋绣衾

柳丝空有千万条。系不住、溪头画桡。想今宵、也对新月,过轻寒、何处小桥。　　玉箫台榭春多少,溜啼红、脸霞未消。怪别来、胭脂慵傅,被东风、偷在杏梢。

◇◇ **评析**

赵汝茪〔恋绣衾〕云:"怪别来、胭脂慵傅,被东风、偷在杏梢。"翁时可〔江城子〕云:"爱东风,恨东风吹落灯花,移在杏梢红"语,尤新颖,未经人道。(《珠花簃词话》)

词衰于元,当时名人词论,即亦未臻上乘。如陆辅之《词旨》所谓警句,往往抉择不精,适足启晚近纤妍之习。宋宗室名汝茪者,词笔清丽,格调本不甚高。《词旨》取其〔恋绣衾〕句:"怪别来、胭脂慵傅,被东风、偷在杏梢。"此等句不过新巧而已。(《蕙风词话》卷二)

汉宫春

着破荷衣,笑西风吹我,又落西湖。湖间旧时饮者,今与谁俱。山山映带,似携来、画卷重舒。三十里、芙蓉步障,依然红翠相扶。　　一目清无留处,任屋浮天上,身集空虚。残烧夕阳过雁,点点疏疏。故人老大,好襟怀、消减全无。慢赢得、秋声两耳,冷泉亭下骑驴。

◇◇ **评析**

〔汉宫春〕云:"故人老大,好襟怀消减全无。漫赢得、秋声两耳,冷泉亭下骑驴。"以清丽之笔作淡语,便似冰壶濯魄,玉骨横秋,绮纨粉黛,回眸无色。但此等佳处,犹为自词中出者,未为其至。如欲超轶王(碧山)、

周(草窗)，伯仲姜(白石)、吴(梦窗)，而上企苏、辛，其必由性情学问中出乎。(《蕙风词话》卷二)

罗椅

罗椅(1214—1292)，字子远，号涧谷，庐陵(今江西吉安)人。本富家子，壮年留意功名，捐金结客，后为饶鲁高弟，又登贾似道之门。理宗宝祐四年(1256)登进士第，以秉义郎为江陵教授，改潭州教授，知信丰县，迁提辖榷货。度宗死，为台谏论而罢职。曾编选《放翁诗选前集》。今存词四首。

清平乐

明虹收雨。两桨能吴语。人在江南荷叶浦。采得蘋花无数。梦中舞燕栖莺。起来烟渚风湾。一点愁眉天末，凭谁划却春山。

◇◇ 评析

罗子远〔清平乐〕"两桨能吴语"，五字甚新，杨柳渡头，荷花荡口，暖风十里，剪水咿哑，声愈柔而景愈深。尝读《饮水词》〔望江南〕云："江南好，虎阜晚秋天。山水总归诗格秀，笙箫恰称语音圆。人在木兰船。""笙箫"句与此"两桨"句同一妙于领会。(《蕙风词话》卷二)

薛梦桂

薛梦桂(生卒年不详),字叔载,号梯飙,永嘉(今属浙江)人。理宗宝祐元年(1253)进士,曾知福清县,仕至平江卒。今存词四首。

眼儿媚

绿笺

碧筒新展绿蕉芽,黄露洒榴花。 蘸烟染就,和云卷起,秋水人家。 只因一朵芙蓉月,生怕黛帘遮。 燕衔不去,雁飞不到,愁满天涯。

◇◇ 评析

〔眼儿媚〕"咏绿笺"云:"蘸烟染就,和云卷起,秋水人家。"得不粘不脱之妙。(《宋人词话》)

浣溪沙

柳映疏帘花映林,春光一半几销魂,新诗未了枕先温。 燕子说将千万恨,海棠开到二三分,小窗银烛又黄昏。

◇◇ 评析

〔浣溪沙〕云:"燕子说将千万恨,海棠开到二三分。"亦工稳亦灵活,非词中能品不辨。(《宋人词话》)

醉落魄

单衣乍着。 滞寒更傍东风作。 珠帘压定银钩索。 雨弄祁晴，轻旋玉尘落。 花唇巧借妆梅约。 娇羞才放三分萼，尊前不用多评泊。 春浅春深，都向杏梢觉。

◇◇ **评析**

词笔"丽"与"艳"不同。"艳"如芍药、牡丹，慵春媚景；"丽"若海棠、文杏，映烛窥帘。薛梯飙词工于刷色，当得一"丽"字。〔醉落魄〕云：(词略)(《蕙风词话》卷二)

姚 勉

姚勉(1216—1262)，字述之，一字成一，江西高安人。宝祐元年(1253)廷对第一。除校书郎兼太子舍人。有《雪坡词》。

沁园春

寿婺州陈可斋九月九日

四海中间,第一清流,惟有可斋。看平生践履,真如冰玉,雄文光焰,不涴尘埃。元祐诸贤,纷纷台省,惟有景仁招不来。狂澜倒,独中流砥柱,屹立崔嵬。　　挂冠有请高哉。但清庙正需梁栋材。便撑舟野水,出航巨海,有官鼎鼐,无地楼台。制菊龄高,看萸人健,万顷秋江入寿杯。经纶了,却驭风骑气,阆苑蓬莱。

◇◇ **评析**

宋人多寿词,佳句却罕觏。《雪坡词》〔沁园春〕"寿婺州陈可斋"云:"元祐诸贤,纷纷台省,惟有景仁招不来。"命意高绝。(《餐樱庑词话》)

沁园春

寿陈中书

湖海元龙,逸气飘然,可百尺楼。受文光万丈,星辰绚彩,爽襟一掬,风露澄秋。衔字冰清,班心玉立,海内而今第一流。翻书子,紫薇花浸月,夜揽词头。　　着身已是瀛洲。问更有长生别药不。是生来已带,神仙道骨,毫端自有,富贵封侯。拜赐黄封,承恩青琐,见说香名又覆瓯。从今去,了福公事业,从赤松游。

◇◇ **评析**

《寿陈中书》云:"着身已是瀛州。问更有长生别药不。"极雅切,极自然。(《餐樱庑词话》)

沁园春

寿陶守

鹤发鸦鬘,欢捧霞觞,酌丹井泉。 庆湘山峰顶,飞来古佛,剑池洞里,活底神仙。 春雨悭时,千金斗粟,民仰使君为食天。 公知否,只活人阴德,合寿千年。 宝猊香喷沉烟。 环艳翠明红拥寿筵。 最一般奇特,凤雏新贵,斑衣绿绶,光彩相鲜。 帝命师臣,钦哉有子,飞诏看看又月边。 黄封酒,到明年今日,中使传宣。

◇◇ 评析

《寿陶守》云:"春雨悭时,千金斗粟,民仰使君为食天。"民以食为天,寻常语耳。"为食天"更隽而新。(《餐樱庑词话》)

声声慢

和徐同年梅

江涵石瘦,雪压桥低,森森万木寒僵。 不是争魁,百花谁敢先芳。 冰姿皎然玉立,笑儿曹、粉面何郎。 调羹鼎,只此花余事。说甚宫妆。 松竹岁寒三友,恨竹污晋士,松涴秦皇。 雪魄冰魂,回首世上无香。 西湖有人觅句,但知渠、清浅昏黄。 奇绝处,五更初、横月带霜。

◇◇ 评析

《雪坡词》卷端长调数首,娄撄情于科第,微嫌未能免俗,殊为风格之累,佳胜在卷末数首。〔声声慢〕"和徐同年咏梅"云:(词略)"雪魄"已下意境,高淡可以荡涤尘襟矣。(《两宋词人小传》)

柳梢青

忆西湖

长记西湖,水光山色,浓淡相宜。 丰乐楼前,涌金门外,买个船儿。 而今又是春时。 清梦只、孤山赋诗。 绿盖芙蓉,青丝杨柳,好在苏堤。

◇◇ 评析

〔柳梢青〕《忆西湖》云:(词略)词亦浓淡相宜,歇拍云云,浓者亦见为淡,风格便高。(《两宋词人小传》)

贺新郎

忆别

薄晚收残暑。 叹西风、暗换流年,又还如许。 鸦背斜阳初敛影,云淡新凉天宇。 人袖手、阑干凝伫。 邻笛唤将乡思动,听秋声、又入梧桐雨。 秋到也,尚羁旅。 故人只在江南渚。 想应嫌、久恋东华,软红尘土。 寄远裁衣知念否,新月家家砧杵。 魂梦想、鹅黄金缕。 雁影不来天更远,写书成、欲寄凭谁与。 知客恨,两蛮语。

◇◇ 评析

〔贺新郎〕《忆别》云:"邻笛唤将乡思动,听秋声、又入梧桐雨。秋到也,尚羁旅。"又云:"寄远裁衣知念否,新月家家砧杵。"并皆清婉可诵。(《两宋词人小传》)

贺新郎

为妓善琵琶名惜者作

窗月梅花白。 夜堂深、烛摇红影,绣帘垂额。 半醉金钗娇应坐,寒处也留春色。 深意在、四弦轻摘。 香坞花行听啄木,翠微边、细落仙人屐。 星盼转,趁娇拍。　人间此手真难得。 向尊前、相逢有分,底须相识。 愁浅恩深千万意,惆怅故人云隔。 怕立损、弓鞋红窄。 换取明珠知肯否,绿窗深、长共春怜惜。 休恼乱,坐中客。

◇◇ 评析

《为妓善琵琶名惜者作》过拍云:"星盼转,趁娇拍",只此六字,能写出其态度,乃至其精神。"西都赋"句,精曜华烛,俯仰如神,此略得其妙处之仿佛。与卷端诸作,相去不可道里计。(《两宋词人小传》)

霜天晓角

湖上泛月归

秋怀轩豁。 痛饮天机发。 世界只如掌大,算只有、醉乡阔。　烟抹。 山态活。 雨晴波面滑。 艇子慢摇归去,莫搅碎、一湖月。

◇◇ 评析

姚成一〔霜天晓角〕换头云:"烟抹、山态活。雨晴波面滑。"五字对句,上句作上二下三,抹字叶。不唯不勉强,尤饶有韵致。词笔灵活可喜。(《蕙风词话》卷二)

沁园春

寿同年陈探花

忆昔东坡,秀夺眉山,生丙子年。 盖丙离子坎,四方中气,宜当此岁,间出英贤。 河岳重灵,星辰再孕,来自赤城中洞天。 新秋霁,萃一襟爽气,风露澄鲜。 玉阶同听胪传。 伴宝马如龙丝袅鞭。 正椿庭未老,同跻荣路,莩楼争耀,相照魁躔。 即似坡公,金莲夜对,身作玉堂云雾仙。 怜同岁,但乞如梦得,分买山钱。

◇◇ 评析

雪坡词〔沁园春〕《寿同年陈探花》云:"忆昔东坡,秀夺眉山,生丙子年。盖丙离子坎,四方中气,直当此岁,间出英贤。"词句用"盖"字领起,绝奇。子平家言入词,亦仅见。(《蕙风词话》卷二)

莫崙

莫崙(生卒年不详),字子山,号两山,江都人,寓家丹徒(今江苏镇江)。约宋末前后在世。咸淳四年(1268)进士。元不仕,今存词四首。

水龙吟

镜寒香歇江城路,今度见春全懒。 断云过雨,花前歌扇,梅边酒盏。 离思相欺,万丝萦绕,一襟销黯。 但年光暗换,人生易感,西归水、南飞雁。 也拟与愁排遣。 奈江山、遮拦不断。 娇诧梦语,湿荧啼袖,迷心醉眼。 绣毂华茵,锦屏罗荐,何时拘管。 但良宵空有,亭亭霜月,作相思伴。

玉楼春

绿杨芳径莺声小。 帘幕烘香桃杏晓。 余寒犹峭雨疏疏,好梦自惊人悄悄。 凭君莫问情多少。 门外江流罗带绕。 直饶明日便相逢,已是一春闲过了。

◇◇ 评析

〔水龙吟〕云:(词略)〔玉楼春〕云:(词略)其〔水龙吟〕歇拍"但良宵"云云,陆辅之《词旨》摘为警句,以寻常眼光定词固宜取此,顾此等句在词中为敷衍门面语,试反复玩味之,其中有何真意远致耶。周公谨《蘋洲渔笛谱》《与莫子山谭邘城旧事》〔踏莎行〕换头云:"赋药才高,题琼语俊。蒸香压酒芙蓉顶。"其为赏契甚至。(《宋人词话》)

莫子山〔水龙吟〕换头云:"也拟与愁排遣,奈江山遮拦不断。娇诧梦语,湿荧啼袖,迷心醉眼。"此等句便开明已后词派,风格稍稍逊矣。其过拍云:"但年光暗换,人生易感,西归水、南飞雁。"〔玉楼春〕换头云:"凭君莫问情多少,门外江流罗带绕。"此等句便佳,浑成而意味厚。(《蕙风词话》卷二)

江致和

江致和(生卒年不详),崇宁间太学生。

五福降中天

喜元宵三五,纵马御柳沟东。 斜日映珠帘,瞥见芳容。 秋水娇横俊眼,腻雪轻铺素胸。 爱把菱花,笑匀粉面露春葱。 徘徊步懒,奈一点、灵犀未通。 怅望七香车去,慢辗春风。 云情雨态,愿暂入阳台梦中。 路隔烟霞,甚时还许到蓬宫。

◇◇ 评析

宋江致和〔五福降中天〕句:"秋水娇横俊眼,腻雪轻铺素胸。"以"铺"字形容腻雪,有词笔画笔所难传之佳处,无一字可以易之。后蜀欧阳炯〔春光好〕云:"胸铺雪,脸分莲。"乃江句所从出。(《蕙风词话》卷二)

[陈人杰]

陈人杰(1218—1243),又名经国,字刚父,号龟峰,长乐(今福建福州)人。数次应举不第,有经世抱负而报国无门。有《龟峰词》一卷。

沁园春

咏西湖酒楼

南北战争,唯有西湖,长如太平。 看高楼倚郭,云边矗栋,小亭连苑,波上飞甍。 太守风流,游人欢畅,气象迩来都斩新。 秋千外,剩钗骈玉燕,酒列金鲸。 人生。 乐事良辰。 况莺燕声中长是晴。 正风嘶宝马,软红不动,烟分采鹢,澄碧无声。 倚柳分题,借花传令,满眼繁华无限情。 谁知道,有种梅处士,贫里看春。

◇◇ 评析

《龟峰词》〔沁园春〕《咏西湖酒楼》云:"南北战争,唯有西湖,长如太平。"此三句含有无限感慨。宋人诗云:"西湖歌舞几时休?"下云"直把杭州作汴州。"婉而多讽,旨与刚父略同。(《蕙风词话》卷二)

陈恕可

陈恕可(生卒年不详),字行之,固始人。约宋度宗咸淳末前后在世。以荫补官。咸淳十年中铨试,授迪功郎泗州虹县主簿。至元二十七年(1290)为西湖书院山长。年六十八,以吴县尹致仕,自号宛委居士。卒年八十二。著有《乐府补题》一卷。

水龙吟

浮翠山房拟赋白莲

素姬初宴瑶池,佩环误落云深处。分香华井,洗妆湘渚,天姿淡泞。碧盖吹凉,玉冠迎晓,盈盈笑语。记当时乍识,江明夜静,只愁被、婵娟误。　几点沙边飞鹭。旧盟寒、远迷烟雨。相思未尽,纤罗曳水,清铅泣露。玉镜台空,银瓶绠绝,断魂何许。待今宵试探,中流一叶,共凌波去。

◇◇ 评析

陈恕可〔水龙吟〕"赋白莲"极空灵超逸之致,起调云:"素姬初宴瑶池,佩环误落云深处。"飘忽而来,如将白云。玉溪生句云:"萼绿华来无定所",意境庶几似之。过拍云:"记当时乍识,江明夜静,只愁被、婵娟误。"亦复离形得似,稍回清真。(《织余琐述》)

[刘辰翁]

刘辰翁(1233—1297),字会孟,号须溪,庐陵(今江西吉安)人。理宗景定三年(1262)进士。廷试对策忤贾似道,抑置丙等,以鲠直著称。以亲老请为赣州濂溪书院山长。咸淳元年(1265)授临安府学教授,江万里等荐居史馆,又除太学博士,皆固辞。宋亡隐居。有《须溪集》。词集名《须溪词》。

促拍丑奴儿

有感

世事莫寻思。 待说来、天也应悲。 百年已是中年后,西州垂泪,东山携手,几个斜晖。 也莫苦吟诗。 苦吟诗、待有谁知。 多□不是无才气,文时不遇。 武时不遇,更说今时。

踏莎行

甲午重九牛山作

日月跳丸,光阴脱兔。 登临不用深怀古。 向来吹帽插花人,尽随残照西风去。 老矣征衫,飘然客路。 炊烟三两人家住。欲携斗酒答秋光,山深无觅黄花处。

(按:《全宋词》此词作者刘克庄。)

永遇乐

余自乙亥上元,诵李易安〔永遇乐〕,为之涕下。今三年矣,每闻此词,辄不自堪。遂依其声,又托之易安自喻。虽辞情不及,而悲苦过之。

璧月初晴,黛云远淡,春事谁主。 禁苑娇寒,湖堤倦暖,前度遽如许。 香尘暗陌,华灯明昼,长是懒携手去。 谁知道,断烟禁夜,满城似愁风雨。 宣和旧日,临安南渡,芳景犹自如故。缃帙流离,风鬟三五,能赋词最苦。 江南无路,鄜州今夜,此苦又谁知否。 空相对,残釭无寐,满村社鼓。

摸鱼儿

今岁海棠迟开半月,然一夕如雪,无饮余者,赋此寄恨。

是他家、绛唇翠袖,可容卿有功否。 相思不到胭脂井,只隔东林烟柳。 春去又。 漫一夜东风,吹得花成旧。 无人举酒。 但照影堤流,图他红泪,飘洒到襟袖。 人间事,大半归谋诸妇。不如意十八九。 敲门夜半窥园李,赤脚玉川惊走。 何处有。 更炙烛风流,看到人归后。 休休回首。 笑旧日园林,佺巢。 蜀锦,处处可携手。

摸鱼儿

守岁

是疑他、春来倏忽,是疑岁别人去。古今守岁无言说,长是酒阑情绪。堪恨处。曾亲见都人,户户银花树。星河未曙。听朝马笼街,火城簇仗,御笔已题露。　　人间事,空忆桃符旧句。三茅钟自朝暮。严城夜禁故如鬼,况敢凭陵大呼。冬冬鼓。但画角声残,已是新人故。休思前度。叹五十加三,明朝领取,闲看五星聚。

金缕曲

五日和韵

锦岸吴船鼓。问沙鸥、当日沉湘,是何端午。长恨青青朱门艾,结束腰身似虎。空泪落、婵媛婴女。我醉招累清醒否,算平生、清又醒还误。累笑我,醉中语。　　黄头舞棹临江处。向人间、独竞南风,叫云激楚。笑倒两崖人如蚁,不管颓波千缕。忽惊抱、汨罗无柱。欸乃渔歌斜阳外,几书生、能办投湘赋。歌此恨,泪如缕。

江城子

海棠花下烧烛词

红欹醉袖殢阑干。夜将阑。去难拚。烧蜜调蜂,重照锦团栾。春到洞房深处暖,方知道,月宫寒。　枝枝红泪不曾干。背人弹。语羞檀。欲睡心情,一似梦惊残。正自朦胧花下好,银烛里,几人看。

山花子

春暮

东风解手即天涯。曲曲青山不可遮。如此苍茫君莫怪,是归家。　闾阎相迎悲最苦,英雄知道鬓先华。更欲徘徊春尚肯,已无花。

◇◇ 评析

须溪词,风格道上似稼轩,情辞跌宕似遗山。有时意笔俱化,纯任天倪,竟能略似坡公。往往独到之处,能以中锋达意,以中声赴节。世或目为别调,非知人之言也。〔促拍丑奴儿〕云:"百年已是中年后,西州垂泪,东山携手,几个斜晖。"〔踏莎行〕"九日牛山作"云:"向来吹帽插花人,尽随残照西风去。"〔永遇乐〕云:"香尘暗陌,华灯明昼,长是懒携手去。"〔摸鱼儿〕"海棠一夕如雪,无饮余者赋恨"云:"无人举酒。但照影堤流,图他红泪,飘洒到襟袖。"前调《守岁》云:"古今守岁无言说,长是酒阑情绪。"〔金缕曲〕"五日"云:"欸乃渔歌斜阳外,几书生、能办投湘赋。"余所摘警句视此。其〔江城子〕《海棠花下烧烛词》云:"欲睡心情,一似梦惊残。"〔山花子〕《春暮》云:"更欲徘徊春尚肯,已无花。"若斯之类,是其次矣。如衡论全体大段,以骨干气息为主,则必举全首而言,其中即无如右等句可也。由是推之全卷,乃至口占、漫兴之作,而其骨干气息具在此。须溪之所以不可及乎。(《蕙风词话》卷二)

浣溪沙

感别

点点疏林欲雪天。 竹篱斜闭自清妍。 为伊憔悴得人怜。欲与那人携素手。 粉香和泪落君前。 相逢恨恨总无言。

浣溪沙

春日即事

远远游蜂不记家,数行新柳自啼鸦。 寻思旧事即天涯。睡起有情和画卷,燕归无语傍人斜。 晚风吹落小瓶花。

山花子

此处情怀欲问天。 相期相就复何年。 行过章江三十里,泪依然。　　早宿半程芳草路,犹寒欲雨暮春天。 小小桃花三两处,得人怜。

◇◇ 评析

《须溪词》中,间有轻灵婉丽之作。似乎元明以后词派,导源乎此。讵时代已入元初,风会所趋,不期然而然者耶。如〔浣溪沙〕《感别》云:

(词略)前调《春日即事》云:(词略)〔山花子〕后段云:"早宿半程芳草路,犹寒欲雨暮春天。小小桃花三两树,得人怜。"此等小词,乃至略似国初顾梁汾、纳兰容若辈之作。以谓《须溪词》中之别调可耳。(《蕙风词话》卷二)

临江仙

将孙生日赋

二十年前此日,女兄庆我生儿。 簪萱弄彩听孙啼。 典衣沽美酒,数待冠昏时。 乱后飘零独在,紫荆墓棘风吹。 尊前万事莫寻思。 儿童看有子,白发故应衰。

鹧鸪天

立春后即事

旧日桃符管送迎。 灯球爆竹斗先赢。 鹿门乱走团圞久,才到城门有鼓声。 梅弄雪,柳窥晴。 残年犹自冷如冰。 欲知春色招人醉,须是元宵与踏青。

水调歌头

甲午九日牛山作

不饮强须饮,今日是重阳。 向来健者安在,世事两茫茫。 叔子去人远矣,正复何关人事,堕泪忽成行。 叔子泪自堕,湮没使人伤。 燕何归,鸿欲断,蝶休忙。 渊明自无可奈,冷眼菊花黄。 看取龙山落日,又见骑台荒草,谁弱复谁强。 酒亦有何好,暂醉得相忘。

齐天乐

戊寅登高即席和秋崖韵

蒋陵故是簪花路。 风烟奈何秋暑。 候馆凋梧,宫墙断柳,谁识当年倦旅。 余怀何许。 想上马人扶,翠眉愁聚。 旧日方回,而今能赋断肠语。 登高能赋最苦。 叹高高难问,欲望迷处。 蝶绕东篱,鸿翻上苑,那更画梁辞主。 来今往古。 漫湛辈同来,远公回去。 我醉安归,黄花扶路舞。

瑞龙吟

和王圣与寿韵

老人语。曾见昨日开炉,坠天花否。生年不合荒荒,枯根薄命,婵娟误汝。那知许。女乐如烟点点,江南处处。何时重到湖垠,淋漓载酒,依稀吊古。　终待胭脂露掌,弄鸥招鹤,凭君画取。万柳漫堤,一丝一泪垂雨。蒙蒙絮里,又送金铜去。漫肠断、王孙望帝,呕心囊句。市隐今成趣。袖回地狭,天吴凤舞。莫是青州谱。怎不早,翩翩向青州住。回头蜃海,已沉花雾。

水调歌头

谢和溪园来寿

夫子惠收我,谓我古心徒。闲居有客无酒,有酒又无鱼。报道犀兵远坠,问讯陈人何似,陈似隔年荑。天壤亦大矣,知有孔融乎。　白雪歌,丹元赞,赫蹄书。洪崖何自过我,便作授经图。教我天根骑月,规我扶摇去意,餐我白芝符。从此须溪里,更着赤松湖。

金缕曲

丙戌九日

风雨东篱晚。渺人间、南北东西,平芜烟远。旧日携壶吹帽处,一色沉冥何限。天不遣、魂销肠断。不是苦无看山分,料青山、也自羞人面。秋后瘦,老来倦。　　惊回昨梦青山转。恨一林、金粟都空,静无人见。默默黄花明朝有,只待插花寻伴。又谁笑、今朝蝶怨。潦倒玉山休重醉,到簪萸、忍待人频劝。今又惜,几人健。

摸鱼儿

酒边留同年徐云屋

怎知他、春归何处,相逢且尽尊酒。少年袅袅天涯恨,长结西湖烟柳。休回首。但细雨断桥,憔悴人归后。东风似旧。问前度桃花,刘郎能记,花复认郎否。　　君且住,草草留君剪韭。前宵正恁时候。深杯欲共歌声滑,翻湿春衫半袖。空眉皱。看白发尊前,已似人人有。临分把手。叹一笑论文,清狂顾曲,此会几时又。

摸鱼儿

水东桃花下赋

也何须、晴如那日,欣然且过江去。玄都纵有看花便,耿耿自羞前度。堪恨处。人道是,漫山先落坡翁句。东风绮语。但适意当前,来寻须赋,此土亦吾圃。　　海山石,犹记芙蓉城主。弹过飞种成土。是间便作仙客杏,谁与一栽千树。朝又暮。怅二十五年,临路花如故。人生自苦。只唤渡观桃,侵寻至此,世事奈何许。

◇◇ 评析

自余可传可诵之作,所谓触目见琳琅珠玉,未易以偻指计。此从彊村朱先生叚其手斠自刻本,循览竟卷,先生于其所赏会之句,一一加以密圈,观其撰撷精审,藉可悟读词学词之法。亟为述具如左,集中佳胜亦大略在是矣。〔山花子〕《春暮》云:"更欲徘徊春尚肯,已无花。"〔临江仙〕《将孙生日赋》云:"尊前万事莫寻思。儿童看有子,白发故应衰。"〔鹧鸪天〕《立春后即事》云:"鹿门乱走团圞久,才到城门有鼓声。"〔踏莎行〕"九日牛山作"云:"向来吹帽插花人,尽随残照西风去。"〔水调歌头〕前题云:"叔子去人远矣,正复何关人事,堕泪忽成行。"〔高阳台〕①《戊寅登高即席和秋崖韵》云:"旧日方回,而今能赋断肠语。"〔瑞龙吟〕《和王圣与寿韵》云:"万柳漫堤,一丝一泪垂雨。蒙蒙絮里,又送金铜去。"〔永遇乐〕"诵李易安词,遂倚其声,又托之易安自喻"云:"香尘暗陌,华灯明昼,长是懒携手去。"〔水调歌头〕《谢和溪园来寿》云:"问讯陈人何似,陈似

---

① 按:应为〔齐天乐〕。

隔年荑。"〔金缕曲〕《五日和韵》云:"欸乃渔歌斜阳外,几书生、能办投湘赋。"前调《丙戌九日》云:"不是苦无看山分,料青山、也自羞人面。"〔摸鱼儿〕"海棠一夕如雪,无饮余者赋此寄恨"云:"但照影堤流,图他红泪,飘洒到襟袖。"前调《酒边留同年徐云屋》云:"东风似旧。问前度桃花,刘郎能记,花复认郎否。"又云:"空眉皱。看白发尊前,已似人人有。"前调《守岁》云:"古今守岁无言说,长是酒阑情绪。"前调《水东桃花下赋》云:"玄都纵有看花便,耿耿自羞前度。"按:须溪先生名辰翁,字会孟,诸书并同。明徐树丕《识小录》云:刘辰翁名会孟,号须溪,其说独异,未详所本。须溪先生所居之名也。(《两宋词人小传》)

兰陵王

丙子送春

送春去。 春去人间无路。 秋千外,芳草连天,谁遣风沙暗南浦。 依依甚意绪。 漫忆海门飞絮。 乱鸦过,斗转城荒,不见来时试灯处。 春去。 最谁苦。 但箭雁沉边,梁燕无主。 杜鹃声里长门暮。 想玉树凋土,泪盘如露。 咸阳送客屡回顾。 斜日未能度。
春去。 尚来否。 正江令恨别,庾信愁赋。 元注:二人皆北去。苏堤尽日风和雨。 叹神游故国,花记前度。 人生流落,顾孺子,共夜语。

宝鼎现

春月

红妆春骑。踏月影、竿旗穿市。望不尽、楼台歌舞，习习香尘莲步底。箫声断、约彩鸾归去，未怕金吾呵醉。甚辇路、喧阗且止。听得念奴歌起。　　父老犹记宣和事。抱铜仙、清泪如水。还转盼、沙河多丽。滉漾明光连邸第。帘影冻、散红光成绮。月浸葡萄十里。看往来、神仙才子，肯把菱花扑碎。　　肠断竹马儿童，空见说、三千乐指。等多时春不归来，到春时欲睡。又说向、灯前拥髻。暗滴鲛珠坠。便当日、亲见霓裳，天上人间梦里。

大 酺

春寒

任琐窗深、重帘闭，春寒知有人处。常年笑花信，问东风情性，是娇是妒。冰柳成须，吹桃欲削，知更海棠堪否。相将燕归后，看香泥半雪，欲归还误。温低回芳草，依稀寒食，朱门封絮。　　少年惯羁旅。乱山断，欹树唤船渡。正暗想、鸡声落月，梅影孤屏，更梦衾、千里似雾。相如倦游去。掩四壁、凄其春暮。休回首、都门路。几番行晓，个个阿娇深贮。而今断烟细雨。

◇◇ 评析

须溪刘先生词,世所称道〔宝鼎现〕〔兰陵王〕〔大酺〕三慢调,重其旨有所托也。

须溪词〔兰陵王〕《丙子送春》云:(词略)此阕及〔宝鼎现〕"红妆春骑"阕,并皆忠爱之言,悃款缠绵,思沉调苦,丁桑海迁流之世,万一激发已死之人心,眇眇倚声之学,于文体诚末之末,得此庶为之增重,故录全阕如右云。(《两宋词人小传》)

◇◇ 总评

近人论词,或以《须溪词》为别调,非知人之言也。须溪词多真率语,满心而发,不假追琢,有掉臂游行之乐。其词笔多用中锋,风格遒上,略与稼轩旗鼓相当。世俗之论,容或以稼轩为别调,宜其以别调目须溪也。(《餐樱庑词话》)

周 密

周密(1232—1298),字公谨,号草窗,又号四水潜夫、弁阳老人、弁阳啸翁,先世济南人,南渡后寓吴兴(今浙江湖州)。宋末尝入临安府幕,监丰储仓,后为义乌令。入元不仕。迁居杭州,悉心著述。家有累世藏书四万余卷,金石刻千五百余种。著有《武林旧事》《齐东野语》《癸辛杂识》《云烟过眼录》《浩然斋雅谈》等。工诗,有《草窗韵语》。有《蘋洲渔笛谱》,一名《草窗词》。

少年游

宫词拟梅溪

帘消宝篆卷宫罗。 蜂蝶扑飞梭。 一样东风,燕梁莺院,那处春多。 晓妆日日随香辇,多在牡丹坡。 花深深处,柳阴阴处,一片笙歌。

朝中措

茉莉拟梦窗

彩绳朱乘驾涛云。 亲见许飞琼。 多定梅魂才返,香瘢半掐秋痕。 枕函钗缕,熏篝芳焙,儿女心情。 尚有第三花在,不妨留待凉生。

◇◇ 评析

草窗〔少年游〕"宫词"云:"一样春风,燕梁莺户,那处得春多?"即"梨花雪,桃花雨,毕竟春谁主"之意。俱从义山"莺啼花又笑,毕竟是谁春"脱出。其〔朝中措〕《茉莉拟梦窗》云:"尚有第三花在,不妨留待凉生。"庶几得梦窗之神似。(《蕙风词话》卷二)

◇◇ 总评

碧山乐府如书中欧阳信本,准绳规矩极佳。二晏如右军父子。贺方回如李北海。白石如虞伯施,而隽上过之。公谨如褚登善。梦窗如鲁公。稼轩如诚悬。玉田如赵文敏。(《香海棠馆词话》)

公谨词格介梦窗、白石之间,玉致珠妍,在南宋词人中允推能品。初学作词,最宜读之,以其有途辙可寻也。(《两宋词人小传》)

[邓 剡]

邓剡(1232—1303),字光荐,号中斋,庐陵(今江西吉安)人。景定三年(1262)进士。宋恭帝德祐二年(1276)就广东制置使赵溍辟。祥兴二年(1279)崖山失守,帝昺投海死,剡亦蹈海,未死,为元兵钩致,元将张弘范礼致之。与文天祥同押北上,以病留,累请为缁黄,不许,久之放还,与刘辰翁等遗民唱和。有《中斋集》,后人辑其词为《中斋词》。

浪淘沙

疏雨洗天晴。 枕簟凉生。 井梧一叶做秋声。 谁念客身轻似叶,千里飘零。 梦断古台城。 月淡潮平。 便须携酒访新亭。不见当时王谢宅,烟草青青。

◇◇ 评析

邓中斋词,《绝妙好词》不载其[卖花声](按:即[浪淘沙]),前段云:"疏雨洗天晴。枕簟凉生。井梧一叶做秋声。谁念客身轻似叶,千里飘零。"后段见《雪舟脞语》。此词芬芳悱恻,含豪邈,然置之《绝妙好词》中允推上选,弁阳翁甄采未及,不无遗珠之惜矣。(《两宋词人小传》)

[文天祥]

　　文天祥(1236—1283),初名云孙,字天祥,后以天祥为名,字宋瑞,一字履善,号文山,吉州吉水(今江西吉安)人。理宗宝祐四年(1256)进士第一,授签书宁海军节度判官,迁刑部郎官,出知瑞州。改江西提刑,累迁军器监兼权直学士院,以数被劾罢,年三十七致仕。度宗咸淳九年(1273)起为湖南提刑,改知赣州。恭帝德祐二年(1276)除知临安府,寻除右丞相兼枢密使。使至元军营请和,被拘北行。至镇江,夜亡入真州。端宗立,拜右丞相,后以同都督出江西,辗转各地坚持抗元。帝昺即位,加少保,信国公。是年兵败潮阳,被执,送至大都,被囚四年,不屈。至元十九年死柴市。有《文山先生全集》。今存词八首。

酹江月

驿中言别友人

　　水天空阔,恨东风不借世间英物。 蜀鸟吴花残照里,忍见荒城颓壁。 铜雀春情,金人秋泪,此恨凭谁雪。 堂堂剑气,斗牛空认奇杰。　　那信江海余生,南行万里,属扁舟齐发。 正为鸥盟留醉眼,细看涛生云灭。 睨柱吞嬴,回旗走懿,千古冲冠发。 伴人无寐,秦淮应是孤月。

沁园春

题潮阳张许二公庙

为子死孝，为臣死忠，死又何妨。自光岳气分，士无全节，君臣义缺，谁负刚肠。骂贼睢阳，爱君许远，留取声名万古香。后来者，无二公之操，百炼之钢。　　人生翕歘云亡。好烈烈轰轰做一场。使当时卖国，甘心降虏，受人唾骂，安得流芳。古庙幽沉，仪容俨雅，枯木寒鸦几夕阳。邮亭下，有奸雄过此，仔细思量。

◇◇ 评析

文信公词，所谓黄钟大吕之音，非寻常名流杰作可同日语。其〔百字令〕（按：即〔酹江月〕）〔沁园春〕诸调，尤有浩然正气贯注于字里行间。盖自岳忠武王而后，一人而已。（《两宋词人小传》）

廖莹中

廖莹中（生卒年不详）。字群玉，号药洲，邵武（今属福建）人。登第后为贾似道客，权倾一时。曾撰《福华编》谀颂贾似道。贾似道贬，莹中仍追随不舍，后自杀。今存词二首。

个侬

恨个侬无赖,卖娇眼、春心偷掷。苍苔花落,先印下一双春迹。花不知名,香才闻气,似月下箜篌,蒋山倾国。半解罗襟,蕙薰微度,镇宿粉、栖香双蝶。语态眠情,感多情、轻怜细阅。休问望宋墙高,窥韩路隔。 寻寻觅觅。又暮雨凝碧。花径横烟,红扉映月,尽一刻、千金堪值。卸袜熏笼,藏灯衣桁,任裹臂金斜,搔头玉滑。更恨檀郎,恶怜深惜。尽颤袅,周旋倾侧。软玉香钩,怪无端、凤珠微脱。多少怕晓听钟,琼钗暗擘。

木兰花慢

寿贾师宪

请诸君著眼,来看我、福华编。记江上秋风,鲸鳌涨雪,雁徼迷烟。一时几多人物,只我公、只手护山川。争睹阶符瑞象,又扶红日中天。 因怀下走奉橐鞬。磨盾夜无眠。知重开宇宙,活人万万,合寿千千。凫鹥太平世也,要东还、赴上是何年。消得清时钟鼓,不妨平地神仙。

◇◇ 评析

廖群玉[个侬]词,是其自度腔,体格雅近屯田,而尤以华赡胜,自是外孙廧白。陶氏《词综遗》录其[木兰花慢]"寿词",而此调未收,亦甄采偶疏矣。群玉为贾似道客,似道败,群玉仰药以殉。自言无负于主,诚哉其无负矣。昔梁鸿以父让臣新莽,遂终身不臣。范《汉书》以介节称之,不薄其为愚忠也。士为知己者用,群玉虽事非其主,而能效死不二,可以愧晚

近士夫朝秦暮楚者。至寿词贡谀,尤无庸责。在昔《舜典》《禹谟》,史臣珥笔,何尝无溢美之辞耶。(《两宋词人小传》)

汪元量

汪元量(1241—约1317),字大有,号水云。钱塘(今浙江杭州)人。咸淳间入太学,以善琴出入宫掖。德祐二年(1276),元兵陷临安,随三宫北往大都,留北十三载。南归后往来于匡庐、彭蠡间。有《湖山类稿》十三卷。词集名《水云词》。

满江红

吴山秋夜

一个兰舟,双桂桨、顺流东去。但满目、银光万顷,凄其风露。 渔火已归鸿雁汊,棹歌更在鸳鸯浦。 渐夜深、芦叶冷飕飕,临平路。 吹铁笛,鸣金鼓。 丝玉脍,倾香醑。且浩歌痛饮,藕花深处。秋水长天迷远望,晓风残月空凝伫。 问人间、今夕是何年,清如许。

◇◇ **评析**

汪水云词笔绝清,〔满江红〕《吴山秋夜》云:(词略)(《宋人词话》)

金人捧露盘

越州越王台

越山云,越江水,越王台。个中景、尽可徘徊。凌高放目,使人胸次共崔嵬。黄鹂紫燕报春晚,劝我衔杯。　　古时事,今时泪,前人喜,后人哀。正醉里、歌管成灰。新愁旧恨,一时分付与潮回。鹧鸪啼歇夕阳去,满地风埃。

传言玉女

钱塘元夕

一片风流,今夕与谁同乐。月台花馆,慨尘埃漠漠。豪华荡尽,只有青山如洛。钱塘依旧,潮生潮落。　　万点灯光,羞照舞钿歌箔。玉梅消瘦,恨东皇命薄。昭君泪流,手捻琵琶弦索。离愁聊寄,画楼哀角。

好事近

浙江楼闻笛

独倚浙江楼,满耳怨箛哀笛。犹有梨园声在,念那人天北。　　海棠憔悴怯春寒,风雨怎禁得。回首华清池畔,渺露芜烟荻。

莺啼序

重过金陵

金陵故都最好，有朱楼迢递。 嗟倦客、又此凭高，槛外已少佳致。 更落尽梨花，飞尽杨花，春也成憔悴。 问青山，三国英雄，六朝奇伟。 麦甸葵丘，荒台败垒。 鹿豕衔枯荠。 正朝打孤城，寂寞斜阳影里。 听楼头、哀笳怨角，未把酒、愁心先醉。 渐夜深，月满秦淮，烟笼寒水。 凄凄惨惨，冷冷清清，灯火渡头市。 慨商女不知兴废。 隔江犹唱庭花，余音亹亹。 伤心千古，泪痕如洗。 乌衣巷口青芜路，认依稀、王谢旧邻里。 临春结绮。 可怜红粉成灰，萧索白杨风起。 因思畴昔，铁索千寻，谩沉江底。 挥羽扇、障西尘，便好角巾私第。 清谈到底成何事。 回首新亭，风景今如此。 楚囚对泣何时已。 叹人间、今古真儿戏。 东风岁岁还来，吹入钟山，几重苍翠。

满江红

和王昭仪韵

天上人家，醉王母、蟠桃春色。 被午夜、漏声催箭，晓光侵阙。 花覆千官鸾阁外，香浮九鼎龙楼侧。 恨黑风、吹雨湿霓裳，歌声歇。 人去后，书应绝。 肠断处，心难说。 更那堪杜宇，满山啼血。 事去空流东汴水，愁来不见西湖月。 有谁知、海上泣婵娟，菱花缺。

◇◇ 评析

〔金人捧露盘〕"越王台"云:"鹧鸪啼歇夕阳去,满地风埃。"〔传言玉女〕《钱塘元夕》云:"玉梅消瘦,恨东皇命薄。"〔好事近〕《浙江楼闻笛》云:"犹有梨园声在,念那人天北。"〔莺啼序〕《重过金陵》云:"清谈到底成何事。回首新亭,风景今如此。"〔满江红〕《和王昭仪韵》云:"事去空流东汴水,愁来不见西湖月。"忧时念乱,故君故国之思,流溢楮墨之表。昔李元晖谓:读汪水云诗而不堕泪者,殆不名人。词亦何莫不然。(《宋人词话》)

忆王孙

集句数首,甚婉娩,情至可观。

汉家宫阙动高秋。 人自伤心水自流。 今日晴明独上楼。 恨悠悠。 白尽梨园子弟头。

忆王孙

吴王此地有楼台。 风雨谁知长绿苔。 半醉闲吟独自来。 小徘徊。 惟见江流去不回。

忆王孙

长安不见使人愁。 物换星移几度秋。 一自佳人坠玉楼。 莫淹留。 远别秦城万里游。

忆王孙

阵前金甲受降时。园客争偷御果枝。白发宫娃不解悲。理征衣。一片春帆带雨飞。

忆王孙

鹧鸪飞上越王台。烧接黄云惨不开。有客新从赵地回。转堪哀。岩畔古碑空绿苔。

忆王孙

离宫别苑草萋萋。对此如何不泪垂。满槛山川漾落晖。昔人非。惟有年年秋雁飞。

忆王孙

上阳宫里断肠时。春半如秋意转迷。独坐纱窗刺绣迟。泪沾衣。不见人归见燕归。

忆王孙

华清宫树不胜秋。云物凄凉拂曙流。七夕何人望斗牛。一登楼。水远山长步步愁。

忆王孙

五陵无树起秋风。千里黄云与断蓬。人物萧条市井空。思无穷。惟有青山似洛中。

◇◇ **评析**

〔忆王孙〕集句九阕,尤婉婉情至可诵。(《宋人词话》)

詹 玉

詹玉(生卒年不详),字可大,号天游,江陵(今湖北江陵)人。至元间历除翰林应奉、集贤学士。词有后人辑本《天游词》。今存词十三首。

齐天乐

送童瓮天兵后归杭

相逢唤醒金华梦,吴尘暗斑吟发。倚担评花,认旗沽酒,历历行歌奇迹。吹香弄碧。又坡柳风情,逋梅月色。画鼓红船,满湖春水断桥客。 当时何限怪侣,甚花天月地,人被云隔。却载苍烟,更招白鹭,一醉修江又别。今回记得。再折柳穿鱼,赏花催雪。如此湖山,忍教人更说。

◇◇ 评析

元詹天游(玉)《送童瓮天兵后归杭》〔齐天乐〕云：(词略)升庵《词品》谓：此伯颜破杭州之后，其词绝无黍离之感，桑梓之悲，止以游乐为言，宋季士习一至于此。升庵斯言，微特论世少疏，即论词亦殊未允。当元世祖威棱震叠，文字之狱，在所不免，第载籍弗详耳。《凤林书院草堂诗余》，无名氏选至元大德间诸人所作，天游词录九首。并皆南宋遗民词，多凄恻伤感，不忘故国，而于卷首冠以刘藏春、许鲁斋二家，以文丞相、邓中斋、刘须溪三公继之，若故为之畦町。当时顾忌甚深，是书于有所不敢之中，仅能存其微旨，度亦几经审慎而后出之。天游词歇拍云："如此湖山，忍教人更说"，看似平淡，却含有无限悲凉。以此二句结束全词，可知弄碧吹香，无非伤心惨目，游乐云乎哉。曲终奏雅，吾谓天游犹为敢言。升庵高明通脱，其于昔贤言中之意，不耐沉思体会，遽尔肆口讥评，是亦文人相轻，充类至义之尽矣。(《蕙风词话》卷三)

满江红

牡丹

翠袖余寒，早添得、铢衣几重。 何须怪、年华都谢，更为谁容。 衔尽吴花成鹿苑，人间不恨雨和风。 便一枝流落到人家，清泪红。 山雾泾，倚熏笼。 垂匈叶，鬓酥融。 恨宫云一朵，飞过空同。 白日长闲青鸟在，杨家花落白蘋中，问故人，忍更负东风，樽酒空。

一萼红

泊沙河。月钩儿挂浪，惊起两鱼梭。浅碧依痕，嫩凉生润，山色轻染修蛾。钓船在、绿杨阴下，蓦听得、扇底有吴歌。一段风情，西湖和靖，赤壁东坡。　　往事水流云去，叹山川良是，富贵人多。老树高低，疏星明淡，只有今古销磨。是几度、潮生潮落，甚人海、空只恁风波。闲著江湖尽宽，谁肯渔蓑。

三姝媚

古卫舟，人谓此舟曾载钱塘宫人。

一篷儿别苦。是谁家、花天月地儿女。紫曲藏娇，惯锦窠金翠，玉璈钟吕。绮席传宣，笑声里、龙楼三鼓。歌扇题诗，舞袖笼香，几曾尘土。　　因甚留春不住。怎知道人间，匆匆今古。金屋银屏，被西风吹换，蓼汀蘋渚。如此江山，应悔却、西湖歌舞。载取断云何处。江南烟雨。

◇◇ 评析

天游它词，如〔满江红〕"咏牡丹"云："何须怪、年华都谢，更为谁容。衔尽吴花成鹿苑，人间不恨雨和风。便一枝流落到人家，清泪红。"[1]〔一萼红〕云："闲著江湖尽宽，谁肯渔蓑。"忠愤至情，流溢行间句里。〔三姝

---

[1] 按：此词作者为彭元逊。

媚〕云:"如此江山,应悔却、西湖歌舞",则尤慨乎言之。升庵涉猎群籍,大都一目十行,或并天游〔齐天乐〕词未尝看到歇拍,它词无论已,其言乌足为定评也。(《蕙风词话》卷三)

[王沂孙]

王沂孙(生卒年不详),字圣与,号碧山,又号中仙、玉笥山人,会稽(今浙江绍兴)人。入元,至元中曾为庆元路学正,与周密交往。景炎三年(1278)与李彭老、仇远、张炎等赋《天香》等调,编为《乐府补题》。词集名《花外集》,一名《碧山乐府》,又有《玉笥词》《玉笥山人词集》《碧山词》等名。

声声慢

迎门高髻,倚扇清吭,娉婷未数西洲。 浅拂朱铅,春风二月梢头。 相逢靓妆俊语,有旧家、洛京风流。 断肠句,试重拈彩笔,与赋闲愁。 犹记凌波去后,问明珰罗袜,却为谁留。 枉梦想思,几回南浦行舟。 莫辞玉尊起舞,怕重来、燕子空楼。 谩惆怅、抱琵琶闲过此秋。

◇◇ **评析**

王碧山〔声声慢〕云:(词略)得无自恨庆元之仕乎。(《珠花簃词话》)

一萼红

丙午春赤城山中题梅花卷

玉婵娟。甚春余雪尽,犹未跨青鸾。疏萼无香,柔条独秀,应恨流落人间。记曾照、黄昏淡月,渐瘦影、移上小阑干。一点清魂,半枝空色,芳意班班。　　重省嫩寒清晓,过断桥流水,问信孤山。冰粟微销,尘衣不浣,相见还误轻攀。未须讶、东南倦客,掩铅泪、看了又重看。故国吴天树老,雨过风残。

疏　影

咏梅影

琼妃卧月。任素裳瘦损,罗带重结。石径春寒,碧藓参差,相思曾步芳屧。离魂分破东风恨,又梦入、水孤云阔。算如今,也厌娉婷,带了一痕残雪。　　犹记冰奁半掩,冷枝画未就,归棹轻折。几度黄昏,忽到窗前,重想故人初别。苍虬欲卷涟漪去,慢蜕却、连环香骨。早又是,翠荫蒙茸,不似一枝清绝。

◇◇ 评析

〔一萼红〕"题梅花卷"云:"疏萼无香,柔条独秀,应恨流落人间。"又云:"冰粟微销,尘衣不浣,相见还误轻攀。"〔疏影〕《咏梅影》云:"算如今,也厌娉婷,带了一痕残雪。"其遇亦可悲矣。(《珠花簃词话》)

水龙吟

落叶

晓霜初著青林,望中故国凄凉早。 萧萧渐积,纷纷犹坠,门荒径悄。 渭水风生,洞庭波起,几番秋杪。 想重崖半没,千峰尽出,山中路、无人到。 前度题红杳杳。 溯宫沟、暗流空绕。 啼螀未歇,飞鸿欲过,此时怀抱。 乱影翻窗,碎声敲砌,愁人多少。 望吾庐甚处,只应今夜,满庭谁扫。

齐天乐

赠秋崖道人西归

冷烟残水山阴道,家家拥门黄叶。 故里鱼肥,初寒雁落,孤艇将归时节。 江南恨切。 问还与何人,共歌新阕。 换尽秋芳,想渠西子更愁绝。 当时无限旧事,叹繁华似梦,如今休说。 短褐临流,幽怀倚石,山色重逢都别。 江云冻结。 算只有梅花,尚堪攀折。 寄取相思,一枝和夜雪。

◇◇ 评析

碧山词镂玉雕琼,裁云缝月,声容铿丽,骨肉停匀。词中能品,信无出其右者。蒙独喜其较近苍淡之作,殊未易多得也。〔水龙吟〕《落叶》云:(词略)〔齐天乐〕《赠秋崖道人西归》云:(词略)(《宋人词话》)

高阳台

残萼梅酸，新沟水绿，初晴节序暄妍。独立雕栏，谁怜枉度华年。朝朝准拟清明近，料燕翎、须寄银笺。又争知，一字相思，不到吟边。　　双蛾不拂青鸾冷，任花阴寂寂，掩户闲眠。屡卜佳期，无凭却恨金钱。何人寄与天涯信，趁东风、急整归船。纵飘零，满院杨花，犹是春前。

高阳台

陈君衡游未还，周公谨有怀人之赋，倚歌和之。

驼褐轻装，狨鞯小队，冰河夜渡流澌。朔雪平沙，飞花乱拂蛾眉。琵琶已是凄凉调，更赋情、不比当时。想如今，人在龙庭，初劝金卮。　　一枝芳信应难寄，向山边水际，独抱相思。江雁孤回，天涯人自归迟。归来依旧秦淮碧，问此愁、还有谁知。对东风，空似垂杨，零乱千丝。

高阳台

和周草窗寄越中诸友韵

　　残雪庭阴，轻寒帘影，霏霏玉管春葭。小帖金泥，不知春在谁家。相思一夜窗前梦，奈个人、水隔天遮。但凄然，满树幽香，满地横斜。　　江南自是离愁苦，况游骢古道，归雁平沙。怎得银笺，殷勤与说年华。如今处处生芳草，纵凭高、不见天涯。更消他，几度东风，几度飞花。

声声慢

　　高寒户牖，虚白尊罍，千山尽入孤光。玉影如空，天葩暗落清香。平生此兴不浅，记当年、独据胡床。怎知道，是岁华换却，处处堪伤。　　已是南楼曲断，纵疏花淡月，也只凄凉。冷雨斜风，何况独掩西窗。天涯故人总老，谩相思、永夜相望。断梦远，趁秋声、一片渡江。

三姝媚

次周公谨故京送别韵

兰釭花半绽。正西窗凄凄,断萤新雁。别久逢稀,谩相看华发,共成销黯。总是飘零,更休赋、梨花秋苑。何况如今,离思难禁,俊才都减。　　今夜山高江浅。又月落帆空,酒醒人远。彩袖乌纱,解愁人、惟有断歌幽婉。一信东风,再约看、红腮青眼。只恐扁舟西去,蘋花弄晚。

◇◇ 评析

〔高阳台〕云:"纵飘零,满院杨花,犹是春前。"又云:"归来依旧秦淮碧,问此愁、还有谁知。"又云:"如今处处生芳草,纵凭高、不见天涯。"〔声声慢〕云:"已是南楼曲断,纵疏花淡月,也只凄凉。"〔三姝媚〕《次周公谨故京送别韵》云:"总是飘零,更休赋、梨花秋苑。"此等句低徊掩抑,荡气回肠,庶乎加于能品一等。(《宋人词话》)

南 浦

前题

柳外碧连天,漾翠纹渐平,低蘸云影。应是雪初消,巴山路、蛾眉乍窥清镜。绿痕无际,几番漂荡江南恨。弄波素袜知甚处,空把落红流尽。　　何时橘里莼乡,泛一舸翩翩,东风归兴。孤梦绕沧浪,蘋花岸、漠漠雨昏烟暝。连筒接缕,故溪深掩柴门静。只愁双燕衔芳去,拂破蓝光千顷。

南 浦

春水

柳下碧粼粼，认曲尘乍生，色嫩如染。 清溜满银塘，东风细、参差谷纹初遍。 别君南浦，翠眉曾照波痕浅。 再来涨绿迷旧处，添却残红几片。 葡萄过雨新痕，正拍拍轻鸥，翩翩小燕。 帘影醮楼阴，芳流去，应有泪珠千点。 沧浪一舸，断魂重唱蘋花怨。 采香幽径鸳鸯睡，谁道湔裙人远。

声声慢

催雪

风声从臾，云意商量，连朝腾六迟疑。 茸帽貂裘，兔园准拟吟诗。 红炉旋添兽炭，办金船、羔酒镕脂。 问弱水，恁工夫犹未，还待何时。 休被梅花争白，好夸奇斗巧，早遍琼枝。 彩索金铃，佳人等塑狮儿。 怕寒绣帏慵起，梦梨云、说与春知。 莫误了，约生猷、船过剡溪。

齐天乐

萤

碧痕初化池塘草,荧荧野光相趁。 扇薄星流,盘明露滴,零落秋原飞磷。 练裳暗近。 记穿柳生凉,度荷分暝。 误我残编,翠囊空叹梦无准。 楼阴时过数点,倚阑人未睡,曾赋幽恨。汉苑飘苔,秦陵坠叶,千古凄凉不尽。 何人为省。 但隔水余晖,傍林残影。 已觉萧疏,更堪秋夜永。

齐天乐

蝉

绿槐千树西窗悄,厌厌昼眠惊起。 饮露身轻,吟风翅薄,半剪冰笺谁寄。 凄凉倦耳。 漫重拂琴丝,怕寻冠珥。 短梦深宫,向人犹自诉憔悴。 残虹收尽过雨,晚来频断续,都是秋意。 病叶难留,纤柯易老,空忆斜阳身世。 窗明月碎。 甚已绝余音,尚遗枯蜕。 鬓影参差,断魂青镜里。

齐天乐

蝉

一襟余恨宫魂断,年年翠阴庭树。 乍咽凉柯,还移暗叶,重把离愁深诉。 西窗过雨。 怪瑶佩流空,玉筝调柱。 镜暗妆残,为谁娇鬓尚如许。　　铜仙铅泪似洗,叹携盘去远,难贮零露。 病翼惊秋,枯形阅世,消得斜阳几度。 余音更苦。 甚独抱清高,顿成凄楚。 谩想薰风,柳丝千万缕。

一萼红

红梅

翦丹云。 怕江皋路冷,千叠护清芬。 弹泪绡单,凝妆枕重,惊认消瘦冰魂。 为谁趁、东风换色,任绛雪、飞满绿罗裙。 吴苑双身,蜀城高髻,忽到柴门。　　欲寄故人千里,恨燕支太薄,寂寞春痕。 玉管难留,金樽易泣,几度残醉纷纷。 谩重记、罗浮梦觉,步芳影、如宿杏花村。 一树珊瑚淡月,独照黄昏。

◇◇ **评析**

碧山词赋物之作十居八九,就中佳胜当于空灵处求之,所谓离神得以始轻黄金。〔南浦〕《前题》云:"孤梦绕沧浪,蘋花岸、漠漠雨昏烟暝。"〔声声慢〕《催雪》云:"怕寒绣帏慵起,梦梨云、说与春知。"〔疏影〕《咏梅影》云:"几度黄昏,忽到窗前,重想故人初别。"〔齐天乐〕"咏萤"云:"汉苑飘苔,秦陵坠叶,千古凄凉不尽。"又"咏蝉"云:"病翼惊秋,枯形阅世,消得斜阳几度。"〔一萼红〕《红梅》云:"欲寄故人千里,恨燕支太薄,寂寞

春痕。"昔人谓填词贵融景入情,碧山尤能即物寓情,而不凝滞于物,斯为赋体上乘。(《宋人词话》)

水龙吟

白莲

翠云遥拥环妃,夜深按彻霓裳舞。 铅华净洗,涓涓出浴,盈盈解语。 太液荒寒,海山依约,断魂何许。 甚人间、别有冰肌雪艳,娇无奈、频相顾。 三十六陂烟雨。 旧凄凉、向谁堪诉。 如今谩说,仙姿自洁,芳心更苦。 罗袜初停,玉珰还解,早凌波去。 试乘风一叶,重来月底,与修花谱。

◇◇ 评析

〔水龙吟〕"咏白莲"云:"三十六陂烟雨。旧凄凉、向谁堪诉。如今谩说,仙姿自洁,芳心更苦。"〔齐天乐〕"咏蝉"云:"病叶难留,纤柯易老,空忆斜阳身世。窗明月碎。甚已绝余音,尚遗枯蜕。"何言之酸楚乃尔。黄叶故山归来恨晚(〔醉蓬莱〕词意),可以原其心矣。(《宋人词话》)

◇◇ 总评

碧山乐府如书中欧阳信本,准绳规矩极佳。二晏如右军父子。贺方回如李北海。白石如虞伯施,而隽上过之。公谨如褚登善。梦窗如鲁公。稼轩如诚悬。玉田如赵文敏。(《香海棠馆词话》)

宋王沂公之言曰:"平生志不在温饱。"以梅诗谒吕文穆云:"雪中未问调羹事,先向百花头上开。"吴庄敏词〔沁园春〕《咏梅》云:"虽虚林幽壑,数枝偏瘦,已存鼎鼐,一点微酸。松竹交盟,雪霜心事,断是平生不肯寒。"二公襟抱政复相同。"一点微酸",即调羹心事,不志温饱,为有不肯寒者在耳。(《蕙风词话》卷二)

[赵必瑑]

赵必瑑(1245—1294),字玉渊,号秋晓。太宗十世孙。南渡后家东莞(今属广东)。度宗咸淳元年(1265)与父崇䄎同登进士。授高要尉,历南康县丞。端宗景炎元年(1276),文天祥以同都督开府,辟摄惠州军事判官。入元,隐居不仕。必瑑工诗,有《覆瓿集》六卷。词集单行名《覆瓿词》。

沁园春

归田作

看做官来,只似儿时,掷选官图。 如琼崖儋岸,浑么便去,翰林给舍,喝采曾除。 都一掷间,许多般样,输了还赢赢了输。 回头看,这浮云富贵,到底花虚。 吾生谁毁谁誉。 任荆棘丛丛满仕途。 叹塞翁失马,祸也福也,蕉间得鹿,真欤梦欤。 何怨何尤,自歌自笑,天要吾侪更读书。 归去也,向竹松深处,结个茅庐。

◇◇ 评析

《覆瓿词》〔沁园春〕《归田作》云:"何怨何尤,自歌自笑,天要吾侪更读书。"真率语未经人道。(《蕙风词话》卷二)

唐 珏

唐珏(1247—?),字玉潜,号菊山,会稽(今浙江绍兴)人。少孤贫力学,聚徒教授。宋亡,杨琏真迦尽发宋帝后陵寝。珏出家资,与林景熙等人伪为采药之行,收其遗骸,为石函六,葬于兰亭山,移宋故宫冬青树植其上。与宋遗民唱和。今存词四首。

水龙吟

赋白莲

淡妆人更婵娟,晚奁净洗铅华腻。泠泠月色,萧萧风,娇红敛避。太液池空,霓裳舞倦,不堪重记。叹冰魂犹在,翠舆难驻,玉簪为谁轻坠。　　别有凌空一叶,泛清寒、素波千里。珠房泪湿,明珰恨远,旧游梦里。羽扇生秋,琼楼不夜,尚遗仙意。奈香云易散,绡衣半脱,露凉如水。

摸鱼儿

赋莼

渐沧浪、冻痕消尽。琼丝初漾明镜。鲛人夜剪龙髯滑,织就水晶帘冷。凫叶净。最好似、嫩荷半卷浮晴影。玉流翠凝。早枯豉融香,红盐和雪,醉齿嚼清莹。 功名梦,曾被秋风唤醒。故人应动高兴。悠然世味浑如水,千里旧怀谁省。空对影。奈回首、姑苏台畔愁波暝。烟寒夜静。但只有芳洲,蓣花共<small>元注一作兴</small>老,何日泛归艇。

齐天乐

赋蝉

蜡痕初染仙茎露,新声又移凉影。佩玉流空,绡衣剪雾,几度槐昏柳暝。幽窗睡醒。奈欲断还连,不堪重听。怨结齐姬,故宫烟树翠阴冷。 当时旧情在否,晚妆清镜里,犹记娇鬓。乱咽频惊,余悲渐杳,摇曳风枝未定。秋期话尽。又抱叶凄凄,暮寒山静。付与孤蛩。苦吟清夜永。

桂枝香

赋蟹

松江舍北。正水落晚汀，霜老枯荻。还见青匡似绣，绀螯如戟。西风有恨无肠断，恨东流、几番潮汐。夜灯争聚微光，挂影误投帘隙。　更喜荐、新篘玉液。正半壳含黄，一醉秋色。纤手香橙风味，有人相忆。江湖岁晚听飞雪，但沙痕、空记行迹。至今茶鼎，时时犹认，眼波愁碧。

◇◇ **评析**

菊山先生词见《乐府补题》凡四阕。词以人重，微特并皆佳妙而已。兹全录如左。〔水龙吟〕《赋白莲》云：（词略）〔摸鱼儿〕《赋莼》云：（词略）〔齐天乐〕《赋蝉》云：（词略）〔桂枝香〕《赋蟹》云：（词略）《乐府补题》诸家皆一时名辈，玉潜所作尤与碧山、草窗抗手，特其词名为忠义所掩耳。周介存谓玉潜非词人，斯言未为允协。（《宋人词话》）

蒋 捷

蒋捷（生卒年不详），字胜欲，号竹山，阳羡（今江苏宜兴）人。度宗咸淳十年（1274）进士。宋亡，隐居太湖中之竹山，人称竹山先生。著有《竹山词》。

霜天晓角

折花

人影窗纱,是谁来折花。 折则从他折去,知折去向谁家。檐牙枝最佳,折时高折些。 说与折花人,道须插向鬓边斜。

◇◇ **评析**

宋人词开元曲蹊径者蒋竹山。〔霜天晓角〕《折花》云:(词略)此词如画如话,亦复可喜。(《餐樱庑词话》)

◇◇ **总评**

蒋竹山词极秾丽,其人则抱节终身。(《蕙风词话》卷一)

张 炎

张炎(1248—1319),字叔夏,号玉田,一号乐笑翁,先世凤翔人,世居临安(今浙江杭州)。南宋初大将张俊六世孙。父枢工词。炎少得声律之学于杨缵等人。年二十九,宋亡,家产籍没。曾与王沂孙、唐珏、周密等人唱和。有《玉田生诗》已佚。尤工词,以〔南浦〕《春水》一词,人呼为"张春水"。又以〔解连环〕《孤雁》一词被呼为"张孤雁"。精通音律,于词学颇有心得,著有《词源》二卷。词集名《山中白云词》,一名《玉田词》。

西子妆

　　白浪摇天，青阴涨地，一片野怀幽意。杨花点点是春心，替风前、万花吹泪。遥岑寸碧。有谁识、朝来清气。自沉吟、甚流光轻掷，繁华如此。　　斜阳外。隐约孤村，隔坞闲门闭。渔舟何似莫归来，想桃源、路通人世。危桥静倚。千年事、都消一醉。漫依依，愁落鹃声万里。

◇◇ **评析**

　　〔西子妆〕云："杨花点点是春心,替风前、万花吹泪。"较苏东坡词"点点是离人泪"更觉纤新。（《织余琐述》）

水龙吟

白莲

　　仙人掌上芙蓉，涓涓犹湿金盘露。轻妆照水，纤裳玉立，飘摇似舞。几度消凝，满湖烟月，一汀鸥鹭。记小舟夜悄，波明香远，浑不见、花开处。　　应是浣纱人妒。褪红衣、被谁轻误。闲情淡雅，冶容清润，凭娇待语。隔浦相逢，偶然倾盖，似传心素。怕湘皋佩解，绿云十里，卷风西去。

◇◇ **评析**

　　《山中白云词》〔水龙吟〕"咏白莲"云："记小舟夜悄，波明香远，浑不见、花开处。"幽夐空灵,不减陆鲁望"月晓风清"之句。（《织余琐述》）

南　浦

春水

波暖绿粼粼，燕飞来、好是苏堤才晓。　鱼没浪痕圆，流红去、翻笑东风难扫。　荒桥断浦，柳阴撑出扁舟小。　回首池塘青欲遍，绝似梦中芳草。　　和云流出空山，甚年年净洗，花香不了。　新绿乍生时，孤村路、犹忆那回曾到。　余情渺渺，茂林觞咏如今悄。　前度刘郎归去后，溪上碧桃多少。

解连环

孤雁

楚江空晚。　怅离群万里，恍然惊散。　自顾影、欲下寒塘，正沙净草枯，水平天远。　写不成书，只寄得、相思一点。　叹因循误了，残毡拥雪，故人心眼。　　谁怜旅愁荏苒。　谩长门夜悄，锦筝弹怨。　想伴侣、犹宿芦花，也曾念春前，去程应转。　暮雨相呼，怕蓦地、玉关重见。　未羞他、双燕归来，画帘半卷。

◇◇ 评析

玉田以赋春水、孤雁得名，兹录二词全阕如左，集中擅胜之作不止此也。〔南浦〕《春水》云：(词略)〔解连环〕《孤雁》云：(词略) 玉田故国王孙，飘零湖海，寓麦秀黍离之感，于选声订韵之间，其词固卓然名家，抑亦品节为之增重矣。(《宋人词话》)

水龙吟

寄袁竹初

几番问竹平安，雁书不尽相思字。篱根半树，村深孤艇，阑干屡倚。远草兼云，冻河胶雪，此时行李。望去程无数，并州回首，还又渡、桑乾水。　　笑我曾游万里。甚匆匆、便成归计。江空岁晚，栖迟犹在，吴头楚尾。疏柳经寒，断槎浮月，依然憔悴。待相逢说与相思，想亦在、相思里。

◇◇ 评析

宋人词亦有疵病，断不可学。高竹屋《中秋夜怀梅溪》云："古驿烟寒，幽垣梦冷，应念秦楼十二。"此等句钩勒太露，便失之薄。张玉田〔水龙吟〕《寄袁竹初》云："待相逢说与相思，想亦在、相思里。"尤空滑粗率，并不如高句，字面稍能蕴藉。（《蕙风词话》卷二）

◇◇ 总评

碧山乐府如书中欧阳信本，准绳规矩极佳。二晏如右军父子。贺方回如李北海。白石如虞伯施，而隽上过之。公谨如褚登善。梦窗如鲁公。稼轩如诚悬。玉田如赵文敏。（《香海棠馆词话》）

周保绪（济）《止庵集·宋四家词筏序》以近世为词者，推南宋为正宗，姜、张为山斗，域于其至近者为不然，其持论介余同异之间。张诚不足为山斗，得谓南宋非正宗耶。（《蕙风词话》卷二）

[吴 存]

吴存(1257—1339),字仲退,号乐庵,江西鄱阳人。曾官宁国教授。有《乐庵诗余》一卷。

水龙吟

咏雪次韵

一天云似穹庐,山川惨淡还非旧。 兴来欲唤,羸童瘦马,寻梅陇首。 有客遮留,左援苏二,右招欧九。 问聚星堂上,当年白战,还更许,追踪否。　　却拥重裘深坐,看飞花乍无还有。 老来拈笔,不禁清冻,频呵龟手。 想见南山,少年射虎,臂鹰牵狗。 暮归来脱帽,销金帐里,饮羊羔酒。

◇◇ 评析

吴乐庵[水龙吟]《咏雪次韵》云:"兴来欲唤,羸童瘦马,寻梅陇首。有客遮留,左援苏二,右招欧九。问聚星堂上,当年白战,还更许,追踪否。"此词略仿刘龙洲[沁园春]"斗酒彘肩,醉渡浙江,岂不快哉。被香山居士,约林和靖,与坡公等,驾勒吾回。"而吴词意境较静。(《蕙风词话》卷二)

王易简

王易简(生卒年不详),字理得,号可竹,山阴(今浙江绍兴)人。登进士第,除瑞安主簿,不赴,入元,隐居城南。有《山中观史吟》。《乐府补题》有其咏物词四首,《绝妙好词》卷六载其词三首。

齐天乐

客长安赋

宫烟晓散春如雾。 参差护晴窗户。 柳色初分,饧香未冷,正是清明百五。 临流笑语。 映十二阑干,翠鼙红妒。 短帽轻鞍,倦游曾遍断桥路。 东风为谁媚妩。 岁华顿感慨,双鬓何许。 前度刘郎,三生杜牧,赢得征衫尘土。 心期暗数。 总寂寞当年,酒筹花谱。 付与春愁,小楼今夜雨。

◇◇ 评析

《词旨》撰录可竹词警句〔齐天乐〕云:"参差护晴窗户",又云:"心期暗数。总寂寞当年,酒筹花谱。付与春愁,小楼今夜雨。"陆氏所摘宋贤词句,泰半未能惬心贵当,唯于可竹词则审择无讹。盖"参差"二字既妙于形容,歇拍五句尤朗润清空,不假追琢,渐近北宋人风格。(《宋人词话》)

庆宫春

谢草窗惠词卷

庭草春迟，汀蘋香老，数声佩悄苍玉。年晚江空，天寒日暮，壮怀聊寄幽独。倦游多感，更西北、高楼送目。佳人不见，慷慨悲歌，夕阳乔木。　　紫霞洞窅云深，袅袅余香，凤箫谁续。桃花赋在，竹枝词远，此恨年年相触。翠楠芳字，谩重省、当时顾曲。因君凝伫，依约吴山，半痕蛾绿。

◇◇ 评析

王易简《谢草窗惠词卷》〔庆宫春〕歇拍云："因君凝伫，依约吴山，半痕蛾绿。"易简《乐府补题》诸作，颇脍炙人口。余谓此十二字绝佳。能融景入情，秀极成韵，凝而不佻。（《蕙风词话》卷二）

姚云文

姚云文（生卒年不详），字圣瑞，高安人。大约生活于宋末元初。咸淳四年（1268）进士，官兴县导尉。入元，授承直郎，抚建两路儒学提举，有《江村遗稿》，今不传。《全宋词》存词九首。

齐天乐

柳花引过横塘路,萦回曲蹊通圃。插槿编篱,挨梅砌石,次第海棠成坞。吟筇独拄。待寻访斜桥,水边窥户。已约青山,云深不碍客来处。　　繁华阅人无数。问旧日平原,君还知否。啼鸟窗幽,画阴人寂,慵困不如飞絮。匆匆燕语。似迎得春来,且留春住。惜取名花,一枝堪寄与。

◇◇ **评析**

姚云文〔齐天乐〕云:"啼鸟窗幽,画阴人寂,慵困不如飞絮。""慵困"句是加一倍写法。易安居士"人比黄花瘦",言人比黄花更瘦,与云文句法略同,特韵致较胜耳。(《织余琐述》)

曾允元

曾允元(生卒年不详),号鸥江,江西泰和人。《全宋词》存词四首。

水龙吟

春梦

日高深院无人,杨花扑帐春云暖。 回文未就,停针不语,绣床倚遍。 翠被笼香,绿鬟坠腻,伤春成怨。 尽云山烟水,柔情一缕,又暗逐、金鞍远。 鸾佩相逢甚处,似当年、刘郎仙苑。 凭肩后约,画眉新巧,从来未惯。 枕落钗声,帘开燕语,风流云散。 甚依稀难记,人间天上,有缘重见。

◇◇ 评析

作慢词起处,必须笼罩全阕。近人辄作景语徐引,乃至意浅笔弱,非法甚矣。元曾允元为《草堂诗余》之殿。其〔水龙吟〕《春梦》起调云:"日高深院无人,杨花扑帐春云暖。"从题前摄起题神。已下逐层意境,自能迤逦入胜。其过拍云:"尽云山烟水,柔情一缕,又暗逐、金鞍远。"尤极远离惝恍、非雾非花之妙。(《蕙风词话》卷三)

引用文献

1. 曾昭岷、曹济平、王兆鹏、刘尊明编:《全唐五代词》,中华书局1999年版。
2. 张璋、黄畬编:《全唐五代词》,上海古籍出版社1986年版。
3. 唐圭璋编:《全宋词》,中华书局2009年版。
4. 王幼安校订《蕙风词话》,惜阴堂丛书,人民文学出版社1960年版。
5. 《玉栖述雅》,唐圭璋,《词话丛编》,中华书局1986年版。
6. 《香海棠馆词话》,孙克强辑校:《况周颐词话五种(外一种)》,浙江古籍出版社2014年版。
7. 《餐樱庑词话》,孙克强辑校:《况周颐词话五种(外一种)》,浙江古籍出版社2014年版。
8. 《珠花簃词话》,孙克强辑校:《况周颐词话五种(外一种)》,浙江古籍出版社2014年版。
9. 《繡兰堂室词话》,孙克强辑校:《况周颐词话五种(外一种)》,浙江古籍出版社2014年版。
10. 《词学讲义》(《词话》),孙克强辑校:《况周颐词话五种(外一种)》,浙江古籍出版社2014年版。
11. 《历代词人考略》,全国图书馆文献缩微复制中心2003年影印本。
12. 《宋人词话》,抄本。
13. 《两宋词人小传》,抄本。
14. 《织余琐述》,民国八年(1919)临桂木活字本,孙克强辑校:《况周颐词话五种(外一种)》,浙江古籍出版社2014年版。
15. 《阮庵笔记五种》(《选巷丛谈》《卤底丛谈》《兰云菱梦楼笔记》《蕙风簃随笔》《蕙风簃二笔》),《况周颐集》,广西师范大学出版社2012年影印版。

16.《香东漫笔》,《况周颐集》,广西师范大学出版社2012年影印版。
17.《眉庐丛话》,《况周颐集》,广西师范大学出版社2012年影印版。
18.《餐樱庑随笔》,《况周颐集》,广西师范大学出版社2012年影印版。
19.《餐樱庑漫笔》,《申报》1924年8月至1926年3月。
20.《漱玉词笺》,《况周颐集》,广西师范大学出版社2012年版。

词人索引

三至四画

万俟咏	139
马子严	284,286
方千里	357,359
方　岳	414
孔　夷	113
文天祥	486,487,508
王　雱	84
王沂孙	498,512
王　衍	18,19,20,35,38
王　琪	63
王　观	75
王　寀	135
王　诜	78
王禹偁	51,52
王庭珪	142
王千秋	225
王　炎	268
王　质	227,260,263
王易简	517,518

牛　峤	15,16
毛文锡	16,18,19,20,31,32
毛　开	204
毛　滂	116
毛熙震	36,37,38
韦　庄	8,12
尹　鹗	35,36
邓　剡	486
邓　肃	175

五画

叶梦得	134,135
冯伟寿	451
冯去非	371,398
田　为	139,140
史　浩	192,193,274
史达祖	332,336
司马光	70
石孝友	279
左　誉	153,154
卢　炳	327

卢祖皋	347		
丘崈	263	**七画**	
六画		李白	1
		李清照	154
朱敦儒	146	李煜	47,49
朱雍	228	李珣	38,39,42
孙洙	74	李存勖	11
孙光宪	25,26,27,28	李纲	148,175
孙惟信	355	李之仪	90
孙道绚	190	李彭老	445,448,498
刘辰翁	472,482,486	李莱老	445,448
刘澜	438	李南金	418
刘克庄	355,360,374,377,472	李流谦	222
刘过	297,307	李从周	345
刘镇	350	李元膺	49,107,342
刘禹锡	4	李祁	108
刘仙伦	297,307	李廌	113,115
刘光祖	283	李曾伯	410
刘泾	191	李好古	239
吕渭老	178	沈端节	252
吕本中	117,124,133,159	沈瀛	367
吕胜己	235,236	杜安世	65
米友仁	132	杜旟	306
向子䛨	166	苏轼	57,78,79,81,90,93,96,
许古	311		99,102,116,119,120,
仲并	186		154
牟子才	413	苏庠	120
江致和	469	苏氏（延安夫人）	71

严 仁	368,369		吴 潜	405,406,420
杨无咎	181		吴文英	420,424,445
杨炎正	288		吴礼之	313
杨冠卿	270		吴 儆	243
杨泽民	359,360		吴 泳	340,343
杨 缵	457,512		吴 存	516
张 枢	454,455		吴 渊	396
张 炎	454,498,512		宋 祁	60
张 震	300		汪元量	490
张孝祥	252,255,260		汪 晫	317,319
张 泌	16		陆 游	234,306,322,336
张 辑	371		辛弃疾	272,274,281,297
张 榘	393,394		何大圭	187

八画

张 镃	290
张 先	57
张 耒	102
张 抡	206,278
张 纲	151
张志和	3,4,198
陈允平	431
陈以庄	360
陈 克	143
陈与义	99,174,175
陈 亮	287,306
陈师道	99,117,175
陈三聘	249
陈恕可	471
陈人杰	470
陈 瓘	111

周文璞	351
周邦彦	103,139,155,359
周 密	445,484,498,512
周端臣	391,393
欧阳炯	18,20,21,22,31,32, 42, 469
欧阳修	61,69
和 凝	22
范成大	248
范仲淹	55,64
岳 飞	189,375
岳 珂	297,361,375

罗 椅	460		洪 璟	440
易 祓	309		洪 适	207

九画

十画

赵 构	148,194		顾 敻	25,26,28
赵 佶	147		晁冲之	117
赵必璩	508		晁端礼	85,191
赵 鼎	161		晏几道	58,72
赵以夫	381,382		晏 殊	55,57,58,72
赵 抃	67		夏 竦	54
赵令畤	119		聂胜琼	109
赵长卿	266		徐 照	301
赵汝茪	458,459		徐 俯	120,137
赵汝愚	277		徐昌图	50
赵 昂	106,278,316		高观国	336
皇甫松	5		高 登	427
贺 铸	93		真德秀	349,377
胡 铨	142,188		翁元龙	420,424
荣 谭	66		翁孟寅	425
查 荎	88		柴 望	452
侯 寘	214,215		家铉翁	455
姚云文	518		莫 崙	468
姚述尧	231		唐 珏	509,512
姚 勉	462			
姜特立	245		## 十一画	
姜 夔	303,351,371			
俞国宝	278,316		黄 机	361,365
洪咨夔	330		黄孝迈	374

黄 简	354		舒 亶	81
曹 冠	230		曾 悖	180
曹 组	125		曾允元	519,520
鹿虔扆	18,20,31,32		曾 肇	89
阎 选	18,20,31,32,33		曾 协	412
章谦亨	444		程 珌	320
康与之	199,281		程大昌	219

十二画

十三画以上

蒋 捷	511		詹 玉	495
韩 翃	2		蔡 伸	171
韩 偓	10,422		蔡 挺	68
韩 琦	64,65,74		蔡 戡	276
韩 玉	281		管 鉴	259
韩元吉	211,225,312,402		廖莹中	488
韩 疁	352		廖世美	110,111,158
韩 淲	312		潘 佑	49
韩 维	69,72,114,211		潘 阆	52
谢 逸	122,133		潘 牥	429
谢 薖	122,133		薛梦桂	461
谢 懋	250,251		薛昭蕴	12,14
释惠洪	128		戴复古	322
释仲殊	96		魏夫人	76,77
葛立方	201		魏承班	29
葛长庚	400		魏了翁	343,345
葛胜仲	129,201		魏 杞	218
温庭筠	6,8			

词作索引

一画

一落索(宫锦裁书寄远)　　179
一落索(鸟散余花飞舞)　　179
一落索(清晓莺啼红树)　　370
一落索(淡淡双蛾疏秀)　　436
一斛珠(寒江凝碧)　　261
一剪梅(唱到阳关第四声)　　307
一剪梅(风韵萧疏玉一团)　　352
一萼红(泊沙河)　　497
一萼红(玉婵娟)　　499
一萼红(蓊丹云)　　506

二画

卜算子(纤软小腰身)　　100
卜算子(胸中千种愁)　　138
卜算子(清池过雨凉)　　138
卜算子(愁极强登临)　　252
卜算子(渡口唤遍舟)　　269
卜算子(散策问芳菲)　　269
卜算子(携月上南楼)　　344
卜算子慢(璧月上极浦)　　285

七娘子(山围水绕高唐路)　　170
八拍蛮(愁琐黛眉烟易惨)　　34
八　归(秋江带雨)　　333
八声甘州(古扬州)　　239
八声甘州(壮东南)　　241
八声甘州(领千岩)　　294
八声甘州(又一番)　　341
八声甘州(买扁舟)　　399
八声甘州(对西风)　　411
八六子(怨残红)　　458
二郎神(野塘暗碧)　　387
二郎神(小亭徙倚)　　409

三画

女冠子(绿云高髻)　　16
女冠子(双成伴侣)　　35
女冠子(修蛾慢脸)　　37
小重山(春到长门春草青)　　13
小重山(梁燕双飞画阁前)　　38
小重山(枕上閴门五报更)　　94
小重山(月月相逢只旧圆)　　94
小重山(醉倚朱阑一解衣)　　132

小重山（漠漠晴霓和雨收）	165	忆王孙（阵前金甲受降时）	494
小重山（绿树莺啼春正浓）	187	忆王孙（鹧鸪飞上越王台）	494
小重山（昨夜寒蛩不住鸣）	189	忆王孙（离宫别苑草萋萋）	494
小重山（轻暑单衣四月天）	222	忆王孙（上阳宫里断肠时）	494
小重山（画檐簪柳碧如城）	451	忆王孙（华清宫树不胜秋）	494
三　台（见梨花初带夜月）	140	忆王孙（五陵无树起秋风）	495
三姝媚（烟光摇缥瓦）	333	忆旧游（又眉峰碧聚）	435
三姝媚（一篷儿别苦）	497	忆故人（烛影摇红向夜阑）	78
三姝媚（兰缸花半绽）	503	水调歌头（胜友欣倾盖）	129
千秋岁（楝花飘砌）	123	水调歌头（绿净贯阛阓）	220
千秋岁（塞垣秋草）	274	水调歌头（坐上羽觞醨）	220
千秋岁（水晶宫里）	410	水调歌头（一雁破空碧）	264
千秋岁引（春工领略）	281	水调歌头（曳杖罗浮去）	271
大　酺（雾幕西山）	432	水调歌头（美人在何许）	279
大　酺（任琐窗深）	483	水调歌头（不见南师久）	287
山花子（东风解手即天涯）	475	水调歌头（寒眼乱空阔）	288
山花子（此处情怀欲问天）	476	水调歌头（落日水亭静）	319
个　侬（恨个侬无赖）	489	水调歌头（日毂金钲赤）	320
万年欢（凤历开新）	381	水调歌头（天地本无际）	320
子夜歌（寻春须是先春早）	47	水调歌头（四海止斋老）	331
		水调歌头（太白已仙去）	396
四画		水调歌头（江上春山远）	403
忆江南（春去也）	4	水调歌头（皎月亦常有）	408
忆秦娥（箫声咽）	2	水调歌头（秋雨一何碧）	417
忆秦娥（隈岩侧）	186	水调歌头（瀛台居北界）	456
忆秦娥（风萧萧）	228	水调歌头（不饮强须饮）	478
忆王孙（汉家宫阙动高秋）	493	水调歌头（夫子惠收我）	479
忆王孙（吴王此地有楼台）	493	水龙吟（岭梅香雪飘零尽）	85
忆王孙（长安不见使人愁）	493	水龙吟（夜来深雪前村路）	86

水龙吟(小桃零落春将半)	87	双头莲(华发星星)	234
水龙吟(去年今日关山路)	113	中兴乐(后庭寂寂日初长)	44
水龙吟(岁穷风雪飘零)	114	天仙子(水调数声持酒听)	57
水龙吟(晚春天气融和)	150	六么令(长江千里)	149
水龙吟(清江社雨初晴)	340	六州歌头(少年侠气)	94
水龙吟(三山腊雪才消)	350	六州歌头(东风着意)	212
水龙吟(闲情小院沉吟)	374	月上海棠(斜阳废苑朱门闭)	235
水龙吟(塞楼吹断梅花)	386	月华清(瑟瑟秋声)	286
水龙吟(雨微叠巘浮空)	402	月华清(花影摇春)	440
水龙吟(画楼红湿斜阳)	424	月上瓜洲(江头又见新秋)	373
水龙吟(镜寒香歇江城路)	468	五福降中天(喜元宵三五)	469
水龙吟(素姬初宴瑶池)	471	凤归云(正愁予)	384
水龙吟(晓霜初著青林)	500	凤栖梧(桂棹悠悠分浪稳)	230
水龙吟(翠云遥拥环妃)	507	长相思(燕高飞)	408
水龙吟(淡妆人更婵娟)	509	少年游(画楼深映小屏山)	434
水龙吟(仙人掌上芙蓉)	513	少年游(帘消宝篆卷宫罗)	485
水龙吟(几番问竹平安)	515	太常引(三三五五短长亭)	253
水龙吟(一天云似穹庐)	516	丑奴儿(金风颤叶)	314
水龙吟(日高深院无人)	520	丑奴儿令(冯夷翦碎澄溪练)	199
风流子(木叶亭皋下)	102	丑奴儿令(绮窗拨断琵琶索)	366
风流子(新绿小池塘)	104	木兰花(掩朱扉)	38
风流子(枫林凋晚叶)	105	木兰花(十二阑干褰画箔)	83
风流子(细草芳南苑)	203	木兰花(阴阴云日江城晚)	100
风流子(锦幄醉荼䕷)	330	木兰花(江云叠叠遮鸳浦)	122
风流子(双燕立虹梁)	346	木兰花慢(莺啼啼不住)	326
风流子(河梁携手别)	358	木兰花慢(问功名何处)	362
风入松(小樊标韵称香山)	296	木兰花慢(霭芳阴未解)	393
风入松(一春长费买花钱)	316	木兰花慢(正千门系柳)	445
风入松(归鞍尚欲小徘徊)	380	木兰花慢(请诸君著眼)	489

五画

汉宫春（潇洒江梅）	118
汉宫春（投老归来）	383,389
汉宫春（问讯何郎）	416
汉宫春（着破荷衣）	459
生查子（秋雨五更头）	10
生查子（寂寞掩朱门）	27
生查子（离别又经年）	29
生查子（关山魂梦长）	76
生查子（人分南浦春）	160
生查子（春心如杜鹃）	167
生查子（近似月当怀）	167
生查子（娟娟月入眉）	167
生查子（相思懒下床）	167
生查子（六月到盘洲）	209
生查子（桃疏蝶惜香）	210
生查子（繁灯夺霁华）	377
玉楼春（东城渐觉风光好）	60
玉楼春（绣屏晓梦鸳鸯侣）	136
玉楼春（记得江城春意动）	168
玉楼春（今秋仲月逢余闰）	217
玉楼春（狂歌击碎村醪盏）	272
玉楼春（萤飞月里无光色）	302
玉楼春（泠泠水向桥东去）	351
玉楼春（笔端点染相思泪）	359
玉楼春（年年跃马长安市）	380
玉楼春（华堂帘幕飘香雾）	392
玉楼春（木犀过了诗憔悴）	416
玉楼春（绿杨芳径莺声小）	468
玉蝴蝶（晚雨未摧宫树）	334
玉蝴蝶（唤起一襟凉思）	337
玉烛新（寒宽一雁落）	390
玉连环（谪仙往矣）	452
永遇乐（落日熔金）	158
永遇乐（池馆春归）	211
永遇乐（青幄蔽林）	308
永遇乐（璧月初晴）	473
兰陵王（凤箫咽）	338
兰陵王（送春去）	482
甘州曲（画罗裙）	19
台城路（半空河影流云碎）	450
失调名（楼上春寒山四面）	49
且坐令（闲院落）	282
龙山会（九日无风雨）	387
四字令（情高意真）	298

六画

过秦楼（柳拂鹅黄）	357
过秦楼（倦听蛩砧）	435
早梅芳（雪初销）	90
扬州慢（淮左名都）	303
扬州慢（玉倚风轻）	449
江城子（竹里风生月上门）	23
江城子（斗转星移玉漏频）	24
江城子（浮家重过水晶宫）	130
江城子（客中重九共登高）	149
江城子（年年腊后见冰姑）	238

江城子（从来难蔫是离愁）	241	西平乐慢（泛梗飘萍）	437
江城子（细风微揭碧鳞鳞）	262	西子妆（白浪摇天）	513
江城子（画楼帘幕卷新晴）	348	行香子（草色芊绵）	165
江城子（红敧醉袖㐮阑干）	475	行香子（天赋仙姿）	232
江神子慢（玉台挂秋月）	141	行香子（秋入鸣皋）	311
齐天乐（后堂芳树阴阴见）	185	行香子（野叟长年）	367
齐天乐（晚云知有关山念）	339	行香子（瘴气如云）	428
齐天乐（红香十里铜驼梦）	426	行香子（楚楚精神）	443
齐天乐（玉钗分向金华后）	439	如梦令（门外绿阴千顷）	126
齐天乐（蒋陵故是簪花路）	478	如梦令（烟雨满江风细）	164
齐天乐（相逢唤醒金华梦）	495	如梦令（雅淡轻盈如语）	232
齐天乐（冷烟残水山阴道）	500	如梦令（雨后轻寒天气）	254
齐天乐（碧痕初化池塘草）	505	好事近（岁晚凤山阴）	89
齐天乐（绿槐千树西窗悄）	505	好事近（急雨涨溪浑）	119
齐天乐（一襟余恨宫魂断）	506	好事近（茅舍竹篱边）	127
齐天乐（蜡痕初染仙茎露）	510	好事近（春色遍天涯）	163
齐天乐（宫烟晓散春如雾）	517	好事近（羁旅转飞蓬）	163
齐天乐（柳花引过横塘路）	519	好事近（烟雾锁青冥）	163
西江月（宝髻松松挽就）	70	好事近（杨柳曲江头）	164
西江月（云观三山清露）	109	好事近（初上舞茵时）	168
西江月（羁宦新来作恶）	130	好事近（花里爱姚黄）	183
西江月（风送丹枫卷地）	201	好事近（几骑汉旌回）	202
西江月（豆蔻梢头年纪）	216	好事近（归日指清明）	202
西江月（十里轻红自笑）	257	好事近（凝碧旧池头）	212
西江月（问讯湖边春色）	258	好事近（我里比侨居）	219
西江月（月斧修成腻玉）	263	好事近（六幕冻云凝）	225
西溪子（捍拨双盘金凤）	15	好事近（梅子欲黄时）	233
西溪子（马上见时如梦）	44	好事近（闲日似年长）	270
西平乐（夜色娟娟皎月）	229	好事近（手种满阑花）	291

好事近(潇洒带霜枝)	428	更漏子(玉炉香)	7
好事近(独倚浙江楼)	491	更漏子(听寒更)	28
阮郎归(天边金掌露成霜)	72	巫山一段云(古庙依青嶂)	43
阮郎归(檐头风佩响丁东)	127	杏花天(海棠枝上东风软)	250
阮郎归(碧溪风动满文漪)	132	杏花天(闷来凭得阑干暖)	315
阮郎归(美人小字称春娇)	215	杏花天(蛮姜豆蔻相思味)	421
阮郎归(清明寒食不多时)	286	杏花天(年时中酒风流病)	449
阮郎归(绿杨庭户静沉沉)	302	声声慢(江涵石瘦)	464
阮郎归(东风吹破藻池冰)	441	声声慢(迎门高髻)	498
传言玉女(日薄风柔)	366	声声慢(高寒户牖)	502
传言玉女(一片风流)	491	声声慢(风声从臾)	504
扫花游(蕙风飔暖)	431	沁园春(斗酒彘肩)	299
庆宫春(春剪绿波)	438	沁园春(一曲狂歌)	325
庆宫春(庭草春迟)	518	沁园春(日过西窗)	366
庆清朝慢(调雨为酥)	75	沁园春(十月江南)	397
并蒂芙蓉(太液波澄)	86	沁园春(客里家山)	401
多 丽(小楼寒)	155	沁园春(岁在永和)	415
		沁园春(莺带春来)	415

七画

		沁园春(四海中间)	463
花心动(江月初升)	165	沁园春(湖海元龙)	463
花 犯(报南枝)	432	沁园春(鹤发鸦髻)	464
抛球乐(春早见花枝)	5	沁园春(忆昔东坡)	467
抛球乐(风冒蔫红雨易晴)	347	沁园春(南北战争)	470
麦秀两歧(凉簟铺斑竹)	23	沁园春(为子死孝)	488
何满子(寂寞芳菲暗度)	37	沁园春(看做官来)	508
角 招(晓风薄)	391	应天长(平江波暖鸳鸯语)	19
寿楼春(裁春衫寻芳)	335	应天长(管弦绣陌)	200
沙头雨(带醉归时)	372	应天长(曙林带暝)	394
芙蓉月(黄叶舞碧空)	382	应天长(磬圆树杪)	394

应天长令(曲栏十二闲亭沼)	205	河　传(棹举)	25
诉衷情(烧残绛蜡泪成痕)	65	河　传(去去)	43
诉衷情(楚江南岸小青楼)	96	河满子(怅望浮生急景)	74
诉衷情(钟山影里看楼台)	96	金明池(天阔云高)	98
诉衷情(清波门外拥轻衣)	97	金人捧露盘(楚宫闲)	336
诉衷情(长桥春水拍堤沙)	97	金人捧露盘(越山云)	491
诉衷情(涌金门外小瀛洲)	97	金缕曲(独立西风里)	343
诉衷情(倦投林樾当诛茅)	121	金缕曲(旧日重阳日)	344
诉衷情(夜来沉醉卸妆迟)	157	金缕曲(阁住杏花雨)	414
诉衷情(柴扉人寂草生畦)	329	金缕曲(锦岸吴船鼓)	474
诉衷情(一钩新月淡于霜)	358	金缕曲(风雨东篱晚)	480
折新荷引(雨过回廊)	67	定西番(挑尽金灯红烬)	8
苏幕遮(碧云天)	55	定风波(暖日闲窗映碧纱)	21
		定风波(江水沉沉帆影过)	33
八画		定风波(雁过秋空夜未央)	45
夜合花(斑驳云开)	338	定风波(不是无心惜落花)	77
夜合花(风叶敲窗)	355	定风波(破萼初惊一点红)	135
夜行船(水满平湖香满路)	266	念奴娇(别离情绪)	146
夜行船(红溅罗裙三月二)	364	念奴娇(多情宋玉)	151
夜行船(鸦带斜阳归远树)	422	念奴娇(凌空宝观)	172
夜游宫(窗外捎溪雨响)	421	念奴娇(少年奇志)	204
夜飞鹊(秋江际天阔)	432	念奴娇(衰翁憨甚)	216
宝鼎现(红妆春骑)	483	念奴娇(湖山照影)	254
法曲献仙音(云木槎枒)	445	念奴娇(星沙初下)	256
卓牌子慢(西楼天将晚)	182	念奴娇(洞庭青草)	257
垂丝钓(玉纤半露)	183	念奴娇(晓来雨过)	268
垂丝钓(翠帘昼卷)	270	念奴娇(绿云影里)	293
河　传(渺莽云水)	17	念奴娇(相逢草草)	318
河　传(红杏)	17	念奴娇(归来一笑)	321

念奴娇(晚天清楚)	328	促拍丑奴儿(世事莫寻思)	472
念奴娇(我来牛渚)	396	玲珑四犯(水外轻阴)	339
念奴娇(天然皜质)	406	柳梢青(水月光中)	277
念奴娇(登高回首)	453	柳梢青(病酒心情)	354
念奴娇(春来多困)	454	柳梢青(长记西湖)	465
念奴娇(神仙何处)	456	南乡子(烟漠漠)	39
念奴娇(南来数骑)	457	南乡子(兰棹举)	39
青玉案(三年枕上吴中路)	79	南乡子(归路近)	39
青玉案(凝祥宴罢闻歌吹)	128	南乡子(乘彩舫)	40
青玉案(东风一夜吹晴雨)	217	南乡子(倾绿蚁)	40
青玉案(鸣鼍欲引鱼龙戏)	227	南乡子(云带雨)	40
青玉案(浮萍不碍鱼行路)	262	南乡子(沙月静)	40
青玉案(流芳只怕春无几)	407	南乡子(渔市散)	40
转调满庭芳(芳草池塘)	156	南乡子(拢云髻)	41
孤　鸾(江南春早)	390	南乡子(相见处)	41
乳燕飞(秋意今如许)	361	南乡子(携笼去)	41
采莲子(船动湖光滟滟秋)	6	南乡子(云髻重)	41
		南乡子(双髻坠)	41

九画

		南乡子(红豆蔻)	42
春光好(胸铺雪)	20	南乡子(山果熟)	42
品　令(乍寂寞)	125	南乡子(新月上)	42
思佳客(微点胭脂晕泪痕)	178	南乡子(江上野梅芳)	66
思佳客(花信今无一半风)	208	南乡子(绿水满池塘)	91
秋夜月(三秋佳节)	35	南乡子(睡起绕回塘)	92
秋蕊香(向晓银瓶香暖)	359	南乡子(小雨湿黄昏)	92
秋蕊香(一夜金风)	383	南乡子(潮落去帆收)	101
胡捣练令(夜来风横雨飞狂)	69	南乡子(柳岸正飞绵)	130
相思会(人无百年人)	125	南乡子(璧月小红楼)	356
昭君怨(月在碧虚中住)	291	南乡子(生怕倚阑干)	429

南　浦(风悲画角)	114	临江仙(倦客如今老矣)	335
南　浦(柳外碧连天)	503	临江仙(凤翥鸾飞空燕子)	365
南　浦(柳下碧粼粼)	504	临江仙(不见仙湖能几日)	379
南　浦(波暖绿粼粼)	514	临江仙(二十年前此日)	477
南歌子(艳冶青楼女)	28	贺新郎(风雨连朝夕)	204
南歌子(驿畔争挦草)	177	贺新郎(人物风流远)	242
南歌子(策杖穿荒圃)	179	贺新郎(十日狂风雨)	289
南歌子(南浦山罗列)	209	贺新郎(老去相如倦)	297
南歌子(云拂山腰过)	209	贺新郎(晓印霜花步)	297
南歌子(远树昏鸦闹)	253	贺新郎(重唤松江渡)	308
南歌子(帘影筛金线)	302	贺新郎(帖子传新语)	318
南柯子(梦怕愁时断)	141	贺新郎(忆把金罍酒)	325
南柯子(天末家何许)	269	贺新郎(放了孤山鹤)	331
南柯子(柳陌通云径)	370	贺新郎(额扣龙墀苦)	341
南柯子(柳浪摇晴沼)	441	贺新郎(葵扇秋来贱)	388
临江仙(披袍窣地红宫锦)	23	贺新郎(载酒阳关去)	389
临江仙(无赖晓莺惊梦断)	31	贺新郎(匹马钟山路)	395
临江仙(金锁重门荒苑静)	31	贺新郎(谓是无情者)	400
临江仙(十二高峰天外寒)	32	贺新郎(风雨今如此)	401
临江仙(莺报帘前暖日红)	46	贺新郎(且尽杯中酒)	404
临江仙(饮散离亭西去)	50	贺新郎(露白天如洗)	404
临江仙(一夜东风穿绣户)	71	贺新郎(雁向愁边落)	417
临江仙(官样初黄过闰九)	100	贺新郎(流落今如许)	419
临江仙(枕帐依依依残梦)	145	贺新郎(薄晚收残暑)	465
临江仙(庭院深深深几许)	157	贺新郎(窗月梅花白)	466
临江仙(带雨梨花看上马)	176	点绛唇(雨恨云愁)	51
临江仙(雨过荼蘼春欲放)	177	点绛唇(病起恹恹)	65
临江仙(槛竹敲风初破睡)	193	点绛唇(波上清风)	77
临江仙(遥认埙篪相应)	221	点绛唇(楼下清歌)	108

点绛唇(惜别伤离)	163	荷叶杯(我忆君诗最苦)	26
点绛唇(纤手工夫)	276	倦寻芳慢(露晞向晚)	84
点绛唇(醉倚危樯)	280	桃源忆故人(催花一霎清明雨)	142
点绛唇(过眼溪山)	328		
点绛唇(秋满孤篷)	399	恋绣衾(柳丝空有千万条)	459
点绛唇(乱叠香罗)	412	莺啼序(金陵故都最好)	492
洞仙歌(雪云散尽)	107	海棠春(柳腰暗怯花风弱)	285
洞仙歌(空山雨过)	162	宴山亭(幽梦初回)	294
洞仙歌(莺莺燕燕)	173	唐多令(芦叶满汀洲)	299
洞仙歌(云窗雾阁)	223	烛影摇红(霭霭春空)	111
洞仙歌(夜来惊怪)	252	烛影摇红(双阙中天)	206
洞仙歌(花中尤物)	264	烛影摇红(一朵鞓红)	356
洞仙歌(晚风收暑)	283	烛影摇红(楼倚春城)	426
洞仙歌(翠柔香嫩)	342	浪淘沙(帘外五更风)	158
洞仙歌(南枝漏泄)	403	浪淘沙(倾国与倾城)	186
祝英台(聚春工)	265	浪淘沙(黄道雨初干)	251
祝英台近(宝钗分)	273	浪淘沙(还了酒家钱)	352
祝英台近(窄轻衫)	298	浪淘沙(裙色草初青)	353
祝英台近(小池塘)	342	浪淘沙(花雾涨冥冥)	442
祝英台近(竹间棋)	373	浪淘沙(泼火雨初晴)	446
祝英台近(瓮城高)	376	浪淘沙(榆火换新烟)	448
祝英台近(淡烟横)	376	浪淘沙(疏雨洗天晴)	486
选冠子(雨脚报晴)	208	浪淘沙慢(暮烟愁)	437
迷神引(白玉楼高云光绕)	229	桂枝香(水天一色)	385
绛都春(余寒尚峭)	116	桂枝香(青霄望极)	385
绛都春(花娇半面)	425	桂枝香(松江舍北)	511
		高阳台(频听银签)	353
十画		高阳台(飘粉杯宽)	447
离别难(宝马晓鞴雕鞍)	14	高阳台(石笋埋云)	447

高阳台（门掩香残）	449	浣溪沙（干处缁尘湿处泥）	221
高阳台（残萼梅酸）	501	浣溪沙（买市宣和预赏时）	226
高阳台（驼褐轻装）	501	浣溪沙（㻌玉偎香倚翠屏）	227
高阳台（残雪庭阴）	502	浣溪沙（与客相从谒谢公）	231
浣溪沙（夜夜相思更漏残）	9	浣溪沙（直系腰围鹤间霞）	237
浣溪沙（拢鬓新收玉步摇）	10	浣溪沙（十里青山溯碧流）	243
浣溪沙（红蓼渡头秋正雨）	12	浣溪沙（画楯朱阑绕碧山）	244
浣溪沙（粉上依稀有泪痕）	12	浣溪沙（节序回环已献裘）	247
浣溪沙（握手河桥柳似金）	13	浣溪沙（昼漏新来一倍长）	413
浣溪沙（江馆清秋缆客船）	13	浣溪沙（柳映疏帘花映林）	461
浣溪沙（翡翠屏开绣幄红）	17	浣溪沙（点点疏林欲雪天）	476
浣溪沙（偏戴花冠白玉簪）	17	浣溪沙（远远游蜂不记家）	476
浣溪沙（天碧罗衣拂地垂）	21	酒泉子（杨柳舞风）	25
浣溪沙（相见休言有泪珠）	22	酒泉子（钿匣舞鸾）	37
浣溪沙（露白蟾明又到秋）	26	酒泉子（秋雨连绵）	43
浣溪沙（寂寞流苏冷绣茵）	33	酒泉子（秋月婵娟）	43
浣溪沙（红藕花香到槛频）	44	酒泉子（长忆西湖）	52
浣溪沙（一曲新词酒一杯）	58	酒泉子（长忆高峰）	52
浣溪沙（昨日霜风入绛帷）	91	酒泉子（长忆龙山）	53
浣溪沙（剪水开头碧玉条）	91	酒泉子（长忆观潮）	53
浣溪沙（云母窗前歇绣针）	93	捣练子（深院静）	48
浣溪沙（风急花飞昼掩门）	120	捣练子（云鬓乱）	48
浣溪沙（暖日温风破浅寒）	124,160	透碧霄（舣兰舟）	88
浣溪沙（珠箔随檐一桁垂）	136	**十一画**	
浣溪沙（扇影轻摇一线香）	136	眼儿媚（杨柳丝丝弄轻柔）	84
浣溪沙（楼上晴天碧四垂）	155	眼儿媚（楼上黄昏杏花寒）	153
浣溪沙（雨入空阶滴夜长）	176	眼儿媚（酣酣日脚紫烟浮）	249
浣溪沙（无数春山展画屏）	180	眼儿媚（愁云淡淡雨潇潇）	279

眼儿媚(山矾风味木犀魂)	294		清平乐(萋萋芳草)	430
眼儿媚(浊醪笃得玉为浆)	312		清平乐(明虹收雨)	460
眼儿媚(平沙芳草渡头村)	332		清夜游(西园昨夜)	392
眼儿媚(画楼濒水翠梧阴)	354		章台柳(章台柳)	3
眼儿媚(雁带新霜几多愁)	416		菩萨蛮(平林漠漠烟如织)	2
眼儿媚(碧筒新展绿蕉芽)	461		菩萨蛮(玉炉冰簟鸳鸯锦)	16
婆罗门引(暮霞照水)	278		菩萨蛮(越梅半拆轻寒里)	24
尉迟杯(隋堤路)	104		菩萨蛮(青岩碧洞经朝雨)	27
绿头鸭(晚云收)	87		菩萨蛮(木绵花映丛祠小)	27
绿头鸭(爱家山)	152		菩萨蛮(陇云暗合秋天白)	36
梅花引(同杯勺)	168		菩萨蛮(蓬莱院闭天台女)	47
梅花引(梅亭别)	228		菩萨蛮(楼头尚有三通鼓)	74
探春慢(宝胜宾春)	386		菩萨蛮(单于吹落山头月)	76
探芳讯(对芳昼)	446		菩萨蛮(涂香莫惜莲承步)	80
清平乐(烟深水阔)	1		菩萨蛮(画船摇鼓催君去)	81
清平乐(秋声隐地)	101		菩萨蛮(忆曾把酒赏红翠)	82
清平乐(柳塘新涨)	160		菩萨蛮(行云过尽星河烂)	99
清平乐(明眸秀色)	172		菩萨蛮(轻鸥欲下春塘浴)	119
清平乐(悠悠扬扬)	191		菩萨蛮(重帘卷尽楼台日)	152
清平乐(深沉院宇)	191		菩萨蛮(南山只与溪桥隔)	152
清平乐(清淮北去)	240		菩萨蛮(隔窗瑟瑟闻飞雪)	176
清平乐(光尘扑仆)	257		菩萨蛮(薄云卷雨凉成阵)	213
清平乐(断桥流水)	260		菩萨蛮(交刀剪碎琉璃碧)	214
清平乐(从来清瘦)	261		菩萨蛮(楼前曲浪归桡急)	215
清平乐(水乡清楚)	267		菩萨蛮(东园映叶梅如豆)	239
清平乐(绿围红绕)	301		菩萨蛮(日长庭院无人到)	245
清平乐(东风无用)	346		菩萨蛮(东风约略吹罗幕)	255
清平乐(柳边深院)	348		菩萨蛮(前生曾是风流侣)	291
清平乐(西园啼鸟)	362		菩萨蛮(举头忽见衡阳雁)	360

菩萨蛮（征鸿点破空云碧）	370	望江南（山又水）	280
菩萨蛮（断虹远饮横江水）	441	望江南（壶山好,博古又通今）	
谒金门（空相忆）	9		323
谒金门（烟水阔）	30	望江南（壶山好,胆气不妨粗）	
谒金门（春欲半）	30		323
谒金门（长思忆）	30	望江南（壶山好,文字满胸中）	
谒金门（美人浴）	33		323
谒金门（何处所）	121	望江南（壶山好,也解忆狂夫）	
谒金门（伤离索）	205		324
谒金门（真个忆）	254	望江南（石屏老,家住海东云）	
谒金门（春欲去）	254		324
谒金门（云树直）	280	望江南（石屏老,长忆少年游）	
谒金门（春事寂）	329		324
谒金门（门巷寂）	329	望江南（石屏老,悔不住山林）	
谒金门（花似匦）	347		324
谒金门（风雨后）	363	减字木兰花（乱魂无据）	92
谒金门（秋向晚）	363	减字木兰花（酒巡未止）	368
谒金门（春梦性）	455	减字浣溪沙（宝鸭香消酒未醒）	
望江怨（东风急）	15		312
望梅花（春草全无消息）	24	渔　父（水接衡门十里余）	45
望远行（春日迟迟思寂寥）	39	渔　父（一湖春水夜来生）	194
望海潮（侧寒斜雨）	178	渔　父（薄晚烟林澹翠微）	195
望江南（江南柳）	62	渔　父（云洒清江江上船）	195
望江南（江南雨）	63	渔　父（青草开时已过船）	195
望江南（江南燕）	63	渔　父（扁舟小缆荻花风）	195
望江南（江南岸）	64	渔　父（侬家活计岂能明）	196
望江南（游妓散）	104	渔　父（骇浪吞舟脱巨鳞）	196
望江南（歌席上）	106	渔　父（鱼信还催花信开）	196
望江南（阑干曲）	175	渔　父（暮暮朝朝冬复春）	196

渔　父(远水无涯山有邻)	197	喜迁莺(霞散绮)	54
渔　父(谁云渔父是愚翁)	197	喜迁莺(霜天清晓)	68
渔　父(水涵微雨湛虚明)	197	喜迁莺(江天霜晓)	149
渔　父(无数菰蒲间藕花)	197	喜迁莺(秋寒初劲)	199
渔　父(春入渭阳花气多)	198	喜迁莺(帝城春昼)	310
渔　父(清湾幽岛任盘纡)	198	喜迁莺(银蟾光彩)	313
渔歌子(西塞山前白鹭飞)	3	喜迁莺(凉生遥渚)	399
渔歌子(楚山青)	45	渡江云(青青江上草)	433
渔家傲(塞下秋来风景异)	56	貂裘换酒(笛唤春风起)	372

十三画

渔家傲(秋水无痕清见底)	123		
渔家傲(叠叠云山供四顾)	129	感皇恩(一叶下西风)	142
渔家傲(红日三竿莺百啭)	315	感皇恩(锦告佟脂封)	221
渔家傲引(九月芦香霜旦旦)		感皇恩(诗眼看青天)	292
	210	媂人娇(恼乱东君)	183
渔家傲引(子月水寒风又烈)		锯解令(送人归后酒醒时)	181
	210	鹊桥仙(教来歌舞)	83
惜红衣(笛送西泠)	450	鹊桥仙(春阴淡淡)	108
惜余春慢(弄月余花)	113	鹊桥仙(钩帘借月)	251

十二画

		鹊桥仙(吹香成阵)	258
越女镜心(风竹吹香)	304	鹊桥仙(相逢一笑)	284
越女镜心(檀拨么弦)	304	鹊桥仙(连汀接渚)	295
疏帘淡月(梧桐雨细)	371	鹊桥仙(新荷池沼)	326
疏　影(琼妃卧月)	499	鹊桥仙(黄花似钿)	364
散天花(云断长空叶落秋)	82	鹊桥仙(薄情也见)	364
谢池春(残寒销尽)	90	摸鱼儿(惜春归)	361
朝中措(漏云初见六花开)	218	摸鱼儿(甚春来)	378
朝中措(彩绳朱乘驾涛云)	485	摸鱼儿(怪新年)	378
喜迁莺(残蟾落)	13	摸鱼儿(古城阴)	388

摸鱼儿(问苍江)	402	虞美人(绮窗人似莺藏柳)	170
摸鱼儿(卷西风)	427	虞美人(澄江霁月清无对)	171
摸鱼儿(想先生)	444	虞美人(瑶琴一弄清商怨)	173
摸鱼儿(望长江)	453	虞美人(堆琼滴露冰壶莹)	173
摸鱼儿(是他家)	473	虞美人(芭蕉滴滴窗前雨)	207
摸鱼儿(是疑他)	474	虞美人(西风斜日兰皋路)	213
摸鱼儿(怎知他)	480	虞美人(冰肤玉面孤山裔)	219
摸鱼儿(也何须)	481	虞美人(一春不识春风面)	223
摸鱼儿(渐沧浪)	510	虞美人(琵琶弦畔春风面)	226
瑞鹧鸪(北书一纸惨天容)	176	虞美人(风花南北知何据)	226
瑞鹧鸪(遥天拍水共空明)	217	虞美人(双眸剪水团香雪)	243
瑞鹧鸪(司花著意惜春光)	232	虞美人(碧云衰草连天远)	252
瑞鹧鸪(雨多庭石上苔文)	301	虞美人(绿阴夹岸人家住)	260
瑞鹤仙(听梅花再弄)	185	虞美人(妆浓未试芙蓉脸)	292
瑞鹤仙(南州春又到)	238	虞美人(十年不作湖湘客)	364
瑞鹤仙(杏烟娇湿鬓)	333	虞美人(蓼花零乱秋亭暮)	404
瑞鹤仙(碧油推上客)	395	虞美人(鸥清眠碎晴溪月)	417
瑞鹤仙(残蟾明远照)	403	虞美人(夕阳楼上都凭遍)	436
瑞鹤仙(向阳看未足)	439	满江红(怒发冲冠)	190
瑞龙吟(长安路)	431	满江红(衰老贪春)	208
瑞龙吟(老人语)	479	满江红(小小华堂)	246
虞美人(楚腰蛴领团香玉)	33	满江红(斗帐高眠)	256
虞美人(粉融红腻莲房绽)	34	满江红(黄鹤楼前)	321
虞美人(玉阑干外清江浦)	115	满江红(赤壁矶头)	322
虞美人(军书未息梅仍破)	121	满江红(呀鼓声中)	362
虞美人(角声吹散梅梢雪)	123	满江红(小院深深)	375
虞美人(小山戢戢盆池浅)	145	满江红(投老未归)	398
虞美人(绿阴满院帘垂地)	145	满江红(斫却凡柯)	406
虞美人(梅花自是于春懒)	160	满江红(万里西风)	407

满江红(岁岁登高)	409	解语花(红香湿月)	384
满江红(筑室依崖)	430	解花语(鳌峰溯碧)	435
满江红(一个兰舟)	490	解蹀躞(迤逦韶华将半)	181
满江红(天上人家)	492	解蹀躞(岸柳飘残黄叶)	436
满江红(翠袖余寒)	496		
满庭芳(扰扰匆匆)	112	**十四画**	
满庭芳(爱日轻融)	193	歌　头(赏芳春)	11
满庭芳(一阵清香)	202	酹江月(西风横荡)	240
满庭芳(归去来兮)	224	酹江月(平生英气)	241
满庭芳(宿雨滋兰)	244	酹江月(一年好处)	412
满庭芳(水满池塘)	244	酹江月(水天空阔)	487
满庭芳(月洗高梧)	296	摘得新(酌一卮)	5
满宫花(寒夜长)	29		
蓦山溪(轻衫短帽)	87	**十五画及以上**	
蓦山溪(扁舟东去)	112	蝶恋花(帘幕风轻双语燕)	59
蓦山溪(护霜云际)	126	蝶恋花(庭院深深深几许)	61
蓦山溪(天姿雅素)	184	蝶恋花(天淡云闲晴昼永)	91
蓦山溪(老来生日)	259	蝶恋花(九里山前千里路)	99
蓦山溪(玉妃整佩)	267	蝶恋花(卷絮风头寒欲尽)	120
蓦山溪(春风如客)	306	蝶恋花(一水盈盈牛与女)	134
蓦山溪(海棠枝上)	310	蝶恋花(缕雪成花檀作蕊)	136
愁倚阑(一番雨)	172	蝶恋花(燕子来时春未老)	137
塞垣春(四远天垂野)	357	蝶恋花(尽日东风吹绿树)	166
塞翁吟(草色新宫绶)	420	蝶恋花(端正纤柔如玉削)	182
解连环(怨怀无托)	105	蝶恋花(春睡腾腾长过午)	182
解连环(寸心谁托)	434	蝶恋花(罗袜匆匆曾一遇)	205
解连环(楚江空晚)	514	蝶恋花(姑射真仙蓬海会)	236
解佩令(湘江停瑟)	143	蝶恋花(天色沉沉云色赭)	236
解佩令(人行花坞)	334	蝶恋花(飘粉吹香三月暮)	246

蝶恋花(薄幸人人留不住)	280	鹧鸪天(枕簟溪堂冷欲秋)	273
蝶恋花(点检笙歌多酿酒)	289	鹧鸪天(闲立飞虹远兴长)	293
蝶恋花(离恨做成春夜雨)	290	鹧鸪天(宽尽香罗金缕衣)	300
蝶恋花(杨柳秋千旗斗舞)	292	鹧鸪天(巷陌风光纵赏时)	305
蝶恋花(门外沧洲山色近)	293	鹧鸪天(伤时怀抱不胜愁)	317
蝶恋花(急水浮萍风里絮)	314	鹧鸪天(有约湖山却解襟)	337
蝶恋花(二月东风吹客袂)	334	鹧鸪天(月落星稀露气香)	344
蝶恋花(两岸月桥花半吐)	349	鹧鸪天(两使星前秉烛游)	345
蝶恋花(院静日长花气暖)	369	鹧鸪天(绿色吴笺覆古苔)	346
蝶恋花(落尽樱桃春去后)	433	鹧鸪天(一径萧条落叶深)	369
蝶恋花(楼上钟残人渐定)	434	鹧鸪天(西畔双松百尺长)	405
鹧鸪天(节是重阳却斗寒)	91	鹧鸪天(池上红衣伴倚阑)	422
鹧鸪天(玉惨花愁出凤城)	110	鹧鸪天(意态婵娟画不如)	442
鹧鸪天(梅炉晨妆雪炉轻)	121	鹧鸪天(旧日桃符管送迎)	477
鹧鸪天(采采黄花鹄彩浓)	131	踏莎行(小径红稀)	58
鹧鸪天(满眼纷纷恰似花)	138	踏莎行(柳絮风轻)	124
鹧鸪天(芳树阴阴脱晚红)	144	踏莎行(玉露团花)	139
鹧鸪天(禁冒余寒酒半醒)	144	踏莎行(霭霭朝云)	169
鹧鸪天(小市桥弯更向东)	144	踏莎行(猎猎霜风)	328
鹧鸪天(检尽历头冬又残)	147	踏莎行(日月跳丸)	379,472
鹧鸪天(客路那知岁序移)	162	醉花间(休相问)	18
鹧鸪天(小院深明别有天)	169	醉花阴(月幌风帘香一阵)	82
鹧鸪天(梦绕松江属玉飞)	188	醉花阴(九陌寒轻春尚早)	126
鹧鸪天(凤阙朝回晓色分)	231	醉花阴(薄雾浓云愁永昼)	159
鹧鸪天(一夜春寒透锦帏)	237	醉花阴(捧杯不管余醒恶)	181
鹧鸪天(指剥春葱去采蘋)	249	醉落魄(千岩竞秀)	188
鹧鸪天(空响萧萧似见呼)	261	醉落魄(暮寒凄冽)	205
鹧鸪天(两两维舟近柳堤)	265	醉落魄(楼头晚鼓)	213
鹧鸪天(淡淡疏疏不惹尘)	268	醉落魄(栖鸟飞绝)	248

醉落魄(红娇翠弱)　　253

醉落魄(龙山行乐)　　327

醉落魄(钩帘翠湿)　　339

醉落魄(单衣乍着)　　462

醉蓬莱(望晴峰染黛)　　133

醉蓬莱(正红疏绿密)　　224

醉太平(长亭短亭)　　326

醉桃源(去年手种十株梅)　　235

醉桃源(拍堤春水蘸垂杨)　　368

醉桃源(千丝风雨万丝晴)　　424

徵　招(玉壶冻裂琅玕折)　　382

燕山亭(裁剪冰绡)　　148

霜叶飞(碧天如水)　　433

霜天晓角(欢娱电掣)　　246

霜天晓角(倚空绝壁)　　309

霜天晓角(长江千里)　　363

霜天晓角(秋怀轩豁)　　466

霜天晓角(人影窗纱)　　512